时 习 文 库

苏轼选集

刘乃昌 选注

齊鲁書社
·济南·

图书在版编目（CIP）数据

苏轼选集 / 刘乃昌选注. -- 济南 : 齐鲁书社,
2025. 3. -- ISBN 978-7-5333-5142-7

Ⅰ. I214.412

中国国家版本馆CIP数据核字第202514G83U号

出品人：王　路
项目统筹：张　丽
责任编辑：许允龙
装帧设计：亓旭欣

苏轼选集
SUSHI XUANJI

刘乃昌　选注

主管单位	山东出版传媒股份有限公司
出版发行	齐鲁书社
社　　址	济南市市中区舜耕路517号
邮　　编	250003
网　　址	www.qlss.cn
电子邮箱	qilupress@126.com
营销中心	（0531）82098521　82098519　82098517
印　　刷	山东华立印务有限公司
开　　本	710mm×1000mm　1/16
印　　张	24
插　　页	2
字　　数	216千
版　　次	2025年3月第1版
印　　次	2025年3月第1次印刷
标准书号	ISBN 978-7-5333-5142-7
定　　价	89.00元

出版说明

　　文化乃国本所系，国运所依；文化兴盛则国家昌盛，民族强大。在源远流长的中华文化长河中，经典古籍宛如熠熠星辰，承载着先辈们的智慧、思想与情感，是中华民族精神内核的深厚积淀。

　　2017 年以来，中共中央办公厅、国务院办公厅相继出台《关于实施中华优秀传统文化传承发展工程的意见》及《关于推进新时代古籍工作的意见》等重要文件，有力推动了大众对中华优秀传统文化的关注与重视，古籍事业亦借此良好契机，迎来了前所未有的跨越发展，步入了一个崭新的黄金时代。齐鲁书社作为文化传承的重要阵地，始终秉持对中华优秀传统文化的敬畏之心，肩负守正创新之使命，积建社四十余年之精华，汇国内学界群贤之伟力，隆重推出中华经典名著普及丛书——《时习文库》。

　　"学而时习之，不亦说乎？"文库之名，正是源自《论语》的这句经典语录。"时习"不仅是对知识的反复学习与实践，更是一种对中华优秀传统文化持续探索、深入理解的态度。文库共分为文化类和文学类两大辑，囊括了经史子集、诗词歌赋、戏曲小说等诸多经典，旨在为读者搭建一座通往中国古代文化瑰宝的坚实桥梁。文库的编纂宗旨在于，引导读者在阅读经典著作的过程中，将学习与思考深度融合，不断从古人的智慧海洋中汲取营养，从而得到心灵的润泽与智慧的启迪。通过对经史子集、诗词歌赋、戏曲小说等多元内容的系统整理与精良审校，让中华古籍真正成为可亲、可读、可传的"活的文化"。

为了确保文库的品质，我们除升级广受好评的原有经典版本作为开发基础外，亦精选其他优质底本，以确保版本选择的卓越性；文库会聚文史学界权威，如高亨、陆侃如、王仲荦、来新夏等学界大家，群贤毕至，各方咸集；文库延聘名家成立专家委员会，严格把控丛书质量，确保学术水准；文库针对不同层次读者，精心设计文化类与文学类品种：前者左原文右译文下注释，后者文中加简注评析，实用性强；文库采用纸面布脊精装，正文小四号字，双色印刷，装帧精美，版面舒朗，典雅大方，方便易读。

在习近平文化思想指导下，《时习文库》的出版是对中华优秀传统文化"两创""两个结合"的一次重要尝试。我们希望通过这套文库，让更多的人了解和喜爱中国古代典籍，让中华优秀传统文化在新时代焕发出新的生机与活力。同时，我们也期待广大读者在阅读文库的过程中，能够与古圣先贤进行跨越时空的对话，汲取智慧，启迪心灵，不断提升自我的文化素养和精神境界。让我们一起在经典的海洋中遨游，感受中华文化的博大精深，共同书写中华优秀传统文化传承与发展的新篇章。

齐鲁书社

2025 年 3 月

前　言

江山代有才人出，
各领风骚数百年。

　　清代诗人赵翼的这两句诗，从强调文学必须发展、创新的观点出发，提出了各时代都有自己的文学及其领袖的见解，这是符合中国文学发展史的实际情况的。苏轼就是北宋文坛上领袖一代的重要作家。他毕生致力于创作，在诗、词、文各方面都有独诣的成就，对宋代文学及后代文化都产生了巨大影响。依据历史唯物主义原则和文学艺术识见，实事求是地研究苏轼的宝贵遗产，对于弘扬中华文化精华，推进新时期文化教育事业发展是很有意义的。

一

　　文艺是群众的事业，一个作家的作品，只要具有社会意义和艺术魅力，就会赢得社会的赞赏，得到广泛的流传。因而作品的社会效果，是检验作家文学成就的重要标尺。

　　苏轼的作品在宋代社会的传播是十分广泛的，这种情况在当时还没有其他作家能够与之相比。苏轼在入京应举时，就因文章得到当时文坛老宿欧阳修的奖誉而崭露头角。随后宦游各地，"诗文传于人者甚众"，每一落笔，"流俗翕然争相传诵"①。在徐州登燕子楼作《永遇乐》词，脱稿不久，即"哄传于城中"②。黄州歌手李宜因未能得到苏轼赠诗，长期抱憾，苏轼得知后写诗致歉说："东坡居士文名久，何事无言及李宜?"③ 后来苏轼的岭南诗盛传一时，"士大夫不能诵坡诗者，便自觉气索"④。苏轼的文章更成为北宋中叶以来应第举子的必读课，因而在生员中流传着"苏文熟，吃羊肉；苏文生，吃菜羹"⑤ 的谣谚。

　　苏轼的作品不但流布中原，也为边疆少数民族的文化人所熟悉，甚至远传国外。当时出使宋朝的辽国使者能熟练地背诵苏文。辽朝馆伴人员在接待宋使时，也曾把苏轼诗文作为谈资，指出东坡喜用佛典⑥。宣和年间，朝鲜有人自名为轼，以表示对这位中国作家的向慕。元祐四年苏辙出使契丹时，不少契丹人向他打听苏轼的情况。苏辙在《神水馆寄子瞻兄四绝》诗中说"莫把文章动蛮貊，恐妨谈笑卧江湖"⑦，可见苏轼文章轰动边廷的说法并非夸大之词。

　　随着印刷业的发展，特别是熙宁年间朝廷取缔不准擅刻图书的禁令之后，苏轼诗文的刻印本层出不穷，不胫而走。元丰二年何大正等弹劾苏轼时，曾搜集苏轼流传各地的文字，"独取镂板而鬻于市者"⑧，就所得甚多。苏轼自己也说："世之蓄轼诗文者多矣"，

---

① 朋九万《东坡乌台诗案》。
② 曾敏行《独醒杂志》卷三。
③ 《宋诗纪事》卷二十一。
④ 朱弁《风月堂诗话》。
⑤ 《老学庵笔记》卷八。
⑥ 《贵耳集》。
⑦ 《栾城集》卷十六。
⑧ 同注①。

"市人逐于利，好刊某拙文"，"贾人好利，每取拙文刻市卖"①。当时的边远地区也有苏轼作品的刻本，如范阳书肆就曾刊印《大苏集》。书商借刊印苏集来营利，说明苏轼作品拥有广泛的读者。《四库全书简明目录》说："轼诗文衣被天下，刻本丛杂，较《欧阳修集》更夥，诸家所纪，不可殚数。"可见苏集刊本之多。

　　由于苏轼的作品所至风靡，因此搜集、编纂和注释其作品的在苏轼当时和整个宋代不乏其人。最早研究苏轼作品的大约是彭城人陈师仲。他于元丰中期曾搜集苏轼在密州、徐州两地做太守时所写的诗篇，编成《超然》《黄楼》二集，征询苏轼的意见。苏轼晚年从岭外归来之后，有个叫刘沔的又曾"掇拾编缀，略无遗者"②，纂录了苏轼诗文二十卷，寄呈作者过目。除了苏轼的及门弟子黄山谷、陈无己等早对苏诗有所撰述外，对苏诗进行编年注释的，在苏轼晚年有赵次公、宋援、李德载、程缜四家，其后又扩展到五家注、八家注、十家注。王十朋在绍兴年间曾搜集约近一百人解释苏诗的撰述，对苏诗进行分类集注，陆游同范成大曾经讨论过东坡诗的解释问题，范成大希望陆游"作一书，发明东坡之意"③，可惜这个建议未能实现。关于苏轼散文，吕东莱编过一个选本。郎晔曾拣选四百多篇，为之作注，于光宗绍熙二年上表奏进朝廷，称为《经进东坡文集事略》。苏词在绍兴年间也有注本流行。搜集研究苏轼作品的在当朝就如此之多，这也是宋代其他作家所不能比拟的。

　　苏轼的文字在北宋末年是遭到禁毁的。蔡京打着"绍述"熙宁的旗号，大搞派别倾轧，先将司马光、文彦博等一百二十人，后又扩大到三百零九人，列为"元祐奸党"，由徽宗两次亲笔书写，刻

---

① 分别见于苏轼《答刘沔都曹书》、《与陈传道》、《瓯北诗话》卷五。
② 《答刘沔都曹书》。
③ 陆游《施司谏注东坡诗序》。

石朝堂,颁告全国。苏轼因被置入党籍,所作诗文就成了禁品。崇宁二年,朝廷还下令将苏洵、苏轼等人的文集雕版"悉行焚毁"。但是朝廷禁令是没有用的,苏集照样在人们中传播,甚至有把它"藏于衣褐,间道出京,为逻人所获者"①。即此可见,文艺作品的吸引力量无法用强制手段来加以消除。这一切充分证明苏轼的文学成就是"横据一代"、影响深远的。

二

苏轼生活于十一世纪后半期的北宋社会,这是封建经济和文化进一步发展的时代,也是各种社会矛盾日益激化的时代。

经过赵宋建国后近百年来的社会相对稳定,到北宋中期,农业、工商业得到了迅速发展,手工业提供了许多发明、创造。在广大人民辛勤劳动所创造的丰厚物质基础上,北宋的文化生活出现了普遍的高涨,文化教育、印刷出版、音乐美术等,都达到了前所未有的水平。例如当时除了京都有国学,各地又普遍建立了郡学县学,"学校之设遍天下"②;宋代科举取士,不问门阀,但看文章,比之唐代更为开放;随着刻书业的繁荣,文化典籍广泛传播,官署私家藏书很多,"学者之于书,多且易致"③;音乐绘画也有很大发展,隋唐以来兴起的"今曲子",至宋"繁声淫奏,殆不可数"④;绘画题材扩大,名家辈出,朝廷在汴京设立的规模庞大的"翰林图画院",罗致了不少全国闻名的画家。在文学领域,经过长期的酝

① 《瓯北诗话》卷五。
② 《宋史·选举志》。
③ 苏轼《李君山房记》。
④ 《碧鸡漫志》卷一。

酿准备，欧阳修、梅尧臣、苏舜钦所领导的诗文革新运动已经汇为巨流，蔚然成风，这也为苏轼把诗文革新运动继续推向高潮准备了必要的条件。苏轼杰出的文学成就，正是北宋社会文化高度发展的一个标志。

在经济文化向前发展的同时，北宋的种种社会矛盾也日渐增长。宋真宗、仁宗"不抑兼并"的国策，助长了大地主、大商人势力的膨胀，形成了发展生产力的桎梏；官僚机构的臃肿、冗兵滥官的激增和皇室贵族的侈靡，大量地销蚀了社会财富；西北边境辽、夏的进逼和朝廷的纳币妥协政策，加剧了国防和财政危机；统治阶级把庞大的经济负担强加在广大人民头上，用各种名目和手段横加盘剥，使社会生产走向凋敝，人民生活苦不堪言。在这种政治趋于腐朽、经济近于崩溃、社会问题逐渐严重化的形势下，一些头脑清醒的士大夫为替赵宋政权寻求一条自救的出路，曾先后提出或推行深度不同的改革主张和方案，而王安石大刀阔斧的变法运动，更在当时的政治舞台上掀起了轩然大波，引起了长期而激烈的论争。

苏轼正是在这样的时代环境中，走入仕途登上文坛的。

苏轼生于寒素的地主家庭。在著名散文家其父苏洵的熏陶影响下，经过勤奋学习，二十几岁的苏轼已能博通经史，驰骋文墨，因而在入京应举时，一开始就获得了主考官欧阳修的赏识。

年轻气锐的苏轼，针对当时财乏、兵弱、官冗和赋役不均、边备空虚等问题，曾写了《进策》二十五篇、《思治论》等论文，提出了一系列改革主张，希望天子改变因循萎靡的局面，"涤荡振刷，而卓然有所立"[①]。

当熙宁初年，苏轼为父亲办完丧事重回汴京之时，改革家王安

① 《苏轼文集》卷八《策略》一。

石正在神宗支持下雷厉风行地实行变法。苏轼虽然也主张改革，但对于超出了自己眼界的王安石那种更大胆的改易更革，却表示异议，连续上书反对，并因此要求调离京师。在王安石主持变法期间，苏轼历任杭、密、徐、湖各州地方官。其时河北京东天灾连年，他每到一地，都较注意了解民间疾苦，关切生产抗灾。在徐州因同百姓一道抗洪，乃至"庐于城上，过家不入"，给当地人民留下了深刻的印象。

苏轼对变法持有不同意见，时常在诗文中"托事以讽"，这却引起了变法派官僚的嫉恨，他们罗织罪名，深文周纳，把苏轼投入监狱，经过严重折磨，苏轼被贬谪黄州。"我谪黄冈四五年，孤舟出没烟波里。故人不复通问讯，疾病饥寒疑死矣！"① 就是他当时潦倒处境的真实写照。苏轼在黄州虽然一方面郁愤满肠，一方面仍然关怀国事，正视现实，写下了不少作品。

元祐时期，高太后听政，旧派上台，王安石病死，司马光要废尽新法。这时被调回京师任翰林侍读的苏轼，在长期的变法实绩面前，认为部分新法行之有效，"不可尽改"。因此又遭到旧党的排挤，不容于朝，先后被派知杭州、颍州。

在高太后当权时，旧派依附后党，不以年轻的哲宗为意，高太后死后，哲宗厌弃后党，一些官僚乘机打起"绍述"新法的旗号倾陷异己，苏轼又被当作打击的对象，一贬再贬，由英州、惠州一直远贬到荒远的琼州。在这时期，苏轼襟怀坦荡，傲视忧患，吟诗著文，"精深华妙，不见老人衰惫之气"②。

苏轼一生得罪都由于文灾口祸。熙宁初年友人文与可鉴于他"口快笔锐"，在送他通判杭州时，曾提醒他："北客若来休问事，

---

① 《送沈逵赴广南》。
② 《苕溪渔隐丛话·前集》卷四十一。

西湖虽好莫吟诗!"① 毕仲游后来也写信劝他说:"官非谏臣,职非御史,而非是人所未是,危身触讳以游其间,殆犹抱石而救溺也。"② 可是苏轼讥议朝政的作风始终未改。原因何在呢?

苏轼少年就"奋厉有当世志","少学不为身,宿志固有在"③。苏轼十分赞扬杜甫"流落饥寒,终身不用,而一饭未尝忘君"④ 的精神,也曾在诗词中对"胸中万卷,致君尧舜""雨顺风调""民不饥寒"表示祈慕。这说明苏轼具有儒家那种辅君治国、经世济民的理想。尽管这种理想归根结底是从维护宋王朝的长治久安出发的,但在北宋后期赋役不均、征敛无度、官如豺虎、民贫到骨的现实情况下,仍是有一定进步意义的。

赵宋统治者提倡儒、道、佛兼蓄,强调三教"迹异而道同",当时的知识分子不能不深受影响。不过三教融合的趋势,体现在不同人身上又各具特点。苏轼是博采三家而圆通灵活地加以运用的。他奉儒但不十分迂执,谈禅并不佞佛,好道没有流入厌弃人生。他善于摄取所需而致其用。大体上是以儒家"知其不可而为之"的入世精神来从政,以老庄的乘时归化、反朴任天的态度来养身,把禅宗的看穿忧患和儒学"无入而不自得"的思想结合起来,对付人世的坎坷与磨难。苏轼一生政治上虽不得意,但未离开仕途。因此,苏轼的儒家政治理想在他的政治和文学生涯中始终起着重要作用。

正由于此,苏轼在政治上一生没有忘怀现实,对地方,常常能征询疾苦,因法便民;对朝廷,则每每直言敢议,指陈得失,提出自己的政见。在文学上,则主张"诗文皆有为而作,精悍确苦,言

---

① 《石林诗话》。
② 《宋史·毕士安传》。
③ 《闻子由为郡僚所挪恐当去官》。
④ 《王定国诗集叙》。

必中当世之过"①。即使在政治上遭受挫折、牢骚满腹，也没有使他正视现实的热情冷却起来。苏轼曾说：

> 窃怀忧国爱民之意，自为小官，即好僭议朝政，屡以此获罪，然受性于天，不能尽改。
> 轼平生以言语文字见知于世，亦以此取疾于人……以此常欲焚弃笔砚，为喑默人，而习气宿业未能尽去。②

苏轼这种态度自然不是什么"天性"，而是现实环境的产物。北宋统治者采取优渥士大夫的政策，很少杀戮大臣，但为了分割牵制大臣的权力，以强化皇帝的集权，又有意提倡谏官讥议时政，监督、弹劾朝臣。士大夫中也留意砥砺谏官风节，官员敢于直言极谏，即使受到朝廷处分，威望仍有增无减。苏轼正是以此自相期许。他曾在奏章中说：

> 臣闻圣人之治天下也，宽猛相资，君臣之间，可否相济。若上之所可，不问其是非，下亦可之；上之所否，不问其曲直，下亦否之；则是晏子所谓"以水济水，谁能食之？"孔子所谓"惟予言而莫予违，足以丧邦"者也。……臣之区区，不自量度，常欲希慕古贤，可否相济。③

苏轼有改革政治的理想，敢于发表不同意见，反对唯唯诺诺的作风，在新旧两派的激烈斗争中，也取这种态度。他在《与杨元素》

---

① 《凫绎先生诗集叙》。
② 所引两段分别见《辨贾易弹奏待罪札子》《答刘沔都曹书》。
③ 《辨试馆职策问札子》。

信中说：

> 昔之君子，惟荆是师；今之君子，惟温是随；所随不
> 同，其为随一也。老弟与温相知至深，始终无间，然多不
> 随耳！致此烦言，盖始于此。然进退得丧齐之久矣，皆不
> 足道！

这倾心之论，说明在司马光上台，人们千口一调地废弃新法时，苏轼不愿一切顺风附和，即使遭致人们的责难也在所不顾。自然，"在阶级斗争中不可能有中立者"（《列宁全集》第十卷）。在激烈的政治斗争中，也不能超然。因此，必然有所随，有所不随，随乎此，必离乎彼，关键在于所随的主张是否正确。不过，苏轼的所谓"随"，显然是指顺风使舵、投机干进，这却是要不得的。一个阶级、一个集团在根本利益一致的前提下，也会有不同意见，也需要听不同的声音，因此古代有人提倡"兼听"。苏轼从巩固封建政权出发，主张议政要"可否相济"，而反对一切顺风附随，这是很有识见的。

　　不过，封建时代开放言论是有限度的。特别在倾陷成风、党争激烈的北宋后期，苏轼的直言敢议、耿介不随，必然使他在政治上遭受很大的磨难。然而，在旧时代一个作家政治生活上的失败，常常会使他在文学上得到意外的成功。正是由于苏轼不断遭受来自统治集团的打击、排斥，一生仕途崎岖，大起大落，他才有机缘转徙四方州郡，历览名山大川，饱经政治升沉，结识各种人物，了解官场弊害，体察风土人情，目睹民生疾苦，接触下层生活。从而加深了阅历，扩大了视野，为他的创作提供了丰厚的生活基础。"秀语

出寒饿，身穷诗乃亨"①。苏轼的两句诗，可以说是他一生创作道路的自我总结。

三

古、律诗经过辉煌发展的唐代，至五代、宋初而落入低潮，梅尧臣、苏舜钦、欧阳修开始变革西昆的萎靡积习，使宋诗打开了自己的发展轨迹，但都"未诣其盛，至坡公始以其才涵盖今古"②，卓然成为一代诗宗。

苏轼一生写了二千七百多首诗，广泛地描写了十一世纪后期中国的社会生活，在读者面前展开了琳琅满目的艺术画卷。

"民病何时休"，"悲歌为黎元"。苏轼怀着"为黎元"的愿望，写了不少同情人民的诗篇。认为写景抒怀才是苏诗的长处，是不够全面的。苏轼在早年的日常生活中，已经直觉地感到了社会上的贫富悬绝、苦乐不均。后来诗人长期转徙州郡、四方奔走，目击农村凋敝、百姓困苦，不禁为北方和江南人民的悲惨遭遇唱出同情的悲歌：

> 三年东方旱，逃户连敧栋。
> 老农释耒叹，泪入饥肠痛。
> ——《除夜大雪留潍州元日早晴遂行中途雪复作》
> 哀哉吴越人，久为江湖吞。
> 官自倒帑廪，饱不及黎元。
> ——《送黄师是赴两浙宪》

---

① 《次韵仲殊雪中游西湖》。
② 李重华《贞一斋诗说》。

苏轼不仅在诗中留下了农民痛苦生活的真切剪影，而且还进一步揭示出官府的苛征重敛、地主的无穷盘剥，是造成人民苦难深重的重要原因。在《鱼蛮子》诗中，苏轼写了一家老少为逃避租赋终年蜷伏在破船上到处漂流的情景。"人间行路难，踏地出赋租！"这画龙点睛之笔强烈地控诉了封建地租剥削的无孔不入。苏轼怀着关切民瘼的心情，主张朝廷要"节用以廉取"，反对统治者"富而愈贪"①，对他们不顾百姓死活、一味盘剥人民的罪行，给予了尖锐的批判。他讽刺晚唐五代时的李茂贞"抽钱算间口，但未榷羹粥"，指责当朝官僚"争新买宠各出意，今年斗品充官茶"，显然都是针对现实而发的。苏轼同情人民，还表现为他对社会生产的重视和对民生问题的关切。因此，抗灾恤贫、兴办水利、改进劳动工具和改善生活条件，也成为苏诗歌咏的重要题材。例如《次韵章传道喜雨》记录了作者在密州组织百姓抗蝗救灾的事实；《答吕梁仲屯田》反映了作者在徐州同当地百姓一道抗洪的情景；《再过超然台赠太守霍翔》对太守霍翔提出了利用当地水源为密州兴办水利的期望；《秧马歌》以轻快的笔调，描绘了农民骑秧马插秧的生动场景，反映了劳动人民从事生产斗争的高度智慧；《游博罗香积寺》用丰富的联想反映水力碓磨建立后，给人们生活带来的许多方便，体现出诗人改善人们生活条件的美好憧憬。苏轼在密州任满离去时，曾因当地生产低微而深感内疚，便写了《和孔郎中荆林马上见寄》诗，把十万贫羸的百姓殷切地嘱托给新来的郡守：

秋禾不满眼，宿麦种亦稀。

---

① 《策别厚货财一》。

　　永愧此邦人，芒刺在肤肌。

　　平生五千卷，一字不救饥。

　　……

　　何以累君子？十万贫与赢！

这语重心长的诗句，表明诗人关怀生产、同情人民的感情是真切的。

　　"西羌解仇隙，猛士忧塞壖！"表达"忧塞壖"的爱国热忱，也是苏诗的重要内容。宋朝是中国历史上国力较弱的一个王朝，自宋太宗征辽失利起，部分官僚就鼓吹"守内虚外"，而澶渊之盟以来，宋廷更对辽、夏的进逼一味妥协退让，加深了边防危机。苏轼觉察到民族矛盾的严重，力主居安虑危，整军备敌，苏诗的不少篇什，从不同的方面体现出这种昂扬的爱国精神。诗人热情地歌颂勇于赴敌的爱国将士。如《阳关曲》描写了一个跃马挥戈的紫髯将军，对他未能斩取敌酋深表惋惜；《郭纶》歌咏了一个在防卫边廷中屡立战功的少数民族弓箭手，赞扬了他"愿作万骑先"的勇武气概；在《将官雷胜得过字代作》诗中，刻画了一个出入敌阵、捍卫边廷的常胜将军：

　　胡骑入云中，急烽连夜过。

　　短刀穿虏阵，溅血貂裘浣。

在现实的民族矛盾触动下，苏轼立功报国的雄心也时时形之歌咏。治平元年秋天，西夏多次骚扰宋境，杀掠人畜，朝廷曾于陕西点差义军，守卫边廷。苏轼这时在《和子由苦寒见寄》诗中说：

> 庙谟虽不战，虏意久欺天。
> 山西良家子，锦缘貂裘鲜。
> 千金买战马，百宝妆刀镮。
> 何时逐汝去？与虏试周旋！

抗敌报国的热忱溢于言表！元祐二年夏人不断侵扰洮州、三川等地，刘昌祚、种谊曾奉命抵御，苏轼也在《和王晋卿》中提出了"何当请长缨，一战河湟复"的殷殷期望。苏轼还时常以爱国精神激励他人，例如苏辙出使契丹时，苏轼写了《次韵子由使契丹至涿州见寄》，期望他像苏武那样不辱使命，为通好北辽、安定边境做出贡献。苏轼既反对宋廷对辽、夏军事侵扰的退让，也不赞同无故举兵扩边。哲宗时熙河一带边疆部族侵犯洮州，元祐二年种谊收复洮州，俘获其头目鬼章，苏轼写了《获鬼章二十二韵》：

> 藁街虚授首，东市偶全腰。
> 困兽何须杀？遗雏或可招。
> ……
> 羌情防报复，军胜忌矜骄。
> 慎重关西将，奇功勿再要！

诗中在祝捷的同时，建议宋廷一面力戒骄矜，防止对方报复；一面用宽厚政策，招抚边疆部族，使他们同汉族和睦相处，切忌轻动干戈。苏轼这些意见是符合汉族和边疆民族广大人民的共同愿望的。

"平生好诗仍好画，书墙涴壁长遭骂。"这虽是对友人说的，也可以看作是诗人的夫子自道。不过苏轼喜诗爱画，随处有作，这是事实，至于"遭骂"则未必常见。相反，他的大量写景、纪游、遣怀的优秀诗篇，却是深得人们普遍赞赏的。苏轼在长期宦游中，常常表现出对宦场应酬的厌倦，而以喜悦的心情描写了农村生活或自然景物的清新。如《新城道中》《正月二十日与潘、郭二生出郊寻春……乃和前韵》等，都从一个侧面反映了农村生活小景，体现了诗人与当地父老的亲切关系。作者在贬居海南时，对黎族农村也有真切的描绘：

> 半醒半醉问诸黎，竹刺藤梢步步迷。
> 但寻牛矢觅归路，家在牛栏西复西。
>
> 总角黎家三四童，口吹葱叶送迎翁。
> 莫作天涯万里意，溪边自有舞雩风。
> ——《被酒独行，遍至子云、威、徽、先觉四黎之舍》

苏轼反对歧视少数民族的思想，他说："咨尔汉黎，均是一民，鄙夷不训，夫岂是真！"[①] 他同黎族人民交成了亲密的朋友。从这些小诗中，我们不仅看到别具风韵的黎族农村、活泼有趣的黎族儿童，而且还感受到诗人对少数民族村居生活的由衷爱悦。苏轼每到一地都以极大的兴趣登山涉水，探访古迹名胜，寄意明净壮阔的大自然，因而祖国的奇妙山川，借助他生花的诗笔，摄下了多彩的雄姿。徐州百步洪的急湍，镇江金山寺的烟波，杭州西湖的美妙，钱塘江潮的壮阔，登州海市的奇幻，惠州通潮阁的飘杳天外，都在读者心中留下了难忘的形象。苏轼一次经行琼州山谷，目击并写下了这个海岛瞬息变幻的风雨雷电：

---

① 《和陶劝农》。

　　幽怀忽破散，永啸来天风。

　　千山动鳞甲，万谷酣笙钟。

　　……

　　急雨岂无意，催诗走群龙。

　　梦云忽变色，笑电亦改容。

　　　　——《行琼儋间……觉而遇清风急雨，戏作此数句》

　　这动如脱兔的诗句，仿佛把读者置于山风突起、草木摇曳、万籁齐鸣的深山群壑，使人亲见急雨陡落、云翻电驰的景象，但这里的迅雷急雨，并不使人惊惧，因为群龙雷电正笑容可掬地催诗人写诗呢！苏轼描绘大自然的笔墨，常常饱和着爽朗的感情，寄托着他不畏险阻、傲视磨难的襟怀。例如他刚出囹圄，一见黄州山水，就欣幸地说："长江绕郭知鱼美，好竹连山觉笋香"；远谪海南，目睹遍野的荔枝林，高兴地写道："日啖荔支三百颗，不辞长作岭南人"[1]；人们爱走捷径坦途，苏轼觉得山石嶙峋的小道也别具风韵："莫嫌荦确坡头路，自爱铿然曳杖声"；谁都希望一帆风顺，苏轼则认为在人生的道路上总难免有曲折颠簸："且并水村欹侧过，人间何处不巉岩"[2]。这些小诗在平凡中见警策，言有尽而意趣无穷，是颇耐人寻味的。

　　苏轼诗在学习前人的基础上形成了独有的艺术风格。它宏放如李白，而没有李白的飘逸；浑涵如杜甫，而不似杜甫的深沉；劲拔如韩愈，而避去了韩愈的奇险；流丽如乐天，而不同于乐天的平易通俗。苏诗境界大，笔力豪，变化多，大致以宏肆雄放、自由驰骋

---

[1]　所引两联，分别见《初到黄州》《食荔支》。

[2]　所引两联，分别见《东坡》《慈湖夹阻风》。

为主调而兼具多种特色。叶燮说："苏轼之诗，其境界皆开辟古今之所未有，天地万物，嬉笑怒骂，无不鼓舞于笔端。"① 沈德潜说，其笔如"天马脱羁，飞仙游戏，穷极变幻，而适如意中所欲出"②。这都很能刻画出苏诗的博大自由。至于刘克庄所云苏诗"有汗漫者，有典严者，有丽缛者，有简淡者。翕张开阖，千变万态"③，则是就苏诗风格的多样化来立论的。

苏诗的语言是以博洽、飞动、圆熟见长的。苏轼驾驭语言的气魄很像韩愈，举凡经史诗赋、佛老道藏、生活口语，无不汇聚笔端，任其驱遣，真是"胸有洪炉，金银铅锡，皆归熔铸"④。在丰富的语言材料基础上，经过熔铸淘洗，苏诗的语言大都能做到飞动、圆熟。苏轼很赞许"新诗如弹丸"，他的诗正是达到了这种境界的。苏轼胸藏万卷，善于使典用事，常常随手拈来，毫无雕琢痕迹。例如《子由将赴南都……》："犹胜相逢不相识，形容变尽语音存"，是用豫让吞炭事；《赠王子直秀才》："水底笙歌蛙两部，山中奴婢橘千头"，是用孔稚珪庭中蛙鸣和李衡武陵种橘事。作者运用这些典故，有助于加深表现笔底的现实生活；读者不去查考它的来历，并不妨碍理解诗的含义，所谓"用事不使人觉，若胸臆语"⑤，达到了古人用事的最高要求。自然，苏轼某些诗篇也有堆砌古典或语言提炼不够以致失于生硬的毛病，这诚如前人所说：苏诗"词源如长江大河，飘沙卷沫，枯槎束薪，兰舟绣鹢，皆随流至"⑥，对于一位多产的作家，这种锻炼语言不够平衡的情况是难免的。

---

① 《原诗》卷一。
② 《说诗晬语》卷下。
③ 《后村诗话》前集卷二。
④ 同注㉝。
⑤ 《颜氏家训》第九篇。
⑥ 许顗《彦周诗话》。

　　同某些唐诗的含蓄蕴藉不同，苏诗比较纵放透辟，这是由苏诗在表达方式上一些特点形成的。苏诗常常直抒胸臆，言议英发，笔力曲折，无不尽意。但这并不意味着它是以议论代替形象，忽视诗的特质。苏轼主张"学诗当以子美为师"，指出"退之于诗，本无解处"，认为"善诗者道意不道名"①，可见他是主张诗必言情，诗要形象的。因此，苏诗的某些长篇虽有议论化的倾向，但大都是把纵横自如的议论同喷薄欲出的感情、真切客观的描写结合在一起的。例如《荔支叹》中的正面理想和议论，由于是从前半部分进献荔枝的生动描写中生发出来的，因而同样具有艺术力量，而并无空泛之感。苏诗善于捕捉事物的特征，状难写之景于目前。如"野阔牛羊同雁鹜，天长草树接云霄"，写西北高原野阔天低的景象；"海上涛头一线来，楼前指顾雪成堆"②，形容海潮汹涌迅疾的状态，都是何等生动逼真！苏轼善于借助新颖的比喻来刻画事物，如以"西子"比西湖，以"红装"比海棠，以"泼乳"比新茶，以"赴壑蛇"比光阴易逝，以"飞鸿踏雪泥"比人的行踪无定，以轻舟、凫雁、落鹰、骏马、断弦、飞电等一系列的形象来比徐州洪的急湍，这些都是苏诗中很有名的例子。施补华《岘佣说诗》说："人所不能比喻者，东坡能比喻；人所不能形容者，东坡能形容；比喻之后，再用比喻；形容之后，重加形容。"这都说明苏诗是很注意运用形象化的艺术手段的。

　　苏轼驾驭自如地运用古、近各体来写志抒怀，而尤以七言见长。苏轼的七言古体恣意挥洒，机趣横生，洋洋大观，有不少快意的名篇。前人说"东坡长句波澜浩大，变化不测"③，就是指这类

①　所引数句见《诗人玉屑》卷十二和卷五。
②　所引两联，分别见《题宝鸡县斯飞阁》《望海楼晚景》。
③　《诗人玉屑》卷十七引《吕氏童蒙训》。

篇什。因此古代诗话家多认为苏轼七言长句之妙,自杜甫、韩愈之后,还没有第二人。这大约因为七言歌行篇幅恢宏,便于苏轼这样才气横溢的作家驰骋笔力。苏轼的五古稍逊于他的七古,但也有不少佳篇。苏轼律体不如他的古体,但七律七绝写得也很出色。七律在格调上具有刘禹锡、白居易的流丽圆转,有时还更为自然妥溜、奇气崛兀。苏轼《……吴道子画……》云:"觉来落笔不经意,神妙独到秋毫颠",正可用来品题他的七律。苏轼对五律、五绝用力很少,偶有所作,大多平庸,而七绝则写得清美精妙、沁人心脾,有不少佳作传颂人口。古人说:"苏东坡之诗,如武库初开,矛戟森然。不觉令人神悚,仔细检点,不无利钝。"① 这样讲是符合实际的。一个诸体兼备的大家,常常是有所长也有所短的。

四

诗至唐代已是高峰崛兀,词至两宋才汇为汪洋大泽。对于后者,苏轼的拓疆开路之功是值得重视的。宋初承晚唐五代余绪,词风艳冶绮靡,词体沦落成歌楼酒筵娱宾遣兴的工具,连倡导诗文革新运动的欧阳修,也未能超出这种风气之外。《四库全书总目提要》说:"词至晚唐五代以来,以清切婉丽为宗;至柳永而一变,如诗家之有白居易;至苏轼而又一变,如诗家之有韩愈。"北宋词的这两次变化,以苏词所显示的变化意义最大。柳永对词的变革,主要是运用俚语,较多地反映了市民阶层的生活和情趣,使词从贵族官僚的华筵走向城市的旅邸歌馆。不过,内容依然是艳情旅愁,未能越出婉约派的樊篱,反被奉为婉约派的大宗。苏轼则于婉约派之外

---

① 《苕溪渔隐丛话·后集》卷三十三引《复斋漫录》。

另立新帜，空前扩大了词境，把词体从歌楼酒筵的狭小天地中解放出来，使之走向了广阔的社会，从而为这一文学形式表现重大的社会题材铺平了道路。

　　苏轼在词坛上另辟一径，是经过了艰巨的努力和斗争的。苏轼开始介意于词，大约在嘉祐年间，他在《与子明兄》书中说："记得应举时，见兄能讴歌甚妙，弟虽不会，然常令人唱为作词。"熙宁中期苏轼通判杭州时，已有不少小令，但独立的风格尚未形成，至任密州、徐州太守时，词的创作渐趋成熟，开始产生名篇佳作，后来贬官黄州，写词出现了高潮，曾自称"近者新阕甚多，篇篇皆奇"①。柳永生活于宋仁宗朝，约死于皇祐五年（1053）。苏轼写词时，柳永虽已谢世，但婉约派仍风靡一时，甚至到南宋初期，少年尚"十有八九不学柳耆卿，则学曹元宠"②，足见柳词影响之大。苏轼在当时撰写与传统词风大相径庭的新作，不断受到责难，如善歌的幕士曾讥诮他，及门弟子张文潜、陈后山也说"先生小词似诗"，不合"本色"③。但他毫不动摇地有意以写壮词自勉。当在密州写了猎词《江城子》时，苏轼兴奋地向友人说：

　　　　近却颇作小词，虽无柳七郎风味，亦自是一家，呵呵！数日前猎于郊外，所获颇多。作得一阕，令东州壮士，抵掌顿足而歌之，吹笛击鼓以为节，颇壮观也！④

他读到友人蔡景繁风格近古的新词，特地通函表示支持：

---

① 《与陈季常书》。
② 《碧鸡漫志》卷二。
③ 《苕溪渔隐丛话·前集》卷四十二。
④ 《与鲜于子骏书》。

　　颁示新词，此古人长短句诗也。得之惊喜！试勉继之①。

对于门人秦观模仿柳词，苏轼则大不以为然，批评他："不意别后，公却学柳七作词。"② 从这些情况可以看出苏轼是有意识地推陈出新、同柳词抗衡，从而变革传统词风的。

　　苏轼致力诗文之余，"溢而作词曲"，却存留作品三百四十余篇，比专力于词的作者柳永还要多，这见出他旺盛的创作精力。在这些作品中，苏轼一扫脂粉之气，而任情地抒写旅况、友谊、爱情、农村、政治等，打破了题材的窄狭性，做到了无事不可言。

　　苏轼在词史上第一个以健笔劲毫塑造英气勃勃的人物形象，来寄托报国的襟怀。他通判杭州时所写的《南乡子》，已初露豪壮气象：

　　旌旆满江湖，诏发楼船万舳舻。投笔将军因笑我，迂儒。帕首腰刀是丈夫！

这里旌旗楼船簇拥着一位腰佩宝刀的将军，气象颇为壮观。随后在密州出猎所写的《江城子》，借纪事来抒怀。它使我们看到：在绵延起伏的岗峦上，锦帽貂裘的武士乘马飞驰，万头攒动的百姓围观如堵，英武有为的太守正对准暴跳奔突的猛虎张弓拉弦……斗志正旺的太守多么渴望得到重用，手持雕弓，像射虎一样来回击西北边廷的掠夺者啊！贬官黄州赤壁怀古所写的《念奴娇》，更出现了非

① 《与蔡景繁》。
② 《高斋诗话》。

凡的背景和人物。在大江滚滚、惊涛动魄、乱石穿云、雪浪滔天的壮阔环境里，一位雄姿英发、束装儒雅的青年将军周瑜，谈笑自若地指挥军队抗御横江而来的强敌，使曹军的万艘舳舻顿时化为灰烬。这是何等的艺术腕力！所谓"东坡词自有横槊气概，固是英雄本色"①，当是指这类作品。

抒写慷慨峥嵘的政治情怀，表达由现实与理想的冲突而激荡出的联翩幻想，也是苏词的重要内容。青年时代的苏轼曾经踌躇满志，充满致君尧舜的信心：

> 有笔头千字，胸中万卷，致君尧舜，此事何难？
> ——《沁园春》（孤馆灯青）

可是当他被牵入新旧两派之争，而政治上备遭磨难时，他的心情不免激愤苍凉，在黄州所写的《满江红》（寄鄂州朱使君寿昌）说：

> 江表传，君休读；狂处士，真堪惜。空洲对鹦鹉，苇花萧瑟。独笑书生争底事？曹公黄祖俱飘忽。愿使君还赋谪仙诗，追黄鹤！

作者在悼惜祢衡，藐视曹操、黄祖，追怀李白中寄托着他的政治牢骚和身世之感。为了摆脱这种政治苦闷的重压，词人常常飞驰幻想，遨游天外，上下追求。例如在《念奴娇》（凭高眺远）中，他"翻然归去"，飞上"江山如画"的"清凉国"，吹奏起响彻云端的笛曲；在《满庭芳》（归去来兮）中，他漫步银河滩头，巧遇织布

---

① 《词苑丛谈》卷三。

的仙女，同这些纯洁的天使进行了爽快的攀谈。这些词章或回荡着慷慨兀傲的感情，或充满浪漫主义想象，在精神上是上承屈原、李白，下开辛弃疾悲愤、清旷之作的。

把田园风光和农村生活引入词作，也是苏轼开拓词境的突出表现。作者怀着欣喜的感情，在小词里对农村丰收在望的景象作了细致的描绘：

> 惭愧今年二麦丰，千畦细浪舞晴空。
>
> ——《浣溪沙》（惭愧今年二麦丰）
>
> 雪晴江上麦千车，但令人饱我愁无。
>
> ——《浣溪沙》（万顷风涛不记苏）

有的词还简洁地勾画了词人和当地居民的亲切关系：

> 山中友，鸡豚社酒，相劝老东坡。
>
> ——《满庭芳》（归去来兮）

苏轼在徐州所写的几首农村词，是北宋词史上第一组饶有风味的农村风景画和风俗画。这几首词用清新隽秀的语言，从不同角度写农村小景。这里有绿荫绵延的村庄、鸟鸢翔舞的神社、层层闪光的苘叶、簌簌下落的枣花、软草平沙的路径等富有特色的农家景物，这里活跃着采桑姑、白发老汉、挑担卖瓜人、柔声娇语的缫丝娘和红妆罗裙赶来看太守的天真少女等各式各样的农村人物。缫车的声响、煮茧的香气、收麦赛神的喧闹，还使人们感受到一派热闹的生产气象和浓郁的生活气息。"何时收拾耦耕身？""使君元是此中人。"尽管作为封建官吏，苏轼与农村生活还有很大的距离，但在词中，作者宁肯把自己说成农村的一员，而不愿自视为高不可攀的官僚，这对于古代文人来说还是难能可贵的。

苏轼的风景词和爱情词，也不同凡响，独具风韵。苏词写景眼界开阔、色彩鲜明、笔墨飞动，带有浓郁的感情色彩。如写武汉的长江：

江汉西来，高楼下，蒲萄深碧。犹自带岷峨雪浪，锦江春色。

——《满江红》（江汉西来）

写颍州的颍水：

清颍东流，愁来送、征鸿去翮。情乱处、青山白浪，万重千叠。

——《满江红》（清颍东流）

苏轼善于在日常生活小景的描写中，寄托自己开阔的胸襟和爽朗的感情。如在《浣溪沙》（山下兰芽短浸溪）小词中，作者注目烂漫春光，面对西流溪水，唱出了"谁道人生无再少？门前流水尚能西"这样乐观的人生之歌，在当时充斥离恨别愁的词苑中，确能使人耳目一新。苏轼偶尔写作情词，也细腻缠绵、妩媚动人。如《水龙吟》（似花还似非花）写杨花，《贺新郎》（乳燕飞华屋）写幽居佳人，《蝶恋花》（花褪残红青杏小）写行人伤春，都是前人叹赏的佳篇。

"苏子瞻之作多是豪放"①，这是历来的公论。苏轼多以"豪放"赞人，说明他是倾心豪放的。所谓豪放，广义地讲，是同内容的开阔、笔力的驰骋、格调的纵放雄健联系在一起的。这些方面确是苏词同婉约派的显著异点，也是苏轼革新宋词所取得的独到成就。

苏轼把写诗的那种波澜横生的气势、屈伸自如的腕力，带进了词作，使苏词仿佛"挟海上风涛之气"，而"激昂排宕，不可一世"②。所谓"以诗为词"应当作如是观。如《八声甘州》：

> 有情风万里卷潮来，无情送潮归。问钱塘江上，西兴浦口，几度斜晖？

笔势如"突兀雪山，卷地而来"③，气象何其雄浑！尽管苏轼驱遣诗文中的语汇入词，但并非泯灭诗与词的界限。张炎说："盖词中一个生硬字用不得，须是深加锻炼，字字敲打得响，歌诵妥溜，方为本色语。"④ 苏词的语言是达到了这些要求的。例如：

> 三十三年，今谁存者？算只君与长江。凛然苍桧，霜干苦难双！
> ——《满庭芳》（三十三年）

这里用数字，用虚词，健句遒劲，字字苍寒，但字面句法却全然是

① 《词苑丛谈》卷一。
② 《花草蒙拾》《映庵手批东坡词》。
③ 《大鹤山人诗话》。
④ 张炎《词源》卷下。

词。再像作者将韩愈《听颖师琴诗》，櫽括成《水调歌头》，后者与原诗无论字面、句法、韵味，全然不同，一诗一词，泾渭判然。

与内容和笔势相应，苏词的格调大都雄健顿挫。苏轼说自己的壮词需要壮士抵掌顿足而歌，吹笛击鼓以为节。陆游曾说：拿东坡词来歌唱，会使人有"天风海雨逼人"①之感。这都很能说明苏词在声韵格调上的某些显著特色。有人把苏词的纵放不羁，同苏轼不晓音律联系起来，说"子瞻之词，虽工而多不入腔"②。其实这是缺乏根据的。陆游早已作过剖辩。苏轼在黄州时，一位友人曾搜集一百四十余曲，提供给他来研讨，苏轼还感到所收不广。苏轼将《归去来辞》櫽括成《哨遍》之后，曾录寄精于词曲的友人推敲声律，并让董毅夫的家僮倚声而歌。事实证明，苏轼写词是讲究声律的。不过由于他诗思奔放，不愿处处为曲子所缚罢了。词是一种独立的文学形式，它的声律适应内容的需要而有所突破和创新，"出新意于法度之中"，是完全应该的。

苏轼致力于写作奔放不羁的壮词，但并不等于苏词只是清一色的豪放。《词苑丛谈》卷四说：

> 苏子瞻有铜喉铁板之讥，然《浣溪沙》春闺词曰："彩索身轻常趁燕，红窗睡重不闻莺。"如此风调，令十七八女郎歌之，岂在"晓风残月"之下？

这说明一个大家的文学风格常常是多样化的。《东坡乐府》中严格意义上的豪放之作并不算多，不少篇什还各自呈现着不同的风采。诸如《水调歌头》（明月几时有）的奇逸高旷，《八声甘州》（有情

---

① 《历代诗余》卷一百一十五引。
② 《苕溪渔隐丛话·前集》卷四十二引《遯斋闲览》。

风万里卷潮来）的清雄跌宕，《贺新郎》（乳燕飞华屋）的绮丽妩媚，《卜算子》（缺月挂疏桐）的空灵隽永，都是使人寓目难忘的。但这并无碍于把苏词的基本风貌概括为"豪放"，因为大体说来，东坡词不管从意境、笔势还是格调上都贯注着豪迈纵放的精神，这与婉约派是迥乎不同的。因此，我们不妨说：苏轼词绚丽多彩，而豪放是它的主调。

五

苏轼同韩、柳、欧一向被称为散文四大家。他的散文功力最深，直到老年诵习不辍，曾说："少年好文字，虽自不能工，喜诵他人之工者。今虽老，余习尚在。"① 五代宋初以来文风凋敝，以杨亿、刘筠、钱惟演等人为代表的西昆派，"淫巧侈丽，浮华篆组"，引起了许多文人的不满。但宋初的古文运动，为矫正萎靡卑弱，有的走向了僻涩险怪，有的则求深而近迂，以致"余风未殄，新弊复作"②。至欧阳修继承了韩愈古文"文从字顺"的一面，创为平易舒缓之风，散文得以走向了健康发展的道路。苏轼以扎实的功力和奔放的文才，发展了欧阳修的散文传统，为散文的创作开辟了崭新的天地。

苏轼散文代表北宋古文运动的最高成就。流水般的自然活泼，是苏文最为显著的特色。释德洪《跋东坡怳池录》说："其文涣然如水之质，漫衍浩荡，则其波亦自然而成文。"苏轼赞扬别人的文章"大略如行云流水，初无定质，但常行于所当行，常止于所不可不止，文理自然，恣态横生"。这些比喻，却也非常形象地道出了

---

① 《答李昭玘书》。
② 《谢欧阳内翰书》。

苏文的妙处。

　　苏轼散文著述宏富，谈史和议政的论文包括奏议、进策和制科文字等，是同苏轼政治生涯有密切联系的作品。这些作品在内容上具有复杂性，其中相当部分反映了传统的儒生之见和不满意变法的保守思想。对于早年表达空泛的儒生之见的科场文字，苏轼后来也曾表示不满。他说："轼少时好议论古人，既老涉世更变，往往悔其言之过。""儒者之病，多空文而少实用。"① 不过，值得注意的是，在苏轼的史论和政论中，确也有不少有的放矢、反映现实、表现出作者一定识见的优秀篇章。例如《思治论》明确地指出"今世有三患而终莫能去"，这就是"财之不丰，兵之不强，吏之不择"，要革除三患，有所作为，必须如商鞅那样敢于"撄万人之怒，排举国之说"，具有"犯其至难"的魄力。《谏买浙灯状》斩钉截铁地说"京城百姓，不惯侵扰"，朝廷切不可"以耳目不急之玩，而夺其口体必用之资"，因此，他要求神宗"凡游观、苑囿、宴好、赐予之类，皆饬有司务从俭约……深计远虑，割爱为民"。《决壅蔽》深刻地揭露了官吏贪墨、民情壅塞、贿赂公行的现象，说："凡贿赂先至者，朝请而夕得；徒手而来者，终年而不获"，"举天下一毫之事，非金钱无以行之"。这些议论深中封建官僚政治的肯綮，并且体现了作者赞同改革、体恤民情的进步政治观点。在《平王论》中，苏轼借平王东迁造成周室名存实亡的史事，反复论证了"避寇而迁都，未有不亡，虽不即亡，未有能复振者"的道理。苏轼这个警告是触及了赵宋统治集团怯于外敌的要害的，后来赵宋王朝的历史发展，果然不幸被苏轼言中。苏轼的这些论文是在分析历史、观察社会的基础上，针对现实而发的，因而言之有物，见解透

① 《与王庠书》。

辟，完全不同于那些向壁虚造的空泛之论。

苏轼议政论史并非空谈事理，他常常广征史事、借古鉴今、层层剖析，因而具有较强的说服力。如在《平王论》中，为了说明避寇迁都的严重危害，除了着重分析了东周的形势，又接连举出历史上因固守旧都而稳定了政权和由于避寇迁都而走向了衰亡的大量事实，从正反两方面反复论证，这可以看出苏轼渊博的历史知识和开阔的思路。苏轼"好观前世盛衰之迹，与其一时风俗之变"①，谈古论今，滔滔数千言，这同古代政论家贾谊、陆贽是颇为相近的。苏轼惯于从旧史料中翻新出奇，提出独诣之见。如黄石公授书故事，自《史记》以来一向传为神话，苏轼在《留侯论》中一反旧说，指出这是秦末隐士故意来折张良"少年刚锐之气，使之忍小忿而就大谋"，这陡然而来的翻案之笔，顿时剥去了这则故事的神秘色彩，颇能发人深思。李涂《文章精义》说："苏门文字，到底脱不得纵横习气。"纵横家言大而夸，故作惊人之谈，虽难免使苏轼有受病之处，然而，孟轲的雄辩滔滔，纵横家的腾挪变化，确能增加文章的气势和波澜，在这方面显然可以看出苏文是承受了《孟子》《战国策》等书的影响的。

纪事和纪游的散文，在苏文中具有较高的艺术价值。苏轼阅历丰富，文思敏捷，"山川之秀美，风俗之朴陋，贤人君子之遗迹，与凡耳目之所接者"②，他除了形之歌咏，也写成散文。苏轼少年时爱读《庄子》，这类散文因物赋形、汪洋恣肆、摇曳多姿，最能体现出《庄子》散文的影响。

苏轼赞同"诗文皆有为而作"③。他的散文总是借纪事纪游等，

① 《上韩太尉书》。
② 《江行唱和集叙》。
③ 《凫绎先生诗集叙》。

或反映与民生有关的社会问题，或阐明一种见解，或寄寓某种哲理，或体现个人的政治襟怀和生活态度，而绝少有意铺彩摘文之作。如《喜雨亭记》由亭引出雨，由雨写到喜，表达了关心稼穑、与民同乐的襟怀。《钱塘六井记》记述陈述古修浚六井的经过，赞许了地方官吏"问民之所苦"，急民之所急的政治设施。《李氏山房记》在叙述友人李常藏书的情况中，针对当时士子"束书不观，游谈无根"的不良风气，阐扬了书册的意义和作用，强调了认真读书的重要性。《前赤壁赋》在描写泛舟游江时，寄托了作者政治失意的情怀，体现了他通脱灵活地解脱思想矛盾的开朗生活态度。这都说明苏轼记叙体散文，"非勉强所为之文"，大都是"有触于中"①，有为而发的。

苏轼记叙体散文，在艺术风格上变化跌宕、波澜层出，具有欧阳修文的从容闲暇而更为活泼有致。如《喜雨亭记》《墨妙亭记》《放鹤亭记》，三文同是写亭，对喜雨亭由亭名破题，用追溯方法，层层递进地来说明；对墨妙亭先写建造经过，次叙当地水灾，带出建亭人的政绩，再折转到政暇的风流余韵；对放鹤亭则从描绘亭的地理景物，写到游亭的感触，进而议论山林隐逸之趣。三篇章法不同，而同样机趣横生，体现了作者的巧于布局和构思。苏轼不因为是写记叙体散文，而束缚了自己言议英发的长处，相反，他善于在文中驰骋议论。这些议论往往发而有因而托于物事，来时陡然，收时倏忽，使人并无枯燥累赘之感。如《超然台记》开端陡然发挥了一通"凡物皆有可观"，能"游于物之外"，"吾安往而不乐"的议论，似乎与台无关，其实这正是台名超然的真谛，在意义上不但与全文密合，而且与收尾呼应。苏轼能把议论同描写、抒情结合起

---

① 《江行唱和集叙》。

来，交错运用，使文章达到情与理、景与事相互融合，浑然一体。前后《赤壁赋》就是这方面的范例。在文体上，苏轼也不拘常格，勇于创新。有时散文而间以韵语；有时赋体而贯注散文奔泻而下的气势；有时时散时骈，圆转灵活，而适如意之所欲出。苏轼在散文中偶尔描写人物，也非常传神。如《石氏画苑记》写石幼安：读书作诗，"不求人知，独好法书名画、古器异物，遇有所见，脱衣辍食求之，不问有无。居京师四十年，出入闾巷，未尝骑马……长七尺，黑而髯，如世所画道人剑客"。寥寥几笔，其人性格笑貌跃然纸上。有时苏轼信笔点染的短文，如《记承天寺夜游》，着墨不多，情景毕现，如诗如画，风神隽永，充分表现了作者高超的艺术才能。

书札、序跋、杂著等杂文，在苏文中也占有重要地位。苏轼在这类作品中，或叙友情，或写襟抱，或谈文艺，或论学术，常常随笔挥洒，不假雕饰，而使人感到亲切有味、娓娓动听。

苏轼广于交游，再加他"与人无亲疏，辄输写腑脏"①的性情，因而书札文字颇多。这类文字不同于官场应酬之作，常常真情袒露，毫不拘谨，更容易看出作者的襟怀和性格。如在《与李公择》中说：

　　示及新诗，皆有远别惘然之意。虽兄之爱我厚，然仆本以铁石心肠待公，何乃尔耶？吾侪虽老且穷，而道理贯心肝，忠义填骨髓，直须谈笑于死生之际，若见仆困穷便相于邑，则与不学道者，大不相远矣。

————————
　　① 《密州通判厅题名记》。

苏轼先是身幽图圄，既而以罪人身份安置黄州，友人李公择为他担忧难过，他却谈笑生死，自处坦然，用铁石般铮铮有声的壮语，为友人开解，“道理”“忠义”云云，虽难免有封建伦理气味，但其忘怀自我、以关切他人为重的态度，却灼然可见。在《答秦太虚书》中，作者以白描手法，写家常琐事，生活困窘到把钱挂到屋梁上计日开销，“痛自节俭”，但胸中却泰然自若，“都无一事”，反娓娓不倦地向对方谈黄州的风涛、居民的友谊、当地的物产饮馔，笔锋细腻，情景逼真，使人从字里行间感受到作者幽默风趣的性格。

苏轼兴趣广泛，博通诗文书画，所写题记序跋，常常表露出他对文艺问题的真知灼见。例如他在《江行唱和集叙》中，提出文章“非能为之为工，乃不能不为之为工”；在《书吴道子画后》，提出为文要“出新意于法度之中，寄妙理于豪放之外”。苏轼强调文章不能矫揉造作，要发自激情，自然流出；不能拘守陈套，要在重视法度的前提下力求创新。这些说法都是符合文艺创作规律的经验之谈。在《书蒲永升画后》中，作者总结了唐宋以来画水的经验。他说古代画水波头起伏，“使人至以手扪之”，可谓逼真。唐代孙位更出新意，能够“随物赋形，尽水之变”。蜀人孙知微、蒲永升得其笔法，孙氏“作输泻跳蹙之势，汹汹欲崩屋”，蒲氏画水之清冷，“寒风袭人，毛发为立”。这篇题画小品只用寥寥几笔就写出不同画家的笔法特点，文笔简净、形象，令人叹赏。

苏轼手不停披，勤于治学。在他的书札杂记中，也存留他记述治学心得，或回答后辈问学之作。其中时有独得之见，足以发人深思。如《稼说》以种田为喻，说明治学不能寸寸而取，造成地力枯竭，要善于平居自养，做到“博观而约取，厚积而薄发”。《日喻》以盲人识日和北人学没为喻，说明求道必须刻苦学习、亲身体验，不能远离实际、主观臆测。这些见解都是很有可取之处的。在《又答王庠书》中，苏轼告诉这位青年后辈，那些应科的文字是没有多大用处的。治学"实无捷径必得之术"，只要"积学数年，自有可得之道"。但是读书也要讲求方法，因为"书富如入海，百货皆有之，人之精力，不能兼收尽取"。以此，读书要每次依据明确的目的专力从某一方面深入钻研，这样自会收到与"涉猎者不可同日而语"的实效。在这些杂著中，苏轼总是能就近取譬、深入浅出地说明自己的体会和见解，行文简洁、生动、具体，有引人入胜之妙。

苏轼不愧是我国文学史上一位杰出的作家。他以丰富的文学实绩，把北宋诗文革新运动推向前进，使诗、文、词各方面的创作出现了新的高峰。苏轼的文学成就曾经引起宋代和后代学人的普遍重视。列宁在评价托尔斯泰时指出：托尔斯泰的时代过去了，"但是，在他的遗产里，却有着没有成为过去而是属于未来的东西"（《列宁论文学与艺术》一册，二九三页）。对于标志一个时代而在历史上发生广泛影响的作家，其遗产是不会随着时代的流逝而成为过去的。因此，我们要珍视和研究苏轼的文化遗产，弘扬古代文化的优良传统和艺术魅力，提高充实人们的文化素养，为繁荣新时代的文化，推进新时期的社会建设服务。

苏轼作品异彩纷呈，流播广远。20 世纪 80 年代初本人曾编纂《苏轼选集》，几度重印，发行五万余册。近年随着社会建设的飞速发展，文化学术益趋繁荣活跃。适应人文科学的演进和教育事业的发展，近中不揣简陋，立足学术前沿，吸纳各家整理本之所长，对此选本重新扩展、增益、改写，编为此集。书稿草就，承蒙齐鲁书社再次给予青睐、热情支持，使之得以顺利梓行。在此谨表谢忱。

目 录

CONTENTS

001 | **前 言**

001 | **诗 选**

003 郭纶

004 初发嘉州

005 夜泊牛口

006 许州西湖

008 辛丑十一月十九日，既与子由别于郑州西门之外，马上赋诗一篇寄之

009 和子由渑池怀旧

010 九月二十日微雪怀子由弟二首

012 岁晚相与馈问为"馈岁"，酒食相邀呼为"别岁"，至除夜达旦不眠为"守岁"，蜀之风俗如是。余官于岐下，岁暮思归而不得，故为此三诗以寄子由

014 和子由闻子瞻将如终南太平宫溪堂读书

016 十二月十四日，夜微雪，明日早往南溪小酌至晚

017 和子由苦寒见寄

019 骊山三绝句

021 | 秀州僧本莹静照堂

022 | 次韵张安道读杜诗

025 | 游金山寺

027 | 戏子由

029 | 熙宁中，轼通守此邦，除夜直都厅，囚系皆满，日暮不
　　　　得返舍，因题一诗于壁

030 | 六月二十七日望湖楼醉书五绝（选二）

031 | 望海楼晚景五绝（选二）

032 | 汤村开运盐河雨中督役

034 | 吴中田妇叹

036 | 王复秀才所居双桧二首

037 | 饮湖上初晴后雨二首

038 | 新城道中二首

040 | 山村五绝

042 | 於潜僧绿筠轩

043 | 於潜女

044 | 唐道人言，天目山上俯视雷雨，每大雷电，但闻云中如
　　　　婴儿声，殊不闻雷震也

045 | 立秋日祷雨宿灵隐寺同周、徐二令

046 | 有美堂暴雨

047 | 次韵述古过周长官夜饮

048 | 李顾秀才善画山，以两轴见寄，仍有诗，次韵答之

049 | 无锡道中赋水车

050 | 与毛令方尉游西菩寺二首（选一）

051 | 单同年求德兴俞氏聚远楼诗三首

053 雪后书北台壁二首

055 小儿

056 次韵刘贡父李公择见寄二首（选一）

057 祭常山回小猎

058 刘贡父见余歌词数首，以诗见戏，聊次其韵

060 和孔郎中荆林马上见寄

062 留别雯泉

063 除夜大雪留潍州，元日早晴遂行，中途雪复作

064 至济南李公择以诗相迎，次其韵二首

066 阳关词三首（选二）

067 百步洪二首（选一）

069 石炭

071 罢徐州往南京马上走笔寄子由五首（选二）

072 舟中夜起

074 予以事系御史台狱，狱吏稍见侵，自度不能堪死狱中，不
　　　得一别子由，故作二诗授狱卒梁成，以遗子由二首

076 十二月二十八日，蒙恩责授检校水部员外郎黄州团练副
　　　使，复用前韵二首

078 正月十八日蔡州道上遇雪，次子由韵二首（选一）

079 陈季常所蓄朱陈村嫁娶图二首

081 初到黄州

082 寓居定惠院之东，杂花满山，有海棠一株，土人不知
　　　贵也

084 雨中看牡丹三首（选一）

085 五禽言五首并叙（选四）

086 ｜ 晓至巴河口迎子由

087 ｜ 迁居临皋亭

089 ｜ 东坡八首（选四）

092 ｜ 闻捷

093 ｜ 正月二十日，与潘、郭二生出郊寻春，忽记去年是日同
　　　 至女王城作诗，乃和前韵

094 ｜ 次韵孔毅父久旱已而甚雨三首（选一）

095 ｜ 鱼蛮子

097 ｜ 琴诗

098 ｜ 闻子由为郡僚所捃恐当去官

099 ｜ 东坡

100 ｜ 海棠

101 ｜ 别黄州

102 ｜ 庐山二胜

105 ｜ 题西林壁

105 ｜ 自兴国往筠宿石田驿南二十五里野人舍

106 ｜ 郭祥正家，醉画竹石壁上，郭作诗为谢，且遗二古铜剑

107 ｜ 次荆公韵四绝

109 ｜ 送沈逵赴广南

111 ｜ 泗州除夜雪中黄师是送酥酒二首（选一）

112 ｜ 孙莘老寄墨四首（选一）

113 ｜ 书林逋诗后

114 ｜ 归宜兴，留题竹西寺三首

116 ｜ 赠王寂

117 ｜ 怀仁令陈德任新作占山亭二绝

118　再过常山和昔年留别诗

119　再过超然台赠太守霍翔

121　登州海市

123　惠崇春江晚景二首

124　西太一见王荆公旧诗偶次其韵二首

125　虢国夫人夜游图

127　轼以去岁春夏侍立迩英，而秋冬之交，子由相继入侍，
　　　次韵绝句四首，各述所怀（选一）

128　书晁补之所藏与可画竹三首（选二）

129　书李世南所画秋景二首（选一）

130　书鄢陵王主簿所画折枝二首

132　庆源宣义王丈，以累举得官，为洪雅主簿，雅州户掾。遇
　　　吏民如家人，人安乐之。既谢事，居眉之青神瑞草
　　　桥，放怀自得。有书来求红带，既以遗之，且作诗为
　　　戏，请黄鲁直、秦少游各为赋一首，为老人光华

134　与莫同年雨中饮湖上

135　送子由使契丹

136　赠刘景文

137　予去杭十六年而复来，留二年而去，平日自觉出处老少，
　　　粗似乐天，虽才名相远，而安分寡求，亦庶几焉。
　　　三月六日，来别南北山诸道人，而下天竺惠净师以
　　　丑石赠行，作三绝句

139　感旧诗

141　泛颍

142　淮上早发

143 | 送晁美叔发运右司年兄赴阙

145 | 再送二首（选一）

146 | 送襄阳从事李友谅归钱塘

147 | 送黄师是赴两浙宪

148 | 东府雨中别子由

150 | 鹤叹

151 | 临城道中作

152 | 慈湖夹阻风五首（选二）

153 | 南康望湖亭

154 | 秧马歌

156 | 八月七日初入赣，过惶恐滩

157 | 十月二日初到惠州

158 | 游博罗香积寺

160 | 赠王子直秀才

161 | 四月十一日初食荔支

163 | 荔支叹

165 | 章质夫送酒六壶，书至而酒不达，戏作小诗问之

167 | 食荔支二首（选一）

168 | 迁居

170 | 纵笔

171 | 白鹤峰新居欲成，夜过西邻翟秀才二首（选一）

172 | 吾谪海南，子由雷州，被命即行，了不相知，至梧乃闻尚在藤也。旦夕当追及，作此诗示之

173 | 行琼儋间，肩舆坐睡，梦中得句云："千山动鳞甲，万谷酣笙钟。"觉而遇清风急雨，戏作此数句

175 ｜ 和陶田舍始春怀古二首（选一）

177 ｜ 和陶与殷晋安别，送昌化军使张中

178 ｜ 被酒独行，遍至子云、威、徽、先觉四黎之舍三首（选二）

179 ｜ 纵笔三首

181 ｜ 庚辰岁人日作，时闻黄河已复北流，老臣旧数论此，今斯言乃验二首（选一）

182 ｜ 汲江煎茶

183 ｜ 儋耳

185 ｜ 澄迈驿通潮阁二首

186 ｜ 六月二十日夜渡海

187 ｜ 赠岭上老人

188 ｜ 过岭二首（选一）

189 ｜ 次韵江晦叔二首（选一）

190 ｜ 虔州吕倚承事，年八十三，读书作诗不已，好收古今帖，贫甚，至食不足

191 ｜ 自题金山画像

193 ｜ **词　选**

195 ｜ 行香子（携手江村）

196 ｜ 蝶恋花（雨后春容清更丽）

197 ｜ 少年游（去年相送）

198 ｜ 江城子（凤凰山下雨初晴）

199 ｜ 虞美人（湖山信是东南美）

201 ｜ 江城子（翠蛾羞黛怯人看）

202　醉落魄（分携如昨）

203　沁园春（孤馆灯青）

205　永遇乐（长忆别时）

206　蝶恋花（灯火钱塘三五夜）

207　江城子（十年生死两茫茫）

209　江城子（老夫聊发少年狂）

210　减字木兰花（贤哉令尹）

212　满江红（天岂无情）

213　望江南（春未老）

214　水调歌头（明月几时有）

216　江城子（前瞻马耳九仙山）

217　江城子（相从不觉又初寒）

218　水调歌头（安石在东海）

220　浣溪沙五首

220　　　（照日深红暖见鱼）

221　　　（旋抹红妆看使君）

222　　　（麻叶层层苘叶光）

223　　　（簌簌衣巾落枣花）

224　　　（软草平莎过雨新）

224　永遇乐（明月如霜）

226　江城子（天涯流落思无穷）

227　西江月（三过平山堂下）

229　南歌子（山雨萧萧过）

230　卜算子（缺月挂疏桐）

231　水龙吟（似花还似非花）

233 | 浣溪沙

233 | 　　　　（覆块青青麦未苏）

234 | 　　　　（醉梦昏昏晓未苏）

235 | 定风波（莫听穿竹打叶声）

236 | 浣溪沙（山下兰芽短浸溪）

238 | 洞仙歌（冰肌玉骨）

239 | 念奴娇（大江东去）

242 | 念奴娇（凭高眺远）

243 | 临江仙（夜饮东坡醒复醉）

245 | 满庭芳（三十三年）

246 | 水调歌头（落日绣帘卷）

248 | 鹧鸪天（林断山明竹隐墙）

249 | 满庭芳（归去来兮）

250 | 浣溪沙（细雨斜风作小寒）

251 | 满庭芳（三十三年）

253 | 满庭芳（归去来兮）

255 | 八声甘州（有情风万里卷潮来）

257 | 木兰花令（霜余已失长淮阔）

258 | 满江红（清颍东流）

259 | 蝶恋花（花褪残红青杏小）

260 | 贺新郎（乳燕飞华屋）

262 | 减字木兰花（春牛春杖）

265 | **文　选**

267 | 刑赏忠厚之至论

270　　上梅直讲书

273　　江行唱和集叙

274　　留侯论

278　　策别课百官三

278　　　　决壅蔽

282　　策别安万民五

282　　　　教战守

285　　喜雨亭记

287　　超然台记

290　　李君山房记

293　　日喻

295　　答黄鲁直书

296　　文与可画筼筜谷偃竹记

299　　与王定国书

301　　方山子传

303　　前赤壁赋

306　　后赤壁赋

309　　记承天寺夜游

310　　记游定惠院

312　　石钟山记

314　　书吴道子画后

316　　答毛滂书

317　　潮州韩文公庙碑

322　　记游松风亭

323　　与参寥子

324 ｜ 在儋耳书

325 ｜ 书上元夜游

327 ｜ 与元老侄孙

328 ｜ 又答王庠书

329 ｜ 答谢民师书

332 ｜ 黠鼠赋

诗 选

郭 纶

【原文】

自注：纶本河西弓箭手，屡战有功不赏。自黎州都监官满，贫不能归，今权嘉州监税。

河西猛士无人识，日暮津亭阅过船。①
路人但觉骢马瘦②，不知铁槊大如椽③。
因言西方久不战，截发愿作万骑先④。
我当凭轼与寓目⑤，看君飞矢集蛮毡⑥。

说 明

郭纶是当时河西（今甘肃一带）一位出色的弓箭手，边疆少数民族人，在防守边廷中屡有战功，后流落为嘉州（今四川乐山）监税。仁宗嘉祐四年（1059）苏轼与弟苏辙随父苏洵由眉山赴汴京，路经嘉州，遇郭纶，写此诗相赠。诗中以爽畅的语句，表现了作者对有志献身边防的武士的赞许和同情。苏辙同时作《郭纶》诗，有"郭纶本蕃种，骑斗雄西戎"之句。

注 释

❶"日暮"句：写郭纶傍晚在渡口闲看过往船只，说明他闲居无聊。　❷骢（cōng）马：青白色的马。　❸铁槊大如椽：长矛大如屋椽，形容其勇于冲锋。铁槊（shuò），一种长矛，古代的兵器。　❹截发：截发为信，意犹誓言。

❺"我当"句：作者自谓。凭轼，凭依战车上的横木。寓目，观看。《左传》僖
公二十八年载：晋、楚城濮之战前，楚将子玉（名得臣）派人向晋君挑战说：
"请与君之士戏（角斗），君冯轼而观之，得臣与寓目焉。"这里化用此语，表明
将拭目观战。　❻君：指郭纶。蛮毡：指西夏人的军帐。

初发嘉州

【原文】

朝发鼓阗阗①，西风猎画旃②。

故乡飘已远，往意浩无边。

锦水细不见③，蛮江清可怜④。

奔腾过佛脚，⑤旷荡造平川。

野市有禅客，钓台寻暮烟。⑥

相期定先到，久立水潺潺⑦。

说 明

嘉祐四年（1059）苏轼由眉山行至嘉州，这年冬天，由嘉州出发，乘船过
戎州（今四川宜宾），作此诗。诗写沿途所见诸多景象。王文诰按引纪昀评曰：
"气韵脱洒，格律谨严。"

注 释

❶朝发：早晨起锚开船。阗阗（tián）：鼓声，开船的信号。　❷猎画旃：吹
拂着画旗。猎，吹动。旃（zhān），船上挂的彩旗。　❸锦水：即锦江，四川的

岷江。 ❹蛮江：指青衣江，在嘉州与岷江汇合。可怜：可爱。 ❺"奔腾"
句：这句言奔腾的江水从佛像脚下流过。据王象之《舆地纪胜》载：唐开元年
间僧人海通曾于江滨凿石雕成弥勒大像，高三百六十尺。后成江边景观。苏辙
《初发嘉州》诗描写说："飞舟过山足，佛脚见江浒，舟人尽敛容，竞欲揖其
拇。" ❻"野市"二句：写作者想象僧人定会如约在傍晚先到钓鱼台等候观
望。作者自注："是日，期乡僧宗一，会别钓鱼台下。"禅客，指乡僧宗一。
❼潺潺（chán）：水徐流声。欧阳修《醉翁亭记》："山行六七里，渐闻水声
潺潺。"

夜泊牛口

【原 文】

日落红雾生，系舟宿牛口。
居民偶相聚，三四依古柳。
负薪出深谷，见客喜且售。
煮蔬为夜飧①，安识肉与酒。
朔风吹茅屋，破壁见星斗。
儿女自咿嚘②，亦足乐且久。
人生本无事，苦为世味诱。
富贵耀吾前，贫贱独难守。
谁知深山子，甘与麋鹿友③。
置身落蛮荒，生意不自陋。
今予独何者，汲汲强奔走④。

说 明

　　这是赴京途中行经宜宾船泊牛口渚所写的纪行抒感诗。诗写目睹的山村居民生活，他们邻里团结，勤奋俭朴，居处简陋，儿女贴近，安乐稳定。由此作者想到，人们通常羡慕富贵，奔走不息，反没有山民单纯宁静，自己也不例外。

注 释

　　❶夜飧（sūn）：晚餐。　❷咿嚘（yīyōu）：象声词，形容孩童语音不清。❸麋（mí）鹿：山中野兽。　❹汲汲：形容心情急切。

许州西湖

【原 文】

西湖小雨晴，滟滟春渠长①。
来从古城角，夜半转新响。
使君欲春游②，浚沼役千掌③。
纷纭具畚锸④，闹若蚁运壤。
夭桃弄春色⑤，生意寒犹快⑥。
惟有落残梅，标格若矜爽⑦。
游人坌已集⑧，挈榼三且两⑨。
醉客卧道傍，扶起尚偃仰⑩。
池台信宏丽，贵与民同赏。
但恐城市欢，不知田野怆⑪。

颍川七不登，野气长苍莽。⑫
谁知万里客，湖上独长想。

说　明

　　本篇是嘉祐五年（1060）春，作者由湖北江陵赴汴京途中经许州（今河南许昌）作。许州西湖，广百余里，中有横堤，西半广于东半而水不深。宋莒公为太守，调集民夫挖掘，使东西相通。诗中从西湖亭台华丽、游人闲逸享乐，联想起颍川一带连年灾荒，发出了"但恐城市欢，不知田野怆"的感叹，体现了诗人对农村灾民的关注。

注　释

　　❶滟滟：水满貌。　❷使君：指太守宋莒公。　❸浚沼：开掘湖底。役千掌：使用成百上千民夫。　❹畚（běn）锸：掘泥运土的工具。畚，畚箕。锸，铁锹。　❺夭桃：艳丽的桃花。　❻"生意"句：这句写桃花怯寒。虽生意盎然，却因天寒而不快。怏（yàng），不乐。　❼"标格"句：这句写梅花精神抖擞。标格，风度。若，乃。矜爽，坚毅清爽。　❽坌（bèn）：聚集。　❾"挈榼"句：写游人三三两两地提着酒壶来游玩。挈（qiè），提。榼（kē），酒器。刘伶《酒德颂》："动则挈榼提壶，惟酒是务。"　❿偃仰：躺倒。⓫"不知"句：谓不了解农村的痛苦。⓬"颍川"二句：这两句是说颍川一带庄稼连年不收，田野满目荒凉。颍川，淮水的支流，在河南东部，此指颍川流经的广大地区。

辛丑十一月十九日，既与子由别于郑州西门之外，马上赋诗一篇寄之

【原文】

不饮胡为醉兀兀①，此心已逐归鞍发。

归人犹自念庭闱②，今我何以慰寂寞。

登高回首坡垅隔，但见乌帽出复没。③

苦寒念尔衣裘薄，独骑瘦马踏残月。

路人行歌居人乐，童仆怪我苦凄恻。

亦知人生要有别，但恐岁月去飘忽④。

寒灯相对记畴昔，夜雨何时听萧瑟。⑤

君知此意不可忘，慎勿苦爱高官职⑥。

说 明

嘉祐六年（1061），苏轼在汴京考中制科第三等，授大理评事签书凤翔府（今陕西凤翔）判官，十一月赴任，苏辙送至郑州。本篇写于赴任途中，是苏轼早期写惜别的名作。诗先写临别时心境，次写对对方身影的顾望关念，再写情怀凄苦、岁月易逝，末写对往事的回想和对未来的期盼。情深意切，曲折顿宕，充分抒发了兄弟俩依依难分的衷情。南宋许顗《彦周诗话》中举出《诗经·邶风·燕燕》中"之子于归，远送于野，瞻望弗及，泣涕如雨"诗句，谓"此真可泣鬼神矣"。"东坡《送子由诗》云'登高回首坡垅隔，但见乌帽出复没'，皆远绍其意。"不少诗评家亦称赏东坡此联模写工巧逼真。

注 释

❶兀兀：昏沉的样子。　❷归人：指苏辙。庭闱：指父母居住的地方，代指父母。当时苏辙被任为商州推官，因其父苏洵在京修纂礼书，苏轼离京外任，苏辙留侍苏洵身边，故说归人念庭闱。　❸"登高"二句：写作者眺望苏辙返还京师的身影，只见其乌帽忽隐忽现。　❹飘忽：形容时光流逝很快。《文心雕龙·序志》："岁月飘忽，性灵不居。"　❺"寒灯"二句：作者自注："尝有夜雨对床之言，故云尔。"苏轼兄弟上年在汴京怀远驿寓居，读到韦应物诗，有共践夜雨联床之约。苏辙《逍遥堂会宿二首》引言云："辙幼从子瞻读书，未尝一日相舍。既壮，将游宦四方，读韦苏州诗，至'安知风雨夜，复此对床眠'，恻然感之，乃相约早退，为闲居之乐。"此后两人不断提及此话题，如《初秋寄子由》"雪堂风雨夜，已作对床声"，《满江红·怀子由作》"对床夜雨听萧瑟"等。畴昔，往昔。萧瑟，风雨声。　❻苦爱：久爱。

和子由渑池怀旧

【原文】

人生到处知何似，应似飞鸿踏雪泥。
泥上偶然留指爪，鸿飞那复计东西。
老僧已死成新塔，坏壁无由见旧题。①
往日崎岖还记否？路长人困蹇驴嘶。②

说 明

嘉祐六年（1061）十一月，作者与弟苏辙在郑州分手后路过渑（miǎn）池

（今河南渑池县），为和苏辙《怀渑池寄子瞻兄》诗而作此篇。前四句以连续性的动态比喻，说明人生行迹的暂时性和流逝性；后四句描述眼前物象，抒发怀旧情惊。此诗设喻新警，极富理趣。《诗人玉屑》卷十七引《陵阳室中语》谓"子瞻作诗，长于譬喻"，并举此诗前四句作为例证之一。

注 释

❶ "老僧"二句：嘉祐元年（1056），苏轼兄弟赴京途中经渑池，曾寄宿奉闲僧舍，两人还题诗僧舍。苏辙《怀黾池寄子瞻兄》有"旧宿僧房壁共题"句。并自注云："辙昔与子瞻应举，过宿县中寺舍，题其老僧奉闲之壁。"这次再过渑池，老僧已死。僧人死，常火化后筑塔贮藏骨灰，故云"成新塔"。　❷ "往日"二句：作者自注："往岁，马死于二陵，骑驴至渑池。"往日，指嘉祐元年进京途中。蹇（jiǎn）驴，跛足驴。《楚辞·七谏·谬谏》："驾蹇驴而无策兮，又何路之能极。"

九月二十日微雪怀子由弟二首

【原 文】

其一

岐阳九月天微雪，已作萧条岁暮心。①
短日送寒砧杵急，②冷官无事屋庐深。
愁肠别后能消酒，白发秋来已上簪③。
近买貂裘堪出塞④，忽思乘传问西琛⑤。

其二

江上同舟诗满箧，⑥郑西分马涕垂膺。⑦
未成报国惭书剑，⑧岂不怀归畏友朋。⑨
官舍度秋惊岁晚，寺楼见雪与谁登。
遥知读易东窗下，车马敲门定不应。⑩

说 明

这两首诗是嘉祐七年（1062）苏轼在凤翔作。时苏辙在汴京，诗向弟弟倾诉了独宦凤翔的寂落心境，并表达了个人有志报国、希图一展抱负的襟怀。全诗贴近日常生活，出语平易爽畅。

注 释

❶ "岐阳"二句：意思是岐阳深秋天寒，风物萧索，仿佛有岁暮之感。岐阳，凤翔府古称岐阳郡。 ❷ "短日"句：谓秋日天短气寒，家家准备寒衣，捣衣声急促不断。砧（zhēn），垫石。杵（chǔ）：捣衣的棒槌。 ❸ 簪（zān）：古代用来插发髻或连接发髻与帽子的长针。 ❹ 貂裘：貂皮的皮裘，此处泛指皮裘。 ❺ 乘传（zhuàn）：乘坐传车，指奉命出使。传，古代驿站的专用车辆。问西琛（chēn）：意指巡视西羌。琛，珍宝。《诗经·鲁颂·泮水》："憬彼淮夷，来献其琛。" ❻ "江上"句：嘉祐四年，作者与弟弟苏辙随侍其父苏洵，由家乡经水路赴汴京，父子三人一路上写了不少诗文，编成《南行集》（已佚，仅存《南行集叙》在苏轼文集中）。此句指此事。 ❼ "郑西"句：指嘉祐六年苏轼赴凤翔就任，苏辙送行，两人分手于郑州西门事。膺，胸前。 ❽ "未成"句：谓报效国家的凤愿未能实现，愧对身边的书剑。 ❾ "岂不"句：谓想辞官回乡，怕朋友议论。《左传·庄公二十二年》引逸诗，有"岂不欲往，畏我友朋"句。 ❿ "遥知"二句：苏轼兄弟均曾研读《周易》，苏辙少年也有关于

《周易》的著述。后苏轼的《毗陵易传》，也吸收了苏辙的研究成果。这里写苏辙专心读易，闭门谢客，车马到门，也不予接待。应（yīng），应答。

岁晚相与馈问为"馈岁"，酒食相邀
呼为"别岁"，至除夜达旦不眠为"守
岁"，蜀之风俗如是。余官于岐下，
岁暮思归而不可得，故为此三诗以寄子由

【原　文】

以寄子由。

馈岁

农功各已收，岁事得相佐。①
为欢恐无及，假物不论货。②
山川随出产，贫富称小大③。
置盘巨鲤横，发笼双兔卧。
富人事华靡，彩绣光翻座。
贫者愧不能，微挚出春磨。④
官居故人少，里巷佳节过。
亦欲举乡风，独唱无人和。

别岁

故人适千里⑤，临别尚迟迟。

人行犹可复，岁行那可追。

问岁安所之⑥，远在天一涯。

已逐东流水，赴海归无时。

东邻酒初熟，西舍彘亦肥⑦。

且为一日欢，慰此穷年悲。

勿嗟旧岁别，行与新岁辞。

去去勿回顾，还君老与衰。

守岁

欲知垂尽岁⑧，有似赴壑蛇。

修鳞半已没⑨，去意谁能遮。

况欲系其尾，虽勤知奈何。

儿童强不睡，相守夜欢哗。

晨鸡且勿唱，更鼓畏添挝⑩。

坐久灯烬落⑪，起看北斗斜。

明年岂无年，心事恐蹉跎⑫。

努力尽今夕，少年犹可夸。

说　明

　　这三首岁晚诗，是嘉祐七年（1062）苏轼在凤翔辞岁时所作。诗中以古朴的笔调和白描的手法写出了古代馈岁、别岁、守岁的风俗习惯，表达了作者惜岁的感情，同时还通过馈岁的描写反映了贫富生活的差异。诗中用语平易爽畅，设喻新颖，具有浓郁的民俗氛围。

注　释

❶"农功"二句：谓农事已毕，又该准备岁事（过年）了。　❷"假物"句：言置办年货，不暇选择。　❸"山川"二句：是说馈岁的礼物随各地出产而不同，礼物的大小因家境贫富而有异。　❹"贫者"二句：这两句说贫穷人家拿出自己加工的食品当作微薄礼物。挚，同贽，指馈赠的礼品。　❺适：往，去。　❻安所之：到何处去。之，往。　❼西舍：西邻。豨（zhì）：猪，此指猪肉。　❽垂尽：快要结束。　❾修鳞：长蛇的身躯。　❿畏添挝：怕打更鼓。挝（zhuā），敲打。　⓫灯烬：灯烛的灰烬。　⓬蹉跎：光阴虚度。

和子由闻子瞻将如终南
太平宫溪堂读书

【原　文】

役名则已勤，殉身则已媮^①。

我诚愚且拙，身名两无谋。

始者学书判^②，近亦知问囚^③。

但知今当为，敢问向所由。

士方其未得，惟以不得忧。

既得又忧失，此心浩难收^④。

譬如倦行客，中路逢清流。

尘埃虽未脱，暂憩得一漱^⑤。

我欲走南涧，春禽始嘤呦^⑥。

鞅掌久不决^⑦，尔来已徂秋^⑧。

桥山日月迫，府县烦差抽^⑨。

王事谁敢愬，民劳吏宜羞。

中间罹旱暵⑩，欲学唤雨鸠⑪。

千夫挽一木，十步八九休。

渭水涸无泥，菑堰旋插修⑫。

对之食不饱，余事更遑求⑬。

近日秋雨足，公余试新篘⑭。

劬劳幸已过，朽钝不任锼⑮。

秋风迫吹帽，西皋可纵游。

聊为一日乐，慰此百年愁。

说　明

太平官，道观名，在凤翔终南，其中藏有不少道藏之书，苏轼曾去阅览，写有《读道藏》诗。和子由的这首诗作于嘉祐八年（1063）。当时东坡与凤翔知府陈希亮不够和睦，曾受其弹劾。苏轼后在《谢馆职启》中有"一参宾幕，辄蹈危机"之语，当即指此。此诗反映了作者在任职凤翔时的烦难经历和内心矛盾，并对朝廷摊派给百姓的苛重徭役流露出了不满。全诗格调比较曲折深沉。

注　释

❶"役名"二句：意谓为功名所役则自身勤苦，迁就身体则自己快活。媮（yú），同愉，快乐。　❷学书判：指任签书凤翔府判官。　❸知问囚：苏轼曾被派去凤翔府属县减决囚禁。　❹"此心"句：这句说心情纷乱，难以收拾。❺"譬如"四句：比喻去溪堂读书，暂得休闲。漱，冲洗。　❻嘤（yīng）呦（yōu）：鸟鸣声。　❼鞅掌：原意是无暇整理仪容，引申为公事忙碌。《诗经·小雅·北山》篇有"王事鞅掌"语。　❽徂：到。　❾"桥山"二句：谓因为替皇帝修筑陵墓，时间紧迫，府县大批抽调民夫。桥山，《史记·五帝本纪》：

"黄帝崩，葬桥山。"后以桥山代指皇帝葬事。本年三月宋仁宗死，十月葬永昭陵。　⑩罹旱暵：遭遇旱灾。暵，干热。　⑪"欲学"句：这句说自己想祷雨。唤雨鸠，古代传说鸠鸟鸣，天要下雨。　⑫蓄（zī）堰：指渭河两岸以蓄石修筑的堤坝。插修：挖土修补。　⑬"余事"句：谓余事无暇顾及。　⑭试新篘：尝尝新酒。篘（chōu），竹制的滤酒器具，代指酒。　⑮"劬劳"二句：这两句说经过紧张的劳累，自己衰弱的身体已禁不住拘管摆弄了。朽钝，形容身体虚弱。锼（sōu），加工刻镂。

十二月十四日，夜微雪，
明日早往南溪小酌至晚

【原 文】

南溪得雪真无价，走马来看及未消。
得自披榛寻履迹，最先犯晓过朱桥。①
谁怜屋破眠无处，②坐觉村饥语不嚣。③
惟有暮鸦知客意，惊飞千片落寒条。④

说 明

本篇是嘉祐八年（1063）在凤翔南溪观赏瑞雪之作。诗写瑞雪难得，尽早观望，并联想到贫穷村民的饥寒，体现了作者的恤民精神。

注 释

❶ "得自"二句：谓能够独自穿越树林寻觅人迹，得以最早趁晓通过朱桥。

榛（zhēn），植物名，此指树木。　❷“谁怜”句：杜甫《茅屋为秋风所破歌》有“床头屋漏无干处，雨脚如麻未断绝。自经丧乱少睡眠，长夜沾湿何由彻”，此处化用其意。　❸“坐觉”句：杜牧《赴京初入汴口，晓景即事，先寄兵部李郎中》：“泽阔鸟来迟，村饥人语早。”“语不嚣”反用其意，说明饥民起身较迟、声音微弱。　❹“惟有”句：写鸦飞振落树枝上雪花的景象，聊助赏雪清兴。

和子由苦寒见寄

【原　文】

人生不满百，一别费三年。①
三年吾有几，弃掷理无还。
长恐别离中，摧我鬓与颜。②
念昔喜著书，别来不成篇。
细思平时乐，乃为忧所缘③。
吾从天下士，莫如与子欢。
羡子久不出，读书虱生毡。④
丈夫重出处，不退要当前。
西羌解仇隙，猛士忧塞壖。⑤
庙谟虽不战，虏意久欺天。⑥
山西良家子，锦缘貂裘鲜。⑦
千金买战马，百宝妆刀镮。⑧
何时逐汝去，与虏试周旋。⑨

说 明

本篇为治平元年（1064）在凤翔作，所和苏辙原诗《栾城集》中失载。本年秋天西夏几次出兵骚扰宋朝边境，"杀掠人畜以万计"（《续资治通鉴》卷六十二）。此诗前半由感叹与子由分离开篇，抚今追昔，抒发了对弟弟的殷殷怀念；后半由重视出处，奋进有为起笔，联系国防形势，赞赏忧国猛士，体现了对西北边防的关心。

注 释

❶"一别"句：苏轼于嘉祐六年十一月在汴京与苏辙分手赴凤翔任，到本年恰为三年。　❷"长恐"二句：意谓别愁能催人更快地衰老。　❸缘：缠绕。❹"羡子"二句：赞赏其读书勤奋，昼夜不离坐席，坐毡上都生了虱子。❺"西羌"二句：指朝廷与西夏妥协，放松了边备，有志之士深以边防为忧。西羌，指西夏。嘉祐六年西夏国主谅祚致书宋廷，两国通好，自此西方边备有所放松。塞壖（ruán），边境上的空地。本年韩琦上疏说："陕西当西事之初，亦尝三丁选一丁为弓手，其后刺为保捷正军。及夏国纳款，朝廷拣放，于今所存者无几。"（《续资治通鉴》卷六十二）可资参考。　❻"庙谟"二句：是说朝廷虽主张妥协，敌人却肆意侵扰边境。庙谟，朝廷的决策。苏轼在《王仲仪真赞并序》中也提到："方是时，虏大举犯边。"　❼"山西"二句：当时朝廷采纳韩琦的建议，于陕西诸州点差义勇，得十五万六千八百七十三人。这两句写此。貂裘鲜，是说用丝绸缝制成漂亮的皮袍。　❽"百宝"句：言用宝石装饰武器，准备从征。　❾周旋：指对阵应战。

骊山三绝句

【原文】

其一

功成惟欲善持盈，可叹前王恃太平。①
辛苦骊山山下土，阿房才废又华清。②

其二

几变雕墙几变灰，举烽指鹿事悠哉。③
上皇不念前车戒，却怨骊山是祸胎。④

其三

海中方士觅三山，⑤万古明知去不还。
咫尺秦陵是商鉴⑥，朝元何必苦跻攀⑦。

说 明

　　这三首绝句是英宗治平元年（1064）作者罢凤翔签判任后，过长安、游骊山作。骊山，在陕西省临潼东南，古代骊戎国所居，故名骊山。其间有烽火楼、秦始皇墓、唐华清宫。诗中即景咏史，通过周、秦、唐各代史事批判了统治者的荒淫骄纵、招祸误国，从而总结历史经验，为赵宋王朝提供鉴戒。

注　释

❶"功成"二句：这两句说统一天下后要善于保持胜利，可惜前代帝王依仗一时太平，荒淫骄纵。　❷"辛苦"二句：这两句谓骊山这块土地不得安宁，阿房宫被焚毁后，又建起华清宫。秦始皇在骊山修筑阿房宫，十五年始成，备极豪华，后在项羽攻入咸阳时被焚毁。开元十年唐玄宗在此建华清宫，宠幸杨玉环，信任杨国忠，终于酿成了"安史之乱"。　❸"几变"二句：谓骊山故地几度经历豪华焚毁，前代帝王荒淫故事已经消逝。举烽，周幽王时事。周朝国都有警，举烽火为号，征召各诸侯军勤王。周幽王昏庸无能，为逗引褒姒发笑取乐，多次无故举烽，以后犬戎真的发兵进攻，幽王举烽报警，诸侯认为是幽王取笑，都不出兵，结果幽王被敌杀死在骊山下。事见《史记·周本纪》。指鹿，秦二世胡亥时，赵高专权，使人献鹿给胡亥，说献的是"马"，胡亥不信，问左右臣僚，臣僚不敢违拗赵高，都跟着说是"马"，事见《史记·秦始皇本纪》。　❹"上皇"二句：两句意谓唐明皇不接受前代的教训，却委罪于妇人。上皇，指唐玄宗，他晚年荒淫享乐，放松理政，致使发生"安史之乱"，杨贵妃在马嵬坡被缢杀。前车戒，以前车之覆为戒，《汉书·贾谊传》有"前车覆，后车诫"语。　❺"海中"句：秦始皇晚年相信方士的无稽之谈，派人入海寻蓬莱、方丈、瀛洲三仙山，求不死之药，事见《史记·封禅书》。　❻咫尺：形容距离很近。秦陵：秦始皇的陵墓，在骊山。商鉴：即殷鉴，《诗经·大雅·荡》篇："殷鉴不远，在夏后之世。"　❼朝元：朝元阁，在骊山，唐玄宗所建。跻(jī)攀：登攀。

秀州僧本莹静照堂

【原文】

> 鸟囚不忘飞，马系常念驰。
> 静中不自胜，不若听所之。①
> 君看厌事人，无事乃更悲。
> 贫贱苦形劳，富贵嗟神疲。
> 作堂名静照，此语子为谁。
> 江湖隐沦士②，岂无适时资③。
> 老死不自惜，扁舟自娱嬉。
> 从之恐莫见，况肯从我为。

说 明

　　治平元年（1064）苏轼罢凤翔签判还朝，差判登闻鼓院，得直史馆，因父苏洵病故，护丧归蜀。熙宁二年（1069）还朝，在京监官告院，秀州（浙江嘉兴）僧本莹（字慧空）来访，苏轼写此诗。诗由堂名"静照"发挥，取禽鸟、家畜、各类人士为例，议论人生不会绝对宁静。全诗富含哲思理趣，体现了作者顺其自然、随遇而安的襟绪。

注 释

　　❶"静中"二句：意谓宁静不下来，不如任其律动。　❷隐沦士：隐居之人。谢灵运《入华子冈是麻源第三谷》诗："既枉隐沦客，亦栖肥遁贤。"

❸适时资：适应机遇的资质、禀赋。

次韵张安道读杜诗

【原 文】

大雅初微缺，流风困暴豪。①
张为词客赋，变作楚臣骚。②
展转更崩坏，纷纶阅俊髦。③
地偏蕃怪产，源失乱狂涛。④
粉黛迷真色，鱼虾易豢牢。⑤
谁知杜陵杰，名与谪仙高。⑥
扫地收千轨，⑦争标看两艘。⑧
诗人例穷苦，天意遣奔逃。⑨
尘暗人亡鹿，⑩溟翻帝斩鳌。⑪
艰危思李牧，述作谢王褒。⑫
失意各千里，哀鸣闻九皋。⑬
骑鲸遁沧海，⑭扪虎得绨袍。⑮
巨笔屠龙手，⑯微官似马曹。⑰
迂疏无事业，醉饱死游遨。⑱
简牍仪型在，儿童篆刻劳。⑲
今谁主文字，公合抱旌旄。⑳
开卷遥相忆，知音两不遭。
般斤思郢质，㉑鲲化陋鯈濠。㉒
恨我无佳句，时蒙致白醪㉓。

殷勤理黄菊，未遣没蓬蒿。

说　明

　　熙宁四年（1071）苏轼被派为杭州通判，七月赴任，路经陈州（今河南淮阳）会见知州张方平（字安道，与苏轼父子有交谊），作此诗。自欧阳修《水谷夜行寄子美、圣俞》等诗后，宋人写论诗诗的风气颇盛，本篇是苏诗中较早也较有分量的论诗诗。诗中从风骚的创作传统和历史演进的视角，对杜甫在诗歌发展史上的地位给予了高度评价，认为李白、杜甫两位诗人，像两艘竞渡的龙舟并驾齐驱，这也是很有见地的。

注　释

　　❶“大雅”二句：这是说《诗经》之后干戈四起，诗风受到困扰。大雅，代表《诗经》所体现的创作传统。李白《古风》有“大雅久不作，吾衰竟谁陈”之句。　❷“张为”二句：意谓后来发展为汉代词臣的大赋，演变为屈原、宋玉等楚人的骚体诗。　❸“展转”二句：意谓经过辗转变迁，风雅体式愈益破裂，出现了许多作者。纷纶，纷纭，形容众多。俊髦，英俊之士。　❹“地偏”二句：是说诗歌走入偏地，衍生出怪异之作；离开本源，掀起浊浪狂涛。　❺“粉黛”二句：喻指诗作以假乱真，优劣混淆。粉黛，妇女的化妆品。易牶牢，古代祭祀用的牛羊，以鱼虾代替。　❻“谁知”二句：是谓杜甫与李白齐名。杜陵杰，指杜甫。杜甫曾在杜陵（长安东南）居住，自称“杜陵布衣”“杜陵野老”。谪仙，指李白，贺知章见李白风采卓异，称他为“谪仙人”。　❼“扫地”句：比喻杜甫集诸家之大成。　❽“争标”句：比喻杜甫与李白并驾齐驱，争夺锦标。两艘，两只船。　❾“天意”句：安史乱起，长安沦陷，杜甫同百姓一道逃难，以后又漂泊西南，过着颠沛流离的生活。这里概括了杜甫的这些遭遇。　❿“尘暗”句：玄宗天宝十四载，安禄山起兵，后攻陷长安，玄宗逃亡西蜀。此句写此。尘暗，征尘遮天。亡鹿，用《汉书·蒯通传》“秦失其鹿，天下共逐之”的典故，喻指李唐丢失政权。　⓫“溟翻”句：此喻指肃

宗李亨平定安史之乱，恢复李唐政权。溟翻，大海翻腾，喻干戈四起。帝斩鳌，指平定叛乱。《列子·汤问》："昔者女娲氏练五色石以补其阙，断鳌之足以立四极。"鳌，巨龟。　⑫"艰危"二句：这两句是说动乱时代只重视武臣而摈弃文士。李牧，战国时赵国名将，汉文帝曾感叹以不得李牧式的武将为憾，见《史记·张释之冯唐列传》。王褒，汉代文士，宣帝时应征入朝，曾奉诏著文，见《汉书·王褒传》。　⑬"失意"二句：是说李白、杜甫政治失意，流落江湖，写诗抒怀，声闻各地。九皋，深泽。《诗经·小雅·鹤鸣》："鹤鸣于九皋，声闻于天。"　⑭"骑鲸"句：这句写李白晚年远游江湖。安史乱后，李白流放夜郎，后溯江而上，经三峡，泛洞庭，游零陵等地。李白自称海上骑鲸客，杜甫《送孔巢父谢病归游江东兼呈李白》诗有"若逢李白骑鲸鱼，道甫问讯今何如"之句。　⑮"挦虎"句：这句写杜甫漂泊西南依傍严武的事。肃宗上元二年严武到四川任剑南节度使，杜甫适在成都，杜甫与严武有世交，在生活上颇得严武关照。杜甫曾触犯严武，唐人范摅《云溪友议》有一则杜甫与严武的故事：一次在严武处，"杜甫拾遗乘醉而言曰：'不谓严挺之有此儿也！'武恚目久之，曰：'杜审言孙子，拟挦虎须？'"挦（luō）虎，指此事。绨袍，粗布大褂。据《史记·范雎传》载，战国时魏国须贾曾陷害过范雎，后范雎入秦做了宰相。须贾出使秦国，范雎故意装做贫寒的样子求见，须贾怜他寒冷，便赠他一件绨袍。事后得知范雎乃是秦相，便肉袒请罪。范雎念他赠袍之情，没有对他加害。这里用得绨袍，指杜甫得到严武的周济。　⑯"巨笔"句：《庄子·列御寇》载："朱泙漫学屠龙于支离益，单（殚）千金之家，三年技成而无所用其巧。"这里借指杜甫才高。　⑰"微官"句：马曹，管马的官。《世说新语·简傲》载：桓冲问王子猷任职何署，他回答说："时见牵马来，似是马曹。"这里是说杜甫官职低微。　⑱"迂疏"二句：是说杜甫疏于世事，无成功职守，时而醉酒遨游。⑲"简牍"二句：意谓杜甫的作品是典范，那些雕虫小技无与伦比。简牍，指杜甫的著作。仪型，典范。儿童篆刻，比喻小技微不足道，扬子《法言》有"童子雕虫篆刻"语。　⑳"公合"句：这句称许张安道是文章旗手。　㉑"般斤"句：这句意指张方平是杜诗投契的知音。《庄子·徐无鬼》载：郢人鼻端沾了点蝇翼大小的石灰，让石匠给他砍去。石匠"运斤成风"，霎时把石灰砍掉，鼻子毫无损伤。《晋书·嵇康传》有"高契难期，每思郢质"语。般斤，即运斧。般，通搬；斤，斧。郢质，郢人的体质，指施艺的对象。 ㉒"鲲化"句：《庄子·逍遥游》："北冥有鱼，其名为鲲，鲲之大不知其几千里也；化而为鸟，其名为鹏，鹏之背不知其几千里也。"鲲化，即指鲲鹏。《庄子·秋水》："庄子与惠子游于濠梁之上。庄子曰：'儵鱼出游从容，是鱼之乐也。'"儵（tiáo），白鲦鱼；濠，水名。这里以鲲化比张方平原作，以儵濠比拟己作。是说两者不能相提并论。 ㉓白醪（láo）：白酒。

游金山寺

【原 文】

我家江水初发源，宦游直送江入海①。
闻道潮头一丈高，天寒尚有沙痕在。
中泠南畔石盘陀②，古来出没随涛波。
试登绝顶望乡国，江南江北青山多。
羁愁畏晚寻归楫③，山僧苦留看落日。
微风万顷靴文细④，断霞半空鱼尾赤⑤。
是时江月初生魄⑥，二更月落天深黑。
江心似有炬火明，飞焰照山栖鸟惊。
怅然归卧心莫识，非鬼非人竟何物⑦。
江山如此不归山，江神见怪警我顽⑧。
我谢江神岂得已，有田不归如江水⑨。

说　明

　　金山寺，在镇江城东南金山上，屹立江中，为诸禅刹之冠，原名泽心寺，真宗天禧初改名金山寺。熙宁四年（1071），苏轼赴杭州就任通判途中，十一月三日游金山，夜宿寺中，作此诗。诗由故乡江水发源起笔，继写望中远景，再写江心晚景，末以望乡归山收结。全诗视野开阔，笔势矫健，景观奇妙，韵致旷放。

注　释

　　❶"我家"二句：旧说长江发源于四川松潘县西北的岷山，苏轼是四川人，所以说江水发源地在他家乡。江水自西而东流注入海，苏轼出川宦游，从长江上游来到长江下游，所以说直送江入海。　❷中泠：泉名，在金山西北。石盘陀：形容金山石盘回旋。　❸羁愁：旅愁。归楫：指回镇江的船只。　❹靴文细：形容水波像靴子上的皱褶一样细微。　❺鱼尾赤：形容天空的断霞呈现出如同鱼尾似的赤色。　❻初生魄：月初生或圆而始缺时不明亮的部分叫月魄。高适《塞下曲》："日轮驻霜戈，月魄悬雕弓。"一般指月初之时。　❼"非鬼"句：作者自注："是夜所见如此。"　❽警我顽：意为告诫我顽恋世俗"警"一作"惊"。　❾"我谢"二句：此乃作者对江神的誓言，意谓我对江神表示歉意，不能归山是出于不得已，一旦有田当即归隐，江水可做证。古人惯于指江而誓。《左传》僖公二十四年载：晋公子重耳谓舅氏子犯曰："所不与舅氏同心者，有如白水。"《晋书·祖逖传》载：祖逖渡江北伐，中流击楫而誓曰："祖逖不能清中原而复济者，有如大江。"

戏子由

【原 文】

宛丘先生长如丘^①，宛丘学舍小如舟^②。

常时低头诵经史，忽然欠伸屋打头^③。

斜风吹帷雨注面，先生不愧旁人羞。

任从饱死笑方朔，^④肯为雨立求秦优^⑤。

眼前勃溪何足道，处置六凿须天游^⑥。

读书万卷不读律，致君尧舜知无术^⑦。

劝农冠盖闹如云，^⑧送老齑盐甘似蜜^⑨。

门前万事不挂眼^⑩，头虽长低气不屈。

余杭别驾无功劳，画堂五丈容旗旄^⑪。

重楼跨空雨声远，屋多人少风骚骚^⑫。

平生所惭今不耻，坐对疲氓更鞭棰^⑬。

道逢阳虎呼与言^⑭，心知其非口诺唯。

居高志下真何益，气节消缩今无几。

文章小技安足程^⑮，先生别驾旧齐名。

如今衰老俱无用，付与时人分重轻。

【说 明】

这诗是熙宁四年（1071）苏轼在杭州通判任上作。时苏辙任陈州州学教授。诗先写苏辙作为州学学官生活清苦，但富有志气，心绪开阔；次写自己居室宽敞豪华，但心情沉郁、矛盾不安；末合写两人文章虽有声名，但又有何用，究竟如何，只好任人评论。全文看似以戏谑语调出之，实际却流露了对全面推行新法的某些不满，寄寓了对两人际遇的悒郁感叹。正如汪师韩所评："前后平列两段，末以四句作结……不独气节消缩者虽云自适，即安坐诵读者岂云得时？文则跌宕昭彰，情则欷歔悒郁。"（《苏诗选评笺释》卷一）

注 释

❶宛邱先生：指苏辙，苏辙为陈州教授，陈州隋代为宛丘县，故称宛邱先生。长如丘：指身高如山丘。　❷学舍小如舟：形容学舍窄小。据《宋史·职官志》：庆历四年朝廷诏诸路、州、军、监设学，"学者二百人以上许更置县学，自是州郡无不有学。始置教授，以经术行义训导诸生，掌其课试之事"。　❸欠伸：伸懒腰。白居易《江上对酒二首》："坐稳便箕踞，眠多爱欠伸。"　❹"任从"句：意谓任凭饱死的侏儒们耻笑。《汉书·东方朔传》载，东方朔对汉武帝说："朱儒长三尺余，奉一囊粟，钱二百四十。臣朔长九尺余，亦一囊粟，钱二百四十。朱儒饱欲死，臣朔饥欲死。"　❺"肯为"句：意谓岂肯为免除雨淋求人哀怜。秦优，秦朝的优旃，是矮个子伶官。《史记·滑稽列传》载：优旃善为笑言，一天下雨，秦始皇举行酒宴，优旃看到陛楯者（值班卫士）被雨淋湿，很怜惜他们，便告诉陛前值班卫士，等我上台表演时叫你们，你们要赶快答应。一会祝酒开始，"优旃临槛大呼曰：'陛楯郎！'郎曰：'诺。'优旃曰：'汝虽长，何益，幸雨立。我虽短也，幸休居。'于是始皇使陛楯者得半相代"。❻"眼前"二句：意谓居处狭小难免家人争吵，不必介意；重要的是善于处置襟怀情欲，能优游于物外。勃溪，争吵。六凿，喜、怒、哀、乐、爱、恶等六情。《庄子·外物》："室无空虚，则妇姑勃溪；心无天游，则六凿相攘。"❼"读书"二句：意谓读书虽多，但不读法律，没有本领致君于尧舜。这是反语，有讽刺变法派的意蕴。《乌台诗案》："是时朝廷新兴律学，轼意非之，以为法律不足以致君于尧舜。"　❽"劝农"句：是说朝廷派往各地督察农田、水利、赋役的官吏纷纷不断。《宋史·神宗纪》：熙宁二年四月"丁巳，遣使诸路，

察农田水利赋役"。　❾"送老"句：是说苏辙对学官生活的清苦自甘。韩愈《送穷文》："太学四年，朝齑暮盐。"　❿不挂眼：不介意。韩愈《赠张籍》："吾老著读书，余事不挂眼。"　⓫"余杭"二句：是说自己没有功劳，居室却宽敞豪华。余杭，杭州。别驾，官名，汉唐为州郡之佐，相当于通判。　⓬骚骚：风声。　⓭"平生"二句：借写自身无奈对待贫民，讥讽盐法太急。疲氓，疲惫的百姓。《乌台诗案》："是时多徒配犯盐之人，例皆饥贫，言鞭棰此等贫民，轼平生所惭，今不耻矣。以讥讽朝廷盐法太急也。"　⓮阳虎：当年孔子所不愿见的人，即阳货，春秋后期季孙氏家臣，后专擅鲁国国政。《乌台诗案》云："是时张靓、俞希旦作监司，意不喜其人，然不敢与争议，故毁诋之为阳虎也。"　⓯小技：杜甫《贻华阳柳少府》："文章一小技，于道未为尊。"程：衡量。

熙宁中，轼通守此邦，除夜直都厅，囚系皆满，日暮不得返舍，因题一诗于壁

【原文】

除日当早归，官事乃见留。

执笔对之泣，哀此系中囚。

小人营糇粮①，堕网不知羞②。

我亦恋薄禄，因循失归休。

不须论贤愚，均是为食谋。

谁能暂纵遣③，闵默愧前修。④

说 明

本篇为熙宁四年（1071）年终在杭州作。元祐五年作者任杭州知州时有自

和诗。旧注多将此篇与和诗放在一起，编入元祐五年。熙宁中正实行青苗、免役、市易，浙西兼行水利盐法，不少贫苦百姓因奔走贩盐，触犯新法。这诗深为囚系的百姓鸣不平。作者认为百姓为了糊口而堕入法网，是值得同情的。

注 释

❶糇（hóu）粮：干粮。《诗经·大雅·公刘》："乃裹糇粮。"　❷堕网：当年盐禁繁苛，据载杭州每年因触犯盐禁而囚系的达一万七千多人。　❸暂纵遣：指临时放开囚犯。历史上曾记载不少循吏纵放囚犯的故事。　❹"闵默"句：这句说自己感到愧对前贤。闵默，默默地怜念。前修，前贤。《离骚》："謇吾法夫前修兮，非世俗之所服。"

六月二十七日望湖楼醉书五绝（选二）

【原 文】

其一

黑云翻墨未遮山，白雨跳珠乱入船。
卷地风来忽吹散，望湖楼下水如天。①

其二

放生鱼鳖逐人来②，无主荷花到处开。
水枕能令山俯仰，风船解与月徘徊。③

说 明

望湖楼在杭州西湖旁，五代吴越王钱俶所建。熙宁五年（1072）六月苏轼登临此楼，作诗五绝。这两首一写阵雨骤停的湖面景象，一写乘船望月的美好感受。"随手拈出，皆得西湖之神。"（王文诰案语）

注 释

❶ "卷地"二句：描述风起云散、水天一色的动景。　❷ 放生鱼鳖：宋真宗天禧四年太子太保判杭州王钦若曾奏请朝廷，以西湖为"放生池"，禁捕鱼鸟，为皇帝祈福。参见《读史方舆纪要》卷九十"西湖"条。　❸ "水枕"二句：写卧床看山，只见山峦起伏，画船飘荡，但觉月轮徘徊。水枕，船上的枕席。风船，风中的画船。

望海楼晚景五绝（选二）

【原 文】

其一

海上涛头一线来，楼前指顾雪成堆①。
从今潮上君须上，更看银山二十回。

其二

横风吹雨入楼斜，壮观应须好句夸。
雨过潮平江海碧，电光时掣紫金蛇②。

说 明

　　此诗是熙宁五年（1072）八月苏轼在杭州监考贡举时登临望海楼所作。苏轼在《答范梦得》书简中说："某旬日来，被差本州监试，得闲二十余日，在中和堂望海楼闲坐，渐觉快适，有诗数首寄去，以发一笑。"即指此诗。望海楼在州旧治中和堂北凤凰山腰，可以望见海潮。此二首写海上高耸的潮头和雨后远天的闪电，十分生动逼真。

注 释

　　❶指顾：指点顾望。　　❷掣（chè）：牵引，闪现。紫金蛇：喻指闪电奇景。

汤村开运盐河雨中督役

【原 文】

居官不任事，萧散羡长卿①。

胡不归去来，滞留愧渊明。②

盐事星火急，谁能恤农耕？③

薿薿晓鼓动④，万指罗沟坑⑤。

天雨助官政⑥，泫然淋衣缨⑦。

人如鸭与猪，投泥相溅惊。

下马荒堤上，四顾但湖泓⑧。

线路不容足，又与牛羊争。

归田虽贱辱，岂失泥中行。⑨

寄语故山友，慎毋厌藜羹⑩。

说　明

　　汤村，镇名，距杭州四十里。熙宁五年（1072）十月，盐官为了水上运盐的需要，不顾农事未了，调集大批农民开掘运盐河。苏轼被差往汤村督役，正巧碰上大雨，河床中又遇流沙数里，民夫在泥泞中冒雨劳作，疲惫不堪。苏轼写了这首诗，表现了对劳苦中农民的同情，对官役妨农的不满。

注　释

　　❶萧散：闲散。长卿：司马相如的字。《史记·司马相如列传》说他"其进仕宦，未尝肯与公卿国家之事"。这里是说很羡慕司马相如的居官清闲。❷"胡不"二句：借陶渊明事表达自己不满仕途、倾慕归隐的心情。陶渊明辞去彭泽令，归隐田园，作《归去来兮辞》，开端就是"归去来兮，田园将芜胡不归"。　❸"盐事"二句：谓开掘运盐河的徭役急迫，无人体恤农民。据《宋史·食货志》，熙宁五年以卢秉为两浙提点刑狱，专门提举盐事，致使"灶户益困"，其"盐课虽增，刑狱实繁"。足见在卢秉的控制下，两浙盐法愈益峻急。　❹薨薨（hōng）：形容鼓声。　❺"万指"句：谓上千民夫在沟坑中忙碌。　❻"天雨"句：谓天下雨增加了盐役的艰难。助，是反语。　❼泫然：雨水淋漓的样子。　❽湖泓：形容水洼很深。泓（hóng），水深。　❾"归田"二句：是说回家种地虽然卑贱，何至于沦落到在泥泞中奔波。　❿"慎毋"句：谓不要厌恶在乡下喝菜汤。藜羹，菜汤。陶潜《贫士》："敝襟不掩肘，藜羹常乏斟。"

吴中田妇叹

【原 文】

今年粳稻熟苦迟①，庶见霜风来几时。
霜风来时雨如泻，杷头出菌镰生衣②。
眼枯泪尽雨不尽③，忍见黄穗卧青泥。
茅苫一月陇上宿④，天晴获稻随车归。
汗流肩赪载入市⑤，价贱乞与如糠粞⑥。
卖牛纳税拆屋炊，虑浅不及明年饥。⑦
官今要钱不要米，⑧西北万里招羌儿。⑨
龚黄满朝人更苦，⑩不如却作河伯妇。⑪

说 明

　　吴中，指江浙一带。秦会稽郡领有今江苏东部及浙江西部，属春秋吴国地，因称吴中。诗题下作者自注"和贾收韵"。贾收，字耘老，乌程人，苏轼友人，著有《怀苏集》。熙宁五年（1072）苏轼赴湖州相度捍堤利害，十二月至湖州会晤贾收，作此诗。诗写当地农民遭遇秋涝，收稻艰苦，生活困难，体现了作者对农民的同情。

注 释

　　❶粳（jīng）稻：稻子的一种。　❷杷头：同钯。出菌、生衣：形容农具因秋涝而发霉生锈。　❸眼枯：泪眼哭干。杜甫《新安吏》："莫自使眼枯，

收汝泪纵横。" ❹茅苫：用茅草搭的窝棚。 ❺"汗流"句：写农民担粮入市，汗流浃背，肩膀被压得红肿。赪（chēng），赤红色。 ❻粞（xī）：碎米。 ❼"卖牛"二句：这是写钱荒、谷贱，逼得农民卖牛纳税，拆屋煮饭，只顾眼前。司马光在《应诏言朝政阙失状》中，也讲到当时"年虽饥，谷不甚贵，而民倍困"。 ❽"官今"句：写钱荒流弊。苏轼《辩试馆职策问札子二首》论及"免役之害，掊敛民财，十室九空，钱聚于上，而下有钱荒之患"。苏辙《自齐州回论时事书》附《画一状》（《栾城集》卷三十五）也说："今青苗、免役皆责民出钱，是以百物皆贱，而惟钱最贵，欲民之无贫，不可得也。" ❾"西北"句：熙宁三年王韶上《平戎三策》，提出"国家必欲讨平西贼，莫若先以威令制服河、湟（按指今青海、甘肃一带）；欲服河、湟，莫若先以恩信招抚沿边诸族"。当时河湟为吐蕃族的一些互不统属的部落占据着，招抚吐蕃诸部，有利于抗击西夏。王韶的建议得到王安石的支持，开始命王韶经略河湟。这句中招羌儿，即指招抚沿边诸部落。 ❿"龚黄"句：这句指变法派充斥朝堂。龚遂，渤海太守。黄霸，颍川太守。两人都是西汉有名的以恤民见称的循吏，两人事迹见《汉书·循吏传》。苏轼屡次借龚黄讽刺变法官吏，如《次韵孙莘老见赠时莘老移庐州因以别之》诗云："龚黄侧畔难言政，罗赵前头且眩书。" ⓫"不如"句：意谓不如投河自尽。河伯妇，河神的妻子。《史记·滑稽列传》载：战国魏文侯时，邺地的三老、廷掾与女巫假托"河伯娶妇"，强选少女，投入河中，以愚弄人民，榨取钱财。后西门豹为邺令，将女巫、三老投入河中，揭穿了这个骗局。

王复秀才所居双桧二首

【原文】

其一

吴王池馆遍重城，①闲草幽花不记名。
青盖一归无觅处②，只留双桧待升平。

其二

凛然相对敢相欺，直干凌空未要奇③。
根到九泉无曲处，世间惟有蛰龙知。④

说　明

王复，钱塘人，精于医道，家住候潮门外，有园圃亭榭，因为行医救人，苏轼把他园中亭子名为"种德亭"。熙宁五年（1072）末苏轼经候潮门过访王复园居，观赏双桧作此。诗借咏双桧赞赏王复表里一致、刚介不屈的品格。

注　释

❶ "吴王"句：吴王，指钱镠。五代十国时期，吴越王钱镠割据杭州，广修亭台。　❷青盖一归：指吴越王钱氏消失。公元978年，吴越王钱俶向赵宋纳土称臣，自此吴越降宋。青盖，皇家车篷。《后汉书·舆服志》上："皇太子、皇子皆安车，朱班轮、青盖。"　❸未要奇：不是有意标新出奇。

❹"根到"二句：这一联托物寄怀，称颂王复。本无影射讥讽之意，后竟遭受指责弹劾。《石林诗话》卷上载："元丰间，苏子瞻系大理狱。神宗本无意深罪子瞻，时相进呈，忽言苏轼于陛下有不臣意。神宗改容曰：'轼固有罪，然于朕不应至是，卿何以知之。'时相因举轼《桧》诗'根到九泉无曲处，世间惟有蛰龙知'之句，对曰：'陛下飞龙在天，轼以为不知己，而求之地下之蛰龙，非不臣而何？'神宗曰：'诗人之词，安可如此论，彼自咏桧，何预朕事！'时相语塞。章子厚亦从旁解之，遂薄其罪。子厚尝以语余，且以丑言诋时相，曰：'人之害物，无所忌惮，有如是也。'"《苕溪渔隐丛话·后集》卷三十云："东坡在御史狱，狱吏问云：'双桧诗：根到九泉无曲处，世间惟有蛰龙知。有无讥讽？'答曰：'王安石诗：天下苍生待霖雨，不知龙向此中蟠。此龙是也。'吏亦为之一笑。"

饮湖上初晴后雨二首

【原　文】

其一

朝曦迎客艳重冈①，晚雨留人入醉乡。
此意自佳君不会，一杯当属水仙王。②

其二

水光潋滟晴方好③，山色空蒙雨亦奇④。
欲把西湖比西子⑤，淡妆浓抹总相宜。⑥

说　明

　　两诗是熙宁六年（1073）苏轼在杭州游西湖作。上首写湖上早晴、冈峦艳丽，晚雨令人沉醉，把酒欣赏，自能领略其佳趣。下首写西湖风光，不管在艳阳高照的晴天，或山色空蒙的雨季，都同样美妙。诗人把西湖比作怎样打扮都无比美丽的西子，这一巧妙的比喻，使此诗成为万口传诵的名句。正如武衍在《正元二日……泛舟湖上》诗中所云："除却淡妆浓抹句，更将何语说西湖。"陈衍《宋诗精华录》卷二云："后二句遂成为西湖定评。"以此"西子湖"遂成为西湖的别称。

注　释

　　❶朝曦：早晨的阳光。　❷"此意"二句：意谓此中佳景你还不能完全领会，要酌酒同水仙王一起赏鉴。水仙王，作者自注："湖上有水仙王庙。"❸潋滟：水波相连的样子。　❹空蒙：迷茫的样子。　❺西子：西施，春秋时代越国的美女。　❻"淡妆"句：承上以晴天比浓妆，以雨天比淡妆，谓西湖淡妆浓妆都极美好。

新城道中二首

【原　文】

其　一

东风知我欲山行，吹断檐间积雨声。
岭上晴云披絮帽①，树头初日挂铜钲②。
野桃含笑竹篱短，溪柳自摇沙水清。

西崦人家应最乐③，煮芹烧笋饷春耕④。

其二

身世悠悠我此行，溪边委辔听溪声⑤。
散材畏见搜林斧⑥，疲马思闻卷旆钲。⑦
细雨足时茶户喜，乱山深处长官清。⑧
人间岐路知多少，试向桑田问耦耕。⑨

说　明

　　新城，为杭州属县，在杭州西南百余里。熙宁六年（1073）春苏轼巡行富阳、新城，二月在新城作此诗。当时晁补之之父晁端友（字君成）任新城令。两诗写雨后初晴山野的宜人景观，抒发了诗人游赏的感受。其中"东风知我""野桃含笑"，将自然风光拟人化；"茶户喜""长官清"，对官民生活表示欣羡；前首由早行起笔，后首以感叹人生行程收煞。全诗笔锋爽畅，风致清雅。

注　释

　　❶絮帽：弹松的棉帽。韩愈《晚寄张十八助教周郎博士》："晴云如擘絮。"❷铜钲：古代一种铜制乐器，像铃，这里喻初日如铜铃。　❸西崦：指西山。❹饷春耕：给耕地的人送饭。　❺委辔：放松马缰绳，任马缓行。　❻"散材"句：谓散乱的木材也怕见搜索林木的斧头。《庄子·山木》："山中之木，以不材得终其天年。"此反用其意。　❼"疲马"句：谓疲马盼望休息。卷旆钲，指收起旗鼓。旆（pèi），泛指旗。钲（zhēng），古代行军时用的乐器。　❽"乱山"句：此句赞美新城县令晁端友是清官。王文诰按："第三联以官清民乐作骨，系美晁之词。"　❾"试向"句：意谓向农家问路，离开官场。问耦耕，《论语·微子》："长沮、桀溺耦而耕。孔子过之，使子路问津焉。"

山村五绝

【原文】

其一

竹篱茅屋趁溪斜，春入山村处处花。

无象太平还有象^①，孤烟起处是人家。

其二

烟雨蒙蒙鸡犬声，有生何处不安生。

但令黄犊无人佩，布谷何劳也劝耕。^②

其三

老翁七十自腰镰，惭愧春山笋蕨甜。^③

岂是闻韶解忘味，迩来三月食无盐。^④

其四

杖藜裹饭去匆匆，过眼青钱转手空。^⑤

赢得儿童语音好，一年强半在城中。^⑥

其五

窃禄忘归我自羞，丰年底事汝忧愁^⑦。

不须更待飞鸢堕，方念平生马少游。^⑧

说　明

　　熙宁六年（1073）春，苏轼巡行属县，于新城道中经山村，赋此五绝，反映山村农民生计，并有讥议新法之意。

注　释

　　❶无象太平：即太平无象，谓太平世道无一定标志。《资治通鉴》载：唐大和六年皇帝御延英殿，"谓宰相（牛僧儒）曰：'天下何时当太平，卿等亦有意于此乎？'僧儒对曰：'太平无象。今四夷不至交侵，百姓不至流散，虽非至理，亦谓小康。陛下若别求太平，非臣等所及'"。　❷"但令"二句：意谓只要放宽盐禁，使百姓生活好些，不致佩带刀剑去贩卖私盐，那么他们自然就勤于耕稼了。据《乌台诗案》称："轼意言是时贩私盐者，多带刀杖，故取前汉龚遂令人卖剑买牛、卖刀买犊。"黄犊，用汉代故事，渤海太守龚遂劝民耕桑，"民有带持刀剑者，使卖剑买牛，卖刀买犊，曰：'何为带牛佩犊！'"（《汉书·龚遂传》）布谷，鸟名，杜甫《洗兵马》："田家望望惜雨干，布谷处处催春种。"❸"老翁"二句：这两句是说人民生活困苦，七十岁的老人还腰插镰刀，去山里割笋蕨充饥。笋蕨，竹笋、蕨菜。　❹"岂是"二句：意谓不是因听韶乐忘了滋味，而是山中百姓无盐下锅了。韶，古代的音乐。《论语·述而》："子在齐闻韶，三月不知肉味，曰：'不图为乐之至于斯也。'"这里是讽喻盐法峻急，偏远地区的百姓缺盐。　❺"杖藜"二句：写百姓手里拿到现钱，转眼在城市花光。杖藜，拄着藜木手杖。　❻"赢得"二句：写庄家幼小子弟多到城市游荡，只学得城市语音，荒废了生产。强半，大半。　❼底事：何事。　❽"不须"二句：这里引用后汉马援的故事，表明自己想早抽身引退。马援从弟马少游曾劝马援，但求衣食足用，不必追求高官厚赏，自讨辛苦。后来马援说："当吾在浪泊、西里间，虏未灭之时，下潦上雾，毒气重蒸，仰视飞鸢跕跕堕水中，卧念少游平生时语，何可得也！"（《后汉书·马援传》）

於潜僧绿筠轩

【原　文】

可使食无肉，不可使居无竹。①

无肉令人瘦，无竹令人俗。

人瘦尚可肥，俗士不可医。

旁人笑此言，似高还似痴。

若对此君仍大嚼，世间那有扬州鹤。②

说　明

　　本篇系熙宁六年（1073）苏轼巡行属县时题於潜僧人的绿筠轩诗。於潜，旧县名，在杭州西，今已并入浙江临安。僧人名孜，字惠觉，据《北窗炙輠录》载：惠觉也善写诗，其人"最为东坡、米元章所礼"。此诗描述绿筠轩的环境清幽，以幽默的口吻赞赏惠觉僧的高雅拔俗。

注　释

　　❶ "不可"句：用王徽之故事。王徽之，字子猷，《世说新语·任诞》篇："王子猷尝暂寄人空宅住，便令种竹。或曰：'暂住何烦尔？'王啸咏良久，直指竹曰：'何可一日无此君。'"　❷ "若对"二句：意谓面对绿竹环绕的清雅居处，不可大吃大喝，高雅庸俗岂可兼得。《说郛》载《殷芸小说》："有客相从，各言所志：或愿为扬州刺史，或愿多资财，或愿骑鹤上升，其一人曰：'腰缠十万贯，骑鹤上扬州。'欲兼三者。"这里比喻好事岂可兼具。

於潜女

【原 文】

青裙缟袂於潜女^①，两足如霜不穿屦。

纚沙鬖发丝穿杼，^②蓬沓障前走风雨。^③

老濞宫妆传父祖，^④至今遗民悲故主。

苕溪杨柳初飞絮^⑤，照溪画眉渡溪去。

逢郎樵归相媚妩，不信姬姜有齐鲁。^⑥

说 明

此诗为熙宁六年（1073）苏轼巡行於潜时作。诗写於潜少女的妆束打扮，见出当地风习古朴淳厚。

注 释

❶缟袂：代指白领上衣。缟，一种白色丝织品。袂，衣袖。 ❷"纚沙"句：形容少女头上的乌发犹如丝线穿杼，两鬓纚沙着两个角髻。纚（zhā）沙，即纚沙，开张貌。纚，同纚。韩愈《月蚀诗效玉川子作》："赤乌司南方，尾秃翘纚沙。"杼，指织布的梭子。 ❸"蓬沓"句：意谓大银栉遮住前额在风雨中行走。蓬沓，於潜妇女的一种特殊头饰，形同银栉。苏轼《於潜令刁同年野翁亭》诗，有"溪女笑时银栉低"句，自注云："於潜妇女皆插大银栉，长尺许，谓之蓬沓。" ❹"老濞"句：这句说於潜女的打扮还是从祖辈传下来的吴越王时代的宫妆。老濞（bì），汉初刘濞被封吴王，这里借指五代时的吴越王。

⑤茗溪：源出天目山，分东西两支，东流经於潜县境。　⑥"不信"句：这句是说看了於潜女，真不相信齐、鲁才会有姬、姜那样的美女。周初周公姬旦之子伯禽封于鲁，姓姬，鲁国贵族的美女称姬氏；太公姜尚封于齐，姓姜，齐国贵族的美女称姜氏。这里姬、姜代指贵族美女。

唐道人言，天目山上俯视雷雨，每大雷电，
但闻云中如婴儿声，殊不闻雷震也

【原 文】

已外浮名更外身，①区区雷电若为神②。
山头只作婴儿看，无限人间失箸人。③

说 明

唐道人，字子霞，曾作《天目山真境录》。天目山，在杭州西，山上有雷神宅。此诗是熙宁六年（1073）在杭州作。诗借咏雷电寄寓了一种理趣，它告诉人们能把身、名置之度外，就会把常人恐惧的事物视若等闲。

注 释

❶"已外"句：谓将虚名和躯体置之度外。浮名，陆龟蒙《浮萍》诗："最无根蒂是浮名。"　❷若为神：怎为神，算不上神威。　❸"无限"句：意谓有多少人闻雷震惊。失箸，丢掉筷子。《三国志·蜀书·先主传》：刘备寄居曹操幕下时，曹操看出刘备胸怀大志，一次指着刘备说："'今天下英雄，唯使君与操耳。本初之徒，不足数也。'先主方食，失匕箸。"

立秋日祷雨宿灵隐寺同周、徐二令

【原 文】

百重堆案掣身闲,①一叶秋声对榻眠。
床下雪霜侵户月,枕中琴筑落阶泉。②
崎岖世味尝应遍,③寂寞山栖老渐便。
惟有悯农心尚在,起占云汉更茫然。④

说 明

熙宁六年（1073）七月初三,苏轼与周邠、徐畴祷雨天竺（山峰名,在杭州）,宿灵隐寺（在灵隐山麓）,作此。周、徐二令,指钱塘令周邠、仁和令徐畴。诗写夜宿情景和祈雨心情。

注 释

❶"百重"句:写案头文牍堆积,自己忙中偷闲。掣身,抽身。 ❷"床下"二句:谓床下月光洁白似霜雪,阶前泉水犹如音乐弹奏枕边。筑,古代一种弦乐器。 ❸"崎岖"句:感叹历尽世路艰险。崎岖,山路不平。 ❹"惟有"二句:意谓悯惜天旱伤农,起身瞻望天河,推测来日阴晴,感到茫然无据。《诗经·大雅·云汉》写周宣王忧虑天旱,夜起仰望天河,预占晴雨。"起占云汉",渊源于此。

有美堂暴雨

【原 文】

游人脚底一声雷，满座顽云拨不开。①

天外黑风吹海立②，浙东飞雨过江来。③

十分潋滟金樽凸，④千杖敲铿羯鼓催。⑤

唤起谪仙泉洒面，⑥倒倾鲛室泻琼瑰。⑦

说 明

熙宁六年（1073）在杭州作。有美堂在杭州吴山上。陈岩肖《庚溪诗话》卷上载：嘉祐初年梅挚任杭州太守，仁宗"特制诗以宠赐之。其首章曰：'地有吴山美，东南第一州。'梅既到杭，欲侈上之赐，遂建堂山上，名曰有美"。欧阳修作有《有美堂记》。苏诗写在有美堂观暴雨，雷声轰鸣，乌云密布，狂风突起，江水汹涌，景象十分逼真；后两联巧用比喻，既象征暴雨的浩瀚声势，又隐寓诗人妙句纷涌。笔法意象奇妙非凡，出人意表。

注 释

❶"游人"二句：写暴雨前景象，云层低压，雷电仿佛从地面震响。 ❷海立：极言风大。杜甫《朝献太清宫赋》："九天之云下垂，四海之水皆立。"
❸"浙东"句：谓大雨由东边钱塘江（浙江）飞驰而来。杭州在钱塘江之西。
❹"十分"句：形容江水汹涌，如杯中酒水高出杯面。潋滟，水满貌。
❺"千杖"句：形容雨点像千万只鼓槌敲打羯鼓一样急促。羯（jié）鼓，古代

来自羯族的一种鼓。 ❻"唤起"句:《旧唐书·李白传》:李白被称为谪仙人。一次唐玄宗度曲,需造乐府新词,急召李白,李白醉酒,"召入,以水洒面,即令秉笔,顷之成十余章,帝颇嘉之"。这里说上天大雨唤醒李白。暗喻大雨催发诗兴。 ❼"倒倾"句:形容雨滴倾泻。张华《博物志》卷九:"鲛人(传说中的人鱼)从水出,寓人家,积日卖绢。将去,从主人索一器,泣而成珠满盘,以与主人。"琼瑰,美玉。喻指美好诗文。罗隐《县斋秋晚酬友人朱瓒见寄》诗:"中和节后捧琼瑰,坐读行吟数月来。"这句化用鲛室、琼瑰的典故,隐寓新诗妙句联翩。

次韵述古过周长官夜饮

【原文】

二更铙鼓动诸邻,^①百首新诗间八珍。^②
已遣乱蛙成两部,^③更邀明月作三人。^④
云烟湖寺家家境,灯火沙河夜夜春。
曷不劝公勤秉烛^⑤,老来光景似奔轮。

说 明

熙宁六年(1073)在杭州作。苏轼友人陈襄(字述古)走访钱塘令周邠时咏诗,苏轼作此次韵。诗写朋辈夜饮咏诗,清闲潇洒,颇饶情致。

注 释

❶"二更"句:写夜宴奏乐。铙(náo)鼓,古代一种铜质圆形的打击乐

器。　❷"百首"句：写席间咏诗。八珍，多种美味菜肴。杜甫《丽人行》："黄门飞鞚不动尘，御厨络绎送八珍。"　❸"已遣"句：写庭阶蛙鸣阵阵。南齐孔稚珪不乐世务，门庭之内，野草丛生，时有蛙鸣，他对别人说："我以此当两部鼓吹。"（《南史·孔稚珪传》）　❹"更邀"句：化用李白《月下独酌》诗"举杯邀明月，对影成三人"句意。　❺秉烛：指秉烛夜游。

李颀秀才善画山，以两轴见寄，仍有诗，次韵答之

【原文】

平生自是个中人，欲向渔舟便写真。①
诗句对君难出手，云泉劝我早抽身。②
年来白发惊秋速，长恐青山与世新。③
从此北归休怅望，囊中收得武陵春。④

说　明

李颀字粹老，少举进士，弃官为道人，遍游湖湘间，晚年隐居临安。据何薳《春渚纪闻》载："东坡倅钱塘日，粹老以幅绢作春山横轴，且书一诗其后，不通姓名，付樵者，令俟坡之出投之。坡展视诗画盖已奇之矣。"东坡问采樵人谁让你赠画给我？樵者也不知其姓名，经打听西湖名僧，说是粹老。后偶会于湖山僧居，相得甚欢，东坡因和其诗。李颀诗已佚，东坡答和诗作于熙宁六年（1073）。此诗表达了对李颀的称许，对山林闲居的倾慕。

注 释

❶ "平生" 二句：是说自己早有栖身山林之志，看到画中的渔舟，便要写诗一吐真情。个中人，此中人。　❷ "诗句" 二句：意谓在你这位画家面前，我的诗拿不出手；看到你画中的美景，领略到劝我归隐的雅意。抽身，脱身，引退。白居易《和微之春日投简阳明洞天五十韵》诗："白首青山约，抽身去得无。"　❸ "长恐" 句：谓担心青山改变模样。　❹ "从此" 二句：意谓今后再北归京师也不用怅然怀想，因为带着你这幅画，可以说江南的幽美风光都收在我的行囊中了。武陵春，代指江南风光。武陵，今湖南常德。陶潜《桃花源诗并记》载：武陵一位渔人发现风光幽美的桃花源，也叫武陵源。

无锡道中赋水车

【原 文】

翻翻联联衔尾鸦，荤荤确确蜕骨蛇。①
分畴翠浪走云阵，刺水绿针抽稻芽。②
洞庭五月欲飞沙，③鼋鸣窟中如打衙。④
天公不见老农泣，唤取阿香推雷车。⑤

说 明

熙宁七年（1074）苏轼赴常州、润州赈济灾民，五月路经无锡，作此诗。龙骨水车又名翻车，三国时科学工作者马钧所创。据说马钧的翻车，"令童儿转之，而灌水自覆，更入更出，其巧百倍于常。"（见《三国志·杜夔传》裴松之注引《马钧传》）宋代推广水稻，农民用多种水车引水灌溉，龙骨水车是最普遍的一种。宋代不少诗人咏水车，苏轼写此，体现了他对农业生产的关心。

注 释

❶ "翻翻"二句：描述水车的转动和形态。一节节车斗像联翩衔尾的乌鸦，坚硬的车架像骨节突露的龙蛇。荦荦（luò）确确，形容骨节瘦硬。　❷ "分畴"二句：写清水流进田畦，早稻抽芽出土的情景。畴，田垄。　❸ "洞庭"句：形容天旱沙尘飞扬。洞庭，指苏州太湖的洞庭山。　❹ "鼍鸣"句：写天旱。鼍（tuó），俗称猪婆龙，穴居江岸边，相传天旱在窟中鸣叫，声如击鼓。打衙，击鼓。　❺ "天公"二句：意谓上天没有觉察天旱给农民带来的困难，当唤取女神推雷车降雨。《搜神后记》卷五载：晋永和时，周某夜宿一女子家，"闻外有小儿唤阿香声，女应诺，寻云：'官唤汝推雷车。'女乃辞行云：'今有事当去。'夜遂大雷雨。"此化用这则故事。

与毛令方尉游西菩寺二首（选一）

【原文】

推挤不去已三年，[①]鱼鸟依然笑我顽。
人未放归江北路，天教看尽浙西山。
尚书清节衣冠后，[②]处士风流水石间。[③]
一笑相逢那易得，数诗狂语不须删。

说 明

毛令，指於潜县令毛国华。方尉，指县尉方君武。西菩寺，在於潜县西西菩山，唐天祐年间所建，宋朝改称明智寺。熙宁七年（1074）苏轼因察看蝗灾，过於潜。八月二十七日游西菩寺，作此诗。起两联是对自己通判杭州三年的概括；第三联切姓氏，用事典，称扬毛令方尉；尾联以幽默笔调，说明难得相逢、吟诗抒怀。

注 释

❶ "推挤"句：苏轼于熙宁四年底到杭州任，到此已满三年。 ❷ "尚书"句：称赞毛国华是有清风亮节的毛尚书之后。三国毛玠曾官尚书仆射，《三国志·毛玠传》说他"居显位，常布衣蔬食……家无所余"，被曹操称为"有古人之风"。 ❸ "处士"句：以唐代处士方干比拟方君武。方干，字雄飞，唐浙江桐庐人，隐居会稽镜湖，终身不出，以诗闻名江南，乐于渔钓，被称为逸士，《唐才子传》载其事。

单同年求德兴俞氏聚远楼诗三首

【原 文】

其一

云山烟水苦难亲，①野草幽花各自春。
赖有高楼能聚远，一时收拾与闲人。

其二

无限青山散不收，云奔浪卷入帘钩②。
直将眼力为疆界，何啻人间万户侯。③

其三

闻说楼居似地仙④，不知门外有尘寰。

幽人隐几寂无语⑤，心在飞鸿灭没间。

说　明

　　单同年，指单锡。德兴，在江西东北，邻近浙江。俞氏，指俞仕隆，字宗道。据《德兴县志》卷八载：俞仕隆曾建楼于宝贤坊之山，熙宁二年，复构楼于后山之巅，邑令单锡匾曰聚远，因以为号。苏轼于熙宁七年（1074）应单锡之约为聚远楼题写了这三首绝句。诗借咏楼写山水隐论之趣，或明点，或暗写，处处绾合聚远之意蕴。

注　释

　　❶ "云山"句：《苏文忠公诗编注集成》王文诰按："山之有云，水之有烟，远则见之，近无有也。故下云'苦难亲'也。此七字已将作聚远之意拘到笔下。"　❷ 入帘钩：进入门帘内。　❸ "何啻"句：意谓眼界宽阔，收拢极富。何啻（chì），何止。万户侯，汉代制度，最大爵位是食邑万户的侯。《史记·李将军列传》："如令子当高帝时，万户侯岂足道哉。"　❹ 地仙：道教谓居于人世的仙人。文人也用以喻指生活闲散的人士。白居易《池上即事》诗："官散无忧即地仙。"　❺ 隐几：凭依几案。《庄子·徐无鬼》："南伯子綦隐几而坐。"

雪后书北台壁二首

【原 文】

其一

黄昏犹作雨纤纤①，夜静无风势转严②。

但觉衾裯如泼水③，不知庭院已堆盐④。

五更晓色来书幌，半夜寒声落画檐⑤。

试扫北台看马耳，未随埋没有双尖⑥。

其二

城头初日始翻鸦，⑦陌上晴泥已没车。

冻合玉楼寒起粟，光摇银海眩生花⑧。

遗蝗入地应千尺，宿麦连云有几家⑨。

老病自嗟诗力退，空吟冰柱忆刘叉⑩。

> ### 说 明
>
> 　　北台在山东诸城，苏轼曾加以修葺，改名为超然台，并作有《超然台记》。熙宁七年（1074）九月，苏轼接到太常博士直史馆权知密州的任命，不久即动身离杭州，十二月到密州（今山东诸城）。诗写雪景深寒，气象逼真。因押险韵，受到多人评议。陆游《跋吕成叔和东坡尖叉韵雪诗》："苏文忠集中有雪诗，用尖、叉二字，王文公集中又有次苏韵诗，议者谓非二公莫能为也。"方回《瀛

奎律髓》卷二十一："偶然用韵甚险，而再和尤佳。或谓坡诗律不及古人，然才高气雄，下笔前无古人也。观此雪诗亦冠绝古今矣。虽王荆公亦心服，屡和不已，终不能压倒。"

注　释

❶雨纤纤：形容雨点细微。　❷势转严：是说阴云阵势越发浓密。　❸衾裯：被褥。如泼水：言其凉。　❹已堆盐：形容雪花堆积。古来不少人把雪比成盐，如东晋谢安侄儿议论咏雪说："撒盐空中差可拟。"（《世说新语·言语》）白居易《对火玩雪》诗："盈尺白盐寒。"　❺"五更"二句：意谓冬季五更天未破晓，却有晓色照射书幌，原来是从半夜下起大雪，雪色映入室内的缘故。书幌，书橱的帷幕。　❻"试扫"二句：意谓登上北台遥望马耳山，山顶的马耳双尖还清楚地露在粉装素裹的雪原里。马耳山，在诸城西南，山顶有双尖并举，形似马耳。❼"城头"句：谓早上城头旭日初升犹金乌翻飞。　❽"冻合"二句：刻画天寒雪白。玉楼，比喻积雪的北台。银海，借指大雪覆盖的原野。寒起粟，是说身上冻起鸡皮疙瘩。眩生花，是说雪光闪耀眼目。旧时注家对此说法各有所见，如《苕溪渔隐丛话·前集》卷二十九引《侯鲭录》："东坡作雪诗云：'冻合玉楼寒起粟，光摇银海眩生花。'后见荆公云：'道家以两肩为玉楼，目为银海，是使此事否？'坡退曰：'惟荆公知此出处。'"《随园诗话》卷一说："东坡雪诗用银海、玉楼，不过言雪色之白，以'银''玉'字样衬托之，亦诗家常事。注苏者必以为道家肩目之称，则当下雪时，专飞道士家，不到别人家耶？"　❾"遗蝗"二句：谓大雪有利于灭蝗，来年麦子可望丰收。旧说蝗虫产卵于地，雪深一尺，虫卵入地一丈，不易成虫。宿麦，冬麦。《尔雅翼》卷一："麦比他谷独隔岁种，故号宿麦。""几家"一作"万家"。　❿"空吟"句：刘叉，唐韩愈门弟子。《新唐书·韩愈传》附刘叉传说：刘叉作《冰柱》《雪车》二诗，高出于卢仝、孟郊之上。《冰柱》诗云："不为四时雨，徒于道路成泥柤；不为九江浪，徒为汩没天之涯。"

小 儿

【原 文】

小儿不识愁，起坐牵我衣。

我欲嗔小儿，老妻劝儿痴①。

儿痴君更甚，不乐愁何为。

还坐愧此言，洗盏当我前。

大胜刘伶妇，区区为酒钱。②

说 明

熙宁八年（1075）在密州作。小儿，苏轼少子苏过，苏过生于熙宁五年，至此年仅四岁。诗写小儿娇态、夫妻对话，反映了作者日常家庭生活的温馨亲昵。语言浅易，贴近生活。

注 释

❶老妻：指其妻王闰之。　❷"大胜"二句：以幽默笔调表示满意己妻。《晋书·刘伶传》：刘伶"尝渴甚，求酒于其妻。妻捐酒毁器，涕泣谏曰：'君酒太过，非摄生之道，必宜断之。'伶曰：'善！吾不能自禁，惟当祝鬼神自誓耳。便可具酒肉。'妻从之"。

次韵刘贡父李公择见寄二首（选一）

【原文】

何人劝我此间来，弦管生衣甑有埃^①。
绿蚁沾唇无百斛，^②蝗虫扑面已三回。^③
磨刀入谷追穷寇，^④洒涕循城拾弃孩。^⑤
为郡鲜欢君莫叹，犹胜尘土走章台。^⑥

说　明

　　熙宁八年（1075）在密州作。刘贡父，刘邠的字，时为曹州知州。李公择，李常的字，时为齐州知州。诗写密州时期的心情，也涉及密州的环境和政务。《乌台诗案》谓诗中所写现象，系用以"讥讽朝廷政事阙失，并新法不便之所致也"。

注　释

　　❶弦管生衣：弦乐器和管乐器长期不用，蒙了一层蛛网与灰尘，形容无暇娱乐。甑（zèng）有埃：饭锅里积了灰尘，说明居民缺粮，长时不开火。
❷"绿蚁"句：说明当地造酒很少。绿蚁，酒面上的绿色泡沫，酒的代称。白居易《问刘十九》诗："绿蚁新醅酒，红泥小火炉。"斛（hú），古代量器。
❸"蝗虫"句：苏轼来密州时，一入境就见到百姓"以蒿蔓裹蝗虫，而瘗之道左，累累相望者二百余里"（苏轼《上韩丞相论灾伤手实书》）。这里谓连年蝗灾。　❹"磨刀"句：写追捕盗贼，维护社会秩序的政务。王文诰按："（苏轼）

自注'近泉数盗'，皆实事也。"又在《上文侍中论强盗赏钱书》中说："轼备员偏州，民事甚简，但风俗武悍，特好强劫，加以比岁荐饥，椎剽之奸，殆无虚日。自轼至此，明立购赏，随获随给，人用竞劝，盗亦敛迹。" ❺ "洒涕"句：这句写在密州收养弃儿的事。苏轼《与朱鄂州书》提及此事说："轼向在密州，遇饥年，民多弃子，因盘量劝诱米，得出剩数百石别储之，专以收养弃儿，月给六斗。比期年，养者与儿，皆有父母之爱，遂不失所，所活亦数千人。" ❻ "犹胜"句：这句说还胜过在京城做官。章台，在长安故城西南角。西汉张敞任京兆尹，"时罢朝会，过走马章台街"（《汉书·张敞传》）。这里"走章台"，借指留官京师。

祭常山回小猎

【原 文】

青盖前头点皂旗①，黄茅冈下出长围②。
弄风骄马跑空立，趁兔苍鹰掠地飞③。
回望白云生翠巘④，归来红叶满征衣⑤。
圣明若用西凉簿，白羽犹能效一挥。⑥

说 明

熙宁八年（1075）十月，苏轼在祭常山回来的路上，曾和同官在铁沟附近习射会猎，这首诗即写当时会猎情景。与此同时，作者还写了《和梅户曹会猎铁沟》诗和《江城子·密州出猎》词。自"澶渊之盟"以来，北宋每年要向西北边廷的辽和西夏政权纳币求和，这种妥协政策，助长了辽夏统治者侵扰中原的凶焰。熙宁时期神宗派王韶经营河湟（今青海、甘肃一带），以抗御西夏，在苏轼写此诗的前一两年，王韶进取河湟连续取得一些胜利。关心西北防务的苏轼在这种形势鼓舞下，于诗中描写了驰马射猎的英武场面，表达了自己为国效力疆场的雄心。

注 释

❶青盖：青色车篷。点：点缀。皂旗：黑旗。这句写出猎的仪卫。　❷黄茅冈：密州常山东南有一座山，山形由南而北逐渐低塌，形成一个蜿蜒十五里的冈峦，叫黄茅冈。出长围：布列长长的兵卒合围的阵势。　❸"弄风"二句：形容骏马乘风腾空耸立，老鹰追逐狡兔擦地而飞，烘托出打猎队伍的英武矫健。❹翠巘（yǎn）：苍翠的山峦，指常山。　❺红叶：红色的枫叶。　❻"圣明"二句：意思是倘能受到朝廷信用，自己一定效力疆场。"圣明"一作"圣朝"。西凉簿，指西凉主簿谢艾。白羽，指儒将所持羽扇。据《晋书·张重华传》载：重华据西凉，以主簿谢艾为将军，同敌方三万人马对阵，谢艾书生冠服，从容指挥军队，战胜了麻秋所率敌军。这里化用此典。朋九万《乌台诗案》说："（苏轼）祭常山回，与同官习射放鹰，作诗一首，题在本州小厅上，除无讥讽外，云：'圣朝若用西凉簿，白羽犹能效一麾。'意取西凉主簿谢艾事，艾本书生也，善能用兵，故以此自比，若用轼为将，亦不减谢艾也。"这里的解释是对的。可当时的言官却把这也作为讽刺新法的罪证，未免牵强附会，有意罗织罪状了。

刘贡父见余歌词数首，
以诗见戏，聊次其韵

【原 文】

十载飘然未可期，那堪重作看花诗。①
门前恶语谁传去，醉后狂歌自不知。

刺舌君今犹未戒，^②灸眉吾亦更何辞。^③

相从痛饮无余事，正是春容最好时。

说　明

熙宁八年（1075）十一月在密州作。刘贡父，名攽，号公非，宋临江军新喻（今江西新余）人。熙宁初同知太常礼院，因反对新法，出为泰州通判，本年知曹州。刘时作《见苏子瞻所作小诗因寄》，苏轼次其韵作此。诗以戏谑的口吻描述两人乐于放怀吟唱。

注　释

❶"十载"二句：杜牧《念昔游》诗，有"十载飘然绳检外"句。《本事诗》载：刘禹锡永贞元年左迁郎州司马，"凡十年始征还，方春，作《赠看花诸君子》诗曰：'紫陌红尘拂面来，无人不道看花回。玄都观里桃千树，尽是刘郎去后栽。'"后又几次遭贬，十四年后回京，重游玄都观，因再题二十八字，"诗曰：百亩庭中半是苔，桃花净尽菜花开。种桃道士归何处，前度刘郎今独来。"这里化用其事。　❷"刺舌"句：《隋书·贺若弼传》：弼父敦得罪将斩，"临刑呼弼谓之曰：'……且吾以舌死，汝不可不思。'因引锥刺弼舌出血，诫以慎口"。这里化用此典，说对方尚未慎口。　❸"灸眉"句：《晋书·王戎传》附郭舒，舒字稚行，王澄引为别驾。"荆土士人宗廞尝因酒忤澄，澄怒，叱左右棒廞，舒厉色谓左右曰：'使君过醉，汝辈何敢妄动！'澄恚曰：'别驾狂邪？诳言我醉。'因遣掐其鼻，灸其眉头。舒跪而受之，澄意少释，而廞遂得免"。灸（jiǔ）眉，用艾炷灸眉端。《乌台诗案》解释此二句云：引贺若敦以锥刺其子舌，"以戒言语事戏刘邠；又引郭舒狂言，为王敦（应为王澄）灸其眉以自比。皆讥时人不能容狂直之言也"。

和孔郎中荆林马上见寄

【原文】

秋禾不满眼，宿麦种亦稀①。

永愧此邦人，芒刺在肤肌。②

平生五千卷，一字不救饥。③

方将怨无襦，忽复歌缁衣。④

堂堂孔北海，直气凛群儿。⑤

朱轮未及郊，清风已先驰。⑥

何以累君子，十万贫与羸。⑦

滔滔满四方⑧，我行竟安之。

何时剑关路，春山闻子规。⑨

说 明

熙宁九年（1076）十一月，苏轼接到以祠部员外郎直史馆任河中知府的诰命，这时将要接任的孔宗翰寄诗给苏轼，苏轼写此答和。孔郎中，即孔宗翰，曲阜人，孔子的后裔。荆林，诸城荆山林下馆驿。苏轼自来密州，连年蝗旱，虽经致力恤贫抗灾，当地生产仍然较低。在临离密州时，诗人十分系念密州的农事凋敝、人民贫苦，深感芒刺在背，负疚于心，并殷切地把当地贫羸的百姓托付给新来的郡守。这体现了作者对密州人民的深切关怀。

注 释

❶宿麦：《汉书·武帝纪》："郡种宿麦。"颜师古注："秋冬种之，经岁乃熟，故云宿麦。"　❷"芒刺"句：形容坐卧不安。《汉书·霍光传》写宣帝不安，有"若有芒刺在背"语。　❸"平生"二句：意思是自己读书虽多，无法解救百姓的饥饿。　❹"方将"二句：意谓百姓正抱怨缺少棉衣，忽而有幸迎来贤明郡守。襦（rú），短袄。《后汉书·廉范传》写廉范任蜀太守，百姓作歌颂扬，有"平生无襦今五裤"句。《诗经·郑风》有《缁衣》篇，诗序解为赞美贤明之诗。这里的"歌缁衣"，是表明百姓欢迎孔宗翰来郡。　❺"堂堂"二句：这里以孔融比孔宗翰，赞其正气凛然。后汉孔融，字文举，孔子二十代孙，曾任北海相，故称孔北海。《后汉书·祢衡传》载，祢衡很推重孔融，尝称曰："大儿孔文举，小儿杨德祖，余子碌碌，莫足数也。"　❻"朱轮"二句：是说孔宗翰的车子还未到城郊，清廉的风度和清新的诗篇已传到郡邑。朱轮，古代官员乘坐的红色车子。《后汉书·舆服志》上："中二千石、二千石皆皂盖，朱两轓。其千石、六百石，朱左轓。"　❼"何以"二句：谓将一州居民托付于君子。君子，指孔宗翰。十万，泛指一州居民。《新唐书·陈子昂传》载，子昂上书言事曰："一州得才刺史，十万户赖其福；得不才刺史，十万户受其困。"❽滔滔：《论语·微子》："滔滔者，天下皆是也。"滔滔状周流之貌。　❾"何时"二句：表达思乡之情。剑关，剑门关，在四川剑阁县北，陆路入蜀必经之地。子规，杜鹃，其鸣声如云"不如归去"。范仲淹《越上闻子规》："春山无限好，犹道不如归。"

留别雩泉

【原 文】

举酒属雩泉①，白发日夜新②。
何时泉中天，复照泉上人。
二年饮泉水，鱼鸟亦相亲。③
还将弄泉手，遮日向西秦。④

说 明

熙宁九年（1076）底苏轼离密州前作。雩（yú）泉，在诸城常山神庙西南，泉水汪洋折旋，清凉滑甘。苏轼曾琢石为井，作亭其上，命名为雩泉，并作《雩泉记》。此诗抒发了对密州景点的依恋之情。

注 释

❶属（zhǔ）：劝酒。 ❷"白发"句：言白发不断生长。王维《送丘为落第归江东》："为客黄金尽，还家白发新。" ❸"二年"二句：熙宁八年、九年，苏轼三次祈雨常山，于八年修常山神庙，后又多次往祭，同当地鱼鸟也有了感情。 ❹"还将"二句：当时苏轼被派知河中府（旧治在今山西永济），将西去就任，故曰"向西秦"。杜牧之《途中一绝》："惆怅江湖钓竿手，却遮西日向长安。"此化用其意。

除夜大雪留潍州，元日早晴遂行，
中途雪复作

【原 文】

除夜雪相留，元日晴相送。
东风吹宿酒①，瘦马兀残梦。②
葱昽晓光开③，旋转余花弄④。
下马成野酌，佳哉谁与共。
须臾晚云合，乱洒无缺空。
鹅毛垂马鬐，自怪骑白凤。⑤
三月东方旱，逃户连敧栋⑥。
老农释耒叹，泪入饥肠痛。
春雪虽云晚，春麦犹可种。
敢怨行役劳，助尔歌饭瓮。⑦

说 明

熙宁九年年底，苏轼告别密州，登程赴新任，途中遇到大雪，停宿在潍州（今山东潍坊市），次日即熙宁十年（1077）元月初一，一早又动身出发。他冒着大雪一路观察雪景，怀着对山东农民的同情，写下这首诗。诗中留下了北方农民在连年蝗旱侵袭下艰难生活的剪影。

注　释

❶宿酒：头天晚上喝的酒。　❷"瘦马"句：写在长途马上头脑昏沉。兀，升起。唐刘驾《早行》诗："马上续残梦，马嘶时复惊。"　❸葱昽：太阳初出时微明的光亮。一本作"玲珑"。　❹"旋转"句：言不久看到几枝雪梅开放。❺"鹅毛"二句：写雪花落满马鬃，仿佛自己骑上了白凤。《北梦琐言》卷五"沈蒋人物"条说：沈询侍郎清粹端美，长相如仙，"京城诵曹唐《游仙诗》云：'玉诏新除沈侍郎，便分茅土领东方。不知今夜游何处，侍从皆骑白凤凰。'即风姿可知也"。"骑白凤"，即用此典。　❻连甍（qī）栋：言逃荒的人家众多。甍栋，倾斜的房屋。　❼"敢怨"二句：谓岂敢怨下雪带来旅行的劳苦，乐于为你们讴歌丰年。《墨庄漫录》引古农谚云："雾凇重雾凇，穷汉置饭瓮。"

至济南李公择以诗相迎，
次其韵二首

【原　文】

其一

敝裘羸马古河滨①，野阔天低糁玉尘②。
自笑餐毡典属国，③来看换酒谪仙人。④
宦游到处身如寄，农事何时手自亲。
剩作新诗与君和，莫因风雨废鸣晨。⑤

其二

夜拥笙歌雪水滨，⑥回头乐事总成尘。

今年送汝作太守，到处逢君是主人。⑦
聚散细思都是梦，身名渐觉两非亲。⑧
相从继烛何须问，蝙蝠飞时日正晨。⑨

说　明

　　熙宁九年（1076）底苏轼离密州，经潍州，十年正月由潍州出发，路过济南，齐州知州李常（字公择）以诗来迎，苏轼作此次韵相和。咏唱两人的友好情悰。

注　释

　　❶古河滨：山东滨黄河，故曰"古河滨"。　❷糁（sǎn）玉尘：指下雪。何逊《和司马博士咏雪》诗："若逐微风起，谁言非玉尘。"　❸"自笑"句：以处境艰辛的苏武自喻。西汉苏武出使匈奴被扣，他持节不屈，啮雪餐毡，后回归汉廷，拜为典属国。见《汉书·苏武传》。　❹"来看"句：以李白喻李常。唐诗人李白蔑视权贵，纵情诗酒。李白《对酒忆贺监》诗序云："太子宾客贺公（知章）于长安紫极宫一见余，呼余为谪仙人，因解金龟换酒为乐。"　❺"剩作"二句：意谓今日唯有写诗与你唱和，别因风雨天气错过鸡鸣之晨。　❻"夜拥"句：这句回忆往日与李公择等好友欢聚时的情景。霅（zhà）水，浙江吴兴霅溪。熙宁七年（1074）苏轼过吴兴，曾与李常等相会。苏轼《定风波》词叙云："余昔与张子野、刘孝叔、李公择、陈令举、杨元素会于吴兴。时子野作《六客词》。"　❼"到处"句：李常历任鄂州、湖州、齐州等地知州，苏、李多次相逢。　❽"身名"句：《老子》有"名与身孰亲"语。这里意谓名气对自身并不重要。　❾"相从"二句：这里意谓两人相聚，秉烛长谈，直到天明不倦。继烛，灯烛不断。蝙蝠，天明起飞觅食。

阳关词三首（选二）

【原　文】

答李公择①

济南春好雪初晴，行到龙山马足轻②。
使君莫忘雪溪女③，时作阳关肠断声。

中秋月

暮云收尽溢清寒，银汉无声转玉盘④。
此生此夜不长好，明月明年何处看。

说　明

熙宁十年（1077）作。阳关曲调名，又名"渭城曲"，因王维《送元二使安西》诗得名，这三首绝句都能以《阳关曲》歌唱，故标以《阳关词》。

注　释

❶李公择：李常的字，时任齐州（今济南）知州。　❷龙山：济南郡城东七十里有龙山镇。　❸雪溪：在浙江湖州。李常来齐州前曾任湖州知州。　❹银汉：天河。玉盘：比喻明月。李群玉《中秋维舟君山看月》诗："汗漫铺澄碧，朦胧吐玉盘。"

百步洪二首（选一）

【原文】

　　王定国访余于彭城①。一日，棹小舟与颜长道携盼、英、卿三子②，游泗水③，北上圣女山④，南下百步洪⑤，吹笛饮酒，乘月而归。余时以事不得往，夜著羽衣⑥，伫立于黄楼上⑦，相视而笑。以为李太白死，世间无此乐三百余年矣。定国既去逾月，复与参寥师放舟洪下⑧，追怀曩游，已为陈迹，喟然而叹。故作二诗，一以遗参寥，一以寄定国，且示颜长道、舒尧文邀同赋云⑨。

　　　　长洪斗落生跳波⑩，轻舟南下如投梭。
　　　　水师绝叫凫雁起⑪，乱石一线争磋磨。
　　　　有如兔走鹰隼落⑫，骏马下注千丈坡。
　　　　断弦离柱箭脱手，飞电过隙珠翻荷。
　　　　四山眩转风掠耳⑬，但见流沫生千涡。
　　　　崄中得乐虽一快⑭，何异水伯夸秋河⑮。
　　　　我生乘化日夜逝，⑯坐觉一念逾新罗⑰。
　　　　纷纷争夺醉梦里，岂信荆棘埋铜驼⑱。
　　　　觉来俯仰失千劫⑲，回视此水殊委蛇⑳。
　　　　君看岸边苍石上，古来篙眼如蜂窠㉑。
　　　　但应此心无所住㉒，造物虽驶如吾何。
　　　　回船上马各归去，多言谯谯师所呵㉓。

说　明

　　本篇为元丰元年（1078）苏轼知徐州期间同诗僧参寥放舟游赏百步洪时所作。前半篇写长洪急湍和轻舟疾驶的奇险景观。起四句白描，长洪、轻舟，隔句展示。接着连用兔走、鹰落、骏马下注、弦断、箭脱、飞电、翻珠七个妙喻，形容洪水之急、航船之疾，再以山转风掠、流沫千涡、崄中得乐、水伯夸河表达舟中观景的感受。笔势如滩起涡旋，令人目眩神驰。"崄中得乐"二句承上启下，引发出对人生的哲思。后半篇感叹时光易逝、人世沧桑，流露人生须臾、流水无穷之慨。接着以佛道思想自行开解，末又以回船归去无须多言挽结。思路回旋跌宕，俨有山洪气势。此诗在妙用博喻、纵谈名理方面十分出色。方东树《昭昧詹言》卷十二说："惜抱先生曰：'此诗之妙，诗人无及之者也，惟有《庄子》耳。'余谓此从《华严》来。"《宋诗精华录》卷二评曰："坡公喜以禅语作达，数见无味。此诗就眼前篙眼指点出，真非钝根人所及矣。"

注　释

　　❶王定国：王巩的字，苏轼友人，这次来徐州会访，苏轼在《王定国诗集叙》中提及此事。彭城：徐州。　❷颜长道：颜复的字，山东人，曾任国子监直讲。盼、英、卿：马盼盼、张英英和某卿卿，是徐州的三名歌伎。　❸泗水：在山东东部，南下流经徐州，注入淮河。　❹圣女山：亦名桓山，在徐州铜山区东北，下临泗水。　❺百步洪：又名徐州洪，在铜山区东南，悬流迅疾，乱石激涛，景观奇伟。　❻羽衣：指道服。　❼黄楼：在彭城东门，苏轼所建。　❽参寥：僧道潜的字，能诗善文，苏轼之友。　❾舒尧文：舒焕的字，当时任徐州教授。　❿斗：同陡。　⓫水师：船工。凫雁：野鸭子。　⓬鹰隼（sǔn）：泛指鹰鸟。隼，一种凶猛的鸟。　⓭眩转：形容眼光晕眩。　⓮崄中：奇险之中，崄同险。　⓯"何异"句：意谓无异于河神夸耀。《庄子·秋水篇》说：秋天一时洪水灌满河床，河面之宽也仅仅是两岸之间"不辩牛马"，然而河伯却"欣然自喜，以天下之美为尽在己"。　⓰"我生"句：意谓生命随时光流逝。意同陶潜

《归去来兮辞》:"聊乘化以归尽。" ⑰"坐觉"句:意谓观念可以任意驰骋。这里化用佛家语。《传灯录》卷二十三:"新罗在海外,一念已逾。" ⑱荆棘埋铜驼:喻指世事沧桑变迁。《晋书·索靖传》:晋朝索靖看到天下将乱,曾指着洛阳宫门外最繁华去处的铜驼说:"会见汝在荆棘中耳。" ⑲俯仰:指时间短暂。千劫:谓历时长久。劫,佛家语,梵文音译为"劫波"。 ⑳委蛇:长而曲的样子。 ㉑篙眼:撑船的篙所插的孔洞。 ㉒无所住:不为外物拘泥。住,佛家语,意犹僵化。《金刚经》:"应无所住而生其心。" ㉓哓哓(náo):喋喋不休。师所呵:指参寥禅师会给呵斥。

石 炭

【原文】

　　彭城旧无石炭,元丰元年十二月,始遣人访获于州之西南,白土镇之北,以冶铁作兵①,犀利胜常云②。

　　　　君不见前年雨雪行人断,城中居民风裂骭③。
　　　　湿薪半束抱衾裯,日暮敲门无处换。④
　　　　岂料山中有遗宝,磊落如䃜万车炭⑤。
　　　　流膏迸液无人知⑥,阵阵腥风自吹散。
　　　　根苗一发浩无际,⑦万人鼓舞千人看。
　　　　投泥泼水愈光明,烁玉流金见精悍⑧。
　　　　南山栗林渐可息,北山顽矿何劳锻⑨。
　　　　为君铸作百炼刀,要斩长鲸为万段⑩。

说 明

石炭，即煤炭。苏轼在徐州知州任上，派人勘察并开发了白土镇的煤炭。此诗记录了开掘煤炭的场面，描写了徐州人民发现煤炭欢欣鼓舞的心情，歌咏煤炭在社会生活中的作用，体现了诗人对发展生产、改进生活的关心。

注 释

❶作兵：制成武器。　❷犀利：坚固锐利。　❸风裂骭：寒风透骨，极言天冷。骭（gàn），小腿骨。　❹"湿薪"二句：形容柴草奇缺。抱着被褥去讨换半束湿柴，跑到天晚也换不到手。《诗经·召南·小星》："抱衾与裯。"　❺磊落：纷杂貌。黳（yī）：黑色的美石。　❻流膏迸液：喻指煤矿储藏之多。❼"根苗"句：是说顺着矿苗开发煤层广大无边。　❽"投泥"二句：形容煤质优良精粹。烁玉流金，指炼矿石流铁水。　❾"南山"二句：谓有了煤炭，无须伐木制炭，冶炼铁矿就不很费力了。　❿"为君"二句：谓石炭铸就锋锐的利刃，斩杀顽奸无往而不胜。长鲸，比喻凶悍的恶人。曹冏《六代论》："扫除凶逆，剪灭鲸鲵。"

罢徐州往南京马上走笔
寄子由五首（选二）

【原 文】

其一

吏民莫扳援①，歌管莫凄咽。
吾生如寄耳，宁独为此别②。
别离随处有，悲恼缘爱结③。
而我本无恩，此涕谁为设④？
纷纷等儿戏，鞭镫遭割截⑤。
道边双石人⑥，几见太守发。
有知当解笑，抚掌冠缨绝⑦。

其二

父老何自来，花枝袅长红⑧。
洗盏拜马前，请寿使君公。
前年无使君，鱼鳖化儿童⑨。
举鞭谢父老，正坐使君穷⑩。
穷人命分恶，所向招灾凶。
水来非吾过，去亦非吾功。

说 明

元丰二年（1079）三月，苏轼接到移任湖州知州的任命，当时苏辙在南都（今河南商丘），因此苏轼在赴湖州途中，曾路经南都，停留半月。此诗是临离徐州赴南京（指南都）时作。诗中反映了作者同徐州百姓的亲切关系。

注 释

❶扳援：拉挽，表示挽留。　❷宁独：岂止。　❸"悲恼"句：谓离别时难过，是由于平时结下了感情。　❹谁为设：为谁设。　❺"纷纷"二句：意谓许多送别不过是逢场作戏，可我临离徐州却受到父老殷勤挽留。据《开元天宝遗事》载：姚崇任荆州刺史，调离荆州时，吏民为了挽留他，纷纷围拢马前，把马鞭马镫都给割断了。这里借用其事表明徐州父老挽留的殷切。　❻双石人：路两旁的翁仲。　❼"有知"二句：意谓聪明人也许会感到好笑，甚至笑断了帽带。《史记·滑稽列传》："淳于髡仰天大笑，冠缨索（尽）绝。"　❽"花枝"句：用花枝挂上彩绸叫长红，当时欢送官员离任的风俗。袅，飘拂。　❾"鱼鳖"句："儿童化鱼鳖"的倒装句，意谓若无使君组织抗洪，城中的百姓早被淹没了。这是送行父老感激苏轼的话。　❿坐：由于。

舟中夜起

【原文】

微风萧萧吹菰蒲，开门看雨月满湖。①
舟人水鸟两同梦，大鱼惊窜如奔狐。②
夜深人物不相管③，我独形影相嬉娱。④

暗潮生渚吊寒蚓，落月挂柳看悬蛛。⑤
此生忽忽忧患里，清境过眼能须臾。
鸡鸣钟动百鸟散，船头击鼓还相呼。⑥

说 明

　　元丰二年（1079）赴湖州途中作。诗写乘舟中所见湖上景观，清丽婉媚，颇富魅力。方东树《昭昧詹言》卷十二评曰："空旷奇逸，仙品也。"陈衍《宋诗精华录》卷二云："水宿风景如画。"

注 释

　　❶"微风"二句：纪昀释曰："初听风声，疑其是雨，开门视之，月乃满湖。"（《苏轼诗集》卷十八）菰蒲，菰是茭白，蒲即香蒲。　❷"舟人"二句：写舟中人与水边鸟一同入睡，大鱼为行舟所惊翻水奔逃。　❸人物：人和物。❹"我独"句：描述独自起身观影寻觅乐趣。　❺"暗潮"二句：描写湖边物象。言潮水暗涨，冲动了蚯蚓；落月挂在柳条之下，看似悬挂在丝端的蜘蛛。❻"鸡鸣"二句：写天亮人与物同时起动。韩愈《谒衡岳庙遂宿岳寺题门楼》："猿鸣钟动不知曙。"

予以事系御史台狱，狱吏稍见侵，自度不能堪死狱中，不得一别子由，故作二诗授狱卒梁成，以遗子由二首

【原 文】

其一

圣主如天万物春，小臣愚暗自亡身。
百年未满先偿债，十口无归更累人。①
是处青山可埋骨，②他年夜雨独伤神。③
与君世世为兄弟，又结来生未了因。

其二

柏台霜气夜凄凄④，风动琅珰月向低⑤。
梦绕云山心似鹿⑥，魂惊汤火命如鸡。⑦
眼中犀角真吾子，⑧身后牛衣愧老妻。⑨
百岁神游定何处，桐乡知葬浙江西。⑩

说 明

元丰二年（1079）苏轼在知湖州任上，言官何正臣、舒亶、李定等摭拾苏轼诗文表章语，指控苏轼攻击新法、讪谤朝廷，七月二十日御史台派人到湖州逮捕苏轼，八月十八日投入御史台狱，九月苏轼在狱中作此诗。叶梦得《避暑录话》卷下记其事云：苏轼赴诏狱，"与其长子迈俱行。与之期，送食惟菜与

肉，有不测，则撤二物而送以鱼，使伺外间以为候。迈谨守逾月，忽粮尽出谋于陈留，委其一亲戚代送，而忘语其约。亲戚偶得鱼鲊送之，不兼他物。子瞻大骇，知不免，将以祈哀于上而无以自达，乃作二诗寄子由，祝狱吏致之。"诗倾诉在狱中面对厄运的凄苦心情，表达同胞弟生离死别的悲痛襟绪。

注 释

❶"百年"二句：当时苏轼四十四岁，家属由苏轼弟子、苏辙女婿王适（字子立）安置在南都（今河南商丘南），由苏辙照料，苏辙当时身负债务，所以这里表示拖累苏辙。 ❷"是处"句：作者自谓。是处，到处。 ❸"他年"句：指苏辙将独自伤神。苏轼与苏辙早年"尝有夜雨对床"之约，所以这里说自己没后，苏辙想起旧约，将独自伤心。 ❹柏台：御史台的别称，汉代御史府中多种柏树，故名。宋代御史台是纠察审理官员的机构。 ❺琅珰：铁锁链，拘囚犯人用。《汉书·王莽传》："其男子槛车，儿女子步，以铁锁琅当其颈。" ❻梦绕云山：言思念家，结想入梦。心似鹿：写心跳不安。鹿性易惊。 ❼"魂惊"句：形容面对极刑的恐惧感。苏轼《书南史卢度传》云："以亲经患难，不异鸡鸭之在庖厨。"即形容这种心态。 ❽"眼中"句：意谓眼前儿子仪表出众，逗人喜爱。犀角，"鼎角匿犀"之略。《后汉书·李固传》：李固"貌状有奇表，鼎角匿犀"。 ❾"身后"句：意谓家境贫寒，身后愧对妻子。《汉书·王章传》："章疾病，无被，卧牛衣中，与妻决，涕泣。"牛衣，用草编制的草帘蓑衣之类，用以为牛御寒。 ❿"桐乡"句：谓死后必埋葬在浙西一带。作者自注："狱中闻杭、湖间民为余作解厄道场累月，故有此句。"《汉书·朱邑传》载：朱邑长期在桐乡做小官，临终嘱咐儿子："我故为桐乡吏，其民爱我，必葬我桐乡。"这里以浙西作为桐乡。

十二月二十八日，蒙恩责授检校水部员外郎黄州团练副使，复用前韵二首

【原文】

其一

百日归期恰及春①，余年乐事最关身。
出门便旋风吹面②，走马联翩鹊噪人③。
却对酒杯浑似梦，试拈诗笔已如神。④
此灾何必深追咎，窃禄从来岂有因。⑤

其二

平生文字为吾累，此去声名不厌低。⑥
塞上纵归他日马，⑦城东不斗少年鸡。⑧
休官彭泽贫无酒，⑨隐几维摩病有妻。⑩
堪笑睢阳老从事，为余投檄向江西。⑪

说 明

苏轼的案件，御史台经过根勘，于元丰二年（1079）十一月三十日结案，又经陈睦录问、冯宗道复案，十二月底获释，敕贬黄州。头衔是检校水部员外郎黄州团练副使，但不得签书公事，实际上是发配地方，叫当地官员监管。此诗是出狱后所作。诗写出狱后的感受、心情和反思，体现了苏轼明智、开朗和

旷达的精神。

注 释

❶百日：苏轼八月十八日入狱，十二月二十八日出狱，总计一百三十天，这里是举其成数。　❷便（pián）旋：轻捷的样子，写脱身囹圄，全身轻松。❸"走马"句：写驾马快捷，鹊鸟迎人。联翩，鸟飞貌，一作连翩。曹植《白马篇》："连翩西北驰。"鹊噪（zhào）人，鸟鹊朝着人叫。　❹"试拈"句：说明诗兴勃发。　❺"此灾"二句：意谓自己本来是窃禄尸位，得咎获罪何须其他缘由，不必深入追究。　❻"平生"二句：是说自己因文章得罪，为声名所累，今后声名越低越好。　❼"塞上"句：《淮南子·人间训》："近塞上之人，有善术者，马无故亡而入胡，人皆吊之。其父曰：'此何遽不为福也？'居数月，其马将胡骏马而归，人皆贺之。其父曰：'此何遽不能为祸乎？'"后其子骑此马跌伤。这句用此故事，暗喻获释出狱虽是福，但福中难免有祸。❽"城东"句：陈鸿祖《东城老父传》载：唐玄宗好斗鸡之戏，长安少年贾昌因善斗鸡得到宠荣，当时流传"生儿不用识文字，斗鸡走马胜读书"的谣谚。贾昌年老时，曾自言"老人少时，以斗鸡求媚于上"。这里用"不斗少年鸡"，表面是不搞逢场作戏，实际是表明自己决不投当局所好，邀欢取宠。　❾"休官"句：陶潜曾为彭泽令，辞官归隐后家贫无酒。这里意思是个人家贫，暂时不能休官。　❿"隐几"句：这句以维摩自况，谓自己心服佛法。维摩，维摩诘，佛教大师，他以法喜（佛家语，闻佛法而喜）为妻。隐几，凭依几案，指读书写作，成为职业病。　⓫"堪笑"二句：作者自注："子由闻予下狱，乞以官爵赎予罪，贬筠州监酒。"这里咏此。苏辙当时任著作郎签书应天府（今河南商丘）判官，应天府唐时为睢阳郡，故称之为"睢阳老从事"。投檄，进奏。筠州，今江西高安，故曰"向江西"。

正月十八日蔡州道上遇雪，
次子由韵二首（选一）

【原 文】

铅膏染髭须，旋露霜雪根。①

不如闭目坐，丹府夜自暾。②

谁知忧患中，方寸寓羲轩。③

大雪从压屋，我非儿女萱。④

平生学踵息，坐觉两镫温。⑤

下马作雪诗，满地鞭棰痕⑥。

伫立望原野，悲歌为黎元⑦。

道逢射猎子，遥指狐兔奔。

踪迹尚可原，窟穴何足掀。⑧

寄谢李丞相，吾将反丘园。⑨

说 明

　　元丰三年（1080）正月，苏轼离汴京赴黄州，途经蔡州（今河南省汝南县）作。苏轼因诗文干预时政得罪，但他刚出狱不到二十天，就在这首诗里公然写出"满地鞭棰痕"的诗句，并表明"悲歌为黎元"的苦衷。这说明苏轼虽然政治上遭受磨难，但并未消极忘世、缄口不言，虽然他襟怀矛盾、忐忑不安，还是照旧关心现实、直言敢议，体现出他一贯的口快笔锐的爽朗性格。

注 释

❶ "铅膏"二句：谓铅膏染黑了胡须，转眼又生出白发。髭（zī）须：胡须。　❷ "不如"二句：意谓闭目静思，可使襟怀开朗。丹府，赤心。《文选·陆机·辩亡论》："接士尽盛德之容，亲仁罄丹府之爱。"暾（tūn），光明。❸ "方寸"句：谓心思高远。方寸，指心。白居易《赠元稹》："所合在方寸，心源无异端。"羲轩：伏羲和轩辕，传说中远古帝王。李商隐《韩碑》诗："元和天子神武姿，彼何人哉轩与羲。"　❹ "大雪"二句：喻指大雪封顶，不能忘忧。萱，萱草，古人认为是一种忘忧草。孟郊《百忧》诗："萱草女儿花，不解壮士忧。"　❺ "平生"二句：意谓平生宦游各地，奔波不息。踵息，借用《庄子·大宗师》中"真人之息以踵"的语义，说自己仅能用脚跟站着略事休息。两镫温，经常骑马奔走，故马镫温热。　❻ 鞭棰痕：指施刑的痕迹。《管子·枢言》："可以鞭棰使也。"　❼ 黎元：百姓。杜甫《自京赴奉先县咏怀五百字》："穷年忧黎元，叹息肠内热。"　❽ "踪迹"二句：谓野兽踪迹可寻，其窟穴无法翻掘。描述此地荒无人迹。　❾ "寄谢"二句：写他看到荒凉原野和猎人，不禁想到当年李斯的话，引发归返家园之思。李丞相，指李斯。李斯是汝南上蔡人，他受赵高诬害被处死，临刑前对儿子说："吾欲与若复牵黄犬，俱出上蔡东门逐狡兔，岂可得乎?"（《史记·李斯列传》）丘园，指故乡。

陈季常所蓄朱陈村嫁娶图二首

【原 文】

其一

何年顾陆丹青手①，画作朱陈嫁娶图。
闻道一村惟两姓，不将门户买崔卢。②

其二

我是朱陈旧使君，^③劝农曾入杏花村。
而今风物那堪画，县吏催租夜打门。

说 明

　　陈季常，名慥，号方山子，四川眉山人，隐居不仕，与苏轼交谊颇厚，苏轼曾为作《方山子传》。元丰三年（1080）苏轼赴黄州途中，经岐山，曾到陈慥寓所做客，为其所藏"朱陈村嫁娶图"题写此诗。苏轼《岐亭五首》诗叙记其事。朱陈村，处深山中，民俗质朴。白居易《朱陈村》诗云："徐州古丰县，有村曰朱陈。去县百余里，桑麻青氛氲。机梭声轧轧，牛驴走纭纭。……一村惟两姓，世世为婚姻。"苏轼这首诗借题发挥，反映了当时苛征重敛给农村带来的骚扰。

注 释

　　❶顾陆：指顾恺之、陆探微，两人是晋代名画家，据《历代名画记》说："像人之美，顾得其神，陆得其骨。"丹青手，指画师。这里用顾陆比况赵德元。宋黄休复《益州名画录》卷上载：赵德元，五代前蜀人，"攻画车马、人物、屋木、山水、佛像、鬼神"。画有《朱陈村图》。　❷"不将"句：意谓不向高门大户攀亲。崔、卢，是六朝时代的大贵族，六朝极重视门第。寒门同门阀高的家族通婚，必须多费资财，人称买婚。　❸"我是"句：作者自注："朱陈村在徐州萧县。"苏轼曾任徐州知州，故云"旧使君"。

初到黄州

【原文】

自笑平生为口忙[1]，老来事业转荒唐。

长江绕郭知鱼美，好竹连山觉笋香。

逐客不妨员外置[2]，诗人例作水曹郎。[3]

只惭无补丝毫事，尚费官家压酒囊。[4]

说 明

　　元丰三年（1080）二月苏轼初到黄州时作。黄州，今湖北黄冈，在长江北岸，三面环水。诗先以自嘲的口吻，回顾尴尬的经历，次写贬所的环境和处境，末以看似自作实则戏谑的语气收结，体现了作者初到贬所时矛盾复杂的心态。

注 释

　　❶为口忙：语意双关，是说因谋生糊口而做官，也暗寓为口快笔锐而得咎。❷逐客：受贬谪的官员。员外：定额以外的官员。指自己被安排任检校水部员外郎。　❸"诗人"句：前代诗人多有任水曹郎的，如梁代何逊、唐代张籍、宋代孟宾于等。水曹郎，隶属于水部的郎官。　❹"尚费"句：作者自注："检校官例折支，多得退酒袋。"此句谓：枉费官家支付薪俸。宋代官吏薪俸，部分以实物折抵，检校官多用官府酿酒用剩的酒袋折抵。

寓居定惠院之东，杂花满山，有海棠一株，土人不知贵也

【原　文】

江城地瘴蕃草木①，只有名花苦幽独②。

嫣然一笑竹篱间③，桃李漫山总粗俗。

也知造物有深意，故遣佳人在空谷。④

自然富贵出天姿，不待金盘荐华屋⑤。

朱唇得酒晕生脸，翠袖卷纱红映肉。⑥

林深雾暗晓光迟，日暖风轻春睡足⑦。

雨中有泪亦凄怆，月下无人更清淑⑧。

先生食饱无一事⑨，散步逍遥自扪腹。

不问人家与僧舍，拄杖敲门看修竹。

忽逢绝艳照衰朽⑩，叹息无言揩病目。

陋邦何处得此花？无乃好事移西蜀。⑪

寸根千里不易致，衔子飞来定鸿鹄⑫。

天涯流落俱可念，为饮一樽歌此曲⑬。

明朝酒醒还独来，雪落纷纷那忍触。

说 明

元丰三年（1080）二月苏轼到黄州不久寓居定惠院，观赏海棠时作。定惠院，在黄冈东南，苏轼初到黄州时居此。苏轼很爱海棠，其《记游定惠院》文中说：

"黄州定惠院东小山上，有海棠一株，特繁茂。每岁盛开，必携客置酒。"此诗前半描绘海棠，突现其幽独、高雅、端美、清淑的品第，后半写独自访花，见花生感，寄寓情怀。全诗以人拟花，以花寄慨，花与人两相衬映，互相渗融，形象鲜明，辞格超迈，堪称千古绝唱。魏庆之《诗人玉屑》卷十七云：苏轼"故作此长篇。平生喜为人写，盖人间刊石者，自有五六本云。轼平生得意诗也"。

注 释

❶地瘴：指南方山林间湿热蒸郁之气。 ❷苦：意同很。 ❸嫣然：形容笑容美好。宋玉《登徒子好色赋》："嫣然一笑。" ❹"故遣"句：杜甫《佳人》诗："绝代有佳人，幽居在空谷。" ❺"自然"二句：意谓海棠是一种天然的富贵质姿，不须华屋金盘来陪衬。荐，推进。 ❻"朱唇"二句：以美女酒后两颊微红，卷起衣袖红纱映现白肤来比喻海棠。晕（yùn），微红。《诚斋诗话》："东坡《海棠》云'朱唇得酒晕生脸，翠袖卷纱红映肉'，此以美妇人比花也。" ❼春睡足：《明皇杂录》载：玄宗曾把醉中的杨贵妃比作"海棠睡未足"，这里诗人反用其意，把海棠比作春睡足的美人。 ❽清淑：清秀美好。❾先生：作者自指，以下转入诗人抒感。 ❿绝艳：指海棠。衰朽：诗人自谓。⓫"无乃"句：意谓莫非好事者自四川移栽。西蜀盛产海棠。 ⓬"寸根"二句：意谓海棠不易从远处移栽，一定是鸿鹄把种子衔来。 ⓭"天涯"二句：把海棠和自己引为同调，意谓花和人都是远离西蜀的流落者。白居易《琵琶行》："同是天涯沦落人，相逢何必曾相识。"这里化用此意。歌此曲，吟唱此类感叹沦落天涯的诗章。

雨中看牡丹三首（选一）

【原 文】

雾雨不成点，映空疑有无。

时于花上见，的皪走明珠。①

秀色洗红粉，暗香生雪肤。

黄昏更萧瑟，头重欲相扶。②

说 明

元丰三年（1080）在黄州天庆观看牡丹时作。全用白描摹写雨中牡丹，色香形神兼具，极为传神。

注 释

❶的皪（lì）：明亮貌。司马相如《上林赋》："明月珠子，的皪江靡。"走明珠：形容花上雨滴圆转流动。　❷"头重"句：形容雨中牡丹花枝摇曳。

五禽言五首并叙（选四）

【原　文】

　　梅圣俞尝作四禽言，余谪黄州，寓居定惠院，绕舍皆茂林修竹，荒池蒲苇。春夏之交，鸣鸟百族，土人多以其声之似者名之，遂用圣俞体作五禽言。

其二

昨夜南山雨，西溪不可渡。

溪边布谷儿①，劝我脱破裤②。

不辞脱裤溪水寒，水中照见催租瘢。

其三

去年麦不熟，挟弹规我肉③。

今年麦上场，处处有残粟。

丰年无象何处寻，听取林间快活吟④。

其四

力作力作，蚕丝一百箔⑤。

垅上麦头昂，林间桑子落。

愿侬一箔千两丝，缲丝得蛹饲尔雏⑥。

说 明

元丰三年（1080）作。梅圣俞，梅尧臣的字，北宋诗人，有《宛陵先生集》。禽言诗以鸟声比附人事，颇有戏谑意味。

注 释

❶布谷：鸟名，又名勃姑。 ❷脱破裤：鸟鸣声。作者自注："土人谓布谷为脱却破裤。" ❸挟弹：拿着弹弓。规：通窥、窥探。 ❹快活吟：作者自注："此鸟声云：麦饭熟，即快活。" ❺一百箔：作者自注："此鸟声云：蚕丝一百箔。"箔，养蚕的竹席。 ❻饲尔雏：喂你的小鸟。

晓至巴河口迎子由

【原 文】

去年御史府，举动触四壁。

幽幽百尺井，仰天无一席。①

隔墙闻歌呼，自恨计之失。

留诗不忍写，苦泪渍纸笔②。

余生复何幸，乐事有今日。

江流镜面净，烟雨轻羃羃③。

孤舟如凫鹥④，点破千顷碧。

闻君在磁湖⑤，欲见隔咫尺。

朝来好风色，旗脚西北掷。⑥

行当中流见，笑眼清光溢。

此邦疑可老，⑦修竹带泉石。

欲买柯氏林⑧，兹谋待君必。⑨

说　明

　　元丰三年（1080）五月末，其弟苏辙从南都（河南商丘南）陪同嫂子王闰之和侄儿苏迨、苏过来黄州，苏轼前往巴河口（在黄冈东四十余里）去迎，作此诗。诗先回忆去年锒铛坐狱的凄苦情景，后写当前谪居黄州乘舟迎接亲人的宽慰情怀，由苦难转入安闲，坎坷经历，如实展现，情挚言切，动人心扉。

注　释

　　❶"去年"四句：写去年身居囹圄，严密禁闭，仿佛置身深井，动触四壁。御史府，指御史台狱。　❷渍（zì）：浸湿。　❸羃羃（mì）：形容轻烟笼罩。羃，同幂。　❹凫鹥（fúyī）：水鸟。　❺磁湖：在湖北黄石市。当时苏辙一行从水路来，因遇风浪，船在磁湖停泊了两天。　❻"旗脚"句：谓刮起东南风，风向很顺。"旗脚"一作"旗尾"。西北掷，飘向西北方。　❼"此邦"句：谓似可在黄州作终老之计。　❽柯氏林：又名柯丘，在湖北柯山。苏轼《东坡八首》"去为柯氏陂"，即指此。　❾"兹谋"句：意谓买柯丘的打算等你到来再作决定。

迁居临皋亭

【原　文】

我生天地间，一蚁寄大磨。

区区欲右行，不救风轮左。①

虽云走仁义，未免违寒饿。②

剑米有危炊，③针毡无稳坐。④

岂无佳山水，借眼风雨过。⑤

归田不待老⑥，勇决凡几个。

幸兹废弃余，⑦疲马解鞍驮。⑧

全家占江驿，绝境天为破。

饥贫相乘除，⑨未见可吊贺。

澹然无忧乐，苦语不成些。⑩

说 明

　　元丰三年（1080）四月苏轼由定惠院迁居临皋亭，全家居此。临皋亭在黄州城南门外江边。搬迁后写此抒怀。诗先回首人生经历，迭遭坎坷，后述移居此间，心态恬淡，聊可自遣。其间蚁寄大磨、剑米危炊，取譬奇警，用典恰切，颇富于理趣。

注 释

　　❶"我生"四句：比喻人生难以一帆风顺，往往事与愿违。《晋书·天文志》："譬之于蚁行磨石之上，磨左旋而蚁右去。"此处化用此典。　❷"虽云"二句：意谓虽行动遵守仁义，难免有衣食之忧。　❸"剑米"句：喻指仕途险难。《世说新语·排调》载：桓玄与殷仲堪，戏作危语，"桓曰：'矛头渐米剑头炊。'殷曰：'百岁老翁攀枯枝。'"　❹"针毡"句：喻指坐卧不安。《晋书·杜锡传》：杜锡"屡谏愍怀太子，言辞恳切，太子患之。后置针着锡常所坐处毡中，刺之流血"。　❺"岂无"二句：意谓山水美景，一闪即过。　❻归田：辞官回乡。李白《赠崔秋浦》："东皋春事起，种黍早归田。"　❼"幸兹"句：指自己被贬谪居闲。　❽"疲马"句：自喻解脱负担。　❾"饥贫"句：谓饥贫

时消时长。韩愈《三星行》诗：“名声相乘除，得少失有余。”　❿“苦语”句：言吟不成凄苦的诗章。意谓超拔忧乐。些，《楚辞·招魂》：“何为四方些。”洪兴祖补注：“凡禁咒句尾皆称些，乃楚人旧俗。”

东坡八首（选四）

【原 文】

　　余至黄州二年，日以困匮。故人马正卿哀余乏食，为于郡中请故营地数十亩，使得躬耕其中。地既久荒，为茨棘瓦砾之场，而岁又大旱，垦辟之劳，筋力殆尽。释耒而叹，乃作是诗，自愍其勤，庶几来岁之入，以忘其劳焉。

其一

废垒无人顾，颓垣满蓬蒿。

谁能捐筋力，岁晚不偿劳①。

独有孤旅人②，天穷无所逃③。

端来拾瓦砾④，岁旱土不膏。

崎岖草棘中，欲刮一寸毛。

喟然释耒叹，我廪何时高⑤。

其二

荒田虽浪莽⑥，高庳各有适⑦。

下隰种秔稌⑧，东原莳枣栗⑨。

江南有蜀士⑩，桑果已许乞。

好竹不难栽，但恐鞭横逸⑪。

仍须卜佳处，规以安我室⑫。

家僮烧枯草，走报暗井出。

一饱未敢期，瓢饮已可必⑬。

其四

种稻清明前，乐事我能数。

毛空暗春泽，针水闻好语⑭。

分秧及初夏，渐喜风叶举。

月明看露上，一一珠垂缕。

秋来霜穗重，颠倒相撑拄⑮。

但闻畦陇间，蚱蜢如风雨⑯。

新春便入甑，玉粒照筐筥。

我久食官仓，红腐等泥土⑰。

行当知此味⑱，口腹吾已许。

其五

良农惜地力，幸此十年荒。

桑柘未及成⑲，一麦庶可望。

投种未逾月，覆块已苍苍。

农夫告我言，勿使苗叶昌。

君欲富饼饵，要须纵牛羊⑳。

再拜谢苦言㉑，得饱不敢忘。

说 明

　　元丰四年（1081）作。本年友人马正卿（名梦得）帮助苏轼经营东坡。东坡，在黄冈山下，州治之东，原是一片荒地，苏轼开发后，就此躬耕。并自此始自号东坡居士。这几首诗写开发和种植此地的经过和情况，语言质朴平易，贴近田园生活。周必大《二老堂诗话》说："白乐天为忠州刺史，有《东坡种花》二诗，又有《步东坡》诗，云：'朝上东坡步，夕上东坡步；东坡何所爱，爱此新成树。'本朝苏文忠公不轻许可，独敬爱乐天，屡形诗篇，盖其文章皆主辞达，而忠厚好施，刚直尽言，与人有情，与物无著，大略相似。谪居黄州，始号东坡，其原必起于乐天忠州之作也。"

注 释

　　❶"岁晚"句：谓年终难得劳动的收获。　❷孤旅人：作者自谓。　❸天穷：《礼记·王制》："天民之穷而无告者也。"　❹端来：须来。　❺廪（lǐn）：粮仓。　❻浪莽：零乱荒芜。　❼庳（bì）：低下。　❽秔稌（jīngtú）：稻子。　❾东原：指低平之地。蒔：栽培。　❿蜀士：指王文甫。王氏嘉州犍为人，居对岸武昌，苏轼谪居黄州，常同他往来。　⓫鞭横逸：竹鞭到处伸张。　⓬规：规划，设计。　⓭瓢饮：喝水。《论语》写颜渊清贫，有"一箪食，一瓢饮"之语。　⓮"毛空"二句：意谓下过毛毛雨春泽阴暗，稻苗充水农民高兴。作者自注："蜀人以细雨为雨毛，稻初生时，农夫相语稻针出矣。"　⓯"秋来"二句：意谓稻穗沉重，把稻秆压得东倒西倾。　⓰蚱蜢：一种类似蝗虫在土中能跳的小动物。作者自注："蜀中稻熟时，蚱蜢群飞田间，如小蝗状，而不害稻。"　⓱红腐：形容粮食发霉。《汉书·贾捐之传》："太仓之粟，红腐而不可食。"　⓲此味：指新打稻谷的美味。　⓳桑柘（zhè）：桑树柘树，叶可养蚕。　⓴"君欲"二句：谓放牛羊有利于丰收。周紫芝《竹坡诗话》："河朔土人言，河朔地广，麦苗弥望，方其盛时，须使人纵牧其间，践踏令稍疏，则其收倍多。"　㉑苦言：犹忠告。《史记·商君传》："苦言，药也。"

闻　捷

【原文】

元丰四年十二月二十二日，谒王文父于江南。坐上得陈季常书报：是月四日，种谔领兵深入，破杀西夏六万余人，获马五千匹。众喜忭唱乐，各饮一巨觥。

闻说官军取乞阘①，将军旗鼓捷如神。
故知无定河边柳②，得共中原雪絮春③。

说　明

元丰四年（1081）陕西路沿边各地多次报告西夏集结军队，不断侵扰宋境。神宗令宋军抗击夏军。九月，鄜延路经略安抚副使种谔在米脂寨击破夏军八万人。十月，攻下米脂寨，进驻银川。捷报送至朝廷，皇帝"喜动颜色，群臣称贺"（《续资治通鉴》）。其后战局逆转。此诗是苏轼闻知种谔捷报时写下的。上联直陈其事，下联借边廷杨柳感受中原春光，表示扩展边地的喜慰之怀。由陈陶《陇西行》"可怜无定河边骨"翻出。

注　释

❶乞阘（yín）：亦作乞银，即银川，城名，在今陕西米脂县西北。此地本为前秦骢马城，鲜卑语谓马曰乞银，故此地称乞银城。❷无定河：源出今内蒙古自治区鄂尔多斯境，东南流经陕西榆林、米脂等县，因急流挟沙，深浅无定，

故名无定河。　❸雪絮春：飘雪花的春天，指初春。

正月二十日，与潘、郭二生出郊寻春，
忽记去年是日同至女王城作诗，乃和前韵

【原 文】

东风未肯入东门，^①走马还寻去岁村。
人似秋鸿来有信，事如春梦了无痕。^②
江城白酒三杯酽^③，野老苍颜一笑温。
已约年年为此会，故人不用赋招魂。^④

说 明

　　元丰五年（1082）作。潘、郭二生，指潘彦明、郭兴宗，都是苏轼在黄州结识的朋友，以沽酒卖药为生，《东坡八首》中说："潘子久不调，沽酒江南村，郭生本将种，卖药西市垣。"即指此两人。女王城，黄州东十余里有永安城，俗名女王城。去年所作诗，题为《正月二十日往岐亭，郡人潘、古、郭三人送余于女王城东禅庄院》。这首和诗吟唱了与当地熟人出郊寻春的悠闲自在，体现了诗人谪居黄州时随缘自适的襟怀。

注 释

　　❶"东风"句：意指城中春色较迟。　❷"人似"二句：感叹人们寻春及时，往事难返。　❸酽（yàn）：酒味浓。　❹"故人"句：意谓无需老友设法将自己调离黄州贬所。招魂：《楚辞》篇名。王逸说："宋玉怜哀屈原，忠而斥

弃，愁懑山泽，魂魄放佚，厥命将落，故作《招魂》。"（王逸《楚辞章句》）

次韵孔毅父久旱已而甚雨三首（选一）

【原 文】

去年东坡拾瓦砾，自种黄桑三百尺。

今年刈草盖雪堂①，日炙风吹面如墨。

平生懒惰今始悔，老大劝农天所直②。

沛然例赐三尺雨③，造物无心恍难测。

四方上下同一云，甘霖不为龙所隔④。

蓬蒿下湿迎晓末，灯火新凉催夜织。

老夫作罢得甘寝，卧听墙东人响屐⑤。

奔流未已坑谷平，折苇枯荷恣漂溺。

腐儒粗粝支百年，力耕不受众目怜⑥。

破陂漏水不耐旱，人力未至求天全⑦？

会当作塘径千步⑧，横断西北遮山泉。

四邻相率助举杵⑨，人人知我囊无钱。

明年共看决渠雨⑩，饥饱在我宁关天。

谁能伴我田间饮，醉倒惟有支头砖。

说 明

　　本篇是元丰五年（1082）在黄州作。孔平仲，字毅父，是与苏轼兄弟交往已久的朋友。这首次韵诗反映了苏轼躬耕东坡的情景，表达了他关注旱情、主张丰歉取决于人力的积极思想。写法上体现了切入生活、纵笔直书的气势。

注 释

❶雪堂：元丰五年苏轼于东坡筑室五间，因成于大雪中，并绘雪于四壁，故名雪堂，作有《雪堂记》。苏轼在《与子安兄》书中说："近于城中得荒地十数亩，躬耕其中，作草屋数间，谓之东坡雪堂。"　❷劝农：尽力耕作。天所直：上天支持。　❸沛然：形容雨势强大。　❹"甘霆"句：谓好雨不受龙分域的影响。作者自注："俗有分龙日。"南方民间传说天龙降雨，各有区域分工，五月二十为分龙日。甘霆（zhù），好雨。　❺人响屐：指邻人早起的鞋声。屐（jī），木鞋。　❻"腐儒"二句：意谓自己这样的庸碌书生，只需粗糙稻米即可维持生命，以此只需个人努力躬耕，不愿求人怜悯。粗粝，糙米。杜甫《有客》诗云："百年粗粝腐儒餐。"　❼"人力"句：意谓个人努力不够，岂能靠上天保全。　❽会当：应当。作塘：开掘池塘。　❾助举杵：指大家帮忙围土筑塘。杵（chǔ），筑土的木锤。　❿"明年"句：意谓明年即可利用水渠的积水灌田抗旱。《汉书·沟洫志》载白公开渠兴办水利，百姓作歌曰："郑国在前，白渠起后，举臿为云，决渠为雨。"

鱼蛮子

【原 文】

江淮水为田，舟楫为室居。

鱼虾以为粮，不耕自有余。

异哉鱼蛮子，本非左衽徒^①。

连排入江住，竹瓦三尺庐。^②

于焉长子孙，^③戚施且侏儒。^④

擘水取魴鲤，易如拾诸途。

破釜不著盐，雪鳞芼青蔬。^⑤

一饱便甘寝，何异獭与狙^⑥。

人间行路难，踏地出赋租。^⑦

不如鱼蛮子，驾浪浮空虚。

空虚未可知，会当算舟车。^⑧

蛮子叩头泣，勿语桑大夫。^⑨

说 明

本篇为元丰五年（1082）在黄州作。据陆游《老学庵笔记》载，张芸叟（舜民）谪官湖湘时作《渔父》诗，"东坡取其意为《鱼蛮子》云"。张芸叟元丰五年谪官郴州（今湖南郴州），曾绕道来武昌与苏轼相会。张氏《渔父》诗云："家住耒江边，门前碧水连，小舟胜养马，大罟当耕田。保甲元无籍，青苗不著钱。桃源在何处，此地有神仙。"张芸叟《渔父》把江边渔民写得安闲自在，苏轼《鱼蛮子》则突出了逃脱地税的渔民艰苦的生活和忐忑不安的心境，借此控诉了地租剥削的残酷性。

注 释

❶左衽徒：指少数民族。少数民族服装前襟向左掩，故云。《论语·宪问》"子曰：'微管仲，吾其被发左衽矣。'" ❷"竹瓦"句：指浮水的木排上剖竹为瓦，构成低矮的小屋。 ❸"于焉"句：谓于此抚养子孙。 ❹"戚施"句：谓子女发育不良。戚施，驼背之人。侏儒，矮子。 ❺"雪鳞"句：指把鲜鱼和青菜煮到一起充饥。 ❻獭（tǎ）：水獭，生活于水边，捕鱼为食。狙（jū）：猕猴，靠野菜果类为生的野生动物。 ❼"踏地"句：控诉赋税苛重，连立足

之地也要纳税。 ❽"会当"句：意谓征敛租税可能连车船也不会幸免。
❾"蛮子"二句：意谓渔民哀求不要把他们逃避水上的行踪，告知善于征敛的官吏。桑大夫，指汉代桑弘羊，武帝时任治粟都尉，领大司农，曾推行盐铁酒类由国家专卖政策，为古代理财名臣。这里有用以暗喻执行新法的官吏之意。

琴 诗

【原文】

武昌主簿吴亮君采，携其友人沈君十二琴之说，与高斋先生空同子之文、太平之颂以示予，予不识沈君，而读其书如见其人，如闻十二琴之声。予昔从高斋先生游，尝见其宝一琴，无铭无识，不知其何代物也。请以告二子，使从先生求观之。此十二琴者，待其琴而后和。元丰六年闰六月。

若言琴上有琴声，放在匣中何不鸣？
若言声在指头上，何不于君指上听？

说 明

序中提到的高斋先生指赵抃，字阅道，曾任参知政事。苏轼在《与彦正判官》书中曾引述此诗，并自认此诗为佛偈。此诗题亦作"题沈君琴"，见《苏轼诗集》补编。冯景注云："《楞严经》：'譬如琴瑟、箜篌、琵琶，虽有妙音，若无妙指，终不能发……'"足见苏轼此诗承受了佛经思想的启迪。清纪昀认为"此随手写四句，本不是诗"（纪批《苏文忠公诗集》卷二十一）。这种评价不合实际，其实这是一首富有理趣的好诗。它用两个反问启示人们，有好的琴，又有好的弹技，方能奏出动听的曲调。岂止音乐如此，任何事业的成功都是客观条件与主观能力和谐统一的结果。

闻子由为郡僚所挤恐当去官

【原　文】

少学不为身①，宿志固有在②。
虽然敢自必，用舍置度外。
天初若相我，发迹造宏大。③
岂敢负所付，捐躯欲投会。④
宁知事大缪，举步得狼狈。
我已无可言，堕甑难追悔。⑤
子虽仅自免，鸡肋安足赖。⑥
低回畏罪罟⑦，黾勉敢言退⑧。
若人疑或使，⑨为子得微罪。
时哉归去来，共抱东坡耒。⑩

　说　明

　　元丰六年（1083）在黄州作。当时苏辙任筠州（今江西高安）教授并监酒税。据《续资治通鉴长编》，元丰六年七月国子司业朱服弹劾苏辙所拟"筠州学策题三道，乖戾经旨"。苏辙因辞筠州学官。苏轼诗题所说"为郡僚所挤"，当指此事。这首诗陈述了苏轼兄弟俩的气宇抱负和所遭遇的仕路坎坷，反映了作者徘徊去留、忐忑不安的心境。

注 释

❶不为身：柳宗元《冉溪》诗："少时陈力希公侯，许国不复为身谋。"
❷宿志：早年的志向抱负。　❸"发迹"句：此指最初发展通达。嘉祐初年苏轼、苏辙赴京应试，两人中同榜进士，得到文坛老宿欧阳修的赏识而名噪一时。
❹"岂敢"二句：意谓不敢辜负自我的期许，总想寻求以身报国的机会。
❺"堕甑"句：喻指过去的失败后悔无及。《后汉书·郭泰传》载：孟敏一次"荷甑堕地，不顾而去"。郭泰"见而问其意，对曰：'甑已破矣，视之何益！'"　❻"鸡肋"句：喻指眼前的功名职位不值得留恋。鸡肋，用曹操的典故。《三国志·魏书·武帝纪》裴松之注引《九州春秋》：一次曹操攻汉中，"出令曰'鸡肋'，官属不知所谓。"人问主簿杨修，"修曰：'夫鸡肋，弃之如可惜，食之无所得，以比汉中，知王欲还也'"。　❼低回：徘徊犹豫。畏罪罟(gǔ)：怕陷入罪网。《诗经·小雅·小明》："岂不怀归，畏此罪罟。"　❽黾勉：努力，尽力。《诗经·小雅·十月之交》："黾勉从事，不敢告劳。"
❾"若人"句：意谓为你辩白的人可能是受人嘱托。　❿"时哉"二句：意谓一旦得到时机我们当共同弃官归田。

东　坡

【原文】

雨洗东坡月色清，市人行尽野人行。
莫嫌荦确坡头路①，自爱铿然曳杖声②。

说　明

　　元丰六年（1083）在黄州作。诗格清新自然，反映了诗人随缘自适、不畏坎坷的情怀。

注　释

　　❶荦确：指石块突露、险峻不平。韩愈《山石》诗："山石荦确行径微。"
❷曳杖：牵引手杖。

海　棠

【原　文】

　　东风袅袅泛崇光①，香雾空蒙月转廊②。
　　只恐夜深花睡去，故烧高烛照红妆。③

说　明

　　元丰七年（1084）夜阑赏花作。上联描写夜景，景中融入海棠；下联巧咏赏花，以美女喻海棠，惜花情致，浮现笔端。

注　释

　　❶袅袅：形容微风吹拂。泛崇光：摇动海棠雅致的光泽。《楚辞·招魂》："光风转蕙，泛崇兰些。"　❷香雾：指海棠的香气。空蒙：迷茫飘渺。

❸"只恐"二句：《冷斋夜话》卷一谓此二句化用《太真外传》故事。"《太真外传》曰：上皇登沉香亭，诏太真妃子。妃子时卯醉未醒，命力士从侍儿扶掖而至。妃子醉颜残妆，鬓乱钗横，不能再拜。上皇笑曰：'岂是妃子醉，真海棠睡未足耳。'"据说花卉午后逐渐萎缩，"花睡去"含花朵萎缩之意。

别黄州

【原 文】

> 病疮老马不任靮，犹向君王得敝帏。①
> 桑下岂无三宿恋，②樽前聊与一身归。③
> 长腰尚载撑肠米，④阔领先裁盖瘿衣。⑤
> 投老江湖终不失，⑥来时莫遣故人非。⑦

说 明

元丰七年（1084）三月，苏轼接到特授检校尚书水部员外郎汝州团练副使本州安置的诰命，四月告别黄州，作此诗，倾诉了临行前复杂的襟绪。

注 释

❶"病疮"二句：以老马自喻，谓老病不能任事，还能从皇帝那里得到一官半职，维持生计。不任靮，受不了马络头的捆缚。敝帏，破旧的帷幔。帏与帷通用。《礼记·檀弓下》："敝帷不弃，为埋马也。"　❷"桑下"句：意思是对黄州颇感留恋。后汉襄楷给汉桓帝上书中有"浮屠不三宿桑下，不欲久生恩爱"（《后汉书·襄楷传》）语。苏轼在黄州一住五年，对黄州有了感情，所以如此

说。　❸"樽前"句：谓独将樽前只身奔赴汝州。牛僧孺《席上赠刘梦得》诗："休论世上升沉事，且斗樽前现在身。"樽前一身，用此意。　❹"长腰"句：意谓自己还吃着黄州稻米。当地人称粳米为"长腰米"。这句实际是"撑肠尚载长腰米"。　❺"阔领"句：意思是先准备好宽领的服装。盖瘿衣，汝州（今河南临汝）饮水中缺碘，当地人多得粗颈病，常穿宽领衣。瘿（yǐng），病理名。❻"投老"句：意谓到老归隐江湖，自信不失时机。　❼"来时"句：意谓将来不会遭故人非议。

庐山二胜

【原文】

　　余游庐山，南北得十五六奇胜①，殆不可胜纪。而懒不作诗，独择其尤佳者作二首。

开先漱玉亭②

　　高岩下赤日，深谷来悲风。③
　　擘开青玉峡，飞出两白龙。④
　　乱沫散霜雪，古潭摇清空。⑤
　　余流滑无声，快泻双石谼。⑥
　　我来不忍去，月出飞桥东。
　　荡荡白银阙⑦，沉沉水精宫。⑧
　　愿随琴高生⑨，脚踏赤鲤公⑩。
　　手持白芙蕖，跳下清泠中。⑪

说 明

元丰七年（1084）四月，苏轼由黄州赴汝州行经庐山，游赏胜景，作此诗。诗写山岩瀑布，奇势迭出，曲尽其妙。

注 释

❶十五六：十分之五六。　❷开先：南唐中主所建佛寺。漱玉亭：在瀑布近旁。　❸"高岩"二句：点出红日落山、深谷吹风，天色已晚。　❹"擘开"二句：写山峡对立，瀑布奔涌。两白龙，喻指两股瀑布。　❺"乱沫"二句：写水泡喷洒、潭水震荡状。　❻谼（hóng）：大山谷。　❼白银阙：指天上的宫殿。　❽水精宫：亦作水晶宫，四面环水的宫廷。　❾琴高：传说战国赵人，能鼓琴，修炼长生术，曾潜入涿水取龙子，后成仙人。见刘向《列仙传》。　❿赤鯶（huàn）公：鲤鱼的别称。唐段成式《酉阳杂俎》十七："国朝律，取得鲤鱼即宜放，仍不得吃，号赤鯶公。"传说琴高入水乘赤鲤。《抱朴子·对俗》："萧史偕翔凤以凌虚，琴高乘朱鲤于深渊。"　⓫"手持"二句：意指入水翔游。芙蕖，即芙蓉、荷花。清泠，古代传说的大泽名。《山海经·中山经》："神耕父处之，常游清泠之渊，出入有光。"

栖贤三峡桥

吾闻太山石，积日穿线溜。①
况此百雷霆②，万世与石斗。
深行九地底③，险出三峡右④。
长输不尽溪，欲满无底窦⑤。
跳波翻潜鱼，震响落飞狖⑥。
清寒入山骨，草木尽坚瘦。
空蒙烟霭间，澒洞金石奏⑦。

弯弯飞桥出，潋潋半月彀⑧。
玉渊神龙近⑨，雨雹乱晴昼⑩。
垂瓶得清甘，可咽不可漱⑪。

说　明

　　三峡桥，在庐山栖贤谷。苏辙《庐山栖贤寺新修僧堂记》提到元丰三年他经过庐山，"入栖贤谷。谷中多大石，崒嵂相倚。水行石间，其声如雷霆，如千乘车行者，震掉不能自持，虽三峡之险不过也。故其桥曰三峡"。这说明了三峡桥水势的奇险。苏轼这首诗以奇警的语言、生动的描述，写出了栖贤谷溪水奔注、跳波翻涌、桥梁弯曲、气氛清寒的奇妙景观。

注　释

　　❶"吾闻"二句：言泰山之石积年为水流穿透。溜，水流。汉枚乘《上书谏吴王》："泰山之霤穿石，殚极之绠断干，水非石之钻，索非木之锯，渐靡使之然也。"　❷百雷霆：喻指此间的波涛。　❸九地：地下最深处。《孙子兵法·军形》："善守者藏于九地之下。"　❹三峡：重庆奉节至湖北宜昌间长江两岸峡谷很多，称三峡者最为险峻。　❺"长输"二句：写水势之盛，长年奔流渊源无底。窦，地窖。　❻飞狖（yòu）：奔跑飞快的长尾猿。　❼潨（hòng）洞：亦作洪洞，形容水势汹涌，声音洪亮。　❽"潋潋"句：形容桥如弯弓。潋潋（liàn），水满貌。彀（gòu），张满弓弩。　❾玉渊：玉渊潭，在栖贤寺东，三峡水流注其中。　❿雨雹：随云降落的冰雹。　⑪"可咽"句：赞赏水质清甜，可以饮用，不要仅用以漱口。

题西林壁

【原 文】

> 横看成岭侧成峰，远近高低各不同。
> 不识庐山真面目，只缘身在此山中。

说 明

元丰七年（1084）游庐山时作。西林，指西林寺，又名乾明寺。前联写庐山坡岭连绵、峰峦环列、高低嵯峨的形态。放眼远望所得景观，一笔尽呈面前。后联写游山的体会，寄寓了一个普遍的哲理：即认识事物，既要深入其中，又要超拔其外，所谓"当局称迷，傍观见审"（《旧唐书·元行冲传》）。此诗饶有理趣，发人遐思，令读者过目难忘。《冷斋夜话》记黄庭坚评此诗云："此老人于般若横说竖说，了无剩语，非其笔端，亦安能吐此不传之妙。"《宋诗精华录》卷二评曰："此诗有新思想，似未经人道过。"

自兴国往筠宿石田驿南
二十五里野人舍

【原 文】

> 溪上青山三百叠，快马轻衫来一抹。①
> 倚山修竹有人家，横道清泉知我渴。②

芒鞋竹杖自轻软③，蒲荐松床亦香滑④。
夜深风露满中庭，惟见孤萤自开阖。⑤

说　明

兴国，今江西兴国县。筠，筠州，州治在江西高安。石田驿，驿站，在兴国州治南。元丰七年（1084），苏轼在赴汝州前，曾自九江游庐山，并经兴国至筠州会见苏辙。这首诗是在往筠州途中所作。诗写当地环境清幽和野人居处潇洒可喜。

注　释

❶"溪上"二句：谓快马轻衫的游人仿佛在青山层叠的画面上涂上了富有诗意的一笔。　❷"横道"句：写清泉横穿大道，善解人意。　❸芒鞋：草鞋。❹蒲荐：蒲草编制的席子。松床：用松树撑的床。　❺"惟见"句：写庭院宁静，只有萤火忽明忽灭。"惟见"，亦作"惟有"。

郭祥正家，醉画竹石壁上，
郭作诗为谢，且遗二古铜剑

【原文】

空肠得酒芒角出①，肝肺槎牙生竹石②。
森然欲作不可回③，吐向君家雪色壁。
平生好诗仍好画，书墙涴壁长遭骂④。
不瞋不骂喜有余⑤，世间谁复如君者。

一双铜剑秋水光，两首新诗争剑铓⑥。
剑在床头诗在手，不知谁作蛟龙吼。

说 明

郭祥正，字功父，当涂人。元丰七年（1084）他以汀州通判奉议郎勒停家
居。这年六月苏轼行经当涂（安徽东部县名），过郭功父家，作此诗。诗以奇特
的意象，前半写酒兴生发画兴，挥笔作画，如胸怀竹石，口吐雪壁；后半称扬
对方所赠铜剑闪光、新诗劲拔，并以铜剑作比，用蛟龙吼形容妙诗掷地有声。
全诗奇警动人。

注 释

❶芒角出：形容胸生竹石。芒角，植物初生的尖叶。　❷槎牙：同杈丫，歧
出的样子。　❸森然：形容竹石峭拔。　❹涴（wò）壁：污染墙壁。　❺不瞋
（chēn）：不瞋怪。　❻争剑铓：指诗与铜剑比赛光芒。铓（máng），光芒。

次荆公韵四绝

【原 文】

其一

青李扶疏禽自来，①清真逸少手亲栽。②
深红浅紫从争发，雪白鹅黄也斗开。

其二

斫竹穿花破绿苔，小诗端为觅桤栽。③
细看造物初无物，春到江南花自开。④

其三

骑驴渺渺入荒陂⑤，想见先生未病时。
劝我试求三亩宅，从公已觉十年迟。⑥

其四

甲第非真有⑦，闲花亦偶栽。
聊为清净供，却对道人开。⑧

───

说　明

元丰七年（1084）秋，苏轼由黄州移汝州，路经金陵，逗留月余。当时王安石二次罢相后正退居金陵，苏轼与王安石相见，两人流连累日，唱和颇多。宋人不少笔记、史话如《邵氏闻见后录》《西清诗话》《曲洧旧闻》《潘子真诗话》均记录此诗。足见两人在变法问题上虽观点时有不同，但在文学唱和私人交往上却相得甚欢。这里所和王安石原韵，题为《池上看金沙花数枝过酴醾架盛开》，和七绝二首，五绝一首，押开字韵。又《北山》七绝一首，押迟字韵。四首诗或描述闲居环境清幽，或表示两人和睦相从。

注　释

❶ "青李"句：写所种植物枝叶繁茂。扶疏，枝叶分披貌。禽自来，指来禽，俗称花红、沙果。苏轼《和王晋卿送梅花次韵》："东坡先生未归时，自种

来禽与青李。" ❷ "清真" 句：用王羲之比王安石。李白《王逸少》诗："右军本清真，潇洒在风尘。" 王羲之，字逸少，因曾任右军参军，又称王右军。❸ "斫竹" 二句：意谓斩削竹林，穿过花丛，踏破绿苔前来赏花，小诗正为植花栽树而作。斫（zhuó），砍削。桤（qī），木名。杜甫《凭何十一少府邕觅桤木栽》诗："饱闻桤木三年大，与致溪边十亩阴。" ❹ "细看" 二句：意谓造物（上天）并未拥有万物，春天到来花自开放。郭象《南华真经序》谓庄子 "上知造物无物，下知有物之自造也"，此化用其意。❺ 渺渺：形容荒野旷远。陂（bēi）：山坡。❻ "劝我" 二句：意谓早应买田金陵，卜邻定居。苏轼《与王荆公》云："某始欲买田金陵，庶几得陪杖屦，老于钟山之下。" 陆游《跋东坡谏疏草》亦云："东坡自黄州归，见荆公于半山，剧谈累日不厌，至约卜邻以老焉。" ❼ 甲第：泛指豪华显贵的住宅。❽ "聊为" 二句：指提供作僧寺。作者自注："公病后，舍宅作寺。"《续资治通鉴长编》卷三百四十六：元丰七年六月，王安石请以所居江宁府上元县园屋为僧寺，"乞赐名额，从之，以报宁禅院为额"。

送沈逵赴广南

【原 文】

嗟我与君皆丙子，四十九年穷不死。①
君随幕府战西羌②，夜渡冰河斫云垒③。
飞尘涨天箭洒甲，④归对妻孥真梦耳。⑤
我谪黄冈四五年，孤舟出没烟波里。
故人不复通问讯，⑥疾病饥寒疑死矣。⑦
相逢握手一大笑，白发苍颜略相似。
我方北渡脱重江，⑧君复南行轻万里。⑨

功名如幻何足计，学道有涯真可喜⑩。

勾漏丹砂已付君，⑪汝阳瓮盎吾何耻。⑫

君归赴我鸡黍约，⑬买田筑室从今始。

说 明

元丰七年（1084）秋，苏轼在金陵晤沈逵作此诗。沈逵曾任永嘉知县、大理寺丞等职。广南，宋代路名，有广南东路、广南西路，在今两广一带。诗首联由两人同龄领起，尾联就依约再会收煞。中间四句一层，第一层写对方从军破敌，第二层写自己谪贬黄州，第三层写双方当前相逢，第四层写两人今后前景。全诗层次井然，言简意赅。

注 释

❶ "嗟我"二句：写两人同年出生。苏轼于景祐三年丙子十二月十九日（公元1037年1月8日）生于眉山，至元丰七年甲子，正好四十九年。 ❷幕府：行军的幕帐。西羌：指西夏。 ❸斫云垒：攻击敌人的高垒。斫（zhuó），砍破。云垒，高入云霄的堡垒。 ❹ "飞尘"句：写战争激烈。箭洒甲，箭如骤雨射向盔甲。 ❺ "归对"句：写战罢归来与家人团聚，恍如梦寐。 ❻ "故人"句：苏轼《答陈师仲主簿书》亦提及此云："自得罪后，虽平生厚善，有不敢通问者。" ❼ "疾病"句：苏轼《谢量移汝州表》亦谈到这种传闻云："疾病连年，人皆相传为已死。" ❽ "我方"句：时苏轼驻足京口（今镇江），正要北上常州，所以说北渡。 ❾ "君复"句：沈逵前往广南，故曰南行。 ⑩学道有涯：意谓学道已摸到边际。涯亦作牙，与芽通用。刘禹锡《游桃源一百韵》诗："道芽期日就，尘虑乃冰释。" ⑪ "勾漏"句：言丹砂归你。勾漏，山名，在今广西北流市，亦作句漏。丹砂，传说中的一种仙药。《晋书·葛洪传》载：葛洪年老，欲炼丹祈寿，"闻交阯（两广一带）出丹，求为句漏令"。 ⑫ "汝阳"句：言我当安于汝阳这种环境。汝阳，汝州。瓮盎（àng），腹大口小的器皿，形容颈部浮肿。《庄子·德

充符》："瓮盎大瘿说齐桓公，桓公悦之。"传说汝州多瘿病，欧阳修《汝瘿答仲仪》诗云："君嗟汝瘿多，谁谓汝土恶？汝瘿虽云苦，汝民居自乐。" ⑬"君归"句：谓分别后希望如约聚会。《论语·微子》："止子路宿，杀鸡为黍而食之。"孟浩然《过故人庄》诗："故人具鸡黍，邀我至田家。"

泗州除夜雪中黄师是送酥酒二首（选一）

【原 文】

暮雪纷纷投碎米，春流咽咽走黄沙①。

旧游似梦徒能说，逐客如僧岂有家②。

冷砚欲书先自冻，孤灯何事独生花③。

使君夜半分酥酒④，惊起妻孥一笑哗。

说 明

元丰七年（1084）十二月一日苏轼抵泗州（今江苏宿迁东南），逗留一月，在此度过除夕。黄实，字师是，时任淮东提举常平，是苏辙幼子苏远的岳父，正在泗州，除夜与苏轼相见，馈赠酥酒，苏轼作此。诗写除夜降雪，旅驿阴凉，承馈酥酒，家人喜笑。

注 释

❶春流咽咽：写河水凝结成冰，流动冷涩不畅的样子。　❷"逐客"句：自谓谪贬黄州以来生活清苦和转徙不定。　❸"孤灯"句：写夜长未眠，灯烬结花。杜甫《独酌成诗》："灯花何太喜，酒绿正相亲。"　❹酥酒：酴酥酒，即屠苏。

孙莘老寄墨四首（选一）

【原 文】

吾穷本坐诗，^①久服朋友戒。

五年江湖上，闭口洗残债。^②

今来复稍稍，快痒如爬疥。^③

先生不讥诃，又复寄诗械^④。

幽光发奇思，点黯出荒怪。^⑤

诗成自一笑，故疾逢虾蟹。^⑥

说 明

元丰八年（1085）正月作于泗州。孙莘老，孙觉，时任秘书少监。诗反映了作者钟情咏诗的癖好。

注 释

❶ "吾穷"句：意谓因诗作被罗织罪状，遭受贬谪。　❷ "五年"二句：意谓五年潦倒江湖，闭口不言洗削罪责。其实苏轼从未停止写诗。　❸ "今来"二句：意谓近来稍有诗作，如同搔痒一样舒适。韩愈《雨中寄孟刑部几道联句》："祛烦类决痈，惬兴剧爬疥。"　❹ 诗械：写诗的用具，这里指墨。　❺ "幽光"二句：谓赠墨所写诗句闪耀着奇妙的情思、怪异的意象。点黯（dàn），点染墨迹。　❻ "故疾"句：古人认为虾蟹易引发疼痒，这里比喻友人赠墨诱发诗兴。

书林逋诗后

【原文】

吴侬生长湖山曲①，呼吸湖光饮山绿。

不论世外隐君子，佣儿贩妇皆冰玉②。

先生可是绝俗人③，神清骨冷无由俗④。

我不识君曾梦见，瞳子瞭然光可烛⑤。

遗篇妙字处处有，步绕西湖看不足。

诗如东野不言寒，书似西台差少肉⑥。

平生高节已难继，将死微言犹可录。

自言不作封禅书，⑦更肯悲吟白头曲。⑧

我笑吴人不好事，好作祠堂傍修竹。

不然配食水仙王，一盏寒泉荐秋菊。⑨

说 明

元丰八年（1085）作。林逋，字君复，钱塘（今杭州）人。早年曾漫游江淮，后归杭州，结庐西湖孤山，养鹤种梅，不娶不仕，隐居自娱，人称其“梅妻鹤子”，以高节善诗著称。苏轼此诗由西湖环境吟唱林逋其人，称扬其高洁拔俗品第、美妙诗作书法，表达了对这位布衣诗人的倾情仰慕。

注 释

❶吴侬：吴语，自称我侬，称他人为他侬，称吴人为吴侬。　❷“佣儿”

句：言雇工商贩均很纯洁。　❸可是：岂是。绝俗：指与世隔绝。　❹神清骨冷：指气质高洁。　❺"瞳子"句：写眼光明亮。皇甫湜《唐故著作佐郎顾况集序》："眸子瞭然，炯炯清立。"　❻"诗如"二句：赞赏其诗如孟东野、书法如李西台，且无孟诗寒苦、李书臃肿的弱点。东野，指唐代诗人孟郊。西台，指宋代书法家李建中（善行书，曾任西京留司御史台，因称李西台）。苏轼《祭柳子玉文》有"元轻白俗，郊寒岛瘦"之说。　❼"自言"句：作者自注："遹临终诗云：茂陵他日求遗稿，犹喜曾无封禅书。"林遹《书寿堂壁》中的这一联诗，借司马相如死后汉武帝从其家中搜得一卷专谈封禅的遗书之事，表明自己以从不撰写阿谀谄媚一类的文字而自慰。　❽"更肯"句：意谓岂肯做有损品操之事。汉刘歆《西京杂记》卷三载："相如将聘茂陵人女为妾，卓文君作《白头吟》以自绝，相如乃止。"　❾"我笑"四句：意谓可笑吴人不好事，应靠竹林为林遹建造祠堂，要不就在水仙王庙供奉泉水秋菊，以表示纪念。作者自注："湖上有水仙王庙。"

归宜兴，留题竹西寺三首

【原 文】

其一

十年归梦寄西风，①此去真为田舍翁。②
剩觅蜀冈新井水③，要携乡味过江东。④

其二

道人劝饮鸡苏水⑤，童子能煎莺粟汤⑥。
暂借藤床与瓦枕，莫教辜负竹风凉。

其三

此生已觉都无事，今岁仍逢大有年。⑦
山寺归来闻好语，野花啼鸟亦欣然。⑧

说　明

元丰八年（1085）初，苏轼由泗州赴南都（今河南商丘），请求留常州居住，四月到扬州，五月一日经扬州宜兴写此三首诗，留题竹西寺。诗写他游赏竹西寺的感受，抒发了他将能休闲常州的惬意襟怀。

注　释

❶"十年"句：意谓多年前就有弃官归耕的念头，可惜未能实现。熙宁七年（1074）苏轼通判杭州时曾在宜兴购置田产，有卜居宜兴之意。熙宁八年章惇寄给苏轼诗，有"君方阳羡卜新居，我亦吴门葺旧庐"之句，即指此（见苏诗《和章七出守湖州》题下施注）。从那时到本年苏轼放归阳羡（即宜兴），恰为十年。　❷"此去"句：言此次将如愿归田。田舍翁，指老农。高适《古歌行》："田舍老翁不出门，洛阳少年莫论事。"❸剩觅：更觅。蜀冈，竹西寺山上有井，其水味如蜀江，号曰蜀冈。　❹乡味：指蜀冈水。过江东，指赴常州。❺鸡苏水：一种饮品。鸡苏，草名，即水苏。苏轼《石芝》诗："锵然敲折青珊瑚，味如蜜藕和鸡苏。"　❻罂粟汤：罂粟，名罂子粟，可以煮粥。　❼大有年：丰收年。《穀梁传·宣公十六年》："五谷大熟，为大有年。"　❽"山寺"二句：这两句诗后来曾给苏轼带来很大麻烦。据《续资治通鉴》卷八十二载：元祐六年八月，侍御史贾易指控苏轼此诗"以奉先帝遗诏为'闻好语'"，"诽怨先帝，无人臣礼"（按神宗赵顼死于元丰八年三月五日）。苏轼于元祐六年八月初八上《辩题诗札子》，辩解说："臣于是岁三月六日，在南京闻先帝遗诏，举哀挂服了当，迤逦往常州，是时新经大变，臣子之心，孰不忧惧！至五月初间，

因往扬州竹西寺，见百姓父老十数人，相与道旁语笑，其间一人，以两手加额云'见说好个少年官家'，其言虽鄙俗不典，然臣实喜闻百姓讴歌吾君之子，出于至诚。又是时臣初得请归耕常州，盖将老焉，而淮浙间所在丰熟，因作诗云……臣若稍有不善之意，岂敢复书壁上以示人乎？又其时去先帝上仙，已及两月，决非'山寺归来'始闻之语。"

赠王寂

【原文】

与君暂别不须嗟，俯仰归来鬓未华①。
记取江南烟雨里②，青山断处是君家。

说 明

王寂大约是作者在扬州结识的朋友，为了缓解惜别之情，作者告诉对方这只是暂别，不久当会归来，归来还要到这风光优美的地方相访。从对对方的细心开解中，可以体会到诗人的笃于友情。

注 释

❶俯仰：极言时间短暂。　❷记取：记着。

怀仁令陈德任新作占山亭二绝

【原文】

其一

尚父提封海岱间，^①南征惟到穆陵关。^②
谁知海上诗狂客，占得胶西一半山。^③

其二

我是胶西旧使君，^④此山仍合与君分。
故应窃比山中相，时作新诗寄白云。^⑤

说 明

　　元丰八年（1085）三月哲宗赵煦即位，六月苏轼接到复朝奉郎起知登州军州事的诏命，于是自常州取道扬州、楚州、海州、密州赴登州，这两首诗是十月行至怀仁县（今江苏赣榆）为县令陈德任题占山亭而作。诗写自己南北奔波饱览山光。

注 释

　　❶"尚父"句：言西周姜尚封于齐鲁。尚父，周文王称姜尚为尚父。提封，古代诸侯的封地。海岱间，姜尚封于齐，都临淄，地处东海、泰山（岱岳）之间，故说"海岱间"。　❷"南征"句：意谓向南远行只到穆陵关。穆陵关，故

址在今山东临朐东南大岘山上。《左传·僖公四年》管仲云:齐地"南至于穆陵,北至于无棣"。　❸"谁知"二句:意谓自己曾据有胶西一半山林。胶西,县名,在密州。　❹"我是"句:熙宁七年到九年苏轼曾任密州知州,故说"旧使君"。　❺"故应"二句:这里以陶弘景自喻,说自己喜欢隐居作诗。南朝陶弘景初仕于齐,入梁后,隐居句容(在江苏西南部)的句曲山,屡聘不出,武帝时每逢大事,辄就咨询,时人称为"山中宰相"。事见《南史·陶弘景传》。陶弘景有《诏问山中何所有赋诗以答》诗云:"山中何所有,岭上多白云,只可自怡悦,不堪持寄君。"这里"寄白云"反用其意。

再过常山和昔年留别诗

【原文】

> 伛偻山前叟①,迎我如迎新。
> 那知梦幻躯,念念非昔人。②
> 江湖久放浪,朝市谁相亲。③
> 却寻泉源去,桃花应避秦。④

说明

元丰八年(1085)十月苏轼赴登州途中过密州作。常山在诸城南二十里,苏轼知密州时常祈雨常山。昔年留别诗,指九年前临离密州时写的诗《留别雩泉》。这首和诗流露了对密州的亲近和依恋。

注 释

❶伛偻：形容脊背弯曲，年岁渐老。　❷"那知"二句：谓转眼间人已变老。柳宗元《戏题石门长老东轩》诗："石门长老身如梦"，"坐来念念非昔人"。　❸"朝市"句：意谓官场和闹市无亲近之人，反衬密州百姓对他亲热。❹"却寻"二句：意谓来此可寻桃花源休闲安居。

再过超然台赠太守霍翔

【原 文】

昔饮雩泉别常山，天寒岁在龙蛇间。①
山中儿童拍手笑，问我西去何当还。②
十年不赴竹马约，扁舟独与渔蓑闲。③
重来父老喜我在，扶挈老幼相遮攀④。
当时襁褓皆七尺，而我安得留朱颜。
问今太守为谁欤，护羌充国鬓未斑。⑤
躬持牛酒劳行役，无复杞菊嘲寒悭。⑥
超然置酒寻旧迹，尚有诗赋镌坚顽。⑦
孤云落日在马耳，照耀金碧开烟鬟。⑧
郏淇自古北流水，跳波下濑鸣玦环。⑨
愿公谈笑作石埭，坐使城郭生溪湾。⑩

说 明

元丰八年（1085）苏轼赴任登州，十月路经密州，密州太守霍翔于超然台置酒迎宴苏轼，苏轼遂写作此诗。超然台在密州之北，东坡为密州太守时曾经修葺，并命名为超然台。此诗记述了他重过密州和当地父老相会的感受，并言及十年来密州的变化，且提出了希望霍翔利用当地水源为密州兴办水利的建议。

注 释

❶ "昔饮" 二句：熙宁九年苏轼离密州时，曾于密州城南的常山雩泉饮酒留别。当年干支为丙辰，属龙，次年为丁巳，属蛇，故曰 "龙蛇间"。　❷ "山中" 二句：这里化用后汉郭伋事，回忆当年离密州时的情景。《后汉书·郭伋传》载：郭伋巡视西河，有儿童数百骑竹马迎接，及离开时，又有儿童送至郭外，问："使君何日当还？"　❸ "十年" 二句：意谓十年来未能赴约归来，贬居黄州长期放浪山水。苏轼熙宁九年底离密州，至此已十年。　❹ 扶挈：扶老挈幼。遮攀：遮道攀辕。　❺ "护羌" 句：这里以赵充国喻指霍翔，说他防边有功，年轻有为。据《汉书·赵充国传》，赵充国曾任大将军护军都尉，后出平羌戎，并上屯田奏章。苏轼自注："翔自言：在熙河作屯田有功。"　❻ "躬持" 二句：谓霍翔以牛酒慰劳行役之人，不像当年自己任太守时那样寒酸。杞菊，苏轼《后杞菊赋》叙中谈及：他守胶西时斋厨萧然，"循古城废圃，求杞菊食之"。寒悭（qiān），意同寒酸。　❼ "超然" 二句：谓在超然台摆酒，寻访旧时踪迹，尚有留题的诗赋刻在石碑上。镵坚顽，刻在坚硬的石头上。　❽ "孤云" 二句：写日照马耳山峦，映照出斑斓的色彩。马耳，马耳山，在诸城西南。烟鬟，妇女的发髻，此处喻指笼罩云雾的山峦。　❾ "郏淇" 二句：写流水景观。郏淇，水名，一作扶淇，由西南常山流向东北。濑，沙石滩。玦环，像玦形的石头。　❿ "愿公" 二句：建议霍翔在郏淇水上修筑石坝，使密州城为溪流环绕，以改善自然环境。

登州海市

【原 文】

　　予闻登州海市旧矣。父老云："尝出于春夏，今岁晚，不复见矣。"予到官五日而去，以不见为恨，祷于海神广德王之庙，明日见焉，乃作此诗。

　　　　东方云海空复空①，群仙出没空明中。
　　　　荡摇浮世生万象，岂有贝阙藏珠宫②。
　　　　心知所见皆幻影，敢以耳目烦神工③。
　　　　岁寒水冷天地闭，为我起蛰鞭鱼龙。
　　　　重楼翠阜出霜晓，异事惊倒百岁翁。
　　　　人间所得容力取，世外无物谁为雄④。
　　　　率然有请不我拒，信我人厄非天穷⑤。
　　　　潮阳太守南迁归，喜见石廪堆祝融⑥。
　　　　自言正直动山鬼，岂知造物哀龙钟⑦。
　　　　伸眉一笑岂易得，神之报汝亦已丰。
　　　　斜阳万里孤鸟没，但见碧海磨青铜⑧。
　　　　新诗绮语亦安用，相与变灭随东风⑨。

说 明

　　元丰八年（1085）十月在登州（州治在今山东蓬莱）作。苏轼十月十五日到登州任，二十日接到以礼部郎中召还京师的诰命，十一月初始离开登州，叙言"五日而去"，系就接到诰命而言。十月晦日苏轼曾书此诗，刻石于蓬莱。海市，海滨的一种奇妙幻景，由光线经不同密度空气层，发生折射作用，将远处景物映现在空中而成。沈括《梦溪笔谈》说："登州海中时有云气，如宫室台观城堞人物车马冠盖，历历可见，谓之海市。"这篇长诗描述了海市奇景，抒发了作者观景前的期盼心情，和观景后的诸多感想。

注 释

❶云海：指无边的云层。　❷"岂有"句：谓哪有真的关阙、宫殿。《九歌·河伯》："紫贝阙兮珠宫。"指神仙所居。　❸"敢以"句：谓岂敢为满足耳目之欲来麻烦神力。　❹"人间"二句：意谓人间的收获都是经主观努力取得，那么世外无物由谁来主宰。　❺"率然"二句：意谓自己冒昧地求看海市，没有遭到拒绝，这证明过去的困厄并非天罚。　❻"潮阳"二句：以韩愈有幸看到衡山诸峰来自况。韩愈因谏迎佛骨，曾被贬为潮州刺史，其《谒衡岳庙遂宿岳寺题门楼》诗云："我来正逢秋雨节，阴气晦昧无清风。潜心默祷若有应，岂非正直能感通。须臾静扫众峰出，仰见突兀撑青空。紫盖连延接天柱，石廪腾掷堆祝融。"紫盖、天柱、石廪、祝融都是山峰名，衡山七十二峰，终年在云雾中不易看到，这次韩愈能够看到，喜出望外，写了上面这首诗。　❼"自言"二句：这两句是说并非韩愈的正直感动了山神，不过是造物主哀怜他生活坎坷，让他观赏一次衡山诸峰。言外之意是说海神怜惜苏轼穷愁潦倒，让他见一见海市。龙钟，潦倒貌。　❽"斜阳"二句：写海市忽已不见，而海面上只有碧波无边，像青铜镜一样澄澈平整。　❾"新诗"二句：意谓诗写得再好，也不能阻止海市随风幻灭。

惠崇春江晚景二首

【原 文】

其一

竹外桃花三两枝，春江水暖鸭先知。①
蒌蒿满地芦芽短，正是河豚欲上时。②

其二

两两归鸿欲破群，依依还似北归人③。
遥知朔漠多风雪，更待江南半月春。④

说 明

惠崇，宋代画家，建阳（今福建建阳）人，一说淮南（今安徽一带）人，善画鹅雁鹭鸶和寒汀远渚等小景。这两首诗是元丰八年（1085）苏轼在汴京为惠崇名画所作的题画诗。从诗的内容可知所题前一幅为鸭戏图，后一幅为飞雁图，两画今已不传，苏诗却意象精妙、脍炙人口。

注 释

❶ "竹外"二句：写桃花稀疏，春水初暖，鸭鹅戏水。"鸭先知"，显示出画面中鸭子游水的妙趣。 ❷ "蒌蒿"二句：写野草遍地，河豚初现。蒌（lóu）蒿，草名。河豚，鱼名，此鱼出产于海，春江水发，始沿江上行，因此近海处

先得，江南二月方见河豚。梅尧臣《范饶州坐中客语食河豚鱼》诗有云："春洲生荻芽，春岸飞杨花。河豚当是时，贵不数鱼虾。"　❸依依：形容互相眷恋。
❹"遥知"二句：写归鸿富有感情，仿佛通晓情理，为了不致碰上北方的风雪，还要在江南作半月停留。朔漠，指北方沙漠地带。

西太一见王荆公旧诗偶次其韵二首

【原 文】

其一

秋早川原净丽，雨余风日清酣。
从此归耕剑外①，何人送我池南②。

其二

但有樽中若下③，何须墓上征西。④
闻道乌衣巷口，而今烟草萋迷。⑤

说 明

苏轼自登州被召回朝，元丰八年（1085）十二月到汴京，任起居舍人，次年哲宗元祐元年（1086）三月迁中书舍人。七月苏轼奉敕祭西太一宫（在京城八角镇），见王安石旧题壁诗。王诗题为《题西太一宫壁》，乃熙宁初年作，是安石六言名篇。据蔡絛《西清诗话》载：元祐间东坡奉祠西太乙，见荆公此诗，"注目久之曰：此老野狐精也。"遂写了这两首和作。时王安石已于本年四月病逝于金陵，苏轼和诗表示了对荆公的缅怀和悼念。

注　释

❶剑外：指剑阁以南，代指蜀地。　❷池南：池阳县（今陕西泾阳西北）之南，代指归蜀之路。　❸若下：名酒。《初学记》卷八引《吴录》："长城若下酒有名。溪南曰上若，北曰下若，并有村，村人取若下水以酿酒。"　❹"何须"句：言不须身后之名。墓上征西，用曹操故事。《三国志·武帝纪》建安十五年冬，作铜雀台，注引《魏武故事》载：曹操自述生平说：他最初志向不大，后征为都尉，迁典军校尉，"意遂更欲为国家讨贼立功，欲望封侯作征西将军，然后题墓道言'汉故征西将军曹侯之墓'，此其志也"。　❺"闻道"二句：是说王安石金陵旧居已变得萧索荒凉。王安石晚年退居金陵。乌衣巷，在今南京市东南，东晋王、谢两大家族曾卜居于此。刘禹锡《乌衣巷》诗，有"朱雀桥边野草花，乌衣巷口夕阳斜"之句。这里化用其意以寄人去楼空、世事沧桑之感。

虢国夫人夜游图

【原 文】

佳人自鞚玉花骢，翩如惊燕踏飞龙。①
金鞭争道宝钗落，何人先入明光宫。②
宫中羯鼓催花柳，玉奴弦索花奴手。③
坐中八姨真贵人，④走马来看不动尘。⑤
明眸皓齿谁复见，只有丹青余泪痕。⑥
人间俯仰成今古，吴公台下雷塘路。⑦
当时亦笑张丽华，不知门外韩擒虎。⑧

说 明

　　元祐元年（1086）十二月在汴京作。虢国夫人，唐杨贵妃三姐的封号。《旧唐书·杨贵妃传》载：杨贵妃"有姊三人，皆有才貌，玄宗并封国夫人之号"。她们"出入宫掖，势倾天下"。夜游图，唐代流传下来的名画，曾先后藏于南唐宫廷、晏殊府第、徽宗画苑，为画家张萱所绘，一说系周昉的手笔。李之仪《姑溪居士后集》卷三有东坡此诗和作，序云："内侍刘有方蓄名画，乃《虢国夫人夜游图》，最为绝笔。东坡馆北客都亭驯，有方敢跋其后。"苏轼此诗描绘画艺，融入史事，含有一定的讽喻意义。

注 释

　　❶"佳人"二句：描述虢国夫人乘马飞驰。鞚，马勒，这里指驾驭。玉花骢，唐玄宗的名马。翩如，疾飞貌。蹴，同踏。飞龙，指快马。据《明皇杂录》，虢国夫人常乘骢马出入禁中。　❷"金鞭"二句：写争驰夺路入宫。明光宫，汉代长安宫殿名，此代指唐宫。《旧唐书·杨贵妃传》：天宝"十载正月望夜，杨家五宅夜游，与广平公主骑从争西市门，杨氏奴挥鞭及公主衣，公主堕马"。　❸"宫中"二句：写宫禁中击鼓弹琴，安逸享乐。羯鼓，古代少数民族传来的一种乐器，唐玄宗爱听羯鼓。花柳，喻指舞姿妖冶。玉奴，杨妃小名，她善弹琵琶。花奴，汝阳王李琎的小字，善击羯鼓。　❹"坐中"句：写八姨是为三姨作陪衬，八姨封秦国夫人。冯应榴注：疑虢国而作八姨似误，后又据苏辙诗称"秦虢图"，疑"题中脱去秦国字"，诗中脱去虢国二句。观前后皆四句一转韵，惟"宫中"句止二句一转韵，认为刊集或有脱落，可备一说。王文诰注则认为，诗并无误。"玉奴""坐中"两句写杨妃和八姨，都是为了陪衬，以下"走马""明眸""丹青"各句又回到写虢国。王说有一定道理。　❺"走马"句：这句照应开端"佳人自鞚"，化用杜甫《丽人行》"黄门飞鞚不动尘"句。　❻"明眸"二句：谓佳人已不可见，只有图画遗留人间。杜甫《哀江头》诗："明眸皓齿今何在，血污游魂归不得。"此化用其意。　❼吴公台、雷塘：

均在扬州，为隋炀帝葬身之地。炀帝初葬吴公台下，后迁葬雷塘。 ❽ "当时"二句：这两句借隋炀帝沉湎享乐终致国破身亡的故事讽喻现实。张丽华，陈后主陈叔宝的宠后。韩擒虎，是隋军将领。据颜师古《大业拾遗记》载：隋炀帝尝游吴公宅鸡台，与陈后主相遇，陈后主谈及亡国情景，说他正与张丽华游临春阁，韩擒虎"拥万甲，直来冲入"，终被俘虏。如今殿下复此逸游。杜牧《台城曲》"门外韩擒虎，楼头张丽华"，即咏此事。苏轼这里意谓隋炀帝当年曾嘲笑陈后主、张丽华一味游乐，可是后来隋炀帝却步了陈后主的后尘。言外之意，唐玄宗、杨贵妃、虢国夫人等，又重蹈了隋炀帝的覆辙。

轼以去岁春夏侍立迩英，
而秋冬之交，子由相继入侍，
次韵绝句四首，各述所怀（选一）

【原 文】

> 微生偶脱风波地，晚岁犹存铁石心①。
> 定似香山老居士②，世缘终浅道根深。③

说 明

元祐二年（1087）在汴京作。时在京任中书舍人兼侍读。迩英阁，是侍臣讲读之所。这首绝句以简洁明快的语言，抒发了作者摆脱政争和贬谪的险境，保持坚定的意志，倾慕香山出处品第的襟怀。

注 释

❶铁石心：《隋书·敬肃传》："心如铁石，老而弥笃。" ❷香山：在河南洛

阳龙门山之东。唐诗人白居易在东都所居履道里疏沼种树，且构建石楼于香山，隐居其间，自号香山居士。　❸"世缘"句：意谓疏于尘缘专注道义。汉荀悦《申鉴·政体》："恕者仁之术也，正者义之要也，至哉。此谓道根，万化存焉尔。"作者自注："乐天自江州司马，除忠州刺史，旋以主客郎中知制诰，遂拜中书舍人。轼虽不敢自比，然谪居黄州，起知文登，召为仪曹，遂忝侍从，出处老少，大略相似，庶几复享此翁晚节闲适之乐焉。"苏轼喜欢自拟乐天，这里正是说自己出处心境与之颇为相似。

书晁补之所藏与可画竹三首（选二）

【原　文】

其一

与可画竹时，见竹不见人。①
岂独不见人，嗒然遗其身。②
其身与竹化，无穷出清新。③
庄周世无有，谁知此疑神。④

其二

若人今已无⑤，此竹宁复有。
那将春蚓笔，画作风中柳。⑥
君看断崖上，瘦节蛟蛇走。⑦
何时此霜竿，复入江湖手。

说　明

元祐二年（1087）秋在汴京作。晁补之，字无咎，济州巨野（今山东县名）人，少以文章受知于苏轼，是苏门四学士之一，著有《鸡肋集》。与可，文同的字，宋代画家，工于画竹。诗称扬与可画竹凝神忘我、新意丛出，晁子收藏，妙作难得。

注　释

❶"与可"二句：言其用意专一。　❷"嗒然"句：言其物我两忘。《庄子·齐物论》："南郭子綦隐机而坐，仰天而嘘，嗒焉似丧其耦。"　❸"其身"二句：谓与可把全部精力注入艺术，达到身心与绿竹融合为一，故能创作出高妙的绘画。　❹"庄周"二句：意谓当今没有庄子那种人，谁还懂得这神似的美妙艺术。《庄子·达生》："用志不分，乃凝于神。"　❺若人：彼人，指文同，元丰二年文同没于陈州。　❻"那将"二句：意谓谁用拙劣的笔触，将挺拔的绿竹画成摇摆的柳枝。《晋书·王羲之传》称萧子云：书法拙劣，"无丈夫之气，行行若萦春蚓，字字如绾秋蛇。"苏轼《和孔密州五绝·和流杯石上草书小诗》："春蚓秋蛇病子云。"这里春蚓喻指低劣的笔触。　❼"瘦节"句：喻指绿竹长势兴盛。

书李世南所画秋景二首（选一）

【原文】

野水参差落涨痕，疏林敧倒出霜根①。
扁舟一棹归何处②，家在江南黄叶村。

说 明

　　李世南，字唐臣，安肃（今河北徐水）人。明经及第，长于画山水。时在汴京参与《元祐勅令式》编写工作。元祐二年（1087）苏轼在京为他所绘秋景图题写此诗。诗写野水退，涨痕落，霜根露，黄叶飘，凸显了图画的秋景特色。

注 释

　　❶攲倒：树枝倾斜貌。　　❷扁舟：《画继》卷四载此诗，"扁舟"作"浩歌"。

书鄢陵王主簿所画折枝二首

【原 文】

其一

论画以形似，见与儿童邻。

赋诗必此诗，定非知诗人。

诗画本一律，①天工与清新。

边鸾雀写生②，赵昌花传神③。

何如此两幅，疏淡含精匀。④

谁言一点红，解寄无边春。⑤

其二

瘦竹如幽人，幽花如处女。

低昂枝上雀，摇荡花间雨。

双翎决将起,⑥众叶纷自举。

可怜采花蜂⑦,清蜜寄两股。

若人富天巧,春色入毫楮。⑧

悬知君能诗⑨,寄声求妙语。

说　明

鄢陵,今河南省县名。王主簿,其人不详,长于花鸟。这两首题画诗,前首联系花卉画,阐述了作者追求自然神似的艺术见解。前人对此诗的理解不一,有的认为东坡是在强调,"善画者画意不画形,善诗者道意不道名"(《诗人玉屑》卷五引《禁脔》)。有的则认为"言画贵神诗贵韵也,然其言有偏"(《升庵诗话》卷十三"论诗画"条)。王若虚指出东坡之论:"论妙于形似之外,而非遗其形似,不窘于题,而要不失其题,如是而已耳。"(《滹南诗话》卷二)这有一定道理,苏论不局限于形似,并非抛开形似,足见"写生""传神"是并行不悖的。后首侧重赞赏折枝画艺,诗中瘦竹、幽花、雀鸟、花蜂,描述画面形象精湛,最后收结到称颂画家富有诗才。全诗可称情景议论互相融通,文笔摇曳多姿。

注　释

❶"诗画"句:意谓诗情画意如出一辙。苏轼在作品中屡屡表达这种艺术见解。如《韩幹马》:"少陵翰墨无形画,韩幹丹青不语诗。"　❷边鸾:《唐朝名画录》:"边鸾,京兆人也,少攻丹青,最长于花鸟折枝。"写生:描绘实物。❸赵昌:北宋画家,字昌之。范镇《东斋纪事》卷四:"赵昌者,汉州人,善画花。"　❹"何如"二句:称扬王氏画艺出众,着色清淡匀称。　❺"谁言"二句:谓一朵红色反映出无限春光。　❻"双翎"句:写雀鸟起飞。决,急速。《庄子·逍遥游》:"决起而飞。"　❼可怜:可爱。　❽"春色"句:谓画面充盈春光。毫楮:笔、纸。　❾悬知:猜想。

庆源宣义王丈，以累举得官，为洪雅主簿、
雅州户掾。遇吏民如家人，人安乐之。
既谢事，居眉之青神瑞草桥，放怀自得。
有书来求红带，既以遗之，且作诗为戏，
请黄鲁直、秦少游各为赋一首，为老人光华

【原 文】

青衫半作霜叶枯，①遇民如儿吏如奴。
吏民莫作官长看，我是识字耕田夫。
妻啼儿号刺史怒，时有野人来挽须。②
拂衣自注下下考，③芋魁饭豆吾岂无。④
归来瑞草桥边路，独游还佩平生壶。
慈姥岩前自唤渡，⑤青衣江畔人争扶⑥。
今年蚕市数州集，中有遗民怀裤襦⑦。
邑中之黔相指似⑧，白髯红带老不癯⑨。
我欲西归卜邻舍，⑩隔墙拊掌容歌呼。⑪
不学山王乘驷马，回头空指黄公垆。⑫

说 明

庆源，王庆源，后改名淮奇，东坡叔丈人。宣义，宣义郎，文散官名。洪雅、雅州（今雅安），均四川县名。此诗为元祐三年（1088）在汴京任翰林学士时作。苏轼在《与王庆源》（十二简）中提及此事云："向要红带，今寄一条去。……不知称尊意否？拙诗一首，并黄、秦二君，皆当今以诗文名世者，各赋一首。"苏诗对王庆源的性格作了鲜明的刻画，赞扬他接近农民、不摆官架子、不讨好上司的淳朴作风。

注 释

❶ "青衫"句：形容衣着俭朴，布衫十分陈旧。 ❷ "妻啼"二句：写王庆源生活清苦，上司厌弃，却同庄稼人保持融洽无间的关系。 ❸ "拂衣"句：言王庆源愤然自认政绩属于下等。拂衣，表示愤怒。考，指考核官吏工作成绩。 ❹ "芋魁"句：意谓难道不做官就没有粗劣的庄稼饭来维持生计。西汉民间童谣："饭我豆食羹芋魁。"（《汉书·翟方进传》）芋魁，即芋头。 ❺ 慈姥岩：在四川青神县，当地名胜。唤渡：呼叫渡船。 ❻ 青衣江：四川水名，流经洪雅、夹江等县，到乐山市流入大渡河。 ❼ "中有"句：意谓蚕市不少人怀念王庆源的德政。怀裤襦，用东汉廉范的故事喻指王庆源。据《后汉书·廉范传》载，廉范曾任蜀郡太守，关注民生，百姓称便，曾作歌表示怀念，有"廉叔度（廉范字），来何暮……平生无襦今五裤"之句。 ❽ 邑中之黔：地方上得人心的人，指王庆源。《左传·襄公十七年》载：宋国皇国父要为平公筑台，子罕请待农闲动工，百姓作歌谣说："泽门之皙，实兴我役，邑中之黔，实慰我心。"皇国父皮肤白，故称为"皙"；子罕肤色黑，故称为"黔"。 ❾ 癯（qú）：清瘦。 ❿ "我欲"句：这句说作者要回蜀与王氏为邻。卜邻，选择邻居。《左传·昭公三年》："非宅是卜，唯邻是卜，二三子先卜邻矣。" ⓫ "隔墙"句：谓两家邻近，亲密无间。拊掌，拍手。 ⓬ "不学"二句：意谓不学山涛、王戎去追求富贵利达，安于清贫休闲。黄公垆，黄公酒垆。魏晋时嵇康、阮籍、刘伶、王戎、山涛、向秀、阮咸七人常集会于竹林之下，被称为"竹林七贤"，后山涛、王戎做了大官，王戎还身穿官服乘车重经当年他们聚会酣饮的黄公酒垆，感叹自己"为时所羁绁"。见《世说新语》。后颜延年写诗讴歌当年竹林贤士，把山涛、王戎除外，因而写了《五君咏》。

与莫同年雨中饮湖上

【原 文】

到处相逢是偶然，梦中相对各华颠①。
还来一醉西湖雨，不见跳珠十五年。②

说 明

　　元祐四年（1089）三月，苏轼以龙图阁学士除知杭州军州事，四月离京赴任，七月到杭。本篇是抵杭州雨中观赏西湖时作。莫同年，指莫君陈，字和中，吴兴人，时任两浙提刑官。苏轼与莫君陈早有交游，这次在杭相见，抒发了欣然恍如梦寐之感。

注 释

　　❶华颠：头顶花白。　　❷"还来"二句：意谓许久远离西湖，这次回来如醉如痴地欣赏西湖雨景。跳珠，雨落湖面的景象。苏轼熙宁七年离杭州通判任，距本年已经十五年。以前在杭所作《六月二十七日望湖楼醉书》诗曾有"白雨跳珠乱入船"之句。

送子由使契丹

【原　文】

云海相望寄此身，那因远适更沾巾。①
不辞驿骑凌风雪②，要使天骄识凤麟③。
沙漠回看清禁月，湖山应梦武林春。④
单于若问君家世，莫道中朝第一人。⑤

　说　明

　　元祐四年（1089）八月，苏轼在杭州听说苏辙被派为贺辽国生辰国信使出使契丹，于是写此诗送行。诗中激励苏辙要不辞辛劳、不辱使命，圆满地完成这次出使任务。

　注　释

　　❶"云海"二句：意谓在两地阔隔多年，哪会因这次远行而悲伤。杜甫《南征》诗："偷生长避地，适远更沾襟。"此处反用其意。　❷驿骑：车马。驿，一作䭾（rì），驿站专用的车。　❸天骄：强悍的胡人，指契丹。《汉书·匈奴传》："南有大汉，北有强胡。胡者，天之骄子也。"凤麟：喻指不可多得的人才，指宋遣使臣苏辙。　❹"沙漠"二句：谓苏辙在辽地定会仰望朝廷，想念杭州的作者。清禁，即禁省，皇宫。苏辙时任翰林学士，时常出入皇宫。武林，杭州钱塘有武林山，杭州亦称武林。　❺"单于"二句：这里提醒苏辙：辽朝国主问起家世，不要承认自己是一流人才。单（chán）于，匈奴最高首领的称

号，此指辽国国王。第一人，用唐朝李揆的故事。《新唐书·李揆传》载："揆美风仪，善奏对，帝（肃宗）叹曰：'卿门地、人物、文学，皆当世第一。'"后在德宗时，李揆被派为入蕃会盟使，吐蕃君主问："闻唐有第一人李揆，公是否?"揆怕被扣留不敢承认真实身份。苏诗这里告诉苏辙用李揆否认自己身份的方式，以表明中原人才众多。

赠刘景文

【原 文】

荷尽已无擎雨盖①，菊残犹有傲霜枝。
一年好景君须记，正是橙黄橘绿时②。

说 明

刘季孙，字景文，开封人，博学能诗，时任两浙兵马都监，驻杭州。元祐五年（1090）苏轼写此诗赠他。诗中用荷、菊、橙、橘等花木的变化和各具特色的形象，显示初冬风景，颇得读者称赏。《苕溪渔隐丛话·后集》卷十云："'天街小雨润如酥，草色遥看近却无。最是一年春好处，绝胜烟柳满皇都。'此退之早春诗也（诗题《早春呈水部张十八员外二首》其一）。'荷尽已无擎雨盖……'此子瞻初冬诗也。二诗意思颇同而词殊，皆曲尽其妙。"

注 释

❶擎雨：托雨。　❷正是：一作最是。

予去杭十六年而复来，留二年而去，平日自觉出处老少，粗似乐天，虽才名相远，而安分寡求，亦庶几焉。三月六日，来别南北山诸道人，而下天竺惠净师以丑石赠行，作三绝句

【原 文】

其一

当年衫鬓两青青，强说重临慰别情。①
衰发只今无可白②，故应相对话来生。

其二

出处依稀似乐天，敢将衰朽较前贤。③
便从洛社休官去，犹有闲居二十年。④

其三

在郡依前六百日，⑤山中不记几回来。
还将天竺一峰去，欲把云根到处栽。⑥

说 明

元祐六年（1091）二月，苏轼以翰林学士承旨被召回朝，这三首绝句是三月临离杭州时作。诗由离别杭州，想到出处去留，表现出倾慕白居易的襟怀。

苏轼尝自拟乐天，出处与心境颇多相似之处。其《轼以去岁春夏侍立迩英，而秋冬之交子由相继入侍，次韵绝句四首，各述所怀》其四："定似香山老居士，世缘终浅道根深。"自注云："乐天自江州司马，除忠州刺史，旋以主客郎中知制诰，遂拜中书舍人。轼虽不敢自比，然谪居黄州，起知文登，召为仪曹，遂忝侍从，出处老少，大略相似，庶几复享此翁晚节闲适之乐焉。"

注　释

❶ "当年"二句：这里回顾首次离杭情景，为下联写眼前别情烘托。苏轼首次来杭任通判系熙宁四年（1071），熙宁七年离任，时年三十九岁。故言衫鬓两青。　❷衰发：苏轼元祐四年（1089）二次来杭任知州，元祐六年离杭，已五十六岁，故曰衰发。　❸ "出处"二句：苏轼"自觉出处老少，粗似乐天"，更赞同他敢言极谏、随遇乐天的性格，故其诗中时以白居易自喻，如"他时要指集贤人，知是香山老居士"（《赠李道士》）；"我似乐天君记取，华颠赏遍洛阳春"（《赠善相程杰》）。　❹ "便从"二句：意谓如同乐天休官后可长期悠闲自处。洛社，指洛阳。白居易七十致仕，休居洛阳履道里，与香山僧如满结香火社，诗酒自娱四五年，享年七十五岁。苏轼本年五十六岁，如从此休官，那么还可有二十年的悠闲生涯。又白居易居洛下所作《闲居自题戏招宿客》诗有"水畔竹林边，闲居二十年"之句，苏诗亦化用此意。　❺ "在郡"句：苏轼元祐四年七月到杭，六年三月离杭，故曰"六百日"。白居易《留题天竺灵隐两寺》："在郡六百日，入山十二回。"这里亦用白诗之意。　❻ "还将"二句：谓将丑石带走行踪难定。天竺，天竺寺，在杭州天竺峰。云根，即丑石，奇异的山石，天竺一峰，亦指天竺峰的奇石。白居易《三年为刺史二首》其二："唯向天竺山，取得两片石。"苏诗化用其意。

感旧诗

【原 文】

　　嘉祐中，予与子由同举制策，寓居怀远驿，时年二十六，而子由二十三耳。一日，秋风起，雨作，中夜翛然，始有感慨离合之意。自尔宦游四方，不相见者十尝七八，每夏秋之交，风雨作，木落草衰，辄凄然有此感，盖三十年矣。元丰中谪居黄冈，而子由亦贬筠州，尝作诗以纪其事。元祐六年予自杭召还，寓居子由东府，数月复出领汝阴，时予年五十六矣。乃作诗留别子由而去。

床头枕驰道①，双阙夜未央②。
车毂鸣枕中，③客梦安得长。
新秋入梧叶，风雨惊洞房④。
独行残月影，怅焉感初凉。
筮仕记怀远⑤，谪居念黄冈。
一往三十年，此怀未始忘。
扣门呼阿同⑥，安寝已太康⑦。
青山映华发，归计三月粮。⑧
我欲自汝阴，径上潼江章。⑨
想见冰盘中，石蜜与柿霜。⑩
怜子遇明主，忧患已再尝。⑪
报国何时毕，我心久已降。⑫

说　明

元祐六年（1091）苏轼在翰林学士任，时苏辙任尚书右丞，苏轼为了避嫌，多次要求调离京师。这时贾易、赵君锡等举《归宜兴留题竹西寺》诗，弹劾苏轼于神宗死后作诗自庆，苏轼除上章剖辩外，又奏请回避贾易。八月，苏轼以龙图阁学士派知颍州。此诗系赴颍州前寓居东府（苏辙的官舍）留别子由而作。诗由当下寓居，回顾往昔经历，想到引退打算，末以苏辙受到重用，自己感到心安收结，体现了兄弟间浓挚的亲情。

注　释

❶枕驰道：指紧靠官道。　❷阙：宫门的望楼。夜未央，夜未尽。《诗经·小雅·庭燎》："夜如何其，夜未央。"　❸"车毂"句：意谓车轮声仿佛响在枕边。毂（gǔ），车轮中心的圆木。　❹洞房：深邃的内室。　❺筮（shì）仕：古人外出做官要占卜吉凶叫筮仕，后称开始出仕为筮仕。怀远：怀远驿，在汴京市区，嘉祐五年（1060）苏轼与弟苏辙晋京应制科，两人寓居怀远驿。　❻阿同：作者自注："子由一字同叔。"　❼太康：很安适宁静，指已经熟睡。❽"青山"二句：言白发渐多，早已做了归休的打算，在外只准备三个月的口粮。　❾"我欲"二句：言拟从颍州上表请求到潼江就任。汝阴，旧郡名，即颍州，今安徽阜阳。潼江，水名，属潼川府，府治在今四川三台县，旧时又称东川。　❿"想见"二句：意谓想得到这两种食品。作者自注："予欲请东川而归，二物皆东川所出。"　⓫"怜子"二句：意谓经历不少忧患，终于遭遇明主。遇明主，指苏辙受到高太后重用。　⓬"我心"句：言心已平静。《诗经·召南·草虫》："我心则降。"

泛 颍

【原文】

我性喜临水，得颍意甚奇。

到官十日来，九日河之湄①。

吏民笑相语，使君老而痴。

使君实不痴，流水有令姿。

绕郡十余里，不驶亦不迟②。

上流直而清，下流曲而漪③。

画船俯明镜④，笑问汝为谁？

忽然生鳞甲，乱我须与眉。

散为百东坡，顷刻复在兹。

此岂水薄相⑤，与我相娱嬉。

声色与臭味，颠倒眩小儿。⑥

等是儿戏物，水中少磷缁⑦。

赵陈两欧阳，同参天人师。⑧

观妙各有得，共赋泛颍诗。

说 明

元祐六年（1091）八月下旬苏轼到颍州知州任。元祐时期苏轼在废除新法的问题上与旧派发生矛盾，受到旧派贾易等人弹劾，他迭次要求调离京师，来颍州后，他尝同赵令畤、陈师道、欧阳棐、欧阳辩过往唱和，并畅游西湖。《王直方诗话》云："杭有西湖，而颍亦有西湖，皆为游赏之胜，而东坡连守二州。其初得颍也，有颍人在坐云：'内翰但只消游湖中，便可以了郡事。'盖言其讼简也。"苏轼离开党争剧烈的漩涡，来到相对平静的颍州，时而游赏西湖。《泛颍》就是游湖的名作。诗由湖面流水令姿，写到泛颍倒影的奇妙景观，进而悟得处世超拔污垢的高雅之趣，景象生动，理趣深湛，堪称"冲口即妙，千古不磨"（《昭昧詹言》）。

注释

❶河之湄：河水岸边。《诗经·秦风·蒹葭》："所谓伊人，在水之湄。"**❷"不驶"句**：言水流不快不慢。**❸曲而漪**：曲折而有波纹。**❹俯明镜**：俯视澄清的水波。明镜，喻指清水。韩愈《奉酬卢给事云夫四兄曲江荷花行见寄并呈上钱七兄阁老张十八助教》："曲江千顷秋波净，平铺红云盖明镜。"**❺薄相**：游戏，吴语方言，一作白相。**❻"声色"二句**：意谓声色富贵捉弄世俗小人。眩，通炫，炫惑。**❼磷缁**：指受环境污染而磨损变黑。《论语·阳货》："不曰坚乎？磨而不磷；不曰白乎？涅而不缁。"韦应物《秋集罢还途中作谨献寿春公黎公》诗："何以酬明德，岁晏不磷缁。"**❽"赵陈"二句**：谓与同游的四位好友共同参验自然人事的妙谛。

淮上早发

【原文】

淡月倾云晓角哀①，小风吹水碧麟开②。

此生定向江湖老，默数淮中十往来。③

说　明

元祐七年（1092）二月，苏轼在颍州接到以龙图阁学士充淮南东路兵马钤辖知扬州军州事的诰命，不久即离颍赴新任。此诗即途中经淮河所作。诗叹息辗转江湖行踪无定，言简而意深。

注　释

❶淡月倾云：淡淡的月光洒向薄薄的云层。晓角：报晓的乐器。　❷碧麟：指绿水面上的细小波纹。　❸"默数"句：谓往返经淮河共有十次。苏轼熙宁四年自汴京赴杭州通判任，熙宁七年由杭州赴密州，元丰二年四月自徐州赴湖州，八月赴御史台狱，元丰七年由常州至南都，元丰八年五月到常州，同年九月赴登州，元祐四年赴杭州知州任，元祐六年回京，再加这次过淮，往返已十回，故曰"十往来"。

送晁美叔发运右司年兄赴阙

【原　文】

我年二十无朋俦，当时四海一子由。
君来扣门如有求，颀然鹤骨清而修。①
醉翁遣我从子游，翁如退之蹈轲丘。②
尚欲放子出一头，③酒醒梦断四十秋。④
病鹤不病骨愈虬，⑤惟有我颜老可羞。
醉翁宾客散九州，几人白发还相收。⑥
我如怀祖拙自谋，正作尚书已过优。⑦

君求会稽实良筹，往看万壑争交流。⑧

　　苏轼于元祐七年（1092）三月到知扬州任，七月晁美叔自扬州还朝，苏轼作此送行。晁美叔，字端彦，当时以右司郎中为江淮荆浙等路转运使。苏轼与他同年登科，故称年兄。诗写当年两人定交的经过，和目前扬州相逢话别的情景，反映作者对友情的欣慰和处境的满足。

　　❶"我年"四句：写作者与晁美叔最初结识时事。当时为嘉祐二年，作者二十二岁，这里"二十"是举其成数。俦（chóu），同伴。颀（qí）然，细长貌。清而修，指晁美叔仪容清秀、身材瘦长。　❷"醉翁"二句：言两人交游是经欧阳修介绍，欧阳修如同韩愈一样是遵循道义的名家。醉翁，欧阳修自号醉翁。退之，韩愈的字。轲、丘，指孟轲、孔丘。韩愈《赠张籍》诗："我身蹈丘轲，爵位不早绾。"　❸"尚欲"句：系引用欧阳修赏识苏轼的话语。作者自注："嘉祐初，轼与子由寓兴国浴室，美叔忽见访。云：'吾从欧阳公游久矣，公令我来，与子定交，谓子必名世，老夫亦须放他出一头地。'"苏辙《东坡先生墓志铭》载：嘉祐初欧阳修主礼部试，看到苏轼《刑赏忠厚之至论》，甚为赞赏，疑门下士曾子固所作，把苏轼列为第二，后苏轼又以春秋对义居第一，殿试中乙科。欧阳修很器重苏轼的才学，在给梅圣俞的信中说："老夫当避此人放出一头地。"以上三句是回忆当年晁美叔对苏轼说的话。　❹"酒醒"句：谓回顾当年恍如梦寐，距今已近四十年了。自嘉祐初至本年共三十六年，这里是举其成数。　❺"病鹤"句：喻指对方体躯清瘦有力。骨愈虬，形容肌体矫健。　❻"醉翁"二句：谓欧阳修当年的门客已经星散，还有几人到老互相接纳，保持旧交呢？欧阳修这时已逝去二十年，他的门客或散或亡，在世的大都白发苍颜。　❼"我如"二句：意谓自己拙于谋身，能做到尚书已经是大过所望了。

怀祖，晋代的王述，与王羲之齐名，王羲之轻视他，曾对宾客说：怀祖只可做尚书。见《晋书》。　❽"君求"二句：意谓会稽山川壮美，你要求到那里任职是良好的计划。作者自注："美叔方乞越。"会稽，今浙江绍兴。越，越州，治所在会稽。

再送二首（选一）

【原　文】

使君九万击鹏鲲，①肯为阳关一断魂？②
不用宽心九千里，安西都护国西门。③

说　明

元祐八年（1093）正月在汴京作。此时蒋颖叔（名之奇）由户部侍郎被派出知熙州（州治在今甘肃临洮），苏轼写《送蒋颖叔帅熙河》诗，同时写了《再送二首》，激励友人为国家坚守边郡，体现了作者关心国事的情悰。

注　释

❶"使君"句：这里把蒋之奇出守边城比作鲲鹏乘风高翔。击鹏鲲，接近鹏鲲。《庄子·逍遥游》："鹏之徙于南冥也，水击三千里，抟扶摇而上者九万里。"❷"肯为"句：谓岂肯为别离而感伤。阳关，曲调名，王维送元二使安西所写《阳关三叠》，尝被作为送别曲的代表。　❸"不用"二句：意谓不用以远行不满万里来宽慰使君，更加迢遥的安西才是宋朝的西国门。安西都护，唐代设安西都护府，府治在今新疆维吾尔自治区库车附近。

送襄阳从事李友谅归钱塘

【原文】

居杭积五岁^①，自意本杭人。

故山归无家，欲卜西湖邻。

良田不难买，静士谁当亲。

髯张既超然^②，老潜亦绝伦^③。

李子冰玉姿^④，文行两清淳。

归从三人游，便足了此身。

公堤不改昨^⑤，姥岭行开新^⑥。

幽梦随子去，松花落衣巾。

说 明

元祐八年（1093）一月在汴京作。李友谅，字仲益，钱塘人。他在京得襄阳（今属湖北）从事（州长的佐吏），将由京归钱塘，再从钱塘赴任，苏轼写此送别。诗借此抒发了对归钱塘的向慕。说明东坡惯于随缘自安，住一地爱一地。

注 释

❶积五岁：苏轼熙宁四年除通判杭州，凡三年；元祐四年任知杭州，凡二年，居杭共五年。　❷髯张：字秉道，苏轼友人。　❸老潜：指道潜法师，即参寥子。　❹李子：指李友谅。　❺公堤：苏轼当年所筑，人称公堤。　❻姥岭：杭州当年山岭名。

送黄师是赴两浙宪

【原文】

世久无此士，我晚得王孙①。

宁非叔度家，岂出次公门。②

白首沉下吏，绿衣有公言。③

哀哉吴越人，久为江湖吞。④

官自倒帑廪，饱不及黎元。⑤

近闻海上港，渐出水底村。⑥

愿君五裤手，招此半菽魂。⑦

一见刺史天，稍忘狱吏尊。⑧

会稽入吾手，镜湖小于盆。

比我东来时，无复疮痍存。⑨

说　明

元祐八年（1093）一月在汴京作。黄师是，名实，与苏轼为姻亲，其两女为苏辙的儿媳。这时黄实被派为两浙提点刑狱，苏轼作此诗赠别。诗中提出吴越遭受水灾，百姓苦难深重，期望黄实到任后能为当地人民纾灾解厄、疗治疮痍。

注　释

❶王孙：对出身贵家的人员的通称，这里指黄实。　　❷"宁非"二句：颂扬

黄实继承黄宪、黄霸的遗风。叔度，黄宪字叔度，东汉人，以德行见重于世，人称其心胸宽宏，"汪汪若千顷陂"。《后汉书》有传。黄霸，字次公，西汉有名的循吏，累官扬州刺史、颍川太守，卓有政绩，事迹载《汉书·循吏传》。宁非，岂非。岂出，岂非出自。　❸"白首"二句：对黄实沉抑下僚表示同情。据周紫芝《竹坡诗话》载：苏轼为黄实饯行时，侍妾朝云侍饮，"时朝云语师是曰：'他人皆进用，而君数补外，何也?'"绿衣，指朝云。公言，公平话。❹"哀哉"二句：写江浙一带水灾严重。元祐七年六月苏轼在《再论积欠六事四事札子》中说："浙西饥疫大作，苏、湖、秀三州人死过半，虽积水稍退，露出泥田，然皆无土可作田塍。"　❺"官自"二句：谓政府官员任情挥霍钱粮，而百姓饥饿却无人过问。倒帑（tǎng）廪，把钱库和粮库翻倒，形容挥霍无度。黎元，百姓。　❻"渐出"句：写洪水渐退，露出被淹没的村庄。　❼"愿君"二句：嘱咐对方采取措施，解救饥饿的百姓。五裤手，使百姓富裕的能手。这里用廉范事，《后汉书·廉范传》载：廉范迁蜀郡太守，他施法便民，百姓为歌谣说："不禁火，民安作。平生无襦今五裤。"半菽魂，指饥困而濒临死亡的百姓。《汉书·项籍传》："今岁饥民贫，卒食半菽。"半菽，指粗劣的食物。❽"一见"二句：意谓百姓见到黄实这样的清官，就不怕擅作威福的狱吏了。刺史天，指刺史公正如青天。　❾"会稽"四句：当时苏轼正请求出守会稽郡。这四句是说：到他就任会稽时，当会水灾消失，镜湖变小，浙东的疮痍也将不复存在了。会稽，今浙江绍兴。镜湖，在今浙江绍兴会稽山北麓。

东府雨中别子由

【原　文】

庭下梧桐树，三年三见汝。
前年适汝阴，①见汝鸣秋雨。
去年秋雨时，我自广陵归。②

今年中山去^③，白首归无期。

客去莫叹息，主人亦是客。

对床定悠悠，夜雨空萧瑟。^④

起折梧桐枝，赠汝千里行。

归来知健否，莫忘此时情。^⑤

说　明

　　元祐八年（1093）八月，朝廷派苏轼以端明殿学士兼翰林侍读学士出知定州（今河北定州市），九月赴任。这首诗是离汴京前在东府告别苏辙时作。诗不仅抒写别情，也映现了他在仕路上奔走起落不定。

注　释

　　❶"前年"句：写元祐六年因受贾易等弹劾请求外任，被派知颍州，八月往汝阴（即颍州）。　❷"去年"二句：苏轼元祐七年二月改知扬州，八月被召还京师。广陵，即扬州。　❸"今年"句：元祐八年黄庆基等弹劾苏轼"行制诰，公然指斥先帝时事"（《续资治通鉴长编》卷四百八十四），苏轼乞外任，六月除知定州，定州战国时为中山国地，故云"中山去"。　❹"客去"四句：以上四句是作者告别苏辙的话，隐寓苏辙的处境也并不安稳。客，指苏轼。主人，指苏辙。　❺"起折"四句：写苏辙别情依依。

鹤　叹

【原　文】

园中有鹤驯可呼^①，我欲呼之立坐隅。

鹤有难色侧睨予^②，岂欲臆对如鵩乎^③。

我生如寄良畸孤^④，三尺长胫阁瘦躯。

俯啄少许便有余，何至以身为子娱。^⑤

驱之上堂立斯须^⑥，投以饼饵视若无。

戛然长鸣乃下趋^⑦，难进易退我不如。^⑧

说　明

元祐八年（1093）十一月在定州作。诗描绘鹤之形与神十分逼真传神，且赏其易于满足、难进易退的个性，其间有所寄寓，耐人寻味。

注　释

❶驯可呼：驯服听从呼叫。　❷侧睨（nì）：斜视。　❸"岂欲"句：意谓岂非要如面对飞鵩一样猜测其心情。《文选》载贾谊《鵩鸟赋》云："鵩乃叹息，举首奋翼，口不能言，请对以臆。"鵩鸟，类似飞鹏。　❹畸孤：奇异清瘦。　❺"何至"句：言鹤不愿以自身供人娱乐。　❻斯须：犹须史。杜甫《哀王孙》："且为王孙立斯须。"　❼戛（jiá）然：鸟鸣声。　❽"难进"句：《礼记·表记》："事君难进而易退。"

临城道中作

【原 文】

予初赴中山，连日风埃，未尝了了见太行也。今将适岭表，颇以是为恨，过临城内丘，天气忽清彻，西望太行，草木可数，冈峦北走，崖谷秀杰。忽悟叹曰：吾南迁其速返乎？退之衡山之祥也。书以付迈，使志之。

逐客何人著眼看，太行千里送征鞍。①
未应愚谷能留柳，②可独衡山解识韩。③

说 明

元祐时期高太后听政，旧派靠后党支持，不以哲宗为意。高太后死后，元祐八年十月哲宗赵煦亲政，变法派抬头。礼部侍郎杨畏上疏，请绍述神宗法制，次年四月改元绍圣。新得势的官僚打着绍述新法的幌子倾轧异己，苏轼也成了他们打击迫害的对象。御史虞策、殿中侍御史来之邵弹劾苏轼所作诰词，语涉讥刺。闰四月，苏轼被罢定州任，责知英州（今广东英德）。这首诗是当月赴英州途中作。临城，属河北西路赵州。内丘，在河北西南部。中山，定州的古称。此诗抒写登程南迁的感慨，并借柳宗元、韩愈的履历表达期盼早日北归的心绪。

注 释

❶ "逐客"二句：意谓自己被远贬岭外，无人看顾一眼，只有太行山多情相

送。太行，太行山，在临城西、山西省境内，为南下经行之地。　❷ "未应"
句：借柳宗元的遭遇猜想自己也许不会长留边郡。柳宗元于永贞革新失败后长
期贬居永州，寄情山水，傍溪而居，并将冉溪改称愚溪，自称 "余以愚触罪"，
写有《愚溪诗序》。　❸ "可独"句：这里借韩愈遇赦北归，得睹衡山诸峰，祈
望自己也许有幸北归。贞元十九年韩愈目睹关中旱灾严重百姓饥困，上章实报
灾情，要求停征赋税，以此得罪幸臣，被贬连州阳山（今属广东），贞元二十一
年遇赦离阳山，改江陵（今属湖北）法曹参军，赴任途中看到衡山（在湖北）
诸峰，写有《谒衡岳庙遂宿岳寺题门楼》诗，感到幸遇吉兆。可独，意同岂独。

慈湖夹阻风五首（选二）

【原　文】

其二

此生归路愈茫然，无数青山水拍天。
犹有小船来卖饼，喜闻墟落在山前①。

其五

卧看落月横千丈，起唤清风得半帆。
且并水村敧侧过②，人间何处不巉岩③。

说　明

　　绍圣元年（1094）御史虞策、来之邵等陈奏苏轼元祐间所作文字讥斥先朝，
闰四月，诏令下，苏轼被罢知定州，责知英州。六月，又责授建昌军司马惠州

安置，不得签书公事。此诗是在赴贬所途中，离金陵，过慈湖夹作。慈湖，在安徽当涂县北。这两首绝句，写乘船渡水的小景，隐寓人生征程的崎岖，体现了诗人不畏险阻的爽朗人生态度，富有充盈的理趣。

注 释

❶墟落：村落。王维《渭川田家》诗："斜阳照墟落，穷巷牛羊归。"
❷并：紧靠。攲（qī）侧：倾斜不平貌。　❸巉岩：形容山路险峭不平。

南康望湖亭

【原 文】

八月渡长湖①，萧条万象疏。
秋风片帆急，暮霭一山孤。
许国心犹在，康时术已虚②。
岷峨家万里③，投老得归无④。

说 明

本篇诗题一作《望湖亭》。南康，指南康军，今江西庐山市。绍圣元年（1094）苏轼在赴英州途中，行经安徽当涂，接到谪贬惠州的诰命，只好让苏迨到宜兴大儿子苏迈那里暂居，独自同侍妾朝云和三儿苏过奔赴贬所。苏轼一行由湖口过庐山，八月抵南康。这首诗是经南康时作。诗抒发了作者初贬南荒时慷慨苍凉的情怀，也体现了他始终不忘康时报国的精神。

注释

❶长湖：指彭蠡湖，即今江西鄱阳湖。　❷康时：匡时，治世。王勃《常州刺史平原郡开国公行状》："天地离乖，元首伫康时之具。"　❸岷峨：岷，岷山，在松潘县北。峨，峨眉山，在眉山市城南。都是苏轼故乡的名山。　❹投老：到老，垂老。王安石《观明州图》诗："投老心情非复昔，当时山水故依然。"

秧马歌

【原 文】

过庐陵见宣德郎致仕曾君安止，出所作《禾谱》，文既温雅，事亦详实，惜其有所缺，不谱农器也。予昔游武昌，见农夫皆骑秧马。以榆枣为腹，欲其滑；以楸桐为背，欲其轻；腹如小舟，昂其首尾；背如覆瓦，以便两髀雀跃于泥中；系束藁其首以缚秧。日行千畦，较之伛偻而作者，劳佚相绝矣。《史记》：禹乘四载，泥行乘橇。解者曰：橇行如箕，摘行泥上。岂秧马之类乎？作《秧马歌》一首，附于《禾谱》之末云。

春云蒙蒙雨凄凄，春秧欲老翠剡齐❶。
嗟我妇子行水泥，朝分一垅暮千畦。
腰如箜篌首啄鸡，❷筋烦骨殆声酸嘶❸。
我有桐马手自提，头尻轩昂腹胁低。❹
背如覆瓦去角圭❺，以我两足为四蹄。
耸踊滑汰如凫鹥❻，纤纤束藁亦可赍。❼

何用繁缨与月题^⑧，羁从畦东走畦西^⑨。
山城欲闭闻鼓鼙，忽作的卢跃檀溪。^⑩
归来挂壁从高栖，了无刍秣饥不啼。^⑪
少壮骑汝逮老氂，何曾蹶轶防颠隮。^⑫
锦鞯公子朝金闺，笑我一生蹋牛犁，
不知自有木驶骎。^⑬

说 明

　　绍圣元年（1094）八月，苏轼南迁途中过庐陵（今江西吉安），见曾安止（字移忠），曾出示所作《禾谱》，苏轼惜其不谱农器。想到过去在武昌看到农民骑秧马插秧，很是方便，比起躬腰手植，大大节省劳力。《史记》载有夏禹陆行、水行、泥行、山行各有不同的载具，苏轼推想夏禹"泥行乘橇（qiāo）"，岂不是秧马一类的工具？于是作《秧马歌》，宣扬这种新式农具的良好效能。苏轼到惠州后，曾将此诗出示给惠州博罗县令林抃，林抃高兴地试用和推广这种农具。苏轼在《题秧马歌后四首》文中言道："吾尝在湖北，见农夫用秧马行泥中，极便。顷来江西作《秧马歌》以教人，罕有从者。""博罗县令林君抃勤民恤农，仆出此歌以示之。林君喜甚，躬率田者制作阅试……今惠州民皆已施用，甚便之。"

注 释

　　❶翠剡（yǎn）：指青翠的稻苗。　❷"腰如"句：形容插秧者弯腰低头的样子。筌篌，古代的拨弦乐器，腰部弯曲。首啄鸡，头像鸡啄米。　❸"筋烦"句：形容不用秧马插秧者十分艰苦疲劳。筋烦骨殆，筋骨疲惫。声酸嘶，发出酸痛嘶哑的叹息声。　❹"头尻"句：写秧马的形状。头尻（kāo），头和屁股。腹胁，腹部肋骨。　❺去角圭：抹去了角棱。　❻竿踊：跳跃。滑汰：滑过。　❼"纤纤"句：谓细小的秧苗也能带起来。赍（jī），带，指系带秧苗。　❽繁缨：繁，通鞶（pán），马腹带；缨，马颈革，套在马颈上的皮子。月题，马络

头。《庄子·马蹄》:"夫加之以衡扼,齐之以月题。"　❾朅(qiè):去。
❿"忽作"句:意谓秧马犹如名马可跨越险峻的沟渠而归。的卢,额部有白色
斑点的马。据《三国志·先主传》裴松之注引《世语》载:一次刘表宴请刘备,
刘备觉察有人乘机暗算,便乘的卢马逃走,经襄阳城西檀溪,马一跃三丈,使
刘备脱险。　⓫"了无"句:意谓秧马一点不用吃草。刍秣,饲养牛马的草料。
⓬"少壮"二句:谓使用秧马,自少壮至老年从未跌跤,很安全。老犁(lí),
形容颜色黑黄。蹶轶(yì),颠仆。颠陥(jī),跌倒。　⓭"锦鞯"三句:谓贵
公子驾骏马、跨锦鞍晋见朝廷,会笑我一生驾牛耕田,哪里知道我却有木制的
良马。锦鞯(jiān),用绸缎缝制的马鞍垫子。金闺,金马门的别称,代指朝廷。
蹋(tà),同踏。駃騠(juétí),良马名。《史记·李斯列传》:"骏良駃騠,不实
外厩。"

八月七日初入赣,过惶恐滩

【原文】

　　七千里外二毛人①,十八滩头一叶身②。
　　山忆喜欢劳远梦③,地名惶恐泣孤臣④。
　　长风送客添帆腹⑤,积雨浮舟减石鳞⑥。
　　便合与官充水手,此生何止略知津。⑦

说明

　　绍圣元年(1094)苏轼赴惠州途中进入赣州经惶恐滩作。惶恐滩,在江西
万安县境,赣江自江西赣州北流,沿江有十八滩,以黄公滩最险,又称惶恐滩。
诗写远赴贬所的途中经历和感受。首联陈述行程惊险,数字对仗精巧;颔联发

抒心境凄恻，地名语义双关；颈联描绘舟行风光，景象微妙如画；尾联总括生平阅历，蕴含郁愤与豁达。

注 释

❶七千里：言距故乡遥远。二毛人：头发斑白的老人。庾信《哀江南赋》序："信年始二毛，即逢丧乱。" ❷一叶身：形容身世飘零。 ❸"山忆"句：言想念归路、乡思萦怀，却是错喜。作者自注："蜀道有错喜欢铺，在大散关上。" ❹"地名"句：言行经险滩，使贬人倍增凄楚。 ❺添帆腹：言船帆受风吹而膨胀。 ❻减石鳞：久雨水涨，石沉深处，水流石上所形成的鱼鳞式的波纹比较罕见，故曰减石鳞。 ❼"便合"二句：意谓自己生平经历如许风浪，满可为官人充当水手，岂止略知津渡。这里蕴含无限感慨。知津，识途。《论语·微子》记子路问路，长沮回答有"是知津矣"语。

十月二日初到惠州

【原 文】

仿佛曾游岂梦中，欣然鸡犬识新丰①。
吏民惊怪坐何事，父老相携迎此翁。
苏武岂知还漠北，②管宁自欲老辽东。③
岭南万户皆春色④，会有幽人客寓公。⑤

说 明

绍圣元年（1094）十月苏轼初到惠州贬所作此诗。惠州，宋属广南东路，治所在归善县，今为广东省市名。诗化用多种典实，抒发初临贬地的感受和心境。

注 释

❶"欣然"句：谓欣喜地感到新丰有些眼熟。新丰，广东惠州市有新丰县。又据刘歆《西京杂记》卷二载：刘邦之父居长安思念故乡，刘邦为了满足他的乡情，特仿效旧居，构建新丰，"衢巷栋宇，物色惟旧，士女老幼相携路首，各知其室，放犬羊鸡鸭于通涂，亦竞识其家"。 ❷"苏武"句：谓苏武难以预料能否从漠北归还。此以苏武难归自喻。《汉书·苏武传》载：苏武出使匈奴，被扣十九年，持节不屈，终得归汉。漠北，指大沙漠以北的蒙古高原。 ❸"管宁"句：谓管宁自愿定居辽东。此以管宁安居远边自况。《三国志·魏书·管宁传》载：管宁因天下动乱，避地辽东，"乃庐于山谷。时避难者多居郡南，而宁居北，示无迁志"。及至文帝曹丕即位，始应征浮海还郡。辽东，郡名，古属幽州，辖境相当今辽宁东南。 ❹岭南：五岭山之南，泛指两广一带。春色：指酒。作者自注："岭南万户酒。" ❺"会有"句：谓当会有高雅人士招我饮酒。寓公，指寄居外地的贵族或闲散无权的官吏。《礼记·郊特牲》："诸侯不臣寓公。"

游博罗香积寺

【原 文】

寺去县七里，三山犬牙，夹道皆美田，麦禾甚茂。寺下溪水可作碓磨，若筑塘百步，闸而落之，可转两轮举四杵也。以属县令林抃，使督成之。

二年流落蛙鱼乡①，朝来喜见麦吐芒②。

东风摇波舞净绿，初日泫露酣娇黄③。

汪汪春泥已没膝，剡剡秋谷初分秧④。

谁言万里出无友，见此二美喜欲狂⑤。

三山屏拥僧舍小⑥，一溪雷转松阴凉⑦。

要令水力供臼磨，与相地脉增堤防。⑧

霏霏落雪看收面，隐隐叠鼓闻舂糠⑨。

散流一啜云子白，炊裂十字琼肌香⑩。

岂惟牢丸荐古味，要使真一流天浆⑪。

诗成捧腹便绝倒，书生说食真膏肓⑫。

说 明

绍圣二年（1095）三月在惠州作。博罗，惠州的属县，今广东县名。香积寺，在博罗县西山下。苏轼游香积寺，看到寺旁溪水可以利用，曾建议博罗县令林抃（字天和），修筑坡塘，建立碓磨，以便利民众。诗中描写了惠州生机盎然的田野景象，并且联想到水力碓磨建立后磨出洁白的面粉，做成可口的粥饭，蒸出香气扑鼻的炊饼。全诗洋溢着浓郁的生活气息，体现出诗人对改善生活条件的憧憬。

注 释

❶蛙鱼乡：指滨海多水的惠州。 ❷麦吐芒：麦生出嫩芽。 ❸泫露：露珠欲滴。酣娇黄：麦穗呈现出深浓的嫩黄色。 ❹剡剡：青翠发光貌。 ❺二美：指上文的麦、禾。 ❻三山：指大北山、象头山、白水山，皆在溪水之南。屏拥：像屏风一样簇拥靠近。 ❼一溪：指东江，一称东溪。 ❽"与相"句：谓观察地形筑堤修塘。 ❾"霏霏"二句：想象水力磨面、舂米的情景。霏霏落雪，形容白面纷纷下落的样子。隐隐叠鼓，形容水碓舂米的声音。 ❿"散流"

二句：想象用稻米做成洁白的稀粥，用白面蒸成香酥的炊饼。啜（chuò），喝。云子，碎云母。杜甫《与鄠县源大少府宴渼陂》诗："饭抄云子白，瓜嚼水精寒。"十字，形容炊饼上开裂的花纹。琼肌，形容炊饼洁白。《晋书·何曾传》载：何曾性格奢豪，蒸饼上席，"不坼作十字，不食"。　⓫"岂惟"二句：意谓碓磨所加工的米面，不独可以制成讲究的食品，还可以酿造美酒。牢丸，蒸煮成的米团一类的食品。作者自注："《饼赋》云：馒头、薄持、起搜、牢丸。"荐，进。真一，酒名，用米、麦、水酿造而成，东坡在岭南自酿，苏轼有《真一酒诗》。　⓬"诗成"二句：以幽默口吻收煞，谓写完此诗感到可笑，书生谈论吃喝真是有病。捧腹，形容大笑。膏肓，指重病。

赠王子直秀才

【原 文】

万里云山一破裘，杖端闲挂百钱游①。
五车书已留儿读，二顷田应为鹤谋。②
水底笙歌蛙两部，山中奴婢橘千头。③
幅巾我欲相随去，海上何人识故侯。④

说 明

绍圣二年（1095）四月初在惠州作。王原，字子直，号鹤田处士。诗写王子直闲居田园的潇洒生活。

注释

❶ "杖端"句：用阮修典故，写王原休闲。《晋书·阮修传》载：阮修"常步行，以百钱挂杖头，至酒店，便独酣畅"。　❷ "五车"二句：言王子直是读书人家，也薄有山田。五车书，言藏书极多。《庄子·天下》篇："惠施多方，其书五车。"二顷田，用苏秦掌故。《史记·苏秦列传》："苏秦曰：'……使我有雒阳负郭田二顷，吾岂能佩六国相印乎?'"为鹤谋，王原家住鹤田山。　❸ "水底"二句：写王子直住处幽雅，溪水有蛙，果树成荫。蛙两部，用南朝孔稚珪事。《南齐书·孔稚珪传》：孔稚珪不乐事务，门庭草莱不剪，中有蛙鸣，他高兴地说："我以此当两部鼓吹。"（鼓吹，犹言乐队）橘千头，用李衡事。《水经注·沅水》载：吴丹阳太守李衡于龙阳植橘树千株，临死，"敕其子曰：'吾州里有木奴千头，不责衣食，岁绢千匹'"。　❹ "幅巾"二句：意谓我愿头戴幅巾随你归隐江湖，只是海滨无人相识。幅巾，男子用绢一幅束发，是一种儒生的装束。故侯，犹言旧时官员，作者自指。

四月十一日初食荔支

【原文】

南村诸杨北村卢，白华青叶冬不枯。
垂黄缀紫烟雨里，特与荔支为先驱。①
海山仙人绛罗襦，红纱中单白玉肤。②
不须更待妃子笑，风骨自是倾城姝。③
不知天公有意无，遣此尤物生海隅④
云山得伴松桧老，霜雪自困楂梨粗。⑤
先生洗盏酌桂醑⑥，冰盘荐此赪虬珠⑦。

似闻江鳐斫玉柱，更洗河豚烹腹腴。⑧
我生涉世本为口，一官久已轻莼鲈。⑨
人间何者非梦幻，南来万里真良图。

说 明

绍圣二年（1095）在惠州初食荔枝作此诗。诗描绘荔枝的生长环境、具体形象、可口美味，为我国南方瓜果特产留下了吟唱名篇。《能改斋漫录》卷七云："梁萧惠开云：'南方之珍，惟荔枝矣，其味绝美。杨梅、卢橘，自可投诸藩溷。'故东坡诗云：南村诸杨北村卢，直与荔支为先驱。"

注 释

❶"南村"四句：写杨梅、卢橘开花结果比荔枝为早，是荔枝的先驱。杨、卢，作者自注："谓杨梅、卢橘也。"　❷"海山"二句：以仙女比拟荔枝。绛罗襦，形容其外壳如大红棉袄。红纱中单，形容荔枝内皮如红纱内衣。中单，指内衣、汗衫。《太平御览》卷六百九十一引晋虞预《会稽典录》：郑弘"卖中单为叔还钱"。　❸"不须"二句：意谓无须杨贵妃的赏鉴，荔枝自有动人的姿质。妃子笑，指杨贵妃高兴。杨贵妃好食荔枝，最喜海南所产，经常派人带海南荔枝驰送长安。杜牧《过华清宫绝句三首》其一："一骑红尘妃子笑，无人知是荔枝来。"倾城姝，极美的女子。《汉书·孝武李夫人传》："北方有佳人，绝世而独立。一顾倾人城，再顾倾人国。"　❹尤物：指特别优异的人物或物品。《左传·昭公二十八年》："夫有尤物，足以移人。"　❺"云山"二句：谓海南荔枝得与松桧一同生长，不同于山楂、梨子困于霜雪果质粗糙。费衮《梁溪漫志》卷四提到这首诗，他开始怀疑"云山"句有些空泛，"后见习闽广者云：'自福州古田县海口镇，至于海南，凡宰上木，松桧之外，悉杂植荔支，取其枝叶荫覆，弥望不绝。'此所以有'伴松桧'之语也"。可见广南大都荔枝与松桧杂植。　❻酌桂醑（xǔ）：斟美酒。　❼赪（chēng）虬珠：犹言赤龙珠，指荔

枝。 ❽ "似闻" 二句：意谓荔枝的美味好似做好的江鳐玉柱，又像烹好的河豚腹。作者自注："予尝谓荔枝，厚味高格两绝，果中无比，惟江鳐柱、河豚鱼近之耳。"斫（zhuó），用刀切开。江鳐柱，蛤蜊一类的海产品。腹腴，鱼腹下的肥肉。 ❾ "一官" 句：意谓为了求得一官，早已看轻了乡土之念。莼鲈，莼，莼羹。鲈，鲈鱼脍。《世说新语·识鉴》篇载：吴郡人张翰（字季鹰）被征召任齐王司马冏的东曹属官，"在洛见秋风起，因思吴中菰菜羹、鲈鱼脍，曰：'人生贵得适意耳，何能羁宦数千里以要名爵！' 遂命驾便归"。"菰菜羹、鲈鱼脍"，《晋书·张翰传》作"菰菜、莼羹、鲈鱼脍"。后以莼鲈代指乡味或乡思。

荔支叹

【原 文】

十里一置飞尘灰，五里一堠兵火催。①
颠坑仆谷相枕藉，②知是荔支龙眼来③。
飞车跨山鹘横海，④风枝露叶如新采。
宫中美人一破颜，惊尘溅血流千载⑤。
永元荔支来交州，天宝岁贡取之涪。
至今欲食林甫肉，无人举觞酹伯游⑥。
我愿天公怜赤子⑦，莫生尤物为疮痏⑧。
雨顺风调百谷登，民不饥寒为上瑞⑨。
君不见武夷溪边粟粒芽，前丁后蔡相笼加⑩。
争新买宠各出意，今年斗品充官茶⑪。
吾君所乏岂此物，致养口体何陋耶！
洛阳相君忠孝家，可怜亦进姚黄花⑫。

说 明

绍圣二年（1095）在惠州作。苏轼由惠州的名产荔枝，联想到汉唐两代进贡荔枝的弊害，进而指斥朝中贵族官僚贡茶贡花争新买宠的可耻行径。诗中描述与议论交织，把历史的批判与现实的指责结合起来，提出了"雨顺风调""民不饥寒"的社会理想，批判了封建统治者为了个人享乐或邀宠而不顾人民死活的恶行。这在当时是很有意义的。

注 释

❶"十里"二句：写汉代递送荔枝刻不容缓、急如星火的情景。置，古代的驿站。堠，古代路旁的里程堡，这里也指驿站。飞尘灰，形容快马疾驰，惊尘飞扬。兵火催，极言任务急迫。　❷"颠坑"句：写赶送荔枝死人颇多，有的跌入土坑，有的掉进山谷。枕藉，形容尸体重叠堆积。　❸龙眼：俗名桂圆。以上四句写汉代进贡荔枝情况。　❹"飞车"句：写快速运送荔枝。鹘（gǔ），一种海鸟，喻指海船。　❺"宫中"二句：意谓为了博得杨贵妃的欢心，不知摧残了多少人的生命。宫中美人，指杨贵妃。《新唐书·杨贵妃传》："妃嗜荔支，必欲生致之，乃置骑传送，走数千里，味未变，已至京师。"破颜，笑貌。以上四句是写唐代进贡荔枝的情况。　❻"永元"四句：总写汉、唐两代进献荔枝和人臣不同的态度。永元，汉和帝刘肇的年号（88—105）。交州，今两广南部一带。天宝，唐玄宗李隆基年号（742—756）。岁贡，向朝廷进贡（荔枝）。涪（fú），涪州，今重庆涪陵。林甫，李林甫，唐玄宗宰相，其人"口蜜腹剑"，处处诎谀皇帝。酹（lèi）伯游，以酒洒地纪念伯游。伯游，唐羌的字，为临武（在今湖南）县令，曾上书汉和帝，建议罢除荔枝之贡。事见谢承《后汉书》。苏轼自注："汉永元中，交州进荔支龙眼。十里一置，五里一堠，奔腾死亡，罹猛兽毒虫之害者无数。唐羌，字伯游，为临武长，上书言状，和帝罢之。唐天宝中，盖取涪州荔支，自子午谷路进入。"　❼赤子：指百姓。　❽尤物：指珍贵物品。疮痏（wěi）：疮伤，此指灾害。　❾上瑞：上等的吉利。　❿"君不

见"二句：写丁谓、蔡襄进贡名茶。武夷，福建山名，著名采茶区。粟粒芽，武夷茶的最上等。前丁，前有丁谓。丁谓，字谓之，真宗时为参知政事。后蔡，后有蔡襄。蔡襄，字君谟，仁宗初年进士，后官知制诰。笼加，包装加封。作者自注："大小龙茶，始于丁晋公，而成于蔡君谟。欧阳永叔闻君谟进小龙团，惊叹曰：'君谟士人也，何至作此事！'" ⓫ "争新"二句：意谓官僚们想尽办法争新买宠，把赛茶选出的名品进贡皇帝。作者自注："今年闽中监司乞进斗茶，许之。"斗品，指赛茶选出的名品。官茶，进贡的茶。范仲淹《斗茶歌》："北苑将期献天子，林下雄豪先斗美。" ⓬ "洛阳"二句：意谓钱惟演号称忠孝人家，可惜也向朝廷贡花邀宠。作者自注："洛阳贡花，自钱惟演始。"苏轼《仇池笔记》卷上"万花会"条："钱惟演作留守，始置驿贡洛花，有识鄙之。此宫妾爱君之意也。"洛阳相君指钱惟演，吴越王钱俶之子，宋初任洛阳留守。钱俶不战降宋，宋太宗称他"以忠孝而保社稷"，故曰"忠孝家"。姚黄花，一种牡丹名品。欧阳修《洛阳牡丹记·花释名》："姚黄者，千叶黄花，出于民姚氏家。"

章质夫送酒六壶，书至而酒不达，戏作小诗问之

【原 文】

白衣送酒舞渊明，①急扫风轩洗破觥。②
岂意青州六从事，化为乌有一先生。③
空烦左手持新蟹，④漫绕东篱嗅落英。⑤
南海使君今北海，⑥定分百榼饷春耕。⑦

说 明

　　绍圣二年（1095）在惠州作。章楶，字质夫，浦城（福建省县名）人，时任广州知州。陈师道《后山诗话》云："东坡居惠，广守月馈酒六壶，吏尝跌而亡之。坡以诗谢曰：'不谓青州六从事，翻成乌有一先生。'"此诗以幽默的笔触抒写了承蒙馈酒的欣慰感谢襟绪，读来极富风趣。

注 释

　　❶"白衣"句：用陶潜故事自喻。檀道鸾《续晋阳秋》载："陶潜九月九日无酒，于宅边菊丛中，摘盈把，坐其侧。望见白衣人，乃王弘（江州刺史）送酒，即便就酌而后归。"　❷"急扫"句：谓清扫走廊、洗涤酒器。觥（gōng），酒器。　❸"岂意"二句：言美酒未到。青州从事，美酒的隐语。《世说新语·术解》："桓公（桓温）有主簿善别酒，有酒辄令先尝，好者谓'青州从事'，恶者谓'平原督邮'。青州有齐郡，平原有鬲县。从事，言到脐；督邮，言在鬲（膈）上住。"乌有先生，虚拟的人名。司马相如作《子虚赋》，假托子虚、乌有先生、亡是公三人互相问难。《史记·司马相如列传》："乌有先生者，乌有此事也。"　❹"空烦"句：言徒然手持蟹螯无酒可酌，《世说新语·任诞》："毕茂世（毕卓）云：'一手持蟹螯，一手持酒杯，拍浮酒池中，便足了一生。'"　❺"漫绕"句：言环绕篱笆嗅落花。东篱，陶渊明《饮酒二十首》其五："采菊东篱下，悠然见南山。"落英，落花。《离骚》："夕餐秋菊之落英。"　❻"南海"句：谓章质夫如孔融之慷慨好客。南海使君，指章质夫，章质夫任广东知州，广东古有南海之称。北海，指孔融，孔融曾任北海相，人称孔北海。《后汉书·孔融传》："宾客日盈其（孔融）门。常叹曰：'坐上客恒满，尊中酒不空，吾无忧矣。'"　❼榼（kē）：盛酒的器具。饷春耕：款待辛勤耕耘者。

食荔支二首（选一）

【原 文】

惠州太守东堂，祠故相陈文惠公（指陈尧佐，仁宗朝任参知政事）。堂下有公手植荔枝一株，郡人谓之将军树。今岁大熟，赏啖之余，下逮吏卒。其高不可致者，纵猿取之。

> 罗浮山下四时春①，卢橘杨梅次第新②。
> 日啖荔支三百颗，不辞长作岭南人③。

说 明

绍圣三年（1096）作。诗借咏食荔枝赞赏岭南生态环境良好，体现了作者对岭南生活的少许宽慰。

注 释

❶罗浮山：在广东省广州市增城区东，跨入博罗县境。 ❷卢橘：水果名，一名金橘。 ❸岭南：古称广东一带，在五岭之南。

迁　居

【原文】

　　吾绍圣元年十月二日至惠州，寓居合江楼。是月十八日迁于嘉祐寺。二年三月十九日复迁于合江楼。三年四月二十日复归于嘉祐寺。时方卜筑白鹤峰之上，新居成，庶几其少安乎？

前年家水东，[①]回首夕阳丽。
去年家水西[②]，湿面春雨细。
东西两无择，缘尽我辄逝。
今年复东徙[③]，旧馆聊一憩。
已买白鹤峰，[④]规作终老计。
长江在北户，雪浪舞吾砌。[⑤]
青山满墙头，鬖髿几云髻。[⑥]
虽惭抱朴子，金鼎陋蝉蜕。[⑦]
犹贤柳柳州，庙俎荐丹荔。[⑧]
吾生本无待，俯仰了此世。
念念自成劫，尘尘各有际。[⑨]
下观生物息，相吹等蚊蚋。[⑩]

说 明

　　绍圣三年（1096）四月，苏轼暂居嘉祐寺（今广东惠阳），正筹建白鹤峰

（在惠州城东）新居，作此遣怀。苏轼贬谪惠州，虽居处不定，环堵萧然，甚至北归无望。但他寄情于惠州的幽美风光，坦然作岭外终老之计，正如他在《与程正辅》（十三）书中所说："某睹近事，已绝北归之望，然中心甚安之，未说妙理达观，但譬如元是惠州秀才，累举不第，有何不可！"这表明苏轼襟怀通达乐观。此诗正反映了作者的这种心境。

注 释

❶"前年"句：指前年寓居嘉祐寺，寺在西江之东，故称水东。　❷家水西：指寓居合江楼，楼在惠州府城，当西江之西，故称水西。　❸复东徙：谓再迁嘉祐寺。　❹"已买"句：苏轼曾在惠州城东归善县北白鹤峰上买空地数亩，筑屋二十间，作定居之计。　❺"雪浪"句：形容白浪在庭阶前奔流。砌，指庭阶。❻"鬌髻"句：形容树木葱郁的山峰如同妇女的发髻。鬌髻（wǒtuǒ），发髻名。❼"虽惭"二句：言虽有愧于抱朴子，不看重他的金鼎蝉蜕之说。抱朴子，东晋葛洪的道号，他著有《抱朴子》一书，其中曾讲到金鼎（道家的炼丹之器）蝉蜕（仙家尸解）之术。　❽"犹贤"二句：谓还胜过柳宗元只能享受柳州祠庙的丹荔。柳宗元晚年被贬荒远的柳州，人称柳柳州，最后在柳州含冤长逝。庙俎（zǔ），在庙堂里盛祭品的器物。韩愈《柳州罗池庙碑》写祀柳歌，有"荔子丹兮蕉黄，杂肴蔬兮进侯堂"之句。　❾"念念"二句：意谓光阴流逝很快，各类事物都有限界。劫，劫数，念念成劫，见时光迅疾。际，涯际，尘尘有际，见任何事物都有边沿。《庄子·知北游》："物物者与物无际，而物有际者，所谓物际者也。"　❿"下观"二句：意谓观察世上的生物，无不同蚊虫一样在相互吹嘘的气息中浮动。蚊蚋（ruì），细小的昆虫。《庄子·逍遥游》："野马也，尘埃也，生物之以息相吹也。"这里化用其意来感叹尘世中芸芸众生的无端扰攘。

纵　笔

【原　文】

　　白头萧散满霜风①，小阁藤床寄病容。
　　报道先生春睡美②，道人轻打五更钟。

说　明

　　绍圣四年（1097）寓居惠州嘉祐寺作。据说这首诗传至汴京，又引来再贬儋州（又名昌化军、南宁军，州治在今海南省儋州市）。曾季狸《艇斋诗话》载："东坡海外上梁文口号云：'为报先生春睡美，道人轻打五更钟。'章子厚见之，遂再贬儋耳，以为安稳，故再迁也。"《南越笔记》也说苏轼谪惠州，"有诗云：'为报先生春睡足，道人轻撞五更钟。'传至京师，章惇笑曰：'苏子尚尔快活邪？'复贬昌化。"

注　释

　　❶萧散：形容头发稀少。　❷春睡美：苏轼《仆年三十九在润州道上过除夜作此诗，又二十年在惠州追录之以付过二首》其一"红日半窗春睡酣"句，写春睡香甜，用意略同。

白鹤峰新居欲成，
夜过西邻翟秀才二首（选一）

【原文】

林行婆家初闭户①，翟夫子舍尚留关②。
连娟缺月黄昏后③，缥缈新居紫翠间。④
系闷岂无罗带水，割愁还有剑铓山。⑤
中原北望无归日，邻火村舂自往还。⑥

说 明

绍圣四年（1097）二月，白鹤新居建成，苏轼从嘉祐寺迁入。这首诗是迁居前诣访西邻翟逢亨时作。诗写宅舍周边自然环境清雅，邻里关系淳厚，体现出作者安心定居的心情。

注 释

❶林行婆：苏轼白鹤峰新居的西邻，是开酒馆的。苏轼《白鹤新居上梁文》所说："年丰米贱，林婆之酒可赊。"即指她。又信佛的老妇称为行婆。 ❷翟夫子：翟秀才逢亨。留关：门不上闩。 ❸连娟：形容眼眉弯细，这里指月牙。《史记·司马相如列传》："长眉连娟。" ❹"缥缈"句：写新宅在紫山绿树的掩映中闪烁。缥缈，若隐若现的样子。 ❺"系闷"二句：写新居环境幽美山水秀丽，可以消愁解闷。罗带水，水流盘曲如罗带。剑铓山，奇峰刺空如利剑。作者自注："韩退之云：'水作青罗带，山如碧玉篸。'柳子厚云：'海上尖峰若

剑铓, 秋来处处割愁肠。' 皆岭南诗也。" 按韩诗题为《送桂州严大夫》, 柳诗题为《与浩初上人同看山寄京华亲故》。字句稍有不同。　❻ "邻火" 句: 写与惠州近邻的亲切关系, 邻里借火, 村头舂米, 不断往来。

吾谪海南, 子由雷州, 被命即行, 了不相知, 至梧乃闻尚在藤也。 且夕当追及, 作此诗示之

【原 文】

九疑联绵属衡湘, 苍梧独在天一方。①
孤城吹角烟树里, 落月未落江苍茫。
幽人拊枕坐叹息②, 我行忽至舜所藏③。
江边父老能说子, 白须红颊如君长。④
莫嫌琼雷隔云海⑤, 圣恩尚许遥相望。
平生学道真实意, 岂与穷达俱存亡。⑥
天其以我为箕子, 要使此意留要荒。⑦
他年谁作舆地志⑧, 海南万里真吾乡。

说 明

绍圣四年 (1097) 四月, 宋廷又重议苏轼 "讪谤" 之罪, 再贬为琼州 (今海南岛海口市) 别驾, 移昌化军安置, 不得签书公事。苏辙也自筠州贬为化州别驾、雷州 (今广东海康) 安置。苏轼将家属安置在惠州, 自己带幼子苏过奔赴贬所, 行至梧州 (今广西梧州), 闻苏辙尚在藤州 (今广西藤县), 乃作此诗。诗从梧州山川环境着笔, 进而写途中感受和离合情怀, 充盈一种缠绵悱恻之情。

注 释

❶ "九疑" 二句：写九嶷山盘亘衡、湘一带，苍梧郡独据中国南方。九嶷山，山有九峰，绵延百余里，在湖南南部、广西北部一带。衡，衡州，今湖南衡阳。湘，湘水，纵贯湖南省境。苍梧，今广西梧州，在中国南部。 ❷ 幽人：幽禁之士，作者自指。 ❸ 舜所藏：大舜葬身之地。《史记·五帝本纪》：舜 "南巡狩，崩于苍梧之野，葬于江南九疑"。 ❹ "江边" 二句：记述江边父老对苏轼讲所见苏辙的模样。 ❺ 琼雷：琼州、雷州，两人的贬所。琼州与雷州隔海相对。 ❻ "平生" 二句：意谓平生真心学道，不因穷达而有变。 ❼ "天其" 二句：意谓上天把我当箕子一样，使我远流异乡。箕子，殷朝贵族，商纣的诸父，武王灭商后，被封于朝鲜。见《后汉书·东夷列传》。要荒，要服、荒服，指最边远的地区。古代王都之外的地区，视距离远近分为甸服、侯服、绥服、要服、荒服五等，见《尚书·禹贡》。 ❽ 舆地志：古代关于地理的图书。

行琼儋间，肩舆坐睡，梦中得句云："千山动鳞甲，万谷酣笙钟。"觉而遇清风急雨，戏作此数句

【原 文】

四州环一岛①，百洞蟠其中。②
我行西北隅，如度月半弓。③
登高望中原，但见积水空。
此生当安归？四顾真途穷。④
眇观大瀛海，坐咏谈天翁。⑤
茫茫太仓中，一米谁雌雄。⑥
幽怀忽破散，永啸来天风。⑦

千山动鳞甲，万谷酣笙钟。⑧

安知非群仙，钧天宴未终。⑨

喜我归有期，举酒属青童⑩。

急雨岂无意，催诗走群龙。⑪

梦云忽变色，笑电亦改容。

应怪东坡老，颜衰语徒工。⑫

久矣此妙声，不闻蓬莱宫。⑬

说 明

　　绍圣四年（1097）五月十一日，苏轼赴海南途中在藤州遇上了贬官雷州的苏辙，两人一道同行至雷州，六月十一日，苏轼与苏辙告别渡海南去，七月初到达昌化军贬所。这首诗是苏轼渡海后从琼州到儋州（今海南省儋州市）路上遇雨所作。诗由海南的地理形势，写到登高北望的所见所想，从而抒发了穷途安归、宇宙苍茫之感。但诗人的感情并未由此低沉下去，却是从海南山间的奇妙景象和急雨云雷，联想到天神也许为自己北归有期而开筵相贺，群龙为催诗起舞郊原，蓬莱仙子为诗人新作而激情赞赏。全诗在读者面前展开了海南风光的优美画卷，体现了诗人开阔的胸襟和丰富的艺术想象力。

注 释

　　❶四州：指琼州、崖州、儋州、万安军（今海南省万安县）。　❷"百洞"句：指海南岛中央的五指山洞穴盘旋。　❸"我行"二句：写苏轼从琼州到儋州正好在海南岛西北方走了一条弧形的路线。　❹"登高"四句：写登高北望，只见一片汪洋，找不到出路。朱弁《曲洧旧闻》卷五所载苏轼《试笔自书》云："吾始至南海，环视天水无际，凄然伤之曰：'何时得出此岛耶？'"即写此时的心境。　❺"眇观"二句：谓远望域外大海，忆及谈论天体的邹衍。大瀛海，

大海。《论衡·谈天》："九州之外，更有瀛海。"谈天翁，战国齐人邹衍善谈论宇宙，人称"谈天衍"。《史记·孟子荀卿列传》载：邹衍谓："中国名曰赤县神州，赤县神州内自有九州……中国外如赤县神州者九……乃有大瀛海环其外，天地之际焉。" ❻"茫茫"二句：意谓海南乃至中国不过是太仓之一粟，谁来评论它们的大小呢。太仓，古代京城的谷仓。这里化用《庄子》中的掌故，《庄子·秋水篇》载北海若曰："计中国之在海内，不似稊米之在太仓乎。" ❼"幽怀"二句：意谓幽静的怀思被长风吹散。 ❽"千山"二句：写风来山间草木如鳞甲扇动，谷穴如弹奏仙乐。 ❾"安知"二句：用钧天宴的故事形容山谷的音响。钧天宴，神仙举行的宴会。《史记·赵世家》载：赵简子病中入睡，"简子寤。语大夫曰：'我之帝所甚乐，与百神游于钧天，广乐九奏万舞，不类三代之乐，其声动人心'"。钧天，指中天。 ❿属青童：向青童劝酒。青童，神仙名。 ⓫"急雨"二句：言群龙降雨催发他的诗兴。催诗，杜甫《陪诸贵公子丈八沟携妓纳凉晚际遇雨》："片云头上黑，应是雨催诗。" ⓬"梦云"四句：以拟人手法写云雷声色变换，仿佛惊异作者的诗章。 ⓭"久矣"二句：意谓在高贵处所也难以听到此种妙声。妙声，指万谷笙钟、钧天宴乐，也暗指作者的诗章。蓬莱宫，唐代宫名。杜甫《莫相疑行》："忆献三赋蓬莱宫。"

和陶田舍始春怀古二首（选一）

【原文】

儋人黎子云兄弟居城东南，躬农圃之劳。偶与军使张中同访之。居临大池，水木幽茂。坐客欲为醵钱作屋，予亦欣然同之。名其屋曰载酒堂，用渊明《始春怀古田舍》韵。

茅茨破不补①，嗟子乃尔贫。

菜肥人愈瘦，灶闲井常勤②。

我欲致薄少③，解衣劝坐人④。

临池作虚堂，雨急瓦声新。

客来有美载，果熟多幽欣⑤。

丹荔破玉肤，黄柑溢芳津⑥。

借我三亩地，结茅为子邻⑦。

鴃舌傥可学⑧，化为黎母民⑨。

说　明

诗题亦作《和陶癸卯岁始春怀古田舍》。绍圣四年（1097）十一月在儋州作。苏轼与昌化军使，即知昌化军（昌化即儋州）张中（开封人）过访黎子云、黎子明兄弟，赋此诗。宋李光《庄简集》卷二云：苏轼"尝与军使张中游黎氏园，爱其水木之胜，劝坐客醵（jù）钱（凑钱）作堂"。诗体现了苏轼对贫穷书生黎子云的同情，反映了诗人同海南黎族人民的亲密关系。

注　释

❶茅茨：用芦苇、茅草盖的屋顶。张衡《东京赋》："慕唐虞之茅茨。"
❷灶闲：意谓炊事不继。井常勤：意谓努力灌园。　❸致薄少：给予微薄的资助。韩愈《寄卢仝》："俸钱供给公私余，时致薄少助祭祀。"　❹解衣：指慷慨救助他人。《史记·淮阴侯列传》："汉王授我上将军印，予我数万众，解衣衣我，推食食我。"　❺多幽欣：犹言增多雅趣。　❻"丹荔"二句：写招待客人食荔枝、柑橘。破玉肤，露出荔枝洁白的果肉。溢芳津，流出芬芳的果汁。
❼结茅：盖造简陋的房屋。唐韦应物《淮上遇洛阳李主簿》："结茅临古渡，卧见长淮流。"　❽鴃舌：比喻语音难懂。《孟子·滕文公上》："今也南蛮鴃舌之人，非先王之道。"　❾黎母民：指海南黎族百姓。黎母，山名，在海南岛。

和陶与殷晋安别，送昌化军使张中

【原 文】

> 孤生知永弃，末路嗟长勤。
> 久安儋耳陋，日与雕题亲①。
> 海国此奇士②，官居我东邻。
> 卯酒无虚日，夜棋有达晨。③
> 小瓮多自酿，一瓢时见分。④
> 仍将对床梦，伴我五更春。
> 暂聚水上萍，忽散风中云。
> 恐无再见日，笑谈来生因。⑤
> 空吟清诗送，不救归装贫。

说 明

　　元符二年（1099）在儋州作。苏轼在儋州时，昌化军使（即儋州知州）张中为了照顾苏轼，先让他暂住行衙，后派军士修葺伦江驿供他居住。张中有时给苏轼赠酒，还同苏轼下棋。不久湖南提举常平官董必察访岭南，将苏轼逐出官舍。以此张中还被罢职他调。苏轼写了三首诗送行，这是其中一首。诗感叹聚散匆促，表达了对张中友情的感激。

注 释

　　❶雕题：古代指南方少数民族。《礼记·王制》："南方曰蛮，雕题、交趾，

有不火食者矣。"此指黎族。　❷海国：指海南岛。奇士，指张中。　❸ "卯酒" 二句：写与张中时常相会饮酒下棋。苏轼《和陶答庞参军，三送张中》："留灯坐达晓，要与影晤言。"也写相聚亲切。卯酒，早晨喝的酒。　❹ "小瓮" 二句：言张中不时将自酿的美酒分给苏轼。　❺ "恐无" 二句：担心此生无缘相见，只好把晤面的希望寄托于来生。

被酒独行，遍至子云、威、徽、先觉四黎之舍三首（选二）

【原　文】

其一

半醒半醉问诸黎，竹刺藤梢步步迷①。
但寻牛矢觅归路②，家在牛栏西复西。

其二

总角黎家三四童③，口吹葱叶送迎翁。
莫作天涯万里意，溪边自有舞雩风。④

说　明

元符二年（1099）二月在儋州作。子云、威、徽、先觉，是作者的四位黎族朋友。诗写走访黎族四家的情景，流露了在岭南迎风乘凉的快慰。王文诰《苏文忠公诗编注集》案曰："此儋州记事诗之绝佳者。"

注 释

❶"竹刺"句：写海南郊原风物，路上遍地竹笋藤条。　❷牛矢：牛粪。
❸总角：古代儿童头上扎的两个发髻。陶潜《荣木》诗序："总角闻道，白首无成。"　❹"莫作"二句：意谓不要感叹飘流天涯，此间自然环境清爽宜人。舞雩，古代求雨祭天之所。《论语·先进》：曾点说"浴乎沂，风乎舞雩，咏而归"，是他最向往的生活。

纵笔三首

【原 文】

其一

寂寂东坡一病翁，白须萧散满霜风①。
小儿误喜朱颜在，一笑那知是酒红②。

其二

父老争看乌角巾③，应缘曾现宰官身④。
溪边古路三叉口⑤，独立斜阳数过人。

其三

北船不到米如珠，醉饱萧条半月无。
明日东家当祭灶⑥，只鸡斗酒定膰吾。⑦

说 明

元符二年（1099）腊月在儋州作。第一首以幽默的口气叹衰老，第二首以热闹的氛围写萧闲，第三首联系当地习俗写良好的邻里关系。王文诰案："此三首平淡之极，却有无限作用在内，未易以情景论也。"

注 释

❶萧散：疏疏落落的样子。　❷"小儿"二句：字面上是喜、笑、朱、红，言外含自叹衰老之意。《冷斋夜话》卷一引黄庭坚论夺胎法，即以白居易"醉貌如霜叶，虽红不是春"与本联相比较。《苏轼诗集》卷四十二载纪昀评云："叹老语如此出之，语妙天下。"　❸乌角巾：隐士或退闲官吏的帽子。杜甫《南邻》诗："锦里先生乌角巾，园收芋栗不全贫。"　❹"应缘"句：谓适应机缘曾做过官吏。宰官身，泛指官吏的身形。《妙法莲华经·妙音菩萨品》言：妙音菩萨能随众生现出种种身形，为他们说经，"或现居士身，或现宰官身"。❺三叉口：指交叉的路口。　❻祭灶：旧时民俗，腊月二十三或二十四送灶神上天，叫祭灶。范成大《祭灶词》："古传腊月二十四，灶君朝天欲言事。云车风马小留连，家有杯盘丰典祀。"　❼"只鸡"句：谓祭灶日邻居定会请吃鸡饮酒。膰（fán），古代祭祀用的熟肉，这里膰用作动词，意同馈。

庚辰岁人日作，时闻黄河已复北流，老臣旧数论此，今斯言乃验二首（选一）

【原 文】

老去仍栖隔海村①，梦中时见作诗孙②。

天涯已惯逢人日，归路犹欣过鬼门③。

三策已应思贾让，④孤忠终未赦虞翻。⑤

典衣剩买河源米，⑥屈指新篘作上元。⑦

说 明

　　神宗时黄河决口，当时治河的议论分为两派，一派主张用塞的办法让河水东流，一派主张用疏的办法使黄河北流，争论一直持续到元祐时期。文彦博、吕大防等主前议，苏辙、范百禄及作者主后议。元符二年六月，河决内黄，黄河又恢复北流故道。元符三年庚辰（1100）人日（旧指阴历正月初七为人日）苏轼闻听此讯，喜作此诗，借抒襟怀。

注 释

　　❶隔海村：指海南的村庄。　❷作诗孙：指苏轼的族孙苏符。　❸"归路"句：写自己很希望经过鬼门走上北归之路。鬼门，在广西北流市西，俗称鬼门关。高适《李云南征蛮》诗："鬼门无归客，北户多南风。"　❹"三策"句：用贾让比况治理黄河的主疏派。贾让，西汉治河专家，汉哀帝时黄河不断决溢，贾让曾上治河三策，三策中上策是迁徙沿边居民，疏通河水北流入海。事见

《汉书·沟洫志》。　❺ "孤忠" 句：意谓忠直之人终未得到宽宥。虞翻，三国时吴人，秉性耿直，喜好饮酒，因触怒孙权，被贬至交州，终生未还。《三国志·吴书》卷五十七有传。　❻ "典衣" 句：写凑钱买粮，准备过节。河源，广东县名，属惠州，当时的产稻区。　❼ "屈指" 句：谓很快就过上元节了。屈指，表示日程很短，屈指可数。新篘（chōu），指新酿的美酒。篘，滤酒的竹器，也用作动词，指滤酒。杜荀鹤句："旧衣灰絮絮，新酒竹篘篘。"（见《唐诗纪事》卷六十五）上元，阴历正月十五为上元节。

汲江煎茶

【原　文】

活水还须活火烹①，自临钓石取深清。
大瓢贮月归春瓮②，小杓分江入夜瓶③。
雪乳已翻煎处脚，松风忽作泻时声。④
枯肠未易禁三碗，⑤坐听荒城长短更⑥。

说　明

元符三年（1100）在儋州作。诗写煎茶，描写细致，用字精当，深得杨万里的赞赏。杨万里《诚斋诗话》评曰："东坡煎茶诗云：'活水还将活火烹，自临钓石汲深清。'第二句七字而具五意：水清，一也；深处清，二也；石下之水，非有泥土，三也；石乃钓石，非寻常之石，四也；东坡自汲，非遣卒奴，五也。'大瓢贮月归春瓮，小杓分江入夜瓶。'其状水之清美极矣。分江二字，此尤难下。'雪乳已翻煎处脚，松风仍作泻时声。'此倒语也，尤为诗家妙法，即少陵'红稻啄余鹦鹉粒，碧梧栖老凤凰枝'也。'枯肠未易禁三碗，卧听山城长短更。'又翻却卢仝公案。仝吃到七碗，坡不禁三碗。山城更漏无定，长短二字，有无穷之味。"

注 释

❶活水：从流动江水中取来的水。活火，作者自注："唐人云：茶须缓火炙，活火煎。"此唐人当指李约。赵璘《因话录》载：李约善自煎茶，"谓人曰：'茶须缓火炙，活火煎。'活火谓炭火之焰者也。"   ❷贮月：谓月映水中。❸分江：谓舀出江水。   ❹"雪乳"二句：用倒装句写煎茶时的形声，意谓煎煮时乳脚翻动，水沸时忽发松风声。雪乳，形容浓茶，一作"茶雨"。脚，茶脚。❺"枯肠"句：意谓禁不住喝多碗美茶。唐代卢仝《走笔谢孟谏议寄新茶》诗："一碗喉吻润；两碗破孤闷；三碗搜枯肠，唯有文字五千卷；四碗发轻汗，平生不平事，尽向毛孔散；五碗肌骨清；六碗通仙灵；七碗吃不得也，唯觉两腋习习清风生。"极写饮茶之欢快。这里化用其意。   ❻长短更：打更敲梆子，敲击次数少叫短，次数多叫长。

儋 耳

【原 文】

霹雳收威暮雨开，①独凭阑槛倚崔嵬②。
垂天雌霓云端下③，快意雄风海上来④。
野老已歌丰岁语，除书欲放逐臣回⑤。
残年饱饭东坡老，一壑能专万事灰。⑥

说　明

元符三年（1100）正月，哲宗死，徽宗赵佶即位，神宗皇后向氏以皇太后处分军国事。五月，苏轼接到以琼州别驾廉州（广西合浦县）安置不得签书公事的诰命。这诗是临赴廉州时为告别海南而作。诗抒发了形势忽变、终得被放北归的喜慰襟怀。

注　释

❶"霹雳"句：以惊雷收威天象有变隐喻处境宽解。《新唐书·吴武陵传》载：吴武陵与工部侍郎孟简书曰："子厚之斥十二年，殆半世矣。霆硠电射，天怒也，不能终朝。圣人在上，安有毕世而怒人臣邪？"此句暗用其意。　❷崔嵬（wéi）：形容山峰高峻。《诗经·周南·卷耳》："陟彼崔嵬，我马虺隤。"　❸雌霓：双虹中色彩浅淡的叫霓，亦称副虹。《尔雅·释天》邢昺疏："虹双出，色鲜盛者为雄，雄曰虹；暗者为雌，雌曰霓。"　❹雄风：凉爽的风。柳永《竹马子》词："对雌霓挂雨，雄风拂槛，微收烦暑。"　❺除书：指古代拜官授爵的公文，这里指令苏轼移廉州的诰命。　❻"残年"二句：意谓自己年事已衰，只要能吃饱饭，有地退居隐身，其他的奢望已经没有了。残年饱饭，化用杜甫《病后遇王倚饮赠歌》"但使残年饱吃饭"句。一壑能专，占有一丘一壑。陆士龙《逸民赋》："古之逸民，轻天下，细万物，而欲专一丘之欢，擅一壑之美。"

澄迈驿通潮阁二首

【原文】

其一

倦客愁闻归路遥，眼明飞阁俯长桥。①
贪看白鹭横秋浦②，不觉青林没晚潮。③

其二

余生欲老海南村，帝遣巫阳招我魂。④
杳杳天低鹘没处⑤，青山一发是中原。⑥

说　明

　　元符三年（1100）六月，苏轼赴廉州途中经澄迈驿作。澄迈，县名，在今海南岛。通潮阁，又名通明阁，在澄迈县治西。诗写途中景观，并体现出作者对中原故乡的瞻望和怀想。

注　释

　　❶"眼明"句：写通潮阁景象明丽。眼明，一作"眼前"。飞阁，指飞檐四张的通潮阁。俯，下临。　❷白鹭：白色的鹭鸟。秋浦：秋水之滨。　❸"不觉"句：是说不知不觉间傍晚潮退，隐没于青林之后。　❹"帝遣"句：用招魂喻指朝廷召他内迁。《楚辞·招魂》："帝告巫阳曰：'有人在下，我欲辅之。魂魄离散，

汝筮予之。'""巫阳焉乃下招曰：'魂兮归来。'"　❺杳杳（yǎo）：幽远貌。
❻"青山"句：写顾望中原遥远，连绵的青山犹如头发丝一样若有若无。

六月二十日夜渡海

【原 文】

参横斗转欲三更①，苦雨终风也解晴②。
云散月明谁点缀，天容海色本澄清。③
空余鲁叟乘桴意，粗识轩辕奏乐声。④
九死南荒吾不恨，兹游奇绝冠平生。⑤

说 明

　　元符三年（1100）苏轼北赴廉州途中渡琼州海峡所作。北宋自元祐以来，朝内官僚演成新旧两派轮番倾轧，苏轼屡遭迫害。绍圣元年（1094）哲宗亲政，蔡京、章惇等当权，苏轼由英州再贬惠州，继而远谪儋州，直到徽宗继位，苏轼才得以遇赦北归。这诗抒发了作者流放七年终得回归的思绪和心境。纪昀评曰："前半纯是比体，如此措辞，自无痕迹。"（《瀛奎律髓汇评》卷四十三）全篇紧切纪行述景，抒感寄怀，设喻精湛，寓意深沉。

注 释

　　❶参横斗转：参宿横空，斗宿移位，表明已到夏季深夜。参（shēn）、斗，两星名，为二十八宿之一。　❷苦雨：久雨。《左传·昭公四年》："秋无苦雨。"终风：暴风。《诗经·邶风·终风》："终风且暴，顾我则笑。"清王引之《经义述闻》解终风为"既风且暴"。这里借景寓意，暗示自己所遭遇的政治阴霾即将

过去。　❸"云散"二句：意谓朗朗乾坤谁抹上了污点，长空碧海本是清澈的。这两句也是借景寓意另有所指的。故王文诰案：上句："问章惇也。"下句："公自谓也。"谁点缀，化用谢重的故事。《晋书·谢重传》载：谢重为晋会稽王司马道子的骠骑长史，一次陪道子闲坐，"于时月夜明净，道子叹以为佳。重率尔曰：'意谓乃不如微云点缀。'道子因戏重曰：'卿居心不净，乃复强欲滓秽太清邪？'"这里谁点缀的意思是隐寓本来政局安静，作者自身清白，可那当权的官僚却强行滓秽。　❹"空余"二句：紧扣渡海，谓徒然有乘筏渡海希图施展抱负之行，粗略领略了如轩辕奏乐式的海涛声。鲁叟乘桴，指孔子乘船远行。《论语·公冶长》：孔丘说："道不行，乘桴浮于海。"轩辕奏乐，《庄子·天运》北门成问曰："帝张咸池之乐于洞庭之野。吾始闻之惧，复闻之怠，卒闻之而惑；荡荡默默，乃不自得。"轩辕奏乐，这里既比拟海涛，又象征流放中复杂的音响和感受。　❺"九死"二句：写在海南历尽磨难并无遗憾，以这次远游奇绝自我宽解。全诗以开明精神收煞。

赠岭上老人

【原　文】

鹤骨霜髯心已灰①，青松合抱手亲栽②。

问翁大庾岭头住，曾见南迁几个回？

说　明

苏轼奉命北归，元符三年（1100）七月抵廉州。八月诰命下，授舒州团练副使永州安置，十一月授朝奉郎提举成都府玉局观在外州任便居住。苏轼继续北上，建中靖国元年（1101）正月过大庾岭（在今江西、广东交界处，为岭南、岭北的交通要道），作此诗。宋代曾敏行《独醒杂志》卷二记写此诗经过说：
"东坡还至庾岭上，少憩，村店有一老翁，出问从者曰：'官为谁？'曰：'苏尚
书。'翁曰：'是苏子瞻欤？'曰：'是也。'乃前揖坡曰：'我闻人害公者百端，
今日北归，是天佑善人也！'东坡笑而谢之，因题一诗于壁间云。"

注释

❶鹤骨霜髯：形容体格清瘦，胡须洁白。　❷合抱：形容松树粗大。

过岭二首（选一）

【原文】

七年来往我何堪，①又试曹溪一勺甘。②
梦里似曾迁海外，醉中不觉到江南③。
波生濯足鸣空涧，雾绕征衣滴翠岚④。
谁遣山鸡忽惊起，半岩花雨落毵毵⑤。

说明

苏轼北归途中，于徽宗建中靖国元年（1101）正月过大庾岭时所作。诗写
遇赦北归途中景象和内心感受，行程的艰辛中隐含着宽慰表情。

注释

❶"七年"句：写连年远贬的艰辛无奈。苏轼于绍圣元年自定州贬英州，又

贬惠州，绍圣四年再贬儋州，至元符三年始量移廉州，谪居岭南，前后七年。作者《崔文学甲携文见过……》诗亦说："自我迁岭外，七见槐火新。"

❷ "又试"句：谓又得北来重经曹溪。曹溪，在广东韶关市曲江区东南，苏轼过岭要经曹溪。　　❸江南：指虔州（今江西赣州）。　　❹翠岚：山峦间呈现的青翠的雾气。杜牧《除官归京睦州雨霁》诗："水声侵笑语，岚翠扑衣裳。"　　❺花雨：山岩间裹挟冰珠的阵雨。鬖鬖（sān）：毛羽细长貌，这里形容细雨纷纷下落。

次韵江晦叔二首（选一）

【原　文】

钟鼓江南岸，归来梦自惊。
浮云时事改，①孤月此心明。
雨已倾盆落，②诗仍翻水成。
二江争送客③，木杪看桥横④。

说　明

建中靖国元年（1101）正月苏轼过大庾岭，下旬抵虔州（江西赣州）。本篇为二月在虔州作。江公著，字晦叔，桐庐人，苏轼北归至虔，江晦叔正巧刚到任虔州知州。这首次韵诗写他归来江南，恍然如梦，虽时事变幻，但品格纯净，纵然历尽磨难，写诗的激情依然不变。《苕溪渔隐丛话·后集》卷二十六赞赏此诗云：东坡"自岭外归，《次韵江晦叔》诗云：'浮云时事改，孤月此心明。'语意高妙，有如参禅悟道之人，吐露胸襟，无一毫窒碍也。"《困学纪闻》卷十八亦云："'浮云世事改，孤月此心明'见东坡公之心。"又曰："坡公晚年，所造深矣。"

注 释

❶浮云：比喻变幻不定。杜甫《哭长孙侍御》："流水生涯尽，浮云世事空。"
❷ "雨已"句：形容大雨扑面，喻指遭受很大的打击。 ❸二江：指江水和江晦
叔。 ❹木杪（miǎo）：树林的末梢。

虔州吕倚承事，年八十三，读书作诗
不已，好收古今帖，贫甚，至食不足

【原 文】

扬雄老无子^①，冯衍终不遇^②。
不识孔方兄^③，但有灵照女^④。
家藏古今帖，墨色照箱笥^⑤。
饥来据空案，一字不堪煮。
枯肠五千卷，磊落相撑拄。^⑥
吟为蜩蛩声，时有岛可句。^⑦
为语里长者，德齿敬已古。^⑧
如翁有几人，薄少可时助。^⑨

说 明

建中靖国元年（1101）三月，苏轼在虔州会晤吕倚（字梦得），吕倚出示古
今书一轴，苏轼写此诗，表示对吕倚倾情诗书的敬重和老境贫寒的同情。潘淳
《潘子真诗话》提及此事云："吕倚梦得，维扬人。少有场屋声，善属对，喜收
书画，蹭蹬不偶，老始以恩补虔州瑞金簿（指文书），致仕，贫无以归。年八十

余，惟有一女，嫁赣人，因居焉。与王禹玉有旧，元丰间饷钱二万，酒十壶。梦得作启致谢，隔句中用'白水真人，青州从事'为对，禹玉极叹赏之。其后东坡过虔，以诗遗之云。"

注 释

❶扬雄：字子云，少好学，长于辞赋。这里以扬雄比况吕倚。 ❷冯衍：后汉人，字敬通，少有奇才，年二十博通群书，但仕途不顺。 ❸孔方兄：钱的别称。鲁褒《钱神论》："亲爱如兄，字曰孔方。" ❹灵照女：指幼小女儿。《景德传灯录》卷八：襄州居士庞蕴，"一女名灵照，常随制竹漉篱，令鬻之以供朝夕"。 ❺箱筥（jǔ）：竹子编成的筐子。 ❻"枯肠"二句：形容读书极多，满腹文章。磊落，堆积貌。撑拄，撑肠拄肚。卢仝《月蚀诗》："撑肠拄肚礧傀如山丘，自可饱死更不偷。" ❼"吟为"二句：写吕倚吟诗声情美妙。蜩蛩（tiáoqióng），蝉和蟋蟀。岛可，指唐代诗人贾岛和诗僧无可，二人诗作风格相似。苏轼《赠诗僧道通》诗："为报韩公莫轻许，从今岛可是诗奴。" ❽"为语"二句：意谓告诉乡里的负责人，尊重年长德高的人士是自古以来的传统。 ❾"如翁"二句：意谓像这样的老人很为少见，应当不时给与少许资助。薄少：少量。韩愈《寄卢仝》："傣钱供给公私余，时致薄少助祭祀。"

自题金山画像

【原 文】

心似已灰之木，① 身如不系之舟。②
问汝平生功业，黄州惠州儋州。

说 明

建中靖国元年（1101）三月，苏轼由虔州出发，经南昌、当涂、金陵，五月抵达真州（今江苏仪征），六月经润州（镇江）拟到常州居住。这首诗是在真州游金山龙游寺时作。周必大《庐陵周益国文忠公集·奏事录》云："登妙高台，烹茶。壁间有坡公画像。初公族侄成都中和院僧表祥画公像求赞，公题云：'目若新生之犊，心如不系之舟。要问平生功业，黄州惠州崖州。'集中不载，蜀人传之，今见于此。"杨万里《诚斋诗话》云："予过金山，见妙高台上挂东坡像，有东坡亲笔自赞云……今集中无之。"两人所录文字与《苏轼诗集·补编》略有不同。这诗以自嘲的口吻，抒写平生足迹到处漂泊，功业只是连续遭贬。可说这是以幽默的笔调，寄寓感慨的襟怀。

注 释

❶"心似"句：言心灵寂静无欲，不为外物所动。《庄子·齐物论》："形固可使如槁木，而心固可使如死灰乎。" ❷"身如"句：喻指漂泊不定。苏轼晚年辗转奔波，自海南北归后，元符三年（1100）冬在英州得旨可任便居住，友人曾建议他卜居舒州（今安徽安庆），苏辙苦劝他定居颍昌（今河南许昌，苏辙全家居此），苏轼决计赴颍，行至仪真（江苏中部），闻朝内曾布等又倾陷元祐旧臣，苏轼不愿住址邻近京都，遂决计定居常州。直到本年六月苏轼还病卧在从镇江漂往常州的木船上。

词选

行香子

【原　文】

丹阳寄述古

携手江村，梅雪飘裙①。情何限处处消魂②。故人不见③，旧曲重闻。向望湖楼，孤山寺，涌金门。④　　寻常行处，题诗千首，绣罗衫与拂红尘。⑤别来相忆，知是何人。有湖中月，江边柳，陇头云。⑥

说　明

熙宁七年（1074）在丹阳作。时陈襄（字述古）知杭州，苏轼为杭州通判，两人相得甚欢，常一起游赏西湖。上年冬苏轼以转运司檄，赴常州、润州、苏州、秀州赈济饥民，熙宁七年正月过丹阳（今属江苏），赋此词寄陈述古。上片从两人分别写起，进而写自己离杭后，听旧曲、忆故人的低徊心绪。下片追忆与友人同游的情景与乐趣，进而写对方对自己的亲切怀念，并以月、柳、云进行旁衬。

注　释

❶梅雪：梅花开放时雪片。　❷消魂：牵累思维。江淹《别赋》："黯然消魂者，惟别而已矣。"　❸故人：指陈述古。　❹"向望湖楼"三句：言向往杭州同游的景点。望湖楼，周淙《乾道临安志》："望湖楼（一名看经楼），乾德五

年忠懿王钱氏建，去钱塘门一里。"孤山寺，《一统志》："孤山在钱塘县西二里，里外二湖之间。"山上有寺。涌金门，《杭州图经》："涌金门属钱塘县，去县三里半。"　❺"绣罗"句：宋吴处厚《青箱杂记》卷六："世传魏野尝从莱公（即寇准）游陕府僧舍，各有留题。后复同游，见莱公之诗已用碧纱笼护，而野诗独否，尘昏满壁。时有从行官妓，颇慧黠，即以袂就拂之。野徐曰：'若得常将红袖拂，也应胜似碧纱笼。'莱公大笑。"此借指与友人同游题诗。　❻"有湖中月"三句：言自然景观与好友均会相忆。湖，指西湖。江，指钱塘江。陇，指孤山。

蝶恋花

【原文】

京口得乡书

　　雨后春容清更丽，只有离人，幽恨终难洗。北固山前三面水^①，碧琼梳拥青螺髻。^②　一纸乡书来万里，问我何年，真个成归计。回首送春拚一醉^③，东风吹破千行泪。

说明

　　熙宁七年（1074）二月在润州（今镇江，镇江古亦称京口）作。词由雨后春容、京口美景反衬起离人幽怀，进而抒发了沉厚的思乡之情。

注 释

❶北固山：在镇江市北，有南、中、北三峰，北峰三面临江，回岭斗绝，形势险固。　❷"碧琼梳"句：形容江水簇拥峰峦。碧琼梳，碧玉做的梳子，喻指北固山前的江水。青螺髻，螺壳状的女子发髻，喻指北固山的峰峦。　❸拚一醉：不惜一醉。拚（pàn），甘愿，舍得。

少年游

【原 文】

润州作，代人寄远

去年相送，余杭门外，飞雪似杨花。①今年春尽，杨花似雪，犹不见还家。　　对酒卷帘邀明月，②风露透窗纱。恰似姮娥怜双燕，分明照，画梁斜。③

说 明

熙宁七年（1074）四月作。王文诰《苏诗总案》卷十一谓："公以去年十一月发临平（镇名，在今杭州市东北），及是春尽，犹行役未归，故托为此词耳。"其说可据。"代人寄远"，可理解为代王氏夫人寄远方的苏公。上片写妇人回忆去年送别的情景，和今春盼人未归的心绪。下片写思妇夜静未眠，和对月怀人的索寞氛围。全篇托为思妇怀人，抒发自己行役辛劳、羁旅未归的孤寂襟怀。

❶"去年"三句：指熙宁六年十一月苏轼离杭州去润州等地赈饥时事。余杭门，宋时杭州北门之一。　❷"对酒"句：李白《月下独酌》诗："举杯邀明月，对影成三人。"这里化用其意。　❸"恰似"三句：意谓月神只怜惜成对的燕子，使自己更感孤寂。姮娥，即嫦娥，传说中月中女神。《淮南子·览冥训》：姮娥为后羿之妻，"羿请不死之药于西王母，姮娥窃以奔月"。画梁，双燕巢居之处。宋玉《神女赋》："其始来也，耀乎若白日初出照屋梁。"

江城子

【原　文】

湖上与张先同赋时闻弹筝

凤凰山下雨初晴①，水风清，晚霞明。一朵芙蕖②，开过尚盈盈③。何处飞来双白鹭？如有意，慕娉婷④。　　忽闻江上弄哀筝⑤，苦含情，遣谁听？烟敛云收，依约是湘灵。⑥欲待曲终寻问取，人不见，数峰青。⑦

本篇为苏轼倅杭期间游西湖所作。张邦基《墨庄漫录》卷一谓："东坡在杭州，一日游西湖，坐孤山竹阁前临湖亭上，时二客皆有服，预焉。久之，湖心有一彩舟，渐近亭前，靓妆数人，中有一人尤丽，方鼓筝，年且三十余，风韵娴雅，绰有态度，二客竞目送之，曲未终，翩然而逝，公戏作长短句云。"袁文

《瓮牖闲评》卷五说："东坡倅钱塘日，忽刘贡父相访，因拉与同游西湖。时二刘方在服制中。至湖心，有小舟翩然至前，一妇人甚佳，见东坡，自叙少年景慕高名，以在室无由得见，今已嫁为民妻，闻公游湖，不避罪而来。善弹筝，愿献一曲，辄求一小词以为终身之荣可乎？东坡不能却，援笔而成，与之。其词云。"两家所载东坡作此词本事略同。张先，字子野，吴兴人，北宋词家。此词上片写西湖风光，下片记湖上所遇，既有画面似的背景，又有来去飘忽、弹技高妙的人物，仿佛是一场富有情趣的短剧。

注　释

❶凤凰山：在杭州市南。　❷芙蕖：荷花的别称。　❸盈盈：仪容美好貌。❹娉婷：貌美。白居易《昭君怨》诗："明妃风貌最娉婷。"借指荷花。　❺筝：拨弦乐器，唐宋时为十三弦。　❻"依约"句：谓弹筝者仿佛是湘水女神。湘灵，传说帝尧二女娥皇、女英嫁为舜妃，二人随舜南巡，死于沅湘之间，成为湘水女神，即湘灵。《楚辞·远游》："使湘灵鼓瑟兮，令海若舞冯夷。"❼"欲待"三句：言曲终人去，只见青山。此处暗用唐代钱起诗意。钱起《省试湘灵鼓瑟》诗有句云："曲终人不见，江上数峰青。"

虞美人

【原文】

有美堂赠述古

湖山信是东南美，一望弥千里。①使君能得几回来②。便使尊前醉倒更徘徊。　　沙河塘里灯初上③，水调谁家唱④。夜阑风静欲归时，惟有一江明月碧琉璃⑤。

　　熙宁七年（1074）七月，杭州太守陈述古任满调往南都（今河南商丘），苏轼在杭州吴山有美堂即席赋此词赠别。南宋傅榦《注坡词》题下注云："《本事集》云：'陈述古守杭，已及瓜代，未交前数日，宴僚佐于有美堂，侵夜，月色如练，前望浙江，后顾西湖，沙河塘正出其下。陈公慨然，请贰车苏子瞻赋之，即席而就。'"词上片先写杭州湖山壮丽，再写陈君对故地的眷恋难舍。下片描绘杭州晚景，借以说明宴会持续到深夜，凄清的景物正烘染出离绪的深沉。

　　❶"湖山"二句：总写杭州景象壮丽。宋陈岩肖《庚溪诗话》卷上："嘉祐初，龙图阁直学士尚书吏部郎中梅挚公仪，出守杭州，上（指仁宗皇帝）特制诗以宠赐之。其首章曰：'地有吴山美，东南第一州。'梅既到杭，欲侈上之赐，遂建堂山上，名曰有美，欧阳修为记以述之。"欧阳修有《有美堂记》。这里当是化用此意。　❷使君：对州郡长官的尊称，此指陈述古。　❸沙河塘：在钱塘南五里，是当时杭州比较繁华的地方。　❹水调：曲调名。苏轼《南歌子》有"谁家水调唱歌头"句。　❺碧琉璃：比喻月光照射下碧绿澄澈的江水。

江城子

【原文】

孤山竹阁送述古

　　翠蛾羞黛怯人看①，掩霜纨②，泪偷弹。且尽一尊，收泪听阳关③。漫道帝城天样远，天易见，见君难。④　　画堂新创近孤山⑤，曲阑干，为谁安？飞絮落花，春色属明年。欲棹小舟寻旧事⑥，无处问，水连天。

　　本篇为熙宁七年（1074）七月陈述古将离杭州时，宴别于孤山竹阁所作。孤山竹阁，白居易任杭州刺史时所建。苏轼《孤山二咏·竹阁》查注引《传灯录》："鸟窠禅师，富阳潘氏子，九岁出家。后见秦望山有长松，枝叶繁茂，盘屈如盖，遂栖止其上。元和中，白居易出守兹郡，因入山礼谒，乃起竹阁于湖上，迎师居之。"本词上片刻画了一个以巾掩面含泪劝酒的歌女形象，借以表达居者对行者的眷念。换头写当地好景虚设，再转入目前节序，末以追寻旧游踪迹收煞，将惜别之情写得深沉而微妙。

注　释

　　❶翠蛾羞黛：美好的蛾眉，含羞的妆点。形容歌女的神态。　　❷掩霜纨：用洁白如霜的绢扇遮盖面孔。霜纨，《文选》载班婕妤《怨歌行》："新裂齐纨素，

皎洁如霜雪。" ❸阳关：即阳关三叠，又名渭城曲。王维《送元二使安西》诗："渭城朝雨浥轻尘，客舍青青柳色新。劝君更尽一杯酒，西出阳关无故人。"这则阳关曲后入乐府，成为流行的送别曲。 ❹"漫道"三句：《晋书·明帝纪》载："（晋明帝）幼而聪哲，为元帝所宠异。年数岁，尝坐置膝前，属长安使来，因问帝曰：'汝谓日与长安孰远？'对曰：'长安近。不闻人从日边来，居然可知也。'元帝异之。明日宴群僚，又问之。对曰：'日近。'元帝失色，曰：'何乃异间者之言乎？'对曰：'举目则见日，不见长安。'由是益奇之。"这里"天易见，见君难"，当化用这则故事。 ❺孤山：在杭州市西湖里外二湖之间。❻棹（zhào）：船桨，这里解作划船。

醉落魄

【原文】

席上呈杨元素

分携如昨，①人生到处萍飘泊。偶然相聚还离索②，多病多愁，须信从来错。　　尊前一笑休辞却，天涯同是伤沦落。③故山犹负平生约，④西望峨嵋，长羡归飞鹤。⑤

说明

杨绘，字元素，四川绵竹人，苏轼的同乡和友人。熙宁七年（1074），陈襄罢杭州知州任，杨绘到杭州任知州，苏轼于当年七月曾写"送述古，迓元素"《诉衷情》词，有"钱塘风景古今奇，太守例能诗"之句，称扬杭州风光、太守诗才。苏轼与杨绘相聚不久，时有唱和。九月苏轼移知密州，这篇词是在赴密州途中与杨绘在润州分手时作。词以爽畅的语言，感叹两人聚散匆促，抒发了行踪无定、思乡怀归的情愫。

注　释

❶"分携"句：言刚刚分别。熙宁四年苏轼出判杭州时，杨元素任御史中丞，二人曾在汴京相别。　❷离索：离开朋友而散居。《礼记·檀弓上》：子夏谓曾子曰，"吾过矣，吾过矣，吾离群而索居"。　❸"天涯"句：杨元素因对变法持有异议，同苏轼一样辗转外郡，故有此语。白居易《琵琶行》："同是天涯沦落人，相逢何必曾相识。"此化用其意。　❹"故山"句：谓辜负了归隐故乡之约。　❺"西望"二句：言西望峨眉山，期盼归退。陶潜《搜神后记》："丁令威本辽东人，学道于灵虚山。后化鹤归辽，集城门华表柱。时有少年举弓欲射之，鹤乃飞，徘徊空中而言曰：'有鸟有鸟丁令威，去家千年今始归。城郭如故人民非，何不学仙冢垒垒。'遂高上冲天。"杜甫《卜居》诗："归羡辽东鹤。"这里化用此典。

沁园春

【原 文】

赴密州，早行，马上寄子由

孤馆灯青，野店鸡号，旅枕梦残。渐月华收练，晨霜耿耿；①云山摛锦，②朝露团团③。世路无穷，劳生有限④，似此区区长鲜欢。微吟罢，凭征鞍无语，往事千端。　　当时共客长安，似二陆初来俱少年。⑤有笔头千字，胸中万卷，致君尧舜，此事何难。⑥用舍由时，行藏在我,⑦袖手何妨闲处看。身长健,但优游卒岁⑧,且斗尊前⑨。

说　明

本篇是熙宁七年(1074)十月苏轼离开海州(今江苏连云港市)赴密州(今山东诸城)途中作。词上片写征途跋涉,引发身世之感。发端写早行驿店情事,继写野外所见,再写途中心境。下片回首往事,直抒胸臆。先追忆京都应试及当时的理想抱负,次表明处世态度,末以超拔的气宇收结,在旷达的襟绪中隐寓不平之气。这是苏轼早期词作中的一首长调,文笔挥洒自如,词风清爽飘逸,叙述、描写、抒情、议论等艺术手法交错运用,这在当时的词坛上是较为少见、富有开拓精神的。

注　释

❶“渐月华”二句:形容明月收起光芒,早霜显露微明。练,白绸,喻月色。耿耿,微明。　❷“云山”句:言云雾缭绕的山峦像铺开的锦缎一样。摛(chī)锦,铺锦。　❸团团:一作泙泙,露多貌。《诗经·郑风·野有蔓草》:“野有蔓草,零露泙兮。”　❹劳生:辛苦的人生。　❺“当时”二句:写嘉祐初年作者与苏辙游汴京应进士试时的情景。二陆,西晋陆机、陆云兄弟二人,吴将陆抗之子。《晋书·陆机传》载:两人俱有文才,晋武帝太康末年一同到京都洛阳,深受名流推重,人称“二陆”。这里用以比况自己与弟弟苏辙。　❻“有笔头”四句:言当年两人博学能文,并有与杜甫相近的辅君济世的政治理想。杜甫《奉赠韦左丞丈二十二韵》有“读书破万卷,下笔如有神”“致君尧舜上,再使风俗淳”句。　❼“用舍”二句:意谓是否受到重用取决于时局,能否施展抱负在于自己。这里流露了对变法派的不满。《论语·述而》:“用之则行,舍之则藏。”　❽优游卒岁:悠闲地度过时光。《左传·襄公二十一年》:“优哉游哉,聊以卒岁。”　❾且斗尊前:牛僧孺《席上赠刘梦得》诗:“休论世上升沉事,且斗樽前见在身。”

永遇乐

【原文】

孙巨源以八月十五日离海州，坐别于景疏楼上。既而与余会于润州，至楚州乃别。余以十一月十五日至海州，与太守会于景疏楼上，作此词以寄巨源。

长忆别时，景疏楼上①，明月如水。美酒清歌，留连不住，月随人千里。别来三度，孤光又满，②冷落共谁同醉。卷珠帘，凄然顾影，共伊到明无寐③。　　今朝有客，来从淮上，能道使君深意。④凭仗清淮⑤，分明到海，中有相思泪。而今何在，西垣清禁，⑥夜永露华侵被。此时看，回廊晓月，也应暗记。⑦

说 明

孙洙，字巨源，扬州人，在谏院时因不赞成王安石行新法，请求外任，被派知海州。熙宁七年（1074）八月十五日离海州赴京任修起居注知制诰。时苏轼正在赴密州知州任途中，两人相会于润州，同行至楚州（今江苏淮安）相别，苏轼作有《更漏子·送孙巨源》词。十一月苏轼至海州游景疏楼，作此词寄孙洙。词的上片写作者想象对方离海州的情景，顾惜友人旅况的清寂孤单。下片写友人当前在汴京的生活，突出了对方对自己的思念。全词采取翻进一层的写法，由自己思念友人，想到对方深切怀想自己，明月流水的描写同双方的互相系念紧密融合，生动地体现了诗人的笃于友情。

注 释

❶景疏楼：在海州（今江苏连云港）东北。宋人叶祖洽为景慕疏广、疏受贤德而建。苏轼曾联系景疏楼赞赏孙巨源，其《次韵孙巨源寄涟水李、盛二著作并以见寄五绝》其二有"不独二疏为可慕，他时当有景孙楼"之句，并自注"巨源近离东海，郡有景疏楼"。 ❷"别来"二句：言孙巨源离海州后已三度月圆。孙巨源八月十五告别海州，经九月十月，至十一月十五苏轼在景疏楼作此词，恰经三度月圆。 ❸伊：指身影。 ❹"今朝"三句：写孙洙派人来致问候。濉（suī），水名，由河南开封东流，经安徽、江苏流入泗水。使君，指孙洙。 ❺清淮：淮水，发源于河南桐柏山，旧道经安徽、江苏北部东流入海。❻"西垣"二句：写对方在汴京官府生活。西垣，指中书省。清禁，指皇宫。宋代中书省设于禁中，是为皇帝写诏令的机构。孙洙任修起居注、知制诰，在宫值宿。 ❼"此时看"三句：设想孙洙在宫禁中深夜怀友，此情晓月也铭记在心。

蝶恋花

【原 文】

密州上元

灯火钱塘三五夜①，明月如霜，照见人如画。帐底吹笙香吐麝②，更无一点尘随马。③ 寂寞山城人老也，击鼓吹箫，却入农桑社④。火冷灯稀霜露下，昏昏雪意云垂野⑤。

说 明

熙宁七年（1074）十二月三日苏轼到密州知州任，本篇为次年正月十五在密州作。农历正月十五为上元节，又名元宵节。词的上片追思杭州元宵节盛况，由灯月交辉写到观灯人物艳丽，帷帐传出笙乐，炉香散发芬芳，再写到环境清爽明洁。下片描述密州元宵情景，由山城巷空人稀，写到农家箫鼓齐鸣，忙于社祭，随后转入灯火稀少、旷野阴沉。全篇用白描手法，勾画出两种不同的元宵小景，既反映了作者初到密州后对杭州故地的忆念，也隐隐闪现出密州连年荒旱所形成的较为清寒的生活气氛。

注 释

❶钱塘：指杭州。三五夜：正月十五夜。　❷香吐麝：炉香散发香气。麝（shè），麝香，名贵的香料。　❸"更无"句：写街道清洁。苏味道《正月十五夜》诗："暗尘随马去，明月逐人来。"此反用其上句。　❹农桑社：农家节日祭神的场所。《周礼·地官·鼓人》："以灵鼓鼓社祭。"　❺云垂野：阴云低垂。

江城子

【原 文】

乙卯正月二十日夜记梦

十年生死两茫茫，不思量，自难忘。千里孤坟①，无处话凄凉。纵使相逢应不识，尘满面，鬓如霜。　　夜来幽梦忽还乡，小轩窗②，正梳妆。相顾无言，惟有泪千行。料得年年肠断处，明月夜，短松冈。③

说　明

　　这首词是熙宁八年（1075）正月苏轼在密州为悼念亡妻王弗而作。王弗，眉州乡贡进士王方之女，十六岁嫁与苏轼，生子苏迈，英宗治平二年（1065）二十七岁时卒于汴京，次年迁葬于眉州彭山之安镇乡可龙里。从王弗去世到作者写作此词，已有十年。

　　上片直抒生死离别之情。发端从夫妻双方十载隔离写起，继以反接手法写自己对亡妻的深切思念，再写与妻子孤坟相距千里，无法共话，将感情推进一步，然后出以设想之辞，既祈盼相逢，又担心不识，也从中透露出对坎坷生活的喟叹。下片记梦。换头转入梦境，进而以正面白描再现妻子生前的生活情景，接着以无言有泪的细节特写，显示出夫妻相见的复杂情怀。结尾写梦醒后的猜想，由亡妻为想念自己而柔肠寸断，也正体现了自己对对方的无限深情。用词写悼亡，是苏轼的首创。此词以叙述白描手法、易爽畅的语言、现实与梦幻交叉的情景，表现与爱妻生死难忘的亲情，内容诚挚动人，风调苍凉凄婉。说明苏词不仅长于豪放之体，也有柔婉之作。

注　释

　　❶千里孤坟：言苏轼在密州，与故乡眉州亡妻的孤坟相距遥远。　❷小轩：小屋。　❸"料得"三句：猜想亡妻深夜为思念自己而伤怀。肠断处，孟棨《本事诗·征异》："开元中，有幽州衙将姓张者，妻孔氏，生五子，不幸去世。"五子受后母虐待，孔氏从冢中出，题诗赠张，其中有"欲知肠断处，明月照孤坟"之句，此化用其意。短松冈，长着小松树的冈垄，指王弗坟茔所在之地。

江城子

【原　文】

密州出猎

老夫聊发少年狂，左牵黄，右擎苍。①锦帽貂裘，千骑卷平冈。②为报倾城随太守，亲射虎，看孙郎。③　　酒酣胸胆尚开张，④鬓微霜，又何妨！持节云中，何日遣冯唐？⑤会挽雕弓如满月，西北望，射天狼。⑥

说　明

熙宁八年（1075）春夏间，密州旱蝗相继，苏轼曾往常山（在诸城南二十里）祈雨，后果得雨。本年十月间，再往常山祭谢，归途中与同官会猎于铁沟（水名，在诸城东南）附近，作此抒怀。

此词以勇武的激情，一气贯通地借叙事抒怀。先写出猎时千骑飞驰的豪侠气象，次写倾城轰动、围观如堵的热烈场面，进而体现自己心广志壮的气魄，表达了渴望有朝一日能够得以御敌卫国效力疆场的雄心。通篇借写打猎习武来倾发报国热情，形成了一种粗犷豪迈的词风，可说它继范仲淹悲壮苍凉的边塞词之后，进一步为南宋蔚为大观的御侮抗战词开了先声。苏轼在《与鲜于子骏书》中提到这篇词说："近却颇作小词，虽无柳七郎风味，亦自是一家，呵呵！数日前猎于郊外，所获颇多，作得一阕，令东州壮士抵掌顿足而歌之，吹笛击鼓以为节，颇壮观也。写呈取笑。"看来他是有意冲出依红偎翠的纤艳词调的樊篱，而进行写作壮词的尝试的。

注 释

❶"左牵黄"二句：言左臂牵黄犬，右臂擎苍鹰。《梁书·张充传》载：张充年少喜好游猎，出猎时"左手臂鹰，右手牵狗"。此化用其意。　❷"锦帽"二句：写从猎队伍在山冈间乘马飞驰。锦帽，锦蒙帽。貂裘，貂皮裘。猎队的装束。　❸"为报"三句：谓告知围观的群众，看看本人射虎的身手。倾城，全城。孙郎，指孙权。《三国志·吴书·吴主传》：建安二十三年十月，"权将如吴，亲乘马射虎于庱亭，马为虎所伤，权投以双戟，虎却废"。这里作者以孙权自喻。　❹"酒酣"句：谓打猎时酒意正浓，心高胆壮。苏舜钦《舟中感怀寄馆中诸君》诗有"胸胆森开张"句。　❺"持节"二句：表明作者希望受到朝廷重用，以便效力疆场。持节，手持符节，符节使者所执以作凭信。云中，郡名，今内蒙古托克托一带。冯唐，汉人。《汉书·冯唐传》载：云中郡太守魏尚守边有功，战绩卓著，后因上报战果数字略有差误，便被削职，郎中署长冯唐谏文帝不应如此对待名将武臣，文帝高兴，"令唐持节赦魏尚，复以为云中守，而拜唐为车骑都尉"。此用其事，一般认为这里以魏尚自喻。俞平伯《唐宋词选释》释此条以为"自比冯唐为惬当"，可参。　❻"会挽"三句：意谓勇于抗御边敌。天狼，星名，古人认为此星主贪残侵掠，这里用以代指宋朝西北边境的辽和西夏。《楚辞·九歌·东君》有"举长矢兮射天狼"之句。

减字木兰花

【原 文】

送东武令赵昶失官归海州

贤哉令尹，三仕已之无喜愠。①我独何人，犹把虚名玷搢绅。②

不如归去，二顷良田无觅处。^③归去来兮，待有良田是几时^④。

说 明

熙宁八年（1075）冬，东武（密州属县高密）县令赵昶罢官归海州，苏轼作此词赠别。赵昶，字晦之，张方平荐举他时，曾称扬他"谨厚有常，勤敏任事"（见《乐全集》卷三十《举知诸城赵昶寺丞》）。不知何故失官。苏轼此词上片以对比手法写赵昶不以个人仕途得失为忧念，于赞扬中表达出对友人的体贴和宽慰；下片写自己希望归退田园，在意念上紧承上文，说明失官并非不幸，仍是存心慰勉友人。词中融入散文句法而爽畅自然，表现出作者驾驭语言的高超能力。

注 释

❶ "贤哉"二句：称赏对方心胸开阔。令尹，县官的别称。《论语·公冶长》："令尹子文三仕为令尹，无喜色；三已之，无愠色。"此用来借指赵昶。
❷ "我独"二句：言自己凭借虚名居官，不免玷辱士林。玷（diàn），忝辱。搢绅，古称士大夫为搢绅。《庄子·天下》："其在于诗书礼乐者，邹鲁之士，搢绅先生，多能明之。"　❸ "二顷"句：言尚无退隐条件。《史记·苏秦列传》："使我有雒阳负郭田二顷，吾岂能佩六国相印乎？"二顷良田，语本此。
❹ "归去"二句：意谓期盼归隐，不知等到何时。陶潜《归去来兮辞》："归去来兮，田园将芜胡不归？"

满江红

【原 文】

正月十三日雪中送文安国还朝

天岂无情，天也解多情留客。春向暖，朝来底事①，尚飘轻雪？君遇时来纡组绶，我应老去寻泉石。②恐异时杯酒复相思，云山隔。

浮世事③，俱难必④，人纵健，头应白。何辞更一醉，此欢难觅。不用向佳人诉离恨，泪珠先已凝双睫⑤。但莫遣新燕却来时，音书绝。⑥

说 明

熙宁九年（1076）在密州作。文勋，字安国，庐江人，官太府寺丞，工于篆书。苏轼《刻秦篆记》说："庐江文勋适以事至密，勋好古善篆，得李斯用笔意，乃摹诸石，置之超然台上。"苏轼还有《蝶恋花》题曰："密州冬夜文安国席上作。"也是与文勋聚会时所吟。苏轼另有《立春日病中邀安国仍请率禹功同来……》诗二首，亦可参读。

开端借春雪留客倾吐惜别之情，进而点明友人入朝任职，今后远隔云山，难得相会。以下由人事沧桑推想年华易逝，欢聚难觅，因而劝友人畅怀一醉，但别酒不能解忧，最后希望对方及时通函以慰相思。苏轼一些友情词常是直倾肺腑，语言流丽平易，少用典实，但感情却委婉深沉，使人备感亲切，这首词正具有这种特色。

注 释

❶底事：犹言何事，为何。　❷"君遇"二句：意谓你有时机任高官，我应归老寻林泉。纡，系。组绶，古代官员系玉的丝带。纡组绶，指出任官职。《礼记·玉藻》："公侯佩山玄玉而朱组绶，大夫佩水苍玉而纯组绶。"　❸浮世：飘浮不定的人世。　❹难必：难以预料。　❺双睫（jié）：两眼的睫毛。　❻"但莫遣"二句：言新燕飞来当会传来书信。旧说燕子秋分去，春分来。江淹《李都尉陵从军》诗："袖中有短书，愿寄双飞燕。"此化用其意。

望江南

【原文】

超然台作

春未老，风细柳斜斜。试上超然台上看，半壕春水一城花①，烟雨暗千家。　　寒食后②，酒醒却咨嗟。休对故人思故国③，且将新火试新茶④，诗酒趁年华。

说 明

熙宁九年（1076）二月寒食后，在密州登超然台作。苏轼于熙宁七年底到密州，原有旧台早已荒芜，他到密一年后，加以修葺，并由苏辙命名"超然"，苏轼写有《超然台记》。

这是一首重调小令。前调用白描笔法勾画密州春景，文笔潇洒清丽。后调紧承前调抒感，虽当寒食扫墓之日，却能解脱乡思，在酌酒吟诗的幽雅生活中领略大好春光。这首小令咏唱了密州春光的清新可喜。

注 释

❶壕：护城河。　❷寒食：节令名，农历清明前一天（一说前两天）。《荆楚岁时记》："去冬节一百五日，即有疾风甚雨，谓之寒食，禁火三日。"相传春秋时晋国介之推辅助晋文公外出，后文公归来即位，奖赏随从者，介之推隐居山中不出，文公重耳放火焚山逼其出现，介之推却抱树被焚而死，文公为悼念他，定在这天禁火寒食。　❸故国：指故乡。　❹新火：寒食禁火，节后清明节生火叫新火。杜甫《清明》诗："朝来新火起新烟，湖色春光净客船。"苏轼《徐使君分新火》诗："临皋亭中一危坐，三见清明改新火。"新茶：春天新采的茶叶。

水调歌头

【原　文】

丙辰中秋，欢饮达旦，大醉。作此篇，兼怀子由

明月几时有，把酒问青天。①不知天上宫阙，今夕是何年。②我欲乘风归去，惟恐琼楼玉宇，高处不胜寒。③起舞弄清影，何似在人间。④　转朱阁，低绮户，照无眠。⑤不应有恨，何事长向别时圆！⑥人有悲欢离合，月有阴晴圆缺，此事古难全。但愿人长久，千里共婵娟。⑦

说 明

熙宁九年（1076）八月十五，苏轼在密州超然台饮酒赏月作。熙宁四年苏轼因与变法派意见不和，要求调离汴京，到此时辗转外郡已历五年，眼见密州任满又将离去。苏辙时在齐州李常幕府任职，兄弟虽在京东，却已七年没有晤面。作者在政治上不甚得意，又怀念久别的子由，不禁对月抒怀，写此中秋词。

上片写把酒问月所产生的奇思遐想：作者幻想乘风归去，又不甘心天阙的清寂，难忘对人寰的依恋，终于战胜了超尘出世之念。下片写依枕望月所触发的离思别绪：诗人先是怨月伤别，接着从月的盈虚变化得到启示，从而以开朗的祝愿，驱散了抑郁的离情。着笔句句不离明月，而写月处处为了寄情抒怀，全篇反映作者心情的矛盾和善于圆通地自我解脱的达观态度，思致深湛，想象奇警，笔势摇曳多姿，充盈浪漫色彩，的是历代公认的中秋词的名篇杰作。《苕溪渔隐丛话后集》卷三十九谓："中秋词，自东坡《水调歌头》一出，余词尽废。"张炎《词源》卷下说：此词"清空中有意趣，无笔力者未易到"。黄蓼园《蓼园词选》评："缠绵悱恻之思，愈转愈曲，愈曲愈深，忠爱之思，令人玩味不尽。"

注 释

❶ "明月"二句：屈原有《天问》篇，对自然、神话等问题提出疑问。李白《把酒问月》："青天有月来几时？我今停杯一问之。"此用其意。 ❷ "不知"二句：托名牛僧孺（实为韦瓘作）所作《周秦行纪》："香风引到大罗天，月地云阶拜洞仙。共道人间惆怅事，不知今夕是何年。"戴叔伦《二灵寺守岁》："已悟化城非乐界，不知今夕是何年。"这里化用其句。 ❸ "我欲"三句：言想飞向月宫，又担心受不住那里的寒冷。乘风，《列子·黄帝》："列子师老商氏，友伯高子，进二子之道，乘风而归。"琼楼玉宇，指月宫。《大业拾遗记》：瞿乾祐于江岸玩月，"或问此中何所有？瞿笑曰：'可随吾指观之。'俄见月规半天，琼楼玉宇烂然"。不胜寒，受不住寒冷。《明皇杂录》："八月十五夜，叶静能邀上

（指玄宗）游月宫。将行，请上衣裘而往。及至月宫，寒凛特异，上不能禁。"
❹"起舞"二句：谓月下起舞清影随人，仿佛不在人间。李白《月下独酌》诗：
"我歌月徘徊，我舞影凌乱。"　❺"转朱阁"三句：写月亮移动，转过楼阁，
投向雕花的门窗，照射难眠之人。　❻"不应"二句：埋怨月光偏在人们离别
时变圆。司马光《温公诗话》："李长吉歌'天若有情天亦老'，人以为奇绝无
对，曼卿对'月如无恨月长圆'，人以为劲敌。"　❼"但愿"二句：祝愿健康，
相距虽远共赏明月。谢庄《月赋》"隔千里兮共明月"，此用其意。婵娟，指明
月。孟郊《婵娟篇》："月婵娟，真可怜。"

江城子

【原文】

　　前瞻马耳九仙山①，碧连天，晚云间。城上高台，真个是超
然②。莫使匆匆云雨散，今夜里，月婵娟③。　　小溪鸥鹭静联
拳，④去翩翩，点轻烟。⑤人事凄凉，回首便他年。莫忘使君歌笑处，
垂柳下，矮槐前。

说 明

　　熙宁九年（1076）十一月朝廷诏下，苏轼将移知河中府，移任前登超然台
望月，作此词。

　　当时密州连年荒旱，苏轼曾组织百姓灭蝗抗灾，对邑政进行某些更革，与
密州结下一定情缘。他在《超然台记》中说："余既乐其风俗之淳，而其吏民亦
安予之拙也。"因此将别之际，不免心绪眷眷。词上片写登超然台所见远山夜景
清幽可爱，下片由鸥鹭聚散起兴，写人事变易倏忽，年光匆促易逝，末以莫忘

歌笑处收结，体现出诗人徘徊流连之情。

❶马耳：陈沂《山东志》："马耳山，在诸城县西南六十里。"九仙山：《一统志》："青州府九仙山，在诸城县西南九十里。"苏轼《次韵周邠寄雁荡山图》二首（其一）："九仙今已压京东。"作者自注："九仙在东武，奇秀不减雁荡也。"　❷超然：指超然台。苏辙《超然台赋并叙》：子瞻守高密，"乃因其城上之废台而增葺之，日与其僚览其山川而乐之。以告辙曰：'此将何以名之？'"辙曰："……尝试以超然命之，可乎？"　❸月婵娟：月亮美好。　❹"小溪"句：写溪边野鸟蜷集在一起。联拳，身躯蜷曲貌。杜甫《漫成一绝》："沙头宿鹭联拳静，船尾跳鱼拨剌鸣。"　❺"去翩翩"二句：写鸟儿远飞，如点滴轻烟。翩翩，《诗经·小雅·四牡》："翩翩者雕，载飞载下。"

江城子

【原 文】

东武雪中送客

相从不觉又初寒，对尊前，惜流年①。风紧离亭，冰结泪珠圆。雪意留君君不住，从此去，少清欢。　　转头山上转头看②，路漫漫，玉花翻③。银海光宽，何处是超然④。知道故人相念否？携翠袖⑤，倚朱栏。

说明

熙宁九年（1076）冬，在密州送客作。据傅藻《东坡纪年录》，所送客为章传。章传，字传道，闽人，时任密州教授，苏轼有《游卢山次韵章传道》《次韵章传道喜雨》诗。

词从别席对酒感叹时光流逝发端，进而写风紧冰结，以阴冷气象衬映相别之情；再写对方登程回首，顾望东武，依依难舍；末以自己倚栏怅望，眷顾不休收结。全篇层层递进，体现出双方友谊的深笃。

注释

❶流年：流逝的年华。方干《送从兄郜》诗："流年莫虚掷，华发不相容。"
❷转头山：《一统志》："青州府转头山，在诸城县南四十里。"　❸玉花翻：形容大雪纷飞。苏轼《和田国博喜雪》诗："玉花飞半夜，翠浪舞明年。"　❹超然：指超然台。　❺翠袖：女人的衣袖，代指姬妾。杜甫《佳人》诗："天寒翠袖薄，日暮倚修竹。"

水调歌头

【原文】

余去岁在东武，作《水调歌头》以寄子由。今年子由相从彭门百余日，过中秋而去，作此曲以别。余以其语过悲，乃为和之，其意以不早退为戒，以退而相从之乐为慰云耳。

安石在东海，①从事鬓惊秋。②中年亲友难别，丝竹缓离愁。③一旦功成名遂，准拟东还海道，扶病入西州。^④雅志困轩冕，遗恨寄沧洲。^⑤　　岁云暮，须早计，要褐裘^⑥。故乡归去千里，佳处辄迟留。我醉歌时君和，醉倒须君扶我，惟酒可忘忧。一任刘玄德，相对卧高楼。^⑦

说　明

　　苏轼离密州赴河中府途中，熙宁十年（1077）改派徐州知州，四月他同苏辙同行至徐州。苏辙在徐州（即彭门）停留百余日，将赴南都留守签判任，八月中秋作《水调歌头》告别，苏轼赋此篇和作。苏轼认为苏辙词“其语过悲”，故和篇针对其词加以开解。

　　上片借陈述谢安的经历，提出不及时早退的鉴戒，用比拟手法寄寓性灵襟抱；下片设想两人“退而相从”之乐，以直抒胸臆语调宽慰对方。全篇融化历史掌故，体现了向往兄弟早日聚合、归卧故山的雅志。

注　释

　　❶“安石”句：言谢安寓居会稽。安石，晋朝谢安字安石，少有重名，隐居不出，四十岁始应召出仕。东海，指会稽（今浙江绍兴），会稽东濒大海，故云。　❷“从事”句：谓从政时鬓发已开始变白。　❸“中年”二句：谓中年以音乐缓解离愁。《晋书·王羲之传》：“谢安尝谓羲之曰：‘中年以来，伤于哀乐，与亲友别，辄作数日恶。’羲之曰：‘年在桑榆，自然至此。顷正赖丝竹陶写。’”丝竹，泛指管弦乐器。　❹“一旦”三句：谓谢安成就功名后，定会经海道归隐。《晋书·谢安传》：“安虽受朝寄，然东山之志始末不渝……欲须经略粗定，自江道还东。雅志未就，遂遇疾笃。上疏请量宜旋旆……闻当舆入西州门。自以本志不遂，深自慨失。”《老子·运夷》：“功成名遂身退，天之道。”西州，代指东晋京都建康。　❺“雅志”二句：谓谢安因困于官务，隐逸的雅志未能实现。轩冕，官员的车服，代指做官。张九龄《商洛山行怀古》：“避世

辞轩冕，逢时解薜萝。"沧洲，滨水之地，代指隐士居处。谢朓《之宣城郡出新林浦向板桥》诗："既欢怀禄情，复协沧洲趣。" ❻要褐裘：意谓解官归乡。褐裘，粗麻做成的布袍。 ❼"一任"二句：意谓任凭有雄心大志的人瞧不起，不必介意。刘玄德，刘备的字。《三国志·魏书·陈登传》载：一次刘备同许汜在荆州牧刘表坐席，议论扬州名士陈元龙（陈登），许汜说："昔遭乱过下邳，见元龙。元龙无客主之意，久不相与语，自上大床卧，使客卧下床。"刘备说："君有国士之名，今天下大乱，帝王失所，望君忧国忘家，有救世之意，而君求田问舍，言无可采，是元龙所讳也，何缘当与君语？如小人，欲卧百尺楼上，卧君于地，何但上下床之间邪？"刘表大笑。这里化用这则故事。

浣溪沙五首

【原　文】

徐门石潭谢雨道上作五首。潭在城东二十里，常与泗水增减，清浊相应。

照日深红暖见鱼，^①连村绿暗晚藏乌。^②黄童白叟聚睢盱。^③麋鹿逢人虽未惯，猿猱闻鼓不须呼。^④归来说与采桑姑。

说　明

苏轼到徐州不久，即遇暴洪，当即组织护城抗洪。继之又逢干旱，他又为民祈雨。雨后，苏轼依照民间风俗到城外谢雨。这五首词是元丰元年（1078）三月苏轼赴石潭谢雨时作。这组词以清新秀丽的语言，从不同角度生动地描绘了农村的生产和生活情景，以及多样的农村人物，也流露了诗人对农村生活的喜爱，为读者提供了几幅洋溢着浓郁的生活气息的农村风俗画。五代北宋文人词以农村生活为题材的极为罕见，这一组词为北宋词的社会内容开辟了新天地，在词史上很值得重视。

这首词概括地写石潭一带农村的风物人情。上片写溪鱼、乌鸦，引起儿童、老叟喜爱，下片写田野动物，情态引人注目，末以和采桑姑对话收结，充盈地方色彩和生活情趣。

注　释

❶"照日"句：写阳光照入石潭，鱼儿浮出深红水面。　❷"连村"句：写村落相连，绿树荫浓，傍晚乌鸦就宿。　❸"黄童"句：写老幼相聚，很为欢欣。黄童，黄发儿童。白叟，白头老人。韩愈《元和圣德诗》："黄童白叟，踊跃欢呀。"睢盱（suīxū），喜悦貌。　❹"麋鹿"二句：言当地野禽虽少见城市人，但对热闹景象并不回避。麋鹿，鹿科动物。猱（náo），猿类动物。

【原　文】

旋抹红妆看使君①，三三五五棘篱门②。相排踏破蒨罗裙③。
老幼扶携收麦社④，乌鸢翔舞赛神村⑤，道逢醉叟卧黄昏。

说　明

上片写农村姑娘拥拥挤挤窥看州官的场景，把她们那种既好奇又羞涩的情态表现得相当逼真；下片写农民扶老携幼地参加迎神赛会的活动，勾画出乡村喜雨谢神的一片欢腾气象。宛如两幅颇饶情趣的速写画。

注 释

①旋抹红妆：匆忙地打扮。使君：指苏轼及随从。　②棘篱门：用树枝等物编织的篱笆门。　③蒨罗裙：红色的丝绸裙子。蒨（qiàn），红色。杜牧《村行》诗："篱窥蒨裙女。"　④收麦社：麦收季节的祭神活动。社，祀社神。⑤乌鸢翔舞：乌鸦老鹰围绕祭神的供品飞翔。赛神村：迎神赛会的村子。古代用仪仗鼓乐迎神出庙，周游街巷，叫赛神。

【原 文】

麻叶层层苘叶光，①谁家煮茧一村香。②隔篱娇语络丝娘③。
垂白杖藜抬醉眼④，捋青捣䴬软饥肠。⑤问言豆叶几时黄。

说 明

此词写麦收前的农事和农民的生活。上片由远及近，从沿途所见麻苘的茂密，写到村中妇女煮茧缫丝的劳动场景，邻妇隔篱对话，展现了村民因蚕茧丰收带来的喜悦神情。下片写青黄不接时节，农民采摘新麦做成食品，临时充饥，末以与老农对话，表现作者对农民生活的关心。

注 释

①"麻叶"句：这句写麻叶茂密，苘叶有光泽。苘（qǐng），麻类植物，纤维可制布匹、麻袋、绳索。苘，原作檾，或棨。　②"煮茧（jiǎn）"句：写煮茧散发出香味。　③络丝娘：本为虫名，即莎鸡，俗名络丝娘。晋崔豹《古今注·鱼虫》："莎鸡，一名络纬，一名蟋蟀，谓其鸣如纺纬也。"这里指缫丝的妇女。　④垂白杖藜：头垂白发，手持藜杖。藜杖，藜茎制成的手杖。王维《菩提寺禁口号又示裴迪》诗："悠然策藜杖，归向桃花源。"　⑤"捋青"句：言用

青麦做干粮充饥。捋（luō）青，捋下未全熟的麦穗。捣麨（chǎo），捣碎做成干粮。软饥肠，填充空腹。软，犹饱。苏轼《发广州》诗："三杯软饱后，一枕黑甜余。"作者自注："浙人谓饮酒为软饱。"

【原　文】

簌簌衣巾落枣花[①]，村南村北响缫车[②]。牛衣古柳卖黄瓜。[③]
酒困路长惟欲睡，日高人渴漫思茶。敲门试问野人家。[④]

说　明

此词上片通过在村外的所见所闻，反映瓜果、蚕茧丰收后的繁忙景象，洋溢着浓厚的田家生活的气息；下片写自己途中困乏、天暖口渴，并通过向农家敲门求茶的戏剧性细节，展现出诗人平凡朴实的作风。

注　释

❶簌簌（sù）：纷纷下落貌。　❷缫车：缫丝的纺车。缫（sāo），同缲。
❸"牛衣"句：此句说法不一。《汉书·王章传》载："章疾病，无被，卧牛衣中。"牛衣，为牛御寒之物，如蓑衣之类。宋程大昌《演繁露》卷二"牛衣"条，主此说。宋人另有载录谓"牛衣"原为"半依"。如曾季狸《艇斋诗话》说："东坡在徐州作长短句云'半依古柳卖黄瓜'，今印本作'牛衣古柳卖黄瓜'，非是。予尝见坡墨迹作'半依'，乃知'牛'字误也。"　❹"日高"二句：苏轼《是日偶至野人汪氏之居……》诗有"酒渴思茶漫扣门"句，所写情景与此略近。

【原 文】

软草平莎过雨新①，轻沙走马路无尘。何时收拾耦耕身②。
日暖桑麻光似泼③，风来蒿艾气如薰④。使君元是此中人⑤。

说 明

此词写对农村生活的感受。雨后归途中嫩草茸茸，道上湿润无尘，遍野桑麻闪光，田间植物飘香。由村野环境的细致描绘，流露了苏轼对农村生活的爱悦，不禁触发归耕田园的兴致，于是直接表白，何时收回耕田的身躯，自己本来就是庄稼人的一员。这体现了作者向往田园自居平民的可贵精神。

注 释

①平莎：指莎草，多年生草本植物，地下根叫香附子。 ②耦耕：两人各执一耜并肩而耕。《论语·微子》："长沮、桀溺耦而耕。" ③光似泼：形容桑麻叶子在日光照射下犹如泼水似的明亮。 ④蒿：一种野草。艾：多年生草本植物，可供药用。 ⑤使君：作者自谓。

永遇乐

【原 文】

彭城夜宿燕子楼，梦盼盼，因作此词。

明月如霜，①好风如水，清景无限。曲港跳鱼，圆荷泻露，寂寞无人见。纵如三鼓，铿然一叶，黯黯梦云惊断。②夜茫茫，重寻无处，觉来小园行遍。　　天涯倦客，山中归路，望断故园心眼。③燕子楼空，佳人何在？空锁楼中燕。④古今如梦，何曾梦觉，但有旧欢新怨。⑤异时对，黄楼夜景，为余浩叹。⑥

说 明

　　元丰元年（1078）十月，苏轼在徐州登燕子楼，次日往寻其地，作此词。燕子楼据说在徐州官廨内。唐张愔镇守徐州时，有爱妾关盼盼。张氏死后，关盼盼念旧爱不嫁，独居燕子楼十余年。白居易《燕子楼》诗三首中有"满窗明月满帘霜，被冷灯残拂卧床。燕子楼中霜月夜，秋来只为一人长"之句，即咏此。苏轼依流行的说法，认为乃张建封事。据白居易《燕子楼诗序》："予为校书郎时，游徐泗间，张尚书宴予，酒酣，出盼盼以佐欢。"白居易贞元二十年授校书郎，则"宴予"当在此之后，而张建封死于贞元十六年，故"张尚书"乃指张建封之子张愔。

　　词上片先写夜景美好，月白风清，鱼跃荷圆，清寂无人；继写鼓响叶落，惊断幽梦，在深夜迷茫中，行遍小园，追寻梦境。下片由梦觉触发行倦思归，进而即地怀古，转入直抒人生无常、古今如梦之感喟。此词语言流畅，写景别致，想象浪漫，蕴含奥悟，深受人们称赏。曾敏行《独醒杂志》卷三云："东坡守徐州，作燕子楼乐章，方具稿，人未知之。一日，忽哄传于城中，东坡讶焉。诘其所从来，乃谓发端于逻卒。东坡召而问之，对曰：'某稍知音律，尝夜宿张建封庙，闻有歌声，细听乃此词也，记而传之，初不知何谓。'东坡笑而遣之。"这则故事说明此词当时即在市井中广为传唱。

注 释

　　❶"明月"句：喻月光洒地。李白《静夜思》诗："床前明月光，疑是地上霜。"　　❷"纵如"三句：写更鼓落叶惊醒好梦。纵（dǎn）如，击鼓声。《晋

书·邓攸传》："吴人歌之曰：'纸如打五鼓，鸡鸣天欲曙。'"铿然，形容静夜落叶声响。黯黯，暗淡貌。梦云，楚王梦朝云。宋玉《高唐赋》谓楚王游高唐，梦见巫山神女，神女自称"旦为朝云，暮为行雨"。此代指梦见盼盼。　❸"望断"句：谓思念故乡，用眼望不到，用心盼不来。故园心，思乡的心情。杜甫《秋兴八首》其一："丛菊两开他日泪，孤舟一系故园心。"　❹"燕子"三句：这里是写人去楼空，三句描述了张愔、关盼盼的故事。曾慥《高斋诗话》载：秦少游从会稽入都见东坡，"少游问公近作，乃举'燕子楼空，佳人何在？空锁楼中燕'。晁无咎曰：'只三句，便说尽张建封事（按应为张愔事）'"。❺"古今"三句：感叹人生如梦不醒，欢怨情缘难断。　❻"异时"三句：意谓若干年后后人面对黄楼夜景，也会同我凭吊燕子楼一样发出深长的感叹。黄楼，苏轼在徐州所建。秦观《黄楼赋·引》："太守苏公守彭城之明年，既治河决之变，民以更生，又因修缮其城，作黄楼于东门之上。以为水受制于土，而土之色黄，故取名焉。"

江城子

【原 文】

别 徐 州

　　天涯流落思无穷，既相逢，却匆匆。携手佳人，和泪折残红。①为问东风余几许？春纵在，与谁同。　　隋堤三月水溶溶②，背归鸿，去吴中。③回首彭城④，清泗与淮通⑤。欲寄相思千点泪，流不到，楚江东⑥。

说　明

元丰二年（1079）三月，苏轼罢徐州任，改派以祠部员外郎、直史馆知湖州军州事。本篇是临离徐州，与友人告别而作。

上片从流徙异地起笔，接写与旧好彭城相遇，又匆促离别，再以难与共度短暂的春光，表达与友人恋恋难舍之情。下片设想自己踏上征途的情景，借描绘沿途景物，寄寓对故地的流连，末以难寄相思泪，进一步表现友情深浓。

注　释

❶ "携手"二句：写与友折花道别。佳人，贤能之人，这里指友人。杜甫《佳人》："绝代有佳人，幽居在空谷。"《草堂诗笺》题注："此诗亦以佳人喻贤者。"　❷隋堤：隋炀帝大业年间，开通济渠，沿渠筑堤，人称隋堤。溶溶：水流动貌。杜牧《阿房宫赋》："二川溶溶，流入宫墙。"　❸ "背归鸿"二句：写南下吴地。春天大雁飞回北方，作者自徐州南下湖州，故谓"背归鸿"。吴中，江浙一带古称吴地，湖州属浙江，故谓"去吴中"。　❹彭城：指徐州。　❺清泗：指泗水，源出山东，南下流经徐州，注入淮河。　❻楚江东：代指徐州。《史记·货殖列传》记三楚，谓："彭城以东，东海、吴、广陵，此东楚也。"

西江月

【原　文】

平山堂

三过平山堂下①，半生弹指声中②。十年不见老仙翁，③壁上龙蛇飞动。④　　欲吊文章太守，仍歌杨柳春风。⑤休言万事转头空，未转头时皆梦。⑥

说　明

元丰二年（1079）四月，苏轼赴湖州途中行经扬州，游平山堂，作此词。释惠洪《石门题跋》卷二《跋东坡平山堂词》云："东坡登平山堂，怀醉翁，作此词。张嘉甫谓予曰：'时红妆成轮，名士堵立，看其落笔置笔，目送万里，殆欲仙去尔。'"平山堂，在扬州大明寺侧，庆历八年欧阳修任扬州太守时所建。

词发端由几度经行平山堂，感叹时光易逝，进而追怀欧阳修，注目仰视壁间欧阳修的遗墨，接着以吟诵其词，寄托思念师长的衷情，最后以人生如梦的感喟收结。欧阳修是苏轼由衷钦敬的文学前辈和师长，其风节、文学对苏轼都深有影响。苏轼写此词时，欧阳修已去世七年，词中以诚挚的情悰，表达了对师长的深厚忆念。

注　释

❶三过：苏轼熙宁四年由京赴杭任通判，七年由杭移知密州，此次由徐州移知湖州，凡三过扬州。　❷弹指：喻时间短暂。佛经《禪祇律》谓："二十念为一瞬，二十瞬名一弹指。"　❸"十年"句：苏轼于熙宁四年赴杭州通判任经过颍州，曾拜谒欧阳修于里第，至此已有九年，这里举其成数。　❹"壁上"句：形容平山堂壁上欧阳修的墨迹遒劲有力。　❺"欲吊"二句：这里化用欧阳公词来凭吊欧阳公。欧阳修《朝中措·送刘仲原甫出守维扬》词，下阕有"文章太守，挥毫万字，一饮千钟"语。上阕有"手种堂前杨柳，别来几度春风"语。❻"休言"二句：谓世事皆如梦幻。白居易《自咏》诗："百年随手过，万事转头空。"此引用其句，并翻进一层。

南歌子

【原 文】

湖州作

　　山雨萧萧过①，溪风浏浏清②。小园幽榭枕蘋汀③，门外月华如水彩舟横④。　　苕岸霜花尽⑤，江湖雪阵平⑥。两山遥指海门青⑦，回首水云何处觅孤城⑧。

说 明

　　元丰二年（1079）四月，苏轼到湖州（今浙江吴兴）任。五月，友人刘拚（字行甫）自长兴经湖州赴余姚，苏轼有诗送行，十三日饯别于钱氏园，作此词。

　　上片写雨后小园之景，风清月朗，台榭临水，彩舟横陈，与友人共对如画景色，氛围何其舒畅。下片设想友人乘舟苕溪，进入钱塘，沿途景观清秀，末以对方回首翘望，表达友人眷眷难舍的惜别之情。

注 释

　　❶萧萧：一本作潇潇，形容急雨声。《诗经·郑风·风雨》："风雨潇潇。"❷浏浏：风疾貌。晋潘安仁《寡妇赋》："风浏浏而夙兴。"　　❸"小园"句：言小园中幽静的台榭枕卧在长有蘋草的小洲上。榭，建筑在高台上的屋。汀，水中或水边的平地。　　❹月华：月光。　　❺苕岸：苕溪岸边。苕溪在浙江省北部，由

湖州附近注入太湖。霜花：指茗花，茗花洁白如霜。　❻雪阵：喻指江潮。
❼海门：钱塘江两岸有山峰对起，人称海门。　❽孤城：指湖州。

卜算子

【原文】

黄州定惠院寓居作

　　缺月挂疏桐，漏断人初静①。谁见幽人独往来②，缥缈孤鸿
影③。　　惊起却回头，有恨无人省。拣尽寒枝不肯栖④，寂寞沙
洲冷。⑤

说　明

　　苏轼不赞同变法，诗文中对新法推行中的流弊偶有涉及，王安石罢相后，
新进官僚李定、舒亶、何正臣等，弹劾苏轼"指斥乘舆""讪谤朝廷"，因于元
丰二年（1079）七月将他从湖州任上逮捕，投入御史台狱。经过几个月的折磨，
年终获释，责贬黄州。元丰三年二月苏轼初到黄州（今湖北黄冈），寓居黄冈东
南的定惠院，作此词。

　　对于此词的写作主旨和时期，前人的说法颇多歧异，有些解释和传闻，只
能聊备一说，不足为据。当时东坡刚出台狱，惊魂未定，面对的是"闭门却扫，
收召魂魄"（苏轼《黄州安国寺记》）的孤寂生活。这词正是其内心世界的宛
曲倾泻。上片写幽人，以人喻鸿。"缺月""疏桐"，衬映环境寥落，以下用一设
问句，暗点自身处境。下片写孤鸿，以鸿自喻。先写孤鸿内心感受，再以良禽
择木为喻，写孤鸿欲寻一安全之地，却为无边的阴冷寂寞所侵逼。全篇以月夜

孤鸿自况，借以表达自己宁愿引身幽居、不肯随人俯仰的孤高自赏的感情，以及歧路彷徨的心态。《苕溪渔隐丛话·前集》卷三十九引黄庭坚评此词云："语意高妙，似非吃烟火食人语，非胸中有数万卷书，笔下无一点尘俗气，孰能至此。"清黄苏《蓼园词评》："按此词乃东坡自写在黄州之寂寞耳。初从人说起言如孤鸿之冷落。第二阕专就鸿说，语语双关。格奇而语隽，斯为超诣神品。"这些评论，确有见地。

注 释

❶漏断：漏壶的水已经滴尽，表示夜深。　❷幽人：幽囚之人，作者自指。《易经·履卦》："履道坦坦，幽人贞吉。"　❸孤鸿：比喻幽人。张九龄《感遇十二首》其四："孤鸿海上来，池潢不敢顾。"　❹拣尽寒枝：写物色栖身之地。隋李元操《鸣雁行》："夕宿寒林上，朝飞空井中。"此反用其意。　❺"寂寞"句：又作"枫落吴江冷"，前人多言其非。如《耆旧续闻》卷二载：赵右史家有顾禧《补注东坡长短句》真迹。其中云："余顷于郑公实处见东坡亲迹，书《卜算子》断句云：'寂寞沙汀冷。'今本作'枫落吴江冷'，词意全不相属也。"

水龙吟

【原 文】

次韵章质夫杨花词

似花还似非花，①也无人惜从教坠②。抛家傍路，思量却是，无情有思。③萦损柔肠，困酣娇眼，欲开还闭。④梦随风万里，寻郎去处，又还被、莺呼起⑤。　　不恨此花飞尽，恨西园、落红难缀⑥。

晓来雨过，遗踪何在？一池萍碎[7]。春色三分，二分尘土，一分流水[8]。细看来，不是杨花，点点是离人泪。

说　明

本篇写作时间，王文诰《苏文忠公诗编注集成·总案》认为无考，他据《续资治通鉴长编》；元祐二年章楶（字质夫）为吏部郎中，时在京师，因附载于此。前人多据以编入元祐二年。其后经学者研究，检阅苏轼《与章质夫三首》其一函中，有"柳花词妙绝，使来者何以措词。本不敢继作，又思公正柳花飞时出巡按……次韵一首寄去"等语，当指此词。而此函还提到正与徐君猷交往，徐于元丰六年已离黄州。据此可认定，此词当为元丰三、四年间在黄州作。

章质夫杨花词原文如下："燕忙莺懒芳残，正堤上柳花飘坠。轻飞乱舞，点画青林，全无才思。闲趁游丝，静临深院，日长门闭。傍珠帘散漫，垂垂欲下，依前被、风扶起。　兰帐玉人睡觉，怪春衣、雪沾琼缀。绣床渐满，香球无数，才圆却碎。时见蜂儿，仰粘轻粉，鱼吞池水。望章台路杳，金鞍游荡，有盈盈泪。"

东坡次韵词，乃咏物名篇。上片写杨花的形象、情态。起笔抓住杨花似花非花、随风飘荡这一特点摹写，接着注入杨花以个性和生命，在人格化的描绘中，展现了柳絮那种时住时起、乍去还回的神态。下片写杨花的归宿，并借以寄慨。换头上承非花意绪，从不恨与恨两个对立方面写春残花落，雨打萍碎；再写杨花与春色同归，渲染幽怨怅惘之情；末以杨花比拟离人眼泪收结，有画龙点睛之妙。作者用美妙的构思和曲折的文笔，既写出了杨花的独特之处，又能做到遗貌取神，不即不离，在咏物中注入了委婉浓挚的感情。沈谦《填词杂说》评此词曰："幽怨缠绵，直是言情，非复赋物。"《艺概》卷四谓："东坡《水龙吟》起云'似花还似非花'，此句可作全词评语，盖不离不即也。"

注 释

❶"似花"句：古诗中谓柳絮为柳花。杜甫《曲江陪郑八丈南史饮》诗，有"雀啄江头黄柳花"句。白居易有《花非花》词云："花非花，雾非雾。"　❷从教坠：任凭杨花坠落。　❸"抛家"三句：谓杨花离开柳枝，飘落路旁，思量起来，看似无情，却也有意。以前诗人有的说杨花无情，如韩愈《晚春》："杨花榆荚无才思。"有的说杨花有情，如杜甫《白丝行》："落絮游丝亦有情。"这里是说看似无情却有情。　❹"萦损"三句：把杨花想象为多情的美人，说她温柔的心肠为离思折磨，娇媚的双眼被春困缠绕，睁不开眼睛。　❺"梦随"三句：写杨花随风飞转，犹如美人梦中飘舞，寻觅情郎，忽被莺鸣惊起。唐金昌绪《春怨》诗："打起黄莺儿，莫教枝上啼。啼时惊妾梦，不得到辽西。"此化用其意。　❻难缀：难以收拾。　❼一池萍碎：杨花变成一池零碎的浮萍。作者自注："杨花落水为浮萍，验之信然。"苏轼《再次韵曾仲锡荔支》诗，有"柳花着水万浮萍"句。　❽"春色"三句：李调元《雨村词话》卷一："宋初叶清臣，字道卿，有《贺圣朝》词云：'三分春色二分愁，更一分风雨。'东坡《水龙吟》演为长（短）句云：'春色三分，二分尘土，一分流水。'神意更远。"

浣溪沙

【原 文】

十二月二日，雨后微雪，太守徐君猷携酒见过，坐上作《浣溪沙》三首，明日酒醒，雪大作，又作二首。（选二）

覆块青青麦未苏，①江南云叶暗随车②。临皋烟景世间无③。雨脚半收檐断线④，雪床初下瓦跳珠⑤，归来冰颗乱粘须。

说 明

元丰四年（1081）十二月在黄州作。徐大受，字君猷，时为黄州太守。苏轼《与徐得之十首》（得之，名大正，徐君猷之弟）书札之一说："始谪黄州，举目无亲。君猷一见，相待如骨肉。"说明黄州太守徐君猷对贬谪中的苏轼颇多关照。

本篇描绘黄州冬景。上片写雨雪之前的旷野景色，"麦未苏""暗随车"，用拟人手法写麦苗遍野、浮云流动。下片写降雨落雪，以"檐断线""瓦跳珠"描摹雨滴霰珠的断续倾洒，结句转到写人，以冰粘须的特写镜头，形容寒气袭人。

注 释

❶"覆块"句：言覆盖田垄的麦苗尚未返青。苏，苏息、滋生。杜甫《喜雨》诗："谷根小苏息，沴气终不灭。"　❷云叶：片断的乌云。　❸临皋：临皋亭，在湖北省黄冈市南。元丰三年四月，苏轼由定惠院迁居临皋亭，有《书临皋亭》文。　❹雨脚：雨点。杜甫《茅屋为秋风所破歌》："床头屋漏无干处，雨脚如麻未断绝。"　❺雪床：一作"雪林"。雪床，京师俚语把霰叫雪床。

【原 文】

醉梦昏昏晓未苏，①门前辘辘使君车②。扶头一盏怎生无③。

废圃寒蔬挑翠羽④，小槽春酒滴真珠。⑤清香细细嚼梅须⑥。

说 明

此词上片写徐君猷驱车来访，馈赠美酒。下片写与友人酌酒赏梅，他们剪采园中嫩绿的蔬菜作为酒肴，一边饮酒，一边品味梅花的清香。这表现了作者在黄州清贫闲适的生活。

注 释

❶"醉梦"句：写熟睡天明尚未醒。苏，苏醒。　❷辘辘：车轮转动声。使君：指徐君猷。　❸扶头：易醉之酒。白居易《早饮湖州酒寄崔使君》诗："一榼扶头酒，泓澄泻玉壶。"　❹翠羽：形容菜叶新鲜嫩绿。　❺"小槽"句：李贺《将进酒》诗："琉璃钟，琥珀浓，小槽酒滴真珠红。"此化用其句，写以酒器斟酒。小槽，酒器。　❻嚼梅须：品味梅蕊上散发的香味。梅须，冬梅的花蕊。杜甫《陪李金吾花下饮》诗："随意数花须。"

定风波

【原 文】

三月七日，沙湖道中遇雨，雨具先去，同行皆狼狈，余独不觉，已而遂晴，故作此。

莫听穿林打叶声，何妨吟啸且徐行①。竹杖芒鞋轻胜马②。谁怕！一蓑烟雨任平生。③　　料峭春风吹酒醒④，微冷，山头斜照却相迎。回首向来萧瑟处，归去，也无风雨也无晴。⑤

说 明

元丰五年（1082）春天，苏轼到黄冈东南三十里的沙湖相看欲买的农田，途中遇雨，有感而作此词。苏轼《书清泉寺词》文中说："黄州东南三十里，为沙湖，亦曰螺师店。余将买田其间，因往相田。"

　　词中映现了一个在人生道路上履险如夷、任天而动的诗人形象。上片主要叙事，在叙事中渗透了强烈的感情色彩，"莫听""何妨""谁怕""任平生"，鲜明地体现了作者宽阔的胸怀和倔强的个性。下片着重写雨后景物和感受。阵风骤雨之后，得到的常常是轻松平静，自然界如此，人生旅程又何尝不是如此！这里所写的是诗人经历风雨后的真切感受，也是他对自己所经历的政治风云的内心体验与反思。作者紧切途中遇雨这件生活小事来写怀抒感，日常形象和深邃的生活哲理融合统一，形成了这首小词的显著特色。

注　释

　　❶吟啸：放声吟诗。　❷芒鞋：草鞋。　❸"一蓑"句：谓身披蓑衣一生出没烟雨，也任其自然了。　❹料峭：形容风寒。《五灯会元》卷十九《法泰禅师》："春风料峭，冻杀年少。"　❺"回首"三句：言回头顾望遇雨之处，一切均已过去。萧瑟，风雨声。曹操《步出夏门行》："秋风萧瑟，洪波涌起。"苏轼《独觉》诗尾联："回首向来萧瑟处，也无风雨也无晴。"与此二句相同。

浣溪沙

【原文】

　　　　游蕲水清泉寺，寺临兰溪，溪水西流。

山下兰芽短浸溪，松间沙路净无泥，❶萧萧暮雨子规啼❷。谁道人生无再少？门前流水尚能西，❸休将白发唱黄鸡。❹

说 明

元丰五年（1082）三月，苏轼因去沙湖相田得疾，"遂相率往麻桥庞家（医生庞安常），住数日，针疗"（见苏轼《与陈季常书》第三）。疾愈后，曾与庞安常游清泉寺，"寺在蕲水郭门外二里许，有王逸少洗笔泉，水极甘，下临兰溪，溪水西流。余作歌云（即本词）"（《东坡志林》卷一）。

上片写景，作者立足于清泉寺，通过不同感官，有层次地描绘了三个相映成趣的片段景物，展现出一派生机盎然的春光。下片抒情，换头以反诘句式发出人生能再少的奇想，然后以溪水西流的自然现象，补足其意；结尾以决绝的口气，劝慰人们和自己不要感叹衰老，要奋发自强。谪贬黄州是苏轼政治上很不得意的时期，他治愈臂疾，游览兰溪之时，却善于圆通自解，唱出了乐观的呼唤青春的人生之歌。

注 释

❶ "松间"句：白居易《三月三日被禊洛滨》诗："柳桥晴有絮，沙路润无泥。"此化用其句。　❷ 子规：杜鹃鸟。杜甫《子规》诗："两边山木合，终日子规啼。"　❸ "门前"句：苏轼《八月十五日看潮五绝》其三："造物亦知人易老，故教江水向西流。"用意与此略同。　❹ "休将"句：意谓不要像古人那样感叹年华衰老、岁月流逝。白居易《醉歌示妓人商玲珑》："谁道使君不解歌，听唱黄鸡与白日。黄鸡催晓丑时鸣，白日催年酉前没。腰间红绶系未稳，镜里朱颜看已失。玲珑玲珑奈老何，使君歌了汝更歌。"这里反用其意。

洞仙歌

【原文】

余七岁时，见眉山老尼，姓朱，忘其名，年九十余。自言尝随其师入蜀主孟昶宫中。一日大热，蜀主与花蕊夫人夜纳凉摩诃池上，作一词。朱俱能记之。今四十年，朱已死久矣，人无知此词者，但记其首两句。暇日寻味，岂《洞仙歌令》乎？乃为足之云。

冰肌玉骨①，自清凉无汗。水殿风来暗香满。绣帘开，一点明月窥人，人未寝，欹枕钗横鬓乱②。　　起来携素手，庭户无声，时见疏星渡河汉。试问夜如何？夜已三更，金波淡，玉绳低转③。但屈指，西风几时来，又不道，流年暗中偷换。

说明

据词序苏轼四十七岁作此词，当为元丰五年（1082）在黄州作。孟昶，五代时后蜀国主，生活侈靡，喜好词曲。花蕊夫人（一说姓徐，一说姓费）是孟昶的贵妃。孟昶曾作一词，记他与花蕊夫人纳凉于摩诃池（在今成都市郊）事。苏轼幼时从朱尼那里听到词的全文，几十年后，只记得两句。这首《洞仙歌》是苏轼从开端两句补写成篇的。关于苏轼词与孟昶词的关系，前人说法不一。有的肯定以苏轼词序的说法为正，如《苕溪渔隐丛话·前集》卷六十、《历代诗话》卷一百一十三引《漫叟诗话》等。有的认为是苏轼檃括孟昶诗而成，如《墨庄漫录》卷九引孟蜀主诗："冰肌玉骨清无汗，水殿风来暗香满。帘间明月独窥人，欹枕钗横云鬓乱。三更庭院悄无声，时见疏星渡河汉。屈指西风几时来，只恐流年暗中换。"该书并说五代时还没有《洞仙歌》词调，苏词系檃括此诗而来。有的说传为孟昶作的这篇诗名为《玉楼春》，是东京人士檃括东坡的《洞仙歌》而托名孟昶者，如沈雄《古今词话》、宋翔凤《乐府余论》等均主此说。从内容看，这两篇作品关系密切，东坡词流传很广，好事者檃括东坡词伪称孟昶旧作，也不无可能。因此，应该说依据东坡自序所言，当更贴近事实。

　　词上片写美人及其所居环境。"冰肌玉骨""钗横鬓乱"，写出美人高贵娇慵的神态；"暗香""绣帘""明月"，写出临水宫殿的幽雅洁净。良宵美景，佳人不寐，正为下片纳凉作了铺垫。换头"起来携素手"，紧承"人未寝"而来，以下写夏夜岑寂与遥望星空所见。"试问"四句写两人悄悄私语、情深意长，既点明时间，又引发良宵难留、年华易逝之感。词写夏夜宫廷贵妃纳凉情事，用语清幽，不着浓艳，正如张炎《词源》卷下所评：此词"清空中有意趣，无笔力者未易到"。

注 释

　　❶冰肌玉骨：形容女性肌肤清凉光洁。《庄子·逍遥游》："肌肤若冰雪。"此用其语意。　❷敧（qī）枕：倚枕。　❸"金波"二句：谓夜已渐深。金波，指月光。《汉书·礼乐志·郊祀歌》："月穆穆以金波。"玉绳，星名，亦泛指星光。杜甫《大云寺赞公房》之三："玉绳回断绝，铁凤森翱翔。"

念奴娇

【原　文】

赤壁怀古

大江东去①，浪淘尽，千古风流人物②。故垒西边，人道是，三国周郎赤壁。③乱石穿空，惊涛拍岸，卷起千堆雪。④江山如画，一时多少豪杰！　　遥想公瑾当年，小乔初嫁了，⑤雄姿英发⑥。羽扇纶巾⑦，谈笑间，樯橹灰飞烟灭。⑧故国神游⑨，多情应笑我，早生华发。⑩人间如梦，一樽还酹江月⑪。

说　明

　　元丰五年（1082）七月苏轼多次游赤壁，写有多篇涉及赤壁的作品，其中《赤壁赋》和本篇《念奴娇》是流传最广的名篇。赤壁，指三国时赤壁之战所在地。其具体位置说法不一，今湖北省境内名为赤壁的地方有五六处之多，一般认为即今湖北武昌西之赤矶山，一说即今赤壁市西北的赤壁山。苏轼所游是黄冈市西北的赤鼻矶，此处是否周瑜破曹之处，苏轼并未肯定。他在《东坡志林》卷四"赤壁洞穴"条说："黄州守居之数百步为赤壁，或言即周瑜破曹公处，不知果是否？"

　　此词上片即地写景，开端从滚滚东流的长江着笔，布设下极为广阔的时空背景，大笔挥洒，高唱入云，笼罩全篇。接着由泛写进入到当地的具体史迹，再以乱石、惊涛、雪浪等奇险景象，为非凡人物的出场作了铺垫。下片借缅怀古代英杰抒感遣怀。换头点出周瑜，接着从年轻有为、风姿潇洒、指挥若定几方面刻画其形神，并抓住火攻水战的特点，概括了所指挥的战争胜利的场景。然后由怀思古人，陡然跌入现实，不禁流露出自己壮怀莫酬、自觉苍老之感，最后转入自解自慰，以放眼大江、举酒赏月收煞。这首词在北宋词史上第一次以空前的气魄和艺术力量塑造了一个英气勃发的人物形象，流露了作者壮志难酬的感慨。全篇境界宏阔，气象磅礴，格调雄浑，感情跌宕，为用词体表现重大的社会题材开拓了道路。前人对此词评赏颇多，如《苕溪渔隐丛话·前集》卷五十九："苕溪渔隐曰：'东坡"大江东去"赤壁词，语意高妙，真古今绝唱。'"《吹剑续录》谓："东坡在玉堂，有幕士善讴，因问：'我词比柳词何如？'对曰：'柳郎中词，只好十七八女孩儿，执红牙拍板，唱"杨柳外，晓风残月"；学士词须关西大汉，执铁板，唱"大江东去"。'公为之绝倒。"这些评议说明此词的艺术魅力和广泛影响。

注 释

❶大江：长江，流经湖北等地，至上海流入东海。　❷风流人物：杰出人物。
❸"人道是"句：谓人们说是周郎赤壁。周郎，指周瑜。《三国志·吴书·周瑜
传》："周瑜，字公瑾，庐江舒人也。"建安三年孙策授他为"建威中郎将，即与
兵二千人，骑五十四。瑜时年二十四，吴中皆呼为周郎"。　❹"乱石"三句：
形容石壁峭立，江涛汹涌，白浪重重。李煜《渔父》词："浪花有意千重雪。"
❺"小乔"句：言周瑜娶小乔。《三国志·吴书·周瑜传》载：周瑜从孙策攻取
皖城，"得桥公两女，皆国色也，策自纳大桥，瑜纳小桥"。　❻英发：谈吐不
凡。《三国志·吴志·吕蒙传》载：孙权与陆逊议论周瑜与吕蒙的学问，谓筹略
相近，"但言议英发不及之耳"。　❼羽扇纶巾：手持羽毛扇，头戴青丝头巾，
是儒将的打扮。《太平御览》卷七百二引裴启《语林》："诸葛武侯与宣王（司
马懿）在渭滨将战，武侯乘素舆，葛巾白羽扇，指挥三军。"苏轼《永遇乐》
（天末山横）："纶巾羽扇，一尊饮罢，目送断鸿千里。"　❽"谈笑"二句：写
轻松地击败敌军。樯橹，指曹军的战船。有的版本樯橹作"强虏"，不确。灰飞
烟灭，据《三国志·吴书·周瑜传》，当时周瑜采纳部将黄盖的建议，用蒙冲战
舰数十艘，装上薪草，灌上膏油，裹上帷幕，诈称来降，驶向北岸曹操水军，
一齐发火，火烈风猛，"顷之，烟炎张天，人马烧溺死者甚众，（曹）军遂败
退"。李白《赤壁歌送别》："二龙争战决雌雄，赤壁楼船扫地空。烈火张天照云
海，周瑜于此破曹公。"这句即概括这一战况。又《邵氏闻见后录》卷十九谓：
"东坡《赤壁词》'灰飞烟灭'之句，《圆觉经》中佛语也。"　❾故国神游：即
神往故国。故国，指三国的陈迹。　❿"多情"二句：应笑我多情早生华发的
倒装。刘驾《山中夜坐》诗："谁遣我多情，壮年无鬓发。"用意略同。　⓫酹
江月：洒酒祭奠江中月影。酹（lèi），以酒洒地表示祭奠。

念奴娇

【原文】

中秋

凭高眺远，见长空、万里云无留迹。桂魄飞来①，光射处、冷浸一天秋碧。②玉宇琼楼，乘鸾来去，人在清凉国。③江山如画，望中烟树历历④。　　我醉拍手狂歌，举杯邀月，对影成三客。⑤起舞徘徊风露下，今夕不知何夕？⑥便欲乘风，翻然归去，何用骑鹏翼。⑦水晶宫里，一声吹断横笛。⑧

说明

元丰五年（1082）八月十五日，苏轼在黄州赏月作此。作者采用古代神话，以浪漫主义手法写中秋赏月的感受。上片写天宇高洁澄明，想象月宫江山壮丽、环境清幽。下片写自身放歌起舞，幻想乘风飞往月球，在高空吹奏出响彻云霄的笛曲。当时作者谪居黄州，政治和生活环境均未得到改善，这篇中秋词则以飘然乘风、飞往仙界的构思，流露了苏轼明达开朗、善于解脱的开阔襟怀。

注释

❶桂魄：月的别称。古代传说月中有桂树。唐王维《秋夜曲》（见《王右丞集》）："桂魄初生秋露微，轻罗已薄未更衣。"　　❷"光射"句：言月光普照，凉气浸透清碧的秋空。　　❸"玉宇"三句：想象月宫环境清爽、居人自在。玉

宇琼楼，指月宫。《大业拾遗记》：瞿乾祐于江岸玩月，"或问此中何所有。瞿笑曰：'可随吾指观之。'俄见月规半天，琼楼玉宇烂然"。乘鸾，《异闻录》载一传说故事说：唐玄宗一次游月宫，"见素娥十余人，皓衣，乘白鸾，笑舞于广庭大桂树下"。　❹历历：分明貌。崔颢《黄鹤楼》诗："晴川历历汉阳树，芳草萋萋鹦鹉洲。"　❺"我醉"三句：写自己饮酒放歌。这里化用李白诗句。李白《月下独酌》："举杯邀明月，对影成三人。"　❻"今夕"句：谓人间今夕不知月宫是哪一天。　❼"便欲"三句：写幻想乘风飞升天宇。翻然，飞动貌。鹏翼，飞鹏的翅膀。《庄子·逍遥游》："鹏之徙于南冥也，水击三千里，抟扶摇而上者九万里。"　❽"水晶"二句：言在月宫吹笛。水晶宫，亦作水精宫。《述异记》上："阊阖构水精宫，尤极珍怪，皆出自水府。"吹断，夸张地形容笛声高昂。横笛，横吹的笛子。

临江仙

【原文】

夜归临皋

　　夜饮东坡醒复醉，归来仿佛三更，家童鼻息已雷鸣。①敲门都不应，倚杖听江声。　　长恨此身非我有，②何时忘却营营③。夜阑风静縠纹平④。小舟从此逝，江海寄余生。⑤

【说 明】

　　临皋，在今黄冈市南长江边，苏轼曾寓居此地。元丰五年（1082）苏轼在东坡筑雪堂，作为游憩之所，不断往来雪堂临皋之间。本篇是本年九月雪堂夜饮归临皋之作。上阕记饮后归来的情景，下阕写身不由己的感喟，体现了作者意欲超拔世俗名利的精神。

叶梦得《避暑录话》卷上谓：苏轼在黄州，"与数客饮江上，夜归。江面际天，风露浩然，有当其意，乃作歌辞，所谓'夜阑风静縠纹平，小舟从此逝，江海寄余生'者，与客大歌数过而散。翌日喧传子瞻夜作此辞，挂冠服江边，拏舟长啸去矣。郡守徐君猷闻之，惊且惧，以为州失罪人，急命驾往谒，则子瞻鼻鼾如雷，犹未兴也。然此语卒传至京师，虽裕陵（神宗）亦闻而疑之"。这说明苏轼以罪人身份被安置在黄州，其行动处处引人注意。也说明他文名很盛，偶有所作，即广为传诵。

注 释

❶"家童"句：写家童已睡熟。雷鸣，指鼾声。韩愈《石鼎联句诗序》写道士轩辕弥明同进士刘师服、校书郎侯喜，作完联句诗，"道士倚墙睡，鼻息如雷鸣"。　❷"长恨"句：意谓身不由己，难以自主。《庄子·知北游》："舜问乎丞曰：'道可得而有乎?'曰：'汝身非汝有也，汝何得有夫道!'舜曰：'吾身非吾有也，孰有之哉?'曰：'是天地之委形也。'"此句隐用其意。　❸营营：指为功名利禄奔走劳神。　❹縠（hú）纹：比喻细微的波浪。刘禹锡《竹枝词》："江上春来新雨晴，瀼西春水縠纹生。"这里縠纹平，形容风息浪平。
❺"小舟"二句：意谓从此弃官归隐江湖。

满庭芳

【原文】

有王长官者，弃官黄州三十三年，黄人谓之王先生。因送陈慥来过余，因为赋此。

三十三年，今谁存者，算只君与长江。凛然苍桧，霜干苦难双。①闻道司州古县②，云溪上，竹坞松窗。③江南岸，不因送子，宁肯过吾邦?④　　拟拟⑤，疏雨过，风林舞破，烟盖云幢。⑥愿持此邀君，一饮空缸⑦。居士先生老矣! 真梦里、相对残釭。⑧歌声断，行人未起，船鼓已逢逢⑨。

说 明

元丰六年（1083）五月，陈慥（字季常）与王氏过访苏轼，三人聚会后，苏轼写此送别。上阕颂扬王氏为人刚健孤高，难得相逢；下阕写与王氏相对畅饮，旋即匆匆离去。

郑文焯《大鹤山人词话》评此词云："健句入词，更奇峰郁起，此境匪稼轩所能梦到。不事雕凿，字字苍寒，如空岩霜干，天风吹堕颇黎地上，铿然作碎玉声。"

注 释

❶"凛然"二句：以苍桧的傲霜比喻王氏傲岸不屈的性格。苍桧，青绿的松柏。　❷司州古县：指湖北黄陂，唐时曾称南司州，王长官住在此地。　❸"云

溪"二句：写王氏居住环境简朴高雅。竹坞松窗，用竹子搭的凉棚，用松枝编的窗户。　❹"江南岸"三句：言王氏如不是为了送陈慥去江南，就没有机会过访黄冈。　❺拟拟（chuāng）：形容阵雨声。拟，通撞。　❻"疏雨过"三句：写风雨过后王氏翩然乘车而至。烟盖云幢，带着烟云的车盖车帘。幢（chuáng），车帘。　❼空缸：把酒喝光。缸，指酒器。　❽"居士"二句：谓自己衰老，相思入梦。残矼（gāng），残灯。　❾"歌声断"三句：言昨夜歌已歇，行人未起，船鼓却催客动身了。逢逢（péng），鼓声，开船的信号。《诗经·大雅·灵台》："鼍鼓逢逢。"

水调歌头

【原 文】

黄州快哉亭赠张偓佺

落日绣帘卷，亭下水连空。①知君为我新作，窗户湿青红。②长记平山堂上，欹枕江南烟雨，渺渺没孤鸿。③认得醉翁语，山色有无中。④　一千顷，都镜净，倒碧峰。⑤忽然浪起，掀舞一叶白头翁。⑥堪笑兰台公子，未解庄生天籁，刚道有雌雄。⑦一点浩然气，千里快哉风！⑧

说 明

张怀民，字梦得，又字偓佺，在黄州与苏轼有交游。元丰六年（1083）六月，张梦得谪居黄州，营新居于江上，在其住宅西南筑亭，苏轼命名为"快哉"。苏辙《黄州快哉亭记》云："江出西陵，始得平地。其流奔放肆大，南合湘沅。……清河张君梦得谪居齐安，即其庐之西南为亭，以览观江流之胜，而余兄子瞻名之曰快哉。"本篇即作于此时。

　　词写快哉亭的奇妙风光，先写亭间景象，次以欧阳公建筑和诗句比拟形容，再描述江面美景，末阐述快哉的意蕴，以扣合词题收煞。全篇以"快"字贯穿，由写景到议论，收到抒怀，体现了作者昌扬浩气、向往坦荡旷放的情愫。清黄苏《蓼园词评》评曰："前阕从'快'字之意入，次阕起三语承上阕写景，'忽然'二句一跌，以顿出末二句来，结处一振，'快'字之意方足。"郑文焯《大鹤山人词话》谓："此等句法，使作者稍稍矜才使气，便入粗豪一派。妙能写景中人，用生出无限情思。"这都点出了此词的写作手法和技巧。

注　释

　　❶ "亭下"句：亭在城南，下临长江。水连空，水天相连。　❷ "窗户"句：形容窗户涂上了青油朱漆。　❸ "长记"三句：意谓记得当年在平山堂上，靠着枕席，欣赏江南烟雨，遥望远天孤鸿出没的情景。平山堂，在今江苏扬州市西北蜀冈上，欧阳修任扬州太守时所建。这里用以比况快哉亭。　❹ "认得"二句：意谓面对眼前景象，体会到醉翁词句中所描绘的山色若隐若现的景致。王维《汉江临泛》诗有"江流天地外，山色有无中"句。号醉翁的欧阳修《朝中措》词，移用王维语，有"平山栏槛倚晴空，山色有无中"之句。　❺ "一千顷"三句：描写广阔的水面十分明净，山峰倒影其中。徐骑省《重修徐孺亭记》："平湖千亩，凝碧于其下；西山万叠，倒影于其中。"苏词化用其意。　❻ "忽然"二句：写浪头掀起一叶扁舟，舟上坐着白发老人。　❼ "堪笑"三句：意谓宋玉这人可笑，不懂得庄子风是天籁之说，硬说什么风有雌、有雄。兰台公子，指宋玉，他曾任兰台令。宋玉《风赋》写楚襄王游兰台宫，凉风吹拂，襄王曰："快哉此风，寡人所与庶人共者邪？"宋玉却谓庶人不能共享，风有"大王之雄风""庶人之雌风"的区别。庄生天籁，自然界的音响。《庄子·齐物论》："女闻人籁而未闻地籁；女闻地籁而未闻天籁。"　❽ "一点"二句：意谓只要能怀浩然正气，就会享有快意的雄风。《孟子·公孙丑上》："我善养吾浩

然之气", "其为气也, 至大至刚, 以直养而无害, 则塞于天地之间"。

鹧鸪天

【原 文】

林断山明竹隐墙①, 乱蝉衰草小池塘。翻空白鸟时时见②, 照水红蕖细细香③。 村舍外, 古城旁, 杖藜徐步转斜阳④。殷勤昨夜三更雨, 又得浮生一日凉。⑤

说 明

元丰六年 (1083) 在黄州作。词写初夏雨后农村小景, 前阕描绘山林、池塘、禽鸟、荷花等多种景物; 后阕写村外散步, 斜阳照射、空气凉爽的良好氛围。小词写得清新可喜。郑文焯《大鹤山人词话》云: "渊明诗: '啸傲东轩下, 聊复得此生。' 此词从陶诗中得来, 愈觉清异, 较 '浮生半日闲' 句, 自是诗词异调。论者每谓坡公以诗笔入词, 岂审音知言者?" 这说明苏词立意受陶诗启迪, 韵味各有不同。

注 释

❶林断山明: 遮山的树林断处, 山显现出来。 ❷翻空: 飞翔高空。 ❸红蕖: 红色的荷花。杜甫《狂夫》诗: "雨裛红蕖冉冉香。" ❹杖藜徐步: 杜甫《绝句漫兴九首》其五: "肠断春江欲尽头, 杖藜徐步立芳洲。" ❺"殷勤"二句: 写雨后天气凉爽。李涉《题鹤林寺僧舍》: "因过竹院逢僧话, 又得浮生半日闲。"《诗人玉屑》卷八引《庚溪诗话》"诚斋论夺胎换骨"条云: "唐人云:

'因过竹院逢僧话，又得浮生半日闲。'坡云：'殷勤昨夜三更雨，又得浮生一日
凉。'……此皆以故为新，夺胎换骨。"

满庭芳

【原文】

　　元丰七年四月一日，余将去黄移汝，留别雪堂邻里二三君子。
会李仲览自江东来别，遂书以遗之。

　　归去来兮，吾归何处？万里家在岷峨①。百年强半，来日苦无
多。②坐见黄州再闰③，儿童尽楚语吴歌。④山中友，鸡豚社酒⑤，相
劝老东坡。⑥　　云何？当此去，人生底事，来往如梭。⑦待闲看秋
风、洛水清波⑧。好在堂前细柳，应念我、莫剪柔柯⑨。仍传语，
江南父老，时与晒渔蓑。⑩

说　明

　　元丰七年（1084）三月，苏轼接到由黄州移汝州的诏命，四月将动身，离
黄告别邻里，这时兴国军守杨绘（元素）令其门生李翔（仲览）来黄州邀请苏
轼行经兴国（江西县名），苏轼写此词以赠。赵翼《瓯北诗话》卷五说："东坡
才名，震爆一世。故所至倾动，士大夫即在谪籍中，犹皆慕与之交，而不敢相
轻。"因此苏轼在黄州与地方官吏、士大夫、贫寒书生和当地父老都有广泛的交
往。临离黄州时邻里交游纷纷相送，依依不舍。本篇即反映了作者与当地父老
的亲切关系。上片写年已半百，未归故乡，在黄州数年，与当地友好相处，关
系亲切；下片感叹一生奔波不停，今又前往临汝，有幸当地父老关念，自己当

会再来。全词抒发了苏轼对黄州友好的依恋之情。

注　释

❶岷峨：指苏轼四川故乡的岷山、峨眉山。　❷"百年"二句：言人生已过大半。韩愈《除官赴阙至江州寄鄂岳李大夫》："年皆过半百，来日苦无多。"时苏轼四十九岁。　❸再闰：两个闰年。苏轼元丰三年二月到黄州，七年四月离去，在黄住了四年零两个月。其间元丰三年闰九月，元丰六年闰六月，故曰"再闰"。　❹"儿童"句：谓孩子学会当地语音。楚语吴歌，黄州属战国楚地，又是三国时吴地。　❺鸡豚社酒：春秋祀社日烹调鸡猪，邻里间聚会饮酒。古代风俗。　❻"相劝"句：谓邻里劝他居留东坡。　❼"云何"四句：谓临行说什么呢？人生就是到处奔走。如梭，如织布梭一样往来不停。　❽"待闲看"二句：谓将赴汝州观赏洛水。贾岛《忆江上吴处士》："秋风吹渭水，落叶满长安。"此用其意境。洛水，河南洛河，源出陕西，流经河南，离汝州很近。❾莫剪柔柯：不会砍伐柔嫩的枝条。苏轼曾在雪堂手植杨柳。《诗经·召南·甘棠》："蔽芾（茂盛貌）甘棠，勿剪勿伐，召伯所茇（住宿）。"此化用其意自比。　❿"仍传语"三句：谓请转告江南父老，不断为我晾晒所穿的蓑衣。言外谓自己还会再来黄州。江南，黄冈在长江北岸，与武昌隔江相对，苏轼常去武昌游玩。江南指武昌。

浣溪沙

【原　文】

元丰七年十二月二十四日，从泗州刘倩叔游南山。

细雨斜风作小寒，淡烟疏柳媚晴滩①，入淮清洛渐漫漫。②

雪沫乳花浮午盏，蓼茸蒿笋试春盘，^③人间有味是清欢。^④

说　明

元丰七年（1084）十二月，苏轼赴汝州途中行经泗州（今安徽泗县），与刘倩叔游南山作。刘倩叔，泗州人，生平不详。南山，苏轼《泗州南山监仓萧渊东轩二首》其一："偶随樵父采都梁。"作者自注："南山名都梁山。"《太平寰宇记》："盱眙县在泗州南五里，都梁山在县南六十里。"

词上片写景区的气候和风光，下片写野外饮茶午餐的风味。小词风致颇为清新微妙。

注　释

❶媚晴滩：妆饰晴滩。晴滩，指南山附近的十里滩。　❷"入淮"句：谓流入淮河的清澈的洛涧畅通无阻。洛，指洛涧，即洛河，由安徽合肥北流，至怀远流入淮河。　❸"雪沫"二句：写在野外饮茶进餐的风味。雪沫乳花，煎茶时水面浮现的泡沫。蓼茸（liǎoróng），野菜的嫩芽。蒿笋，莴苣。试春盘，开始放进菜盘，让人尝鲜。　❹"人间"句：谓清新欢娱的生活，是人生中最有意味的。

满庭芳

【原 文】

余年十七，始与刘仲达往来于眉山。今年四十九，相逢于泗上，淮水浅冻，久留郡中。晦日，同游南山话旧感叹，因作《满庭芳》云。

　　三十三年①，飘流江海，万里烟浪云帆②。故人惊怪，憔悴老青衫。③我自疏狂异趣④，君何事、奔走尘凡。流年尽⑤，穷途坐守，船尾冻相衔。　　巉巉淮浦外，层楼翠壁，古寺空岩。⑥步携手林间，笑挽掺掺⑦。莫上孤峰尽处，萦望眼、云海相挽⑧。家何在，因君问我，归梦绕松杉。⑨

说　明

　　元丰七年（1084）苏轼离黄州赴汝州，携家属二十余口，辗转道路，十二月抵达泗州，遇上旧友刘仲达，两人游山话旧，作此词。杨元素《时贤本事曲子集》：“子瞻始与刘仲达往来于眉山，后相逢于泗上，久留郡中，游南山话旧而作。”所说与词序同。词描写了与故人旅程相遇的情景，并抒发了作者仕途沦落和忆念故乡的心境。

注　释

　　❶三十三年：指从十七岁到当年（元丰七年）经历三十三年。　❷烟浪云帆：指自己在生活的海洋中受尽风波。　❸“憔悴”句：形容自己面容憔悴，长期沉抑下僚。老青衫，老于青衫。青衫，低级官吏的服色。白居易《琵琶行》：“座中泣下谁最多，江州司马青衫湿。”　❹疏狂异趣：粗疏狂放，志趣与人不同。　❺流年尽：指一年的光阴将尽。　❻“巉巉”三句：写淮河水边高楼耸立，山岩间坐落着古寺。巉巉，高峻貌。　❼掺掺（shān）：形容手指细长。《诗经·魏风·葛屦》：“掺掺女手。”这里指苏轼所挽的刘仲达的手。　❽云海相挽：浮云与沧海连成一片。　❾“因君”二句：言因对方的问话勾起了乡思，不禁使我的梦魂缭绕在家乡故宅的松杉上。

满庭芳

【原 文】

余谪居黄州五年，将赴临汝，作《满庭芳》一篇别黄人。既至南都，蒙恩放归阳羡，复作一篇。

归去来兮，清溪无底，上有千仞嵯峨。[1]画楼东畔，天远夕阳多。老去君恩未报，空回首、弹铗悲歌。[2]船头转，长风万里，归马驻平坡。[3]　　无何何处有，[4]银潢尽处，天女停梭。[5]问何事人间，久戏风波。顾谓同来稚子，应烂汝腰下长柯。[6]青衫破，群仙笑我，千缕挂烟蓑。[7]

说 明

苏轼于元丰八年（1085）正月离泗州北行，二月到达南都（今河南商丘）。他在任杭州通判时，曾在常州宜兴购置田宅，此次赴汝州途中，两次上章请求居住常州。这时在南都接到了朝廷批准他常州居住的诏命，故词序谓"蒙恩放归阳羡（即宜兴）"。

词上阕想象阳羡的美好风光，希望尽快归去。下阕借同天女对话，反映自己的坎坷处境。可说这是一首富有奇妙幻想的浪漫主义词章。这首词与将离黄州时所写的《满庭芳》，不仅词牌相同、首句相同，而且全词韵脚：峨、多、歌、坡、梭、波、柯、蓑也完全相同，这说明作者手法高妙、运用自如。

注 释

❶ "清溪" 二句：写宜兴的山水。宜兴东有大湖，中有包山，山下有洞穴相连。千仞嵯峨，形容山峰高峻。八尺为一仞。嵯峨，高峻貌。　❷ "空回首"句：意谓回想过去，生活困窘，只要求朝廷关照。弹铗，用冯谖的故事。《战国策·齐策四》载：冯谖为孟尝君门客，左右以低等伙食标准招待，冯谖 "倚柱弹其剑，歌曰：'长铗归来乎，食无鱼！'" 左右受命提高了冯谖的伙食标准，他又唱 "长铗归来乎，出无车！" 后来给他配备了专车，他又唱 "长铗归来乎，无以为家！" 这里借用此故事，说明处境寒贱，需求助于人。　❸ "船头转" 三句：写急于回归。言掉转船头趁风疾驶，乘归马飞奔。驻，应为注。周必大《益公题跋》卷十二《书东坡宜兴事》："军中谓壮士驰骏马下峻坂为'注坡'。" 苏轼《百步洪》诗有 "骏马下注千丈坡" 句，可参证。　❹ "无何"句：言哪里有无何有之乡。《庄子·逍遥游》："今子有大树，患其无用，何不树之于无何有之乡。"　❺ "银潢" 二句：谓走到银河尽头，天女停止了织布。银潢，天河。　❻ "顾谓" 二句：写仙女向同来的幼童问话。意谓到天界虽只片刻，却是人间过去若干年了。长柯，长的斧柄。《浪迹三谈》引任昉《述异记》云："信安郡有石室山，晋时王质伐木至，见童子数人，棋而歌，质因听之。童子以一物与质，含之如枣核，不觉饥。俄顷，童子谓曰：'何不去？' 质起，视斧柯烂尽。既归，无复时人。"　❼ "千缕"句：谓青衫破烂得像一条一缕的蓑衣。借以说明处境艰难。

八声甘州

【原 文】

寄参寥子

　　有情风万里卷潮来，无情送潮归。①问钱塘江上②，西兴浦口③，几度斜晖？不用思量今古，俯仰昔人非！④谁似东坡老，白首忘机⑤。　　记取西湖西畔，正春山好处，空翠烟霏。⑥算诗人相得，如我与君稀。约他年东还海道，愿谢公雅志莫相违。⑦西州路⑧，不应回首，为我沾衣。

说 明

　　元丰末年，苏轼由谪居黄州起知登州，随即召还京师，在京任职三年，除龙图阁学士知杭州。本篇为元祐六年（1091）三月临离杭州作。僧道潜，字参寥，本姓何，浙江於潜人，能文善诗，在徐州同苏轼相识。苏轼贬黄州，参寥不远两千里相从。苏轼知杭州，参寥寓居杭州智果僧舍。苏轼《参寥泉铭并叙》云："余谪居黄，参寥子不远数千里，从余于东坡，留期年，尝与同游武昌之西山。……其后七年（指元祐四年），余出守钱塘，参寥子在焉。明年，卜智果精舍居之。又明年新居成，而余以寒食去郡。"《苕溪渔隐丛话·后集》卷三十九载：本词"石刻后，东坡自题云：'元祐六年三月六日。'余以《东坡先生年谱》考之，元祐四年知杭州，六年召为翰林学士承旨，则长短句盖此时作也"。

　　词中描写了杭州的壮丽景色，反映了两人共赏杭州清景的投契生活，并相约今后浙东重聚，宽慰对方不要为暂时的分离而感伤，充分表现了两人深厚的友情。全篇以平易的语言烘染出雄杰的气象。郑文焯《大鹤山人词话》评此词曰："突兀雪山，卷地而来，真似钱塘江上看潮时，添得此老胸中数万甲兵，是何气象雄且桀。妙在无一字豪宕，无一语险怪，又出以闲逸感喟之情，所谓骨重神寒，不食人间烟火气者，词境至此观止矣。云锦成章，天衣无缝，是作从至情流出，不假熨贴之工。"

注 释

❶"有情"二句：写钱塘江潮仿佛随大风的感情变化而涨落。　❷钱塘江：浙江最大的河流，上游常山港，东北流到今杭州市闸口，注入杭州湾。　❸西兴：西兴渡，在萧山西十二里，今杭州市对岸。　❹"俯仰"句：言转眼物是人非。王羲之《兰亭集序》："向之所欣，俯仰之间，已为陈迹。"　❺忘机：消除机心，恬淡宁静。李白《下终南山，过斛斯山人宿，置酒》诗："我醉君复乐，陶然共忘机。"　❻"空翠"句：写高空山峰青翠，烟雾迷茫。　❼"约他年"二句：谓相约他年重返浙东归隐山林，但愿不会违背这美好的愿望。《晋书·谢安传》：谢安虽身为大臣，"然东山之志始末不渝，每形于言色。及镇新城，尽室而行，造泛海之装，欲须经略粗定，自江道还东。雅志未就，遂遇疾笃"。这里借谢安的故事为喻，表达日后归隐杭州的愿望。　❽西州路：指去扬州的路。当时作者应召入汴京，要路过镇江、扬州等地，故云"西州路"。

木兰花令

【原　文】

次欧公西湖韵

霜余已失长淮阔，^①空听潺潺清颍咽。^②佳人犹唱醉翁词，四十三年如电抹。^③　　草头秋露流珠滑，三五盈盈还二八。^④与余同是识翁人，惟有西湖波底月。^⑤

说　明

元祐六年（1091）二月，苏轼以翰林学士承旨知制诰召还京师，三月离杭入朝，八月被任为龙图阁学士知颍州（安徽阜阳）。到任后，十月游颍州西湖，闻歌者唱欧阳修《木兰花令》词，遂次其韵作此词。欧阳修曾于仁宗皇祐元年（1049）知颍州，题咏颇多。其《木兰花令》原韵云："西湖南北烟波阔，风里丝簧声韵咽。舞余裙带绿双垂，酒入香腮红一抹。　　杯深不觉琉璃滑，贪看六么花十八。明朝车马各西东，惆怅画桥风与月。"

苏轼此词与欧词词牌、韵脚全同，词旨同是写游赏颍州西湖的风光的感受。苏词则借写景寄情，体现了对师辈欧公的亲切怀念。

注　释

❶"霜余"句：写降霜之后淮水日浅，河面变窄。　❷"空听"句：写颍水流声渐低。潺潺（chán），水徐流声。清颍指颍水，源出河南登封，东南流，经

安徽太和、阜阳等地，流入淮河。　❸"四十三年"句：感叹多年时光如闪电一抹而逝。自皇祐元年欧阳修知颍州，至苏轼作此词时，正为四十三年。❹"三五"句：谓十五、十六月亮圆满。鲍照《玩月城西门廨中》："三五二八时，千里与君同。"　❺"与余"二句：言只有映入湖底的月和我认识欧公。翁，欧阳修自号醉翁。西湖，指颍州西湖。

满江红

【原文】

怀子由作

　　清颍东流①，愁来送、征鸿去翮②。情乱处、青山白浪，万重千叠。③孤负当年林下语，对床夜雨听萧瑟。④恨此生、长向别离中，凋华发⑤。　　一尊酒，黄河侧。无限事，从头说。相看恍如昨，许多年月。⑥衣上旧痕余苦泪，眉间喜气占黄色。⑦便与君、池上觅残春，花如雪。

说　明

　　元祐七年（1092）二月，苏轼在颍州接到诰命，由颍州移知扬州，此词是在赴扬州前为怀念弟弟苏辙（字子由）而作。词由眼前景象，引发离愁别恨，倾诉岁月流逝，期盼早日欢聚。气象开阔，襟怀峥嵘，离思浓重，体现了作者兄弟俩亲情的深厚。

注 释

　　❶清颍：颍水，淮河的支流。颍州州城（安徽阜阳）濒临颍水。　❷去翮（hé）：飞行的翅膀。　❸"情乱处"三句：意谓与对方距离遥远，引发心绪不宁。　❹"孤负"二句：意谓辜负了当年早退林下、对床夜雨之约。苏辙《栾城集》卷七《逍遥堂会宿二首》引言："辙幼从子瞻读书，未尝一日相舍。既壮，将游宦四方，读韦苏州诗，至'安知风雨夜，复此对床眠'，恻然感之，乃相约早退，为闲居之乐。"苏轼诗不断提及此事，如"寒灯相对记畴昔，夜雨何时听萧瑟"（《辛丑十一月十九日既与子由别于郑州西门之外，马上赋诗一篇寄之》）。"对床定悠悠，夜雨空萧瑟"（《东府雨中别子由》）。　❺凋：凋落。　❻"相看"二句：谓隔离多年恍惚如昨。　❼"衣上"二句：谓经历多年辛酸，快有归去的喜讯了。古人认为黄色是喜事的征兆。韩愈《郾城晚饮奉赠副使马侍郎及冯、李二员外》："城上赤云呈胜气，眉间黄色见归期。"

蝶恋花

【原 文】

　　花褪残红青杏小①，燕子飞时，绿水人家绕。枝上柳绵吹又少，天涯何处无芳草。② 墙里秋千墙外道，墙外行人，墙里佳人笑。笑渐不闻声渐悄，多情却被无情恼。③

说 明

　　这词的写作时间失载，《历代词话》引《冷斋夜话》云："东坡《蝶恋花》词云：'花褪残红青杏小……'东坡渡海，惟朝云王氏随行，日诵'枝上柳绵'

二句，为之流泪。病极，犹不释口。东坡作《西江月》悼之。"据此此词当作于贬居惠州时期。类似的记载，还见于《词林纪事》《词苑萃编》等书。

　　这是一首伤春的小词。在绿水回环、花残草盛的晚春季节，秋千架上传来佳人柔媚的笑声，搅动了墙外行人绵绵的情思，增加了旅途的无限惆怅。这种日常生活小景，写得格外鲜明生动而富有情趣。王士禛说："'枝上柳绵'恐屯田缘情绮靡，未必能过。孰谓坡但解作'大江东去'耶?"（《花草蒙拾》）这说明苏轼并非不善于写柔情，只是不愿把词局限于柔情罢了。

注　释

　　❶花褪残红：指春花逐渐枯萎脱落。　　❷"枝上"二句：写柳絮纷飞，芳草遍地，烘染出晚春景象。　　❸"多情"句：《诗人玉屑》引《词话》："盖行人多情，佳人无情耳。此二字极有理趣。"

贺新郎

【原文】

　　乳燕飞华屋，①悄无人，桐阴转午，②晚凉新浴。手弄生绡白团扇，扇手一时似玉。③渐困倚孤眠清熟。帘外谁来推绣户？枉教人梦断瑶台曲。④又却是，风敲竹⑤。　　石榴半吐红巾蹙，⑥待浮花浪蕊都尽，伴君幽独。⑦秾艳一枝细看取，芳心千重似束。⑧又恐被、秋风惊绿⑨。若待得君来向此，花前对酒不忍触。共粉泪，两簌簌⑩。

说　明

　　此词写作时间失考，写作背景说法不一，意蕴内涵论者解释不同。例如《苕溪渔隐丛话·后集》卷三十九引《古今词话》谓苏子瞻守钱塘，有官妓秀兰，天性黠慧，善于应对。在西湖举行宴会时，秀兰迟到，引起府僚发怒。"是时榴花盛开，秀兰以一枝藉手告倅，其怒愈甚。秀兰收泪无言。子瞻作《贺新凉》以解之，其怒始息。其词曰……子瞻之作，皆纪目前事，盖取其沐浴新凉，曲名《贺新凉》也。"苕溪渔隐曰："野哉，杨湜之言，真可入《笑林》！东坡此词，冠绝古今，托意高远，宁为一娼而发耶？……东坡此词，深为不幸，横遭点污，吾不可无一言雪其耻。"宋项安世《项氏家说》卷八云："苏公'乳燕飞华屋'之词，兴寄最深，有《离骚经》之遗法，盖以兴君臣遇合之难，一篇之中，殆不止三致意焉。瑶台之梦，主恩之难常也。幽独之情，臣心之不变也。恐西风之惊绿，忧谗之深也。冀君来而共泣，忠爱之至也。"清黄苏《蓼园词评》谓："前一阕是写所居之幽僻，次阕又借榴花以比此心蕴结，未获达于朝廷，又恐其年已老也。末四句是花是人，婉曲缠绵，耐人寻味不尽。"根据以上各家之说，此词有的认为是为官妓解围而作，有的认为是借以曲折地抒发个人怀才不遇的凄苦心境。

　　词上片全力塑造了一个孤寂的佳人，她冰清玉洁，手、扇纯净，心灵有高雅的向往，而好梦却总是难圆。下片集中咏榴花，借花写人。榴花"幽独"的品位，蹙束的"芳心"，惊秋的情怀，与佳人契合无间。末后佳人把酒对花，粉泪和花瓣纷纷下落，至此人与花情感交融、合而为一。以香草美人比兴寄托，曲折含蓄，借以隐寓了作者怀才不遇、仕途寂落之感。全词写景精致，刻画人物妩媚多姿，风韵婉约缠绵，可说与杜甫的《佳人》诗有异曲同工之妙。

注　释

　　❶"乳燕"句：小燕飞旋于华美的居室。"飞"，一作"栖"。《艇斋诗话》："其真本云'乳燕栖华屋'，今本作'飞'字，非是。"　　❷"桐阴"句：言桐

树阴影转移，天已到午后。　❸"手弄"二句：借扇写人，谓手与扇同样洁白纯净。《世说新语·容止》："王夷甫容貌整丽，妙于谈玄，恒捉白玉柄麈尾，与手都无分别。"　❹"枉教人"句：意谓白白地把美人的好梦惊醒了。瑶台曲，瑶台的幽深处，代指仙境。《离骚》："望瑶台之偃蹇兮，见有娀之佚女。"　❺风敲竹：李益《竹窗闻风寄苗发司空曙》诗："开门复动竹，疑是故人来。"此处化用其意。　❻"石榴"句：形容石榴花开得像有褶皱的红巾一样。白居易《题孤山寺山石榴花示诸僧众》诗："山榴花似结红巾，容艳新妍占断春。"　❼"待浮花"二句：意谓轻浮的花卉谢尽，只有榴花陪伴幽独的佳人。韩愈《杏花》："浮花浪蕊镇长有，才开还落瘴雾中。"　❽"秾艳"二句：意谓细看石榴花的形象，仿佛觉得它心事重重，有苦难吐。这里写石榴花蕊层层包蕴，兼喻美人心态沉重。　❾秋风惊绿：指秋风起，使花叶萎黄。　❿"共粉泪"二句：言佳人泪、榴花蕊一起下落。簌簌，形容泪落花落的声音。

减字木兰花

【原文】

己卯儋耳春词

春牛春杖①。无限春风来海上。便丐春工②，染得桃红似肉红。春幡春胜③，一阵春风吹酒醒。不似天涯，卷起杨花似雪花④。

说明

绍圣末叶，朝臣重议苏轼罪，以流窜为未足，再从惠州责贬儋州（今海南岛西北部）。元符二年（1099）正月立春日，苏轼在儋耳（即儋州）作此词。小词写当地迎春景象，地方风俗意味颇浓。

注 释

❶春牛春杖：古代京城和地方州郡迎春的仪物。放置泥牛，耕夫持犁杖侍立。《后汉书·礼仪志》：立春之日，"立青幡，施土牛耕人于门外，以示兆民"。《广东通志》卷九十二："立春日，有司逆勾芒土牛。"都是写这种风俗。　❷丐春工：请求春神。　❸春幡春胜：古俗立春日挂春旗，裁春胜。春胜，彩色的首饰。宋吴自牧《梦粱录》卷一《立春》："街市以花装栏，坐乘小春牛，及春幡、春胜，各相献遗与贵家宅舍，示丰稔之兆。"苏轼《章钱二君见和复次韵答之》二首其二："分无纤手裁春胜，况有新诗点蜀酥。"　❹"卷起"句：言海南地暖，立春日已盛开杨花。白居易《隋堤柳》："柳色如烟絮如雪。"

文选

刑赏忠厚之至论

【原　文】

尧、舜、禹、汤、文、武、成、康之际①，何其爱民之深，忧民之切，而待天下之以君子长者之道也。有一善，从而赏之，又从而咏歌嗟叹之，所以乐其始而勉其终。有一不善，从而罚之，又从而哀矜惩创之②，所以弃其旧而开其新。故其吁俞之声③，欢休惨戚，见于虞、夏、商、周之书④。成、康既没，穆王立⑤，而周道始衰。然犹命其臣吕侯⑥，而告之以祥刑⑦。其言忧而不伤，威而不怒，慈爱而能断，恻然有哀怜无辜之心，故孔子犹有取焉。⑧

《传》曰："赏疑从与，所以广恩也；罚疑从去，所以慎刑也。"⑨当尧之时，皋陶为士⑩，将杀人，皋陶曰"杀之"，三，尧曰"宥之"，三，⑪故天下畏皋陶执法之坚，而乐尧用刑之宽。四岳曰："鲧可用。"⑫尧曰："不可，鲧方命圮族。"⑬既而曰："试之。"何尧之不听皋陶之杀人，而从四岳之用鲧也？然则圣人之意，盖亦可见矣。

《书》曰："罪疑惟轻，功疑惟重，与其杀不辜，宁失不经。"⑭呜呼，尽之矣。可以赏，可以无赏，赏之过乎仁；可以罚，可以无罚，罚之过乎义。过乎仁，不失为君子；过乎义，则流而入于忍人。故仁可过也，义不可过也。古者赏不以爵禄，刑不以刀锯。赏以爵禄，是赏之道，行于爵禄之所加，而不行于爵禄之所不加也。⑮刑之以刀锯，是刑之威，施于刀锯之所及，而不施于刀锯之所不及也。先王知天下之善不胜赏，而爵禄不足以劝也；知天下之恶不胜刑，而刀锯不足以裁也。是故疑则举而归之于仁，以君子长者之道待天下，使天下相率而归于君子长者之道，故曰忠厚之至也。

《诗》曰："君子如祉，乱庶遄已。君子如怒，乱庶遄沮。"⑯夫君子之已乱，岂有异术哉？时其喜怒，而无失乎仁而已矣。《春秋》之义⑰，立法贵严，而责人贵宽。因其褒贬之义以制赏罚，亦忠厚之至也。

说　明

本文是苏轼于嘉祐二年（1057）应礼部进士考试时的试卷。时欧阳修为主考官，梅尧臣为编排详定官。梅尧臣睹此文，"以示文忠，文忠惊喜，以为异人。欲以冠多士，疑曾子固所为。子固，文忠门下士也，乃置公第二"（苏辙《东坡先生墓志铭》）。

文章主要论述刑赏出以仁爱，应以忠厚之心量刑施赏，引导天下归向于仁。首先写先王爱民忧民，赏善惩恶之用心；次段举例论述广恩慎刑之要义，见出圣人用心宽厚；三段引《尚书》名言，予以深层论析，推导出宁可宽厚过度，不可刑罚酷苛的论断，进而归拢到以道德风化天下；末段标举《诗经》《春秋》语义，收煞到君子已乱立制，无不出于忠厚之至。全文从评述史事引申出事理，从引据经传翻转出议论，将以仁治国的道理阐述得鲜明透辟，深受前人赞许。沈德潜《唐宋八家文读本》卷二十评曰："以'罪疑惟轻，功疑惟重'二语作主，文势如川云岭月，其出不穷。"张伯行《唐宋八大家文钞》卷八云："东坡自谓文如行云流水，即应试论可见，学者读之，用笔自然圆畅。"

注　释

❶尧、舜、禹：唐尧、虞舜、夏禹，上古三代的先王。汤：商朝开国君主。文、武、成、康：周文王姬昌、武王姬发、成王姬诵、康王姬钊。这八人均为

儒家推崇的圣君。　❷哀矜：怜悯。惩创：惩戒。　❸吁：感叹声。俞：赞许声。　❹虞、夏、商、周之书：指《尚书》，《尚书》分为《虞书》《夏书》《商书》《周书》四部分。　❺穆王：西周国王姬满。　❻吕侯：即甫侯，周穆王时任司寇。据《尚书·吕刑》，穆王采纳他的建议，从轻制定刑法，布告四方，称为"吕刑"。　❼祥刑：谨慎用刑。《尚书·吕刑》有"告尔祥刑"语。　❽"孔子"句：据《汉书·艺文志》《隋书·经籍志》，孔子得虞夏商周四代典籍，编选为《尚书》，故谓孔子选取。　❾"《传》曰"以下四句：《尚书·大禹谟》："罪疑惟轻，功疑惟重。"孔安国传说："刑疑附轻，赏疑从重，忠厚之至。"当为引文所本。　❿皋陶（yáo）：传说中的古代贤臣，被舜任为掌管刑法的官。士，古代刑官，见《尚书·舜典》，苏轼误为尧臣。　⓫"皋陶曰"四句：按此典说法有所出入。《老学庵笔记》卷八云："东坡先生省试《刑赏忠厚之至论》有云：'皋陶为士，将杀人，皋陶曰杀之，三，尧曰宥之，三。'梅圣俞为小试官，得之以示欧阳公。公曰：'此出何书？'圣俞曰：'何须出处！'公以为皆偶忘之，然亦大称叹。初欲以为魁，终以此不果。及揭榜，见东坡姓名，始谓圣俞曰：'此郎必有所据，更恨吾辈不能记耳。'及谒谢，首问之，东坡亦对曰：'何须出处。'乃与圣俞语合。公赏其豪迈，太息不已。"敖英《绿雪亭杂言》谓："东坡斯言，非无稽臆断也。在《文王世子》。"据《礼记·文王世子》载：公族有罪，有司谳于周公，"公曰：'宥之。'有司又曰：'在辟。'公又曰：'宥之。'有司又曰：'在辟。'及三宥，不对，走出"。苏轼触类融通、连缀为一。　⓬四岳：尧时四方部落首领。鲧（gǔn）：夏禹之父，由四岳荐举，奉尧命治水，九年未治好，被舜杀死于羽山。《尚书·舜典》："殛鲧于羽山。"　⓭方命圮族：语出《尚书·尧典》。方命，违抗命令。圮（pǐ）族，残害同类。　⓮"《书》曰"以下四句：《书》，指《尚书》，引文见《尚书·大禹谟》。不经，不合常规。　⓯"赏以爵禄"以下四句：意谓仅以爵禄为赏，这种办法只能限于爵禄所施加的范围，而不能施行于广泛领域。　⓰"《诗》曰"以下四句：《诗》指《诗经》。《诗经·小雅·巧言》原文是："君子如怒，乱庶遄沮；君子如祉，乱庶遄已。"意谓君子如恼怒谗言，喜听谏言，则乱子庶几可以停止。祉，福，引申为喜悦。沮，终止。　⓱《春秋》之义：谓《春秋》的思想意义。

《春秋》是我国第一部编年体史书，相传为孔子据鲁史修定而成，记述自鲁隐公元年至鲁哀公十四年凡二百四十二年的历史。

上梅直讲书

【原 文】

某官执事。轼每读《诗》至《鸱鸮》①，读《书》至《君奭》②，常窃悲周公之不遇③。及观《史》，见孔子厄于陈、蔡之间，而弦歌之声不绝，④颜渊、仲由之徒相与问答⑤。夫子曰："'匪兕匪虎，率彼旷野'⑥，吾道非邪？吾何为于此？"颜渊曰："夫子之道至大，故天下莫能容。虽然，不容何病？不容然后见君子。"夫子油然而笑曰⑦："回，使尔多财，吾为尔宰。"⑧夫天下虽不能容，而其徒自足以相乐如此。乃今知周公之富贵，有不如夫子之贫贱。夫以召公之贤，以管、蔡之亲而不知其心⑨，则周公谁与乐其富贵？而夫子之所与共贫贱者，皆天下之贤才，则亦足与乐乎此矣！

轼七八岁时，始知读书。闻今天下有欧阳公者⑩，其为人如古孟轲、韩愈之徒⑪。而又有梅公者从之游，而与之上下其议论⑫。其后益壮，始能读其文词，想见其为人，意其飘然脱去世俗之乐而自乐其乐也。方学为对偶声律之文，求升斗之禄，自度无以进见于诸公之间。来京师逾年⑬，未尝窥其门。今年春，天下之士群至于礼部⑭，执事与欧阳公实亲试之。诚不自意，获在第二。既而闻之人，执事爱其文，以为有孟轲之风；而欧阳公亦以其能不为世俗之文也而取焉。是以在此非左右为之先容⑮，非亲旧为之请属，而向之十余年间，闻其名而不得见者，一朝为知己。退而思之，人不可以苟富贵，亦不可以徒贫贱。有大贤焉而为其徒，则亦足恃矣。苟其侥一时之幸，从车骑数十人，使闾巷小民聚观而赞叹之，亦何以易此乐也。

《传》曰："不怨天，不尤人。"⑯盖优哉游哉，可以卒岁。⑰执事名满天下，而位不过五品⑱，其容色温然而不怒，其文章宽厚敦朴而无怨言，此必有所乐乎斯道也。轼愿与闻焉。

说明

本文是嘉祐二年（1057）苏轼考中进士后写给梅尧臣的信。梅尧臣（字圣俞）时任国子监直讲，这年礼部试进士，他为参详官，读到苏轼的试卷，大为赞赏，乃推荐给主考官欧阳修。这封书抒写作者中第后的喜悦，表达了受到前辈奖许的感激之情，通篇以乐字贯穿始终。

首段从空中起笔，感叹周公不遇，引述孔子师徒相得之乐，在两相对照中，说明周公虽富贵而无知心，不如孔子居贫贱而有良徒之可乐。显示出志趣超俗，眼界非凡。次段折入正题，自述从少年即仰慕欧、梅，来京应试后有缘承受前辈识拔，很感荣幸，快慰之情溢于言表。以下转入议论，说明人生应有高尚的追求，能充当大贤的门徒，是无可与比的快乐。末段引用书传，颂扬梅公位低誉隆、知足常乐，收结到以聆听对方教诲相请。作者写乐，一扫中第释褐、踌躇满志的浅见，摆脱了忧贫乐富的俗风，专从遭遇知己、以道相乐的角度立论，使文情超拔卓异、洒落不俗。金圣叹《天下才子必读书》卷十四赞云："文态如天际白云，飘然从风，自成卷舒。人固不知其胡为而然，云亦不自知其所以然。"沈德潜《唐宋八家文读本》卷二十三评曰："见富贵不足重，而师友以道相乐，乃人间之至乐也。周公、孔、颜，凭空发论；以下层次照应，空灵飘洒。东坡文之以韵胜者。"

注　释

❶《鸱鸮》：《诗经·豳风》篇名。旧说成王初立，周公摄政，管叔、蔡叔散布流言，周公作此诗托鸟言志，诉说自己的艰难处境。《毛诗序》："成王未知周公之志，公乃为诗以遗王，名之曰《鸱鸮》焉。"　❷《君奭（shì）》：《尚书》篇名。奭，召公名，周公之弟。周武王死后，周公和召公共同辅佐成王，召公误信周公篡位的流言，周公作此文自辩，兼以互勉。见《尚书·君奭》序。❸周公：姬旦，西周初年政治家。　❹"观《史》"三句：据《史记·孔子世家》载，鲁哀公六年，孔子师徒被陈、蔡（两个小国）大夫围困在郊野，粮食断绝，有人患病，孔子仍弹琴诵诗，坚持讲学。　❺颜渊、仲由：孔子的弟子。颜渊，名回，字子渊。仲由，字子路。　❻"匪兕"二句：引自《诗经·小雅·何草不黄》。言身非野兽，却在旷野奔跑不停。兕（sì），一种野牛。　❼油然：自然而然的样子。　❽"使尔"二句：是孔子和颜回开玩笑的话，引自《史记·孔子世家》。宰，掌管。　❾管、蔡：管叔，名鲜。蔡叔，名度。都是周公的弟弟，他们曾散布流言，攻击周公。　❿欧阳公：指欧阳修，字永叔。⓫孟轲、韩愈：孟轲，字子舆，邹（今山东邹城）人，战国时儒家。韩愈，字退之，河阳（今河南孟州南）人，唐代文学家。　⓬上下：增减，此指互相商讨。　⓭逾年：超过一年。苏轼嘉祐元年五月到达京都开封，九月参加举人考试，次年春参加进士考试，故曰逾年。　⓮礼部：旧时中央官署名，掌管科举考试。　⓯先容：事先推荐说情。　⓰"《传》曰"数句：引自《论语·宪问》："子曰：'不怨天，不尤人。'"　⓱"优哉"二句：《左传·襄公二十一年》载："《诗》曰：'优哉游哉，聊以卒岁。'"今《诗经·小雅·采菽》仅存"优哉游哉"一句。　⓲五品：宋代官阶为九品，每品又分正、从。梅尧臣时为国子监直讲，是五品官。

江行唱和集叙

【原文】

　　夫昔之为文者，非能为之为工，乃不能不为之为工也。山川之有云雾，草木之有华实①，充满勃郁②，而见于外，夫虽欲无有，其可得耶？自少闻家君之论文，③以为古之圣人有所不能自已而作者。故轼与弟辙为文至多，而未尝敢有作文之意。④己亥之岁⑤，侍行适楚⑥，舟中无事，博弈饮酒⑦，非所以为闺门之欢⑧。而山川之秀美，风俗之朴陋，贤人君子之遗迹，与凡耳目之所接者，杂然有触于中，而发于咏叹。盖家君之作，与弟辙之文皆在，凡一百篇，谓之《南行集》。将以识一时之事⑨，为他日之所寻绎⑩，且以为得于谈笑之间，而非勉强所为之文也。时十二月八日。江陵驿书。

说明

　　本篇一题《南行前集叙》。嘉祐二年，苏轼母程氏死于四川家乡，苏轼、苏辙兄弟由汴京奔丧回里。嘉祐四年（1059）十月，苏洵奉诏赴京，苏轼兄弟随父同行，自嘉州登舟，水行六十日，十二月到达江陵驿（在今湖北）。一路上父子三人随感而发，写了一百篇诗文，汇成一集，名《江行唱和集》，此集已佚。本篇是苏轼为《江行唱和集》写的叙。

　　叙中记述父子三人诗文合集成书的原委，并结合阐述了作者对文学创作的识见。文中强调写作要有兴会灵感，兴会灵感来源于生活，唯有有触于中，不吐不快，发于吟咏，才能写出佳作。全文先提出论点，接着以山川草木为喻，再以父亲教言、江行唱和为实证，末以汇编文集、撰写叙言来收结。行文简洁，要言不烦。

注　释

❶华实：华，同花。实，果实。　❷勃郁：蕴积。　❸"自少闻"句：家君，对别人称自己的父亲为家君。苏洵在《仲兄字文甫说》中，以风水相遭而成文作比喻，谓"无意乎相求，不期而相遭，而文生焉"，"非能为文，而不能不为文"的作品，才是"天下之至文"。苏轼论文受其父影响。　❹"而未尝"句：意谓不曾有为文而文之意。　❺己亥：宋仁宗嘉祐四年。　❻楚：春秋战国时国名，此指今湖北一带。　❼博弈：下棋。韦昭《博弈论》："好玩博弈，废事弃业。"　❽"非所以"句：谓无法像在家里那样安乐。闺门，家门。　❾识：通志，意为记。　❿寻绎：寻思推求。谢惠连《雪赋》："王乃寻绎吟玩，抚览扼腕。"

留侯论

【原　文】

古之所谓豪杰之士者，必有过人之节①。人情有所不能忍者，匹夫见辱，拔剑而起，挺身而斗，此不足为勇也。天下有大勇者，卒然临之而不惊②，无故加之而不怒。此其所挟持者甚大③，而其志甚远也。

夫子房受书于圯上之老人也④，其事甚怪⑤；然亦安知其非秦之世有隐君子者，出而试之？观其所以微见其意者，皆圣贤相与警戒之义，而世不察，以为鬼物⑥，亦已过矣。且其意不在书。当韩之亡、秦之方盛也，以刀锯鼎镬待天下之士⑦，其平居无罪夷灭者⑧，不可胜数，虽有贲、育⑨，无所复施。夫持法太急者，其锋不可犯，而其末可乘⑩。子房不忍忿忿之心，以匹夫之力，而逞于一击之间⑪。当此之时，子房之不死者，其间不能容发⑫，盖亦已危矣。千金之子，不死于盗贼，何者？其身之可爱，而盗贼之不足以死也。子房以盖世之才，不为伊尹、太公之谋⑬，而特出于荆轲、聂政之计⑭，以侥幸于不死，此固圯上老人之所为深惜者也。是故倨傲鲜腆而深折之⑮，彼其能有所忍也，然后可以就大事，故曰："孺子可教也。"

楚庄王伐郑，郑伯肉袒牵羊以逆，庄王曰："其君能下人，必能信用其民矣。"遂舍之⑯。勾践之困于会稽，而归臣妾于吴者，三年而不倦。⑰且夫有报人之志，而不能下人者，是匹夫之刚也。夫老人者，以为子房才有余而忧其度量之不足，故深折其少年刚锐之气，使之忍小忿而就大谋。何则？非有平生之素，卒然相遇于草野之间，而命以仆妾之役，油然而不怪者⑱，此固秦皇之所不能惊，而项籍之所不能怒也。⑲

观夫高祖之所以胜，而项籍之所以败者，在能忍与不能忍之间而已矣。项籍唯不能忍，是以百战百胜，而轻用其锋；高祖忍之，养其全锋而待其弊，此子房教之也。当淮阴破齐，而欲自王，高祖发怒，见于词色，由此观之，犹有刚强不忍之气，非子房其谁全之⑳？

太史公疑子房以为魁梧奇伟，而其状貌乃如妇人女子，不称其志气。㉑呜呼！此其所以为子房欤！

说　明

本文是苏轼在宋仁宗嘉祐六年（1061）应制科考试时所呈《进论》之一。

这是评论张良的一篇著名史论。张良，字子房，辅助刘邦灭秦攻破项羽，建立汉朝，封于留（今江苏徐州），称留侯。（见《史记·留侯世家》）此文论述张良具有大智大勇，能够在楚汉战争中执行"忍小忿而就大谋""养其全锋而待其弊"的正确策略，所以能辅佐刘邦取得天下。

首段正面提出论点，指出豪杰过人之节，在于志大能忍；次段引述黄石公授书故事，对此进行合理推断，驳议怪异旧说，醒明圯上老人用意。三段先举郑襄公肉袒迎楚君和勾践入吴为奴仆的史事作陪衬，然后正面写张良能忍小忿就大谋。四段写刘邦的胜利在于适时能忍，而这一正确决策出自张良，并举一实例予以论证。末段笔锋一转，引司马迁论张良语，看似闲文，实则借此突出张良的非凡气宇，并和首段隐隐呼应。全文论留侯主要阐扬其过人之节，而过人之节，重点在能忍小忿就大谋。正如吕祖谦《古文关键》卷二所云："先说忍与不忍之规模，方说子房受书之事，其意在不忍，此老人所以深惜，命以仆妾之役，使之忍小耻就大谋，故其后辅佐高祖，亦使忍之有成。"一篇纲目全在"忍"字，无论立意布局和收纵文势，均能摆脱旧套，翻出新意。

注 释

❶节：操守。　❷卒：通猝。　❸挟持：指抱负。　❹圯（yí）上：桥上。老人：指黄石公。《史记·留侯世家》载："良尝闲从容步游下邳圯上，有一老父，衣褐，至良所，直堕其履圯下，顾谓良曰：'孺子，下取履！'良愕然，欲殴之。为其老，强忍，下取履。父曰：'履我！'良业为取履，因长跪履之。……父去里所，复还曰：'孺子可教矣。'"并约张良五天后一早来会。前两次因张良迟到受到责备，第三次张良提前于半夜就等在桥上，老人很高兴，送给他一部《太公兵法》，告诉他"读此则为王者师矣"。　❺其事甚怪：《史记·留侯世家》载：圯上老人对张良说：其后"十三年孺子见我济北，谷城山下黄石即我矣"。太史公曰："至如留侯所见老父予书，亦可怪矣。"　❻以为鬼物：王充《论衡·自然》："张良游泗水之上，遇黄石公，授太公书，盖天佐汉诛秦，故命令神石为鬼书授人……妖气为鬼，鬼象人形。"　❼刀锯鼎镬（huò）：古代残酷的

刑具。　❽夷灭：诛锄，杀害。　❾贲（bēn）、育：孟贲、夏育，古代传说中的勇士。《史记·袁盎传》："虽贲育之勇不及陛下。"　❿而其末可乘：一本作"而其势未可乘"，与上句犯复，今从郎晔本。　⓫"子房不忍"三句：据《史记·留侯世家》载：张良原为韩国贵族，韩国灭亡后，张良为替韩复仇，曾趁秦始皇东巡博浪沙（今河南原阳县东南）时，派力士以一百二十斤的铁锥狙击，"误中副车，秦皇帝大怒，大索天下，求贼甚急，为张良故也。良乃更名姓，亡匿下邳"。这里即言此事。　⓬"其间"句：比喻非常危险。　⓭"不为"句：意谓不作安国定邦之谋。伊尹，商朝开国大臣。太公，吕尚，周朝开国大臣。⓮荆轲、聂政之计：指行刺手段。荆轲、聂政，战国时刺客。荆轲曾受燕太子丹的派遣，刺杀秦王。聂政曾受韩卿严遂的指使，刺杀韩相侠累。事均见《史记·刺客列传》。　⓯倨傲：傲慢不恭。鲜腆（tiǎn）：没有礼貌。　⓰"楚庄王"以下数句：《左传·宣公十二年》载：楚庄王围郑，郑伯肉袒牵羊以逆，楚庄王曰："'其君能下人，必能信用其民矣，庸可几（冀）乎？'退三十里，而许之平。"　⓱"勾践"三句：这三句所述史实，见于三种史籍。《左传·哀公元年》载，越王勾践被吴王夫差战败，困于会稽山上，屈服请和。《国语·越语下》载，越王勾践求和后，"令大夫种守于国，与范蠡入宦于吴，三年而吴人遣之"。《史记·越王勾践世家》载，文种去吴国求和时说："君王亡臣勾践使陪臣种敢告下执事：勾践请为臣，妻为妾。"会稽，今浙江绍兴。归臣妾于吴，到吴国作奴仆。　⓲油然：和顺貌。　⓳"此固秦皇"二句：意谓张良的能忍正是秦皇和项羽都不能激怒他的原因。项籍，项羽的名。　⓴"当淮阴破齐"以下数句：写韩信破齐时张良提醒刘邦之事。据《史记·淮阴侯列传》载：刘邦被项羽围困于荥阳，时韩信夺得齐地，派人请求自立为假王，刘邦大怒，张良、陈平踢刘邦足，提醒他不要得罪韩信。刘邦恍然大悟，立刻改口说："大丈夫定诸侯，即为真王耳，何以假为！"于是派张良前往册立韩信为齐王。淮阴，指韩信，初封齐王，后降为淮阴侯。　㉑"太史公"以下数句：《史记·留侯世家》："太史公曰：'……余以为其人计魁梧奇伟，至见其图，状貌如妇人好女。'"不称，言不相符合。

策别课百官三

【原 文】

决壅蔽

所贵乎朝廷清明而天下治平者，何也？天下不诉而无冤，不谒而得其所欲。^①此尧舜之盛也。其次不能无诉，诉而必见察；不能无谒，谒而必见省。使远方之贱吏，不知朝廷之高；而一介之小民，不识官府之难；^②而后天下治。今夫一人之身，有一心两手而已，疾痛苛痒^③，动于百体之中^④，虽其甚微不足以为患，而手随至。夫手之至，岂其一一而听之心哉？心之所以素爱其身者深，而手之所以素听于心者熟，是故不待使令而卒然以自至。^⑤圣人之治天下，亦如此而已。百官之众，四海之广，使其关节脉理，相通为一。扣之而必闻，触之而必应。夫是以天下可使为一身，天子之贵，士民之贱，可使相爱。忧患可使同，缓急可使救。

今也不然，天下有不幸，而诉其冤，如诉之于天。有不得已，而谒其所欲，如谒之于鬼神。公卿大臣不能究其详悉，而付之于胥吏^⑥。故凡贿赂之先至者，朝请而夕得；徒手而来者，终年而不获。至于故常之事，人之所当得而无疑者，莫不务为留滞，以待请属^⑦。举天下一毫之事，非金钱无以行之。

昔者汉唐之弊，患法不明，而用之不密，使吏得以空虚无据之法而绳天下，故小人以无法为奸。今也法令明具，而用之至密，举天下惟法之知。所欲排者，有小不如法，而可指以为瑕^⑧。所欲与者，虽有所乖戾⑨，而可借法以为解。故小人以法为奸。今天下所为多事者，岂事之诚多耶？吏欲有所鬻而未得⑩，则新故相仍，纷然而不决，此王化之所以壅遏而不行也⑪。

昔桓文之霸⑫，百官承职⑬，不待教令而办。四方之宾至，不求有司⑭。王猛之治秦⑮，事至纤悉，莫不尽举，而人不以为烦。盖史之所记：麻思还冀州，请于猛，猛曰："速装，行矣。"至暮而符下，及出关，郡县皆已被符⑯。其令行禁止而无留事者，至于纤悉，莫不皆然。苻坚以戎狄之种至为霸王⑰，兵强国富，垂及升平者，猛之所为，固宜其然也。

今天下治安，大吏奉法，不敢顾私，而府史之属招权鬻法⑱，长吏心知而不问，以为当然。此其弊有二而已：事繁而官不勤，故权在胥吏。欲去其弊也，莫如省事而厉精⑲。省事莫如任人，厉精莫如自上率之。

今之所谓至繁，天下之事，关于其中，诉者之多，而谒者之众，莫如中书与三司⑳。天下之事，分于百官，而中书听其治要㉑。郡县之钱币制于转运使㉒，而三司受其会计。此宜若不至于繁多。然中书不待奏课以定其黜陟，而关预其事，则是不任有司也。㉓三司之吏，推析赢虚，至于毫毛，㉔以绳郡县，则是不任转运使也。故曰：省事莫如任人。

古之圣王爱日以求治，辨色而视朝，㉕苟少安焉而至于日出，则终日为之不给。以少而言之，一日而废一事，一月则可知也，一岁，则事之积者不可胜数矣。欲事之无繁，则必劳于始而逸于终。晨兴而晏罢㉖，天子未退，则宰相不敢归安于私第，宰相日昃而不退㉗，则百官莫不震悚尽力于王事，而不敢宴游，如此则纤悉隐微莫不举矣。天子求治之勤，过于先王，而议者不称王季之晏朝，而称舜之无为。㉘不论文王之日昃，而论始皇之量书㉙。此何以率天下之怠耶。臣故曰厉精莫如自上率之，则壅蔽决矣。

说　明

苏轼于仁宗嘉祐六年（1061）应制科考试时曾奏《进策》二十五篇。其《辩试馆职策问札子》中说："臣昔于仁宗朝举制科所进策论……大抵皆劝仁宗励精庶政，督察百官，果断而力行也。"所指就是这一组政论。本篇是进策中《策别课百官》其三。文中分析了宋朝的政治弊害和社会危机，提出了改革主张。

文章以设问开篇，提出清明政治的理想，并以人身为喻，说明只有下情上达、天下一体，才能实现治平。次段用"今也不然"一转，接写当时民情壅塞、公卿推诿、官吏贪墨、贿赂公行的弊端。三段用以客衬主手法，先写汉唐法治不明不密，小人以无法作弊，而后写虽宋法明细，而小人却以法为奸，致使案件堆积，政令阻隔。四段列举古代霸主的事例，说明雷厉风行、令行禁止，方能国富兵强、做到治平。五段指出"事繁而官不勤"的弊病，提出省事厉精的建议。第六段具体申说"省事莫如任人"的道理，引述故事加以说明。第七段先写古代帝王勤于政事的事例，引出劳始逸终的论点，再说明帝王大臣的表率作用，然后拍合全文题旨。

统观全文，前半着重从理想与现实、历史与现状的对比分析中，揭露宋代官僚政治的弊害，说明"决壅蔽"的必要性和紧迫性；后半多从正反两方面的对比分析中，阐明提出"决壅蔽"方略的原因和决除壅蔽的措施。说理透辟，见解明晰，足称是一篇切中时弊的政论文。

注　释

❶"不诉"二句：谓不诉讼、不反映即能解决问题。　❷"不识"句：谓不感觉面见官府困难。　❸疾痛苛痒：语出《礼记·内则》。苛，通疴，疥疮。❹百体：指身体各种器官。　❺"是故"句：形容四肢灵活、关节畅通，身体某

处痒痛，两手会自动保护。卒，同猝。　❻胥吏：官府中的衙差小吏。　❼请属（zhǔ）：请托，指通关系。　❽指以为瑕：犹言吹毛求疵。　❾乖戾：指违法。　❿"吏欲"句：意谓官吏想卖法收贿，尚未达到目的。　⓫壅遏：堵塞。　⓬桓文之霸：桓，指齐桓公；文，指晋文公。都是春秋时的霸主。　⓭承职：奉行各自的职责。　⓮"四方"二句：谓四方来客，不需临时请有关部门解决。据《左传·襄公三十一年》载：晋文公时，晋国专设宾馆，专人负责，"公不留宾，而亦无废事"。　⓯王猛：字景略，前秦国主符坚的丞相，治国果断力行，富有方略。　⓰"盖史之所记"以下数句：据《晋书·王猛传》载：麻思流寄关右（函谷关西），因母死请假回冀州，王猛批准他立刻动身，当天晚上就签发通知。麻思刚出关，郡县都已接到公文，准予通行。说明办事效率很高。　⓱符坚：字永固，前秦国主，是氐族。　⓲招权鬻法：揽权而出卖法制。　⓳省事而厉精：精简中央官署的事务，振作精神勤于政务。　⓴中书：中书省，中央官署名。三司：指盐铁、度支、户部三司，总领国家财富。　㉑听其治要：考查掌管要务。　㉒转运使：宋时朝廷特命的路一级的常设官员，主管所属州郡水陆运转和财政税收。　㉓"然中书"以下三句：谓中书省不等有关方面的申奏考课而直接决定官员升降，这是不信任常设的职官。关预，参与。　㉔"三司"三句：意谓三司对各路财赋管得太细太死。　㉕"古之圣王"二句：言帝王勤于政事，天明即上朝听政。　㉖晏罢：晚退朝。　㉗日昃（zè）：太阳偏西。　㉘"而议者"二句：谓朝官不称颂古代帝王厉精图治，而偏鼓吹无为而治。王季，名季历，周文王之父。据说他"日中不暇食以待士"（《史记·周本纪》）。舜，指帝舜。《论语·卫灵公》云："无为而治者，其舜也与？"　㉙"不论"二句：意谓朝官不称颂周文王勤政，而讥议秦始皇量书。《尚书·无逸》说：周文王"自朝至于日中昃，不遑暇食"。《史记·秦始皇本纪》载：始皇定天下后，"天下之事无小大皆决于上，上至以衡（秤）石（一百二十斤）量书，日夜有呈（标准），不中呈，不得休息"。

策别安万民五

【原文】

教战守

夫当今生民之患，果安在哉？在于知安而不知危，能逸而不能劳。此其患不见于今，而将见于他日。今不为之计①，其后将有所不可救者。

昔者先王知兵之不可去也②，是故天下虽平，不敢忘战。秋冬之隙，致民田猎以讲武③。教之以进退坐作之方④，使其耳目习于钟鼓、旌旗之间而不乱，使其心志安于斩刈、杀伐之际而不慑⑤。是以虽有盗贼之变，而民不至于惊溃。及至后世，用迂儒之议，以去兵为王者之盛节⑥；天下既定，则卷甲而藏之。数十年之后，甲兵顿弊，而人民日以安于佚乐，卒有盗贼之警⑦，则相与恐惧讹言，不战而走。开元、天宝之际⑧，天下岂不大治？惟其民安于太平之乐，酣豢于游戏、酒食之间⑨，其刚心勇气，消耗钝眊⑩，痿蹶而不复振⑪。是以区区之禄山一出而乘之⑫，四方之民，兽奔鸟窜，乞为囚虏之不暇⑬，天下分裂，而唐室固以微矣。⑭

盖尝试论之：天下之势，譬如一身。王公贵人，所以养其身者，岂不至哉？而其平居常苦于多疾。至于农夫小民，终岁劳苦，而未尝告疾。此其故何也？夫风雨、霜露、寒暑之变，此疾之所由生也。农夫小民，盛夏力作，而穷冬暴露，其筋骸之所冲犯，肌肤之所浸渍⑮，轻霜露而狎风雨，是故寒暑不能为之毒。今王公贵人，处于重屋之下，出则乘舆，风则袭裘⑯，雨则御盖⑰。凡所以虑患之具，莫不备至。畏之太甚，而养之太过，小不如意，则寒暑入之矣。是故善养身者，使之能逸而能劳，步趋动作，使其四体狃于寒暑之变⑱，然后可以刚健强力，涉险而不伤。夫民亦然。今者治平之日久，天下之人，骄惰脆弱，如妇人孺子，不出于闺门。论战斗之事，则缩颈而股栗；闻盗贼之名，则掩耳而不愿听。而士大夫亦未尝言兵，以为生事扰民，渐不可长。此不亦畏之太甚而养之太过欤！

且夫天下固有意外之患也。愚者见四方之无事，则以为变故无自而有，此亦不然矣。今国家所以奉西北之虏者，岁以百万计⑲。奉之者有限，而求之者无厌，此其势必至于战。战者，必然之势也。不先于我，则先于彼；不出于西，则出于北。所不可知者，有迟速远近，而要以不能免也。天下苟不免于用兵，而用之不以渐，使民于安乐无事之中，一旦出身而蹈死地⑳，则其为患必有所不测。故曰：天下之民，知安而不知危，能逸而不能劳，此臣所谓大患也。

臣欲使士大夫尊尚武勇，讲习兵法；庶人之在官者㉑，教以行阵之节；役民之司盗者㉒，授以击刺之术。每岁终则聚之郡府，如古都试之法㉓，有胜负，有赏罚。而行之既久，则又以军法从事。㉔然议者必以为无故而动民，又挠以军法㉕，则民将不安。而臣以为此所以安民也。天下果未能去兵，则其一旦将以不教之民而驱之战。夫无故而动民，虽有小恐，然孰与夫一旦之危哉㉖？

今天下屯聚之兵，骄豪而多怨，陵压百姓而邀其上者㉗，何故？此其心以为天下之知战者，惟我而已。如使平民皆习于兵，彼知有所敌，则固已破其奸谋，而折其骄气。利害之际，岂不亦甚明欤！

说　明

　　本文是苏轼在仁宗嘉祐六年（1061）应制科考试时，所奏《策别》中议论"安万民"问题的第五篇。北宋中叶以后，辽和西夏成为宋朝西北边境的严重威胁，随时可能发动武装侵扰。苏轼分析了当时的形势，清醒地预见到战争不可避免，明确指出知安忘危的危险，建议朝廷改变萎靡不振的局面，使百姓"尊尚武勇，讲习兵法"，学会战守，以便应对战局。文章提出人们要知安虑危、能逸能劳。这是一篇很有见地，现实性、针对性较强的政论文。

　　开端提出居安忘危、逸而不劳，是当今大患，昭示了全文论点。第二段援引正反两方面的历史教训，论证议题。第三段以养身为喻，说明能逸而不能劳，安于太平逸乐之弊害。第四段通过分析当时形势，指明边疆辽夏的威胁，预测战争不可避免，进而说明居安忘危、逸而不劳的危害。第五段径直提出教民习武以备战守的正面主张，并对演武扰民的错误言论顺手予以反驳。末段补述教民习兵，可以破除屯聚之兵的骄气，又为教民战守增一优点，作为议论余波，收煞全文。全篇紧扣安不忘危之意反复论述，说破宋室狃于晏安之弊，析理透辟，逻辑严密，用语警策，对苟安一时的宋室君臣大声棒喝，有警世醒俗之效。王守仁云："宋嘉祐间，海内狃于晏安，而耻言兵。长公预知北狩事，故发此议论。"（《三苏文范》卷九引）宗臣云："此篇文字绝好，词意之玲珑，神髓之融液，势态之翩跹，各臻其妙。"（《三苏文范》卷九引）

注　释

　　❶为之计：设想对策。　❷先王：指夏、商、周三代帝王。　❸"秋冬之隙"二句：谓秋冬农闲时节，召集百姓打猎，借以练武。《周礼·夏官·大司马》："中秋，教治兵。"　❹"教之"句：谓教练战法。《周礼·夏官·大司马》："以教坐作、进退、疾徐、疏数之节。"　❺"使其心志"句：谓使他们习于战斗而不恐惧。慑（shè），害怕。　❻去兵：解除兵备。盛节：美好的法度。　❼卒：同猝，突然。　❽开元、天宝：唐玄宗李隆基的年号。　❾酣豢（huàn

惠）：沉醉安养。一本无"酣"字。　⑩钝眊（mào）：迟钝衰竭。　⑪瘘蹙：精力疲敝。　⑫禄山：安禄山，安史之乱的发动者，原为唐平卢、范阳、河东节度使，天宝末年起兵叛乱，攻陷长安。　⑬"四方之民"三句：言百姓奔逃，向敌乞降。据《资治通鉴》卷二百十七载：天宝十四载，安禄山反叛，"时海内久承平，百姓累世不识兵革，猝闻范阳兵起，远近震骇。河北皆禄山统内，所过州县，望风瓦解。守令或开门出迎，或弃城窜匿"。　⑭"而唐室"句：自此唐朝形成藩镇割据的局面，国家走向衰微。　⑮浸渍（zì）：被水沤泡。　⑯袭裘：加穿皮袄。　⑰御盖：打伞。　⑱狃（niǔ）：习惯。　⑲"今国家"二句：据史载，宋仁宗庆历年间，每年向辽朝献纳银二十万两，绢三十万匹；向西夏输银十万两，绢十万匹。西，指西夏。北，指辽国。百万，极言数量之多。　⑳出身：投身。蹈死地：指走出生入死的战场。　㉑"庶人"句：指在军队服役的平民。　㉒"役民"句：指从民间抽调负责捕盗的差役。　㉓都试：汉代定期集合官兵于都城演习武事的一种制度。《汉书·韩延寿传》："及都试讲武，设斧钺旌旗，习射御之事。"　㉔"则又以"句：谓按军队法规办事。　㉕挠：困扰。一本作"悚"。　㉖"夫无故而动民"三句：意谓平时使百姓练武虽小有惊扰，岂能与突发兵乱而毫无准备地应战之危险相比。　㉗邀：要挟。

喜雨亭记

【原文】

亭以雨名，志喜也。古者有喜则以名物，示不忘也。周公得禾，以名其书；①汉武得鼎，以名其年；②叔孙胜狄，以名其子；③其喜之大小不齐，其示不忘一也。

余至扶风之明年④，始治官舍，为亭于堂之北，而凿池其南，引流种树，以为休息之所。是岁之春，雨麦于岐山之阳⑤，其占为有年⑥。既而弥月不雨，民方以为忧。越三月乙卯乃雨⑦，甲子又雨⑧，民以为未足；丁卯大雨⑨，三日乃止。官吏相与庆于庭，商贾相与歌于市，农夫相与忭于野⑩，忧者以乐，病者以愈，而吾亭适成。

于是举酒于亭上，以属客而告之曰⑪："五日不雨可乎？"曰："五日不雨则无麦。""十日不雨可乎？"曰："十日不雨则无禾。"无麦无禾，岁且荐饥⑫；狱讼繁兴，而盗贼滋炽。则吾与二三子，虽欲优游以乐于此亭，其可得耶？今天不遗斯民，始旱而赐之以雨，使吾与二三子，得相与优游而乐于此亭者，皆雨之赐也。其又可忘邪？

既以名亭，又从而歌之。歌曰：使天而雨珠，寒者不得以为襦⑬；使天而雨玉，饥者不得以为粟。一雨三日，繄谁之力⑭？民曰太守⑮。太守不有，归之天子。天子曰不，归之造物。造物不自以为功，归之太空。太空冥冥⑯，不可得而名，吾以名吾亭。

说　明

宋仁宗嘉祐七年（1062）三月，苏轼在凤翔府签判任上作。本年初在府廨北修葺园亭，适值春旱，三月普降大雨，亭子刚好落成，便命名为喜雨亭，并写此留念。文章从以雨名亭写起，并征引古事，说明志喜的传统。接写建亭时春旱，后逢甘雨的经过，以及官民庆幸喜雨的情景。再以举酒亭上主客问答的形式，表明甘雨对当地经济和社会生活的重要作用。末从名亭引发一曲颂歌，进而追溯功德来源，回环摇曳，最终落笔到用以名亭。文写建亭，本属政余风雅小事，而议论关涉民生大计，反映作者关心农事，并与百姓忧乐与共的感情。笔势轻快活泼，洒脱幽默，欣喜之情溢于言表。

注　释

❶ "周公"二句：据《尚书·周书·微子之命》载，周王教把唐叔献的一株奇

特之禾赐予周公，"周公既得命禾，旅（宣扬）天子之命，作《嘉禾》"。周公，姬旦，周武王之弟。　❷"汉武"二句：据《史记·孝武本纪》载：汉武帝元狩六年，在汾水上得一宝鼎，遂改年号为元鼎元年。　❸"叔孙"二句：据《左传·文公十一年》载：狄人侵鲁，鲁文公命叔孙得臣率兵追击，击败狄军，俘获侨如。为纪念这次胜利，叔孙得臣把儿子宣伯改名为侨如。　❹扶风：旧郡名，即凤翔府，治所在今陕西凤翔。苏轼于嘉祐六年十二月到凤翔签判任。　❺雨麦：播种麦子，一说天上落下麦子。岐山：在今陕西岐山县东北。　❻占：预卜。有年：丰年。　❼越：这里应作"至"讲。乙卯：三月初八日。　❽甲子：三月十七日。　❾丁卯：三月二十日。　❿忭（biàn）：欢乐。　⓫属（zhǔ）客：以酒劝客。　⓬荐饥：连年饥荒。《左传·僖公十三年》："晋荐饥。"孔颖达疏引李巡说："连年不熟曰荐。"　⓭襦：泛指棉衣。　⓮繄（yī）：语助词。　⓯太守：当时凤翔府太守是宋选，字子才。　⓰冥冥：高远貌。

超然台记

【原　文】

凡物皆有可观。苟有可观，皆有可乐，非必怪奇玮丽者也。餔糟啜醨皆可以醉①，果蔬草木皆可以饱。推此类也，吾安往而不乐。夫所为求福而辞祸者②，以福可喜而祸可悲也。人之所欲无穷，而物之可以足吾欲者有尽。美恶之辨战乎中，而去取之择交乎前，则可乐者常少，而可悲者常多，是谓求祸而辞福。夫求祸而辞福，岂人之情也哉！物有以盖之矣③。彼游于物之内，而不游于物之外。物非有大小也。自其内而观之，未有不高且大者也。彼挟其高大以临我，则我常眩乱反覆④，如隙中之观斗，又乌知胜负之所在。是以美恶横生，而忧乐出焉。可不大哀乎！

余自钱塘移守胶西⑤,释舟楫之安,而服车马之劳;去雕墙之美,而庇采椽之居⑥;背湖山之观,而行桑麻之野。始至之日,岁比不登⑦,盗贼满野,狱讼充斥,而斋厨索然,日食杞菊⑧。人固疑余之不乐也。处之期年⑨,而貌加丰,发之白者,日以反黑。余既乐其风俗之淳,而其吏民亦安予之拙也。于是治其园圃,洁其庭宇,伐安丘、高密之木以修补破败⑩,为苟完之计。而园之北,因城以为台者旧矣,稍葺而新之。时相与登览,放意肆志焉。南望马耳、常山⑪,出没隐见,若近若远,庶几有隐君子乎?而其东则卢山⑫,秦人卢敖之所从遁也⑬。西望穆陵⑭,隐然如城郭,师尚父、齐桓公之遗烈,犹有存者⑮。北俯潍水⑯,慨然太息,思淮阴之功,而吊其不终。⑰台高而安,深而明,夏凉而冬温。雨雪之朝,风月之夕,余未尝不在,客未尝不从。撷园蔬⑱,取池鱼,酿秫酒⑲,瀹脱粟而食之⑳,曰:乐哉游乎!

方是时,余弟子由适在济南,闻而赋之,且名其台曰"超然"。㉑以见余之无所往而不乐者,盖游于物之外也。

说 明

宋神宗熙宁七年(1074)秋,苏轼由杭州通判调任密州知州,次年冬修葺北城上高台,命名为超然台。苏轼当年怀有救世济民的抱负,因不赞同王安石激进变法的某些措施,不为朝臣所容,自请外任已有数年。仕途上的不顺,生活环境的改变,心情不免产生某些矛盾。苏轼善于从道家吸取超然物外的思想精义,摆脱某些思想苦闷,求得心理舒惬和平衡。这篇记文就体现了他洒脱开旷的襟怀。

起段泛论超然之乐。先从物皆有可观、可乐,推演出无往不乐,为全文立下纲领;再从物我关系上,申说忧乐之所由来;进而说明不善役物,必将招致烦恼。次段入题记事,描述游台之乐。由移守胶西,环境变化,自己逐渐适应,写到修葺高台,进而描绘登台游赏所见的景观和所感受的无限乐趣。末段点明台名的由来，并以游于物外、无往不乐画龙点睛，归结全篇。全文融议论、记事、抒情于一体，紧扣"超然之乐"逐层递进，由理入事，由事及景，再用理收煞，虚实相生，收纵自如。正如《古文观止》所评："是记先发超然之意，然后入事。其叙事处，忽及四方之形胜，忽入四时之佳景，俯仰情深，而总归之一乐，真能超然物外者矣。"

注　释

❶餔糟啜醨：语出《楚辞·渔父》："众人皆醉，何不餔其糟而啜其醨。"餔（bǔ），食。糟，酒渣。啜（chuò），饮。醨（lí），薄酒。　❷所为：犹所谓，别本作"所谓"。　❸盖：蒙蔽。　❹眩乱：眼花缭乱　❺胶西：山东胶河以西地区，这里指密州（州治在今山东诸城）。　❻采椽：用栎木做椽子不加斧削。采，栎木。《韩非子·五蠹》："尧之王天下也，茅茨不翦，采椽不斫。"　❼岁比不登：连年歉收。　❽杞菊：枸杞子、菊花。苏轼《后杞菊赋序》写他移守胶西，斋厨索然，"日与通守刘君廷式循古城废圃求杞菊食之"。　❾期年：一周年。　❿安丘、高密：均为密州辖地，今山东县市名。　⓫马耳：山名，在今山东诸城南五里。常山：在今山东诸城南二十里。　⓬卢山：在诸城南三十里，本名故山，因卢敖隐居于此山而得名。　⓭卢敖：苏轼《卢山五咏·卢敖洞》诗自注云："《图经》云：敖，秦博士，避难此山，遂得道。"《淮南子·道应训》"卢敖游乎北海"句，许慎注云："卢敖，燕人，秦始皇召以为博士，使求神仙，亡而不返也。"　⓮穆陵：关名，在今山东临朐大岘山上，春秋时齐以为南天险。《左传·僖公四年》载：齐桓公伐楚，管仲对楚国使臣说：齐地"南至于穆陵"，即指此。　⓯"师尚父"二句：谓吕尚、齐桓公之遗风犹存。师尚父，即姜太公吕尚，曾辅佐周武王建立周王朝，武王尊为师尚父，封于齐。齐桓公，春秋齐国国君，五霸之一。　⓰潍水：源出山东箕屋山，流经诸城、高密等地，至昌邑入莱州湾。　⓱"思淮阴"二句：据《史记·淮阴侯列传》：韩信伐齐，楚使龙且将，号称二十万救齐。韩信与龙且夹潍水为阵，用决囊壅水之计击杀龙且。淮阴，指韩信，因辅佐刘邦有功，初封齐王，有人告他谋反，降为淮阴侯，后为吕后所杀。　⓲撷（xié）：采

摘。　⑲秫（shú）酒：以黏高粱酿造的酒。　⑳瀹（yuè）脱粟：煮米饭。瀹，以汤煮物。脱粟，去皮的米。　㉑"余弟"三句：时其弟苏辙（字子由）在齐州任掌书记。苏辙《超然台赋·序》云："《老子》曰：'虽有荣观，燕处超然。'尝试以'超然'命之可乎？因为之赋。"

李君山房记

【原　文】

　　象犀珠玉怪珍之物①，有悦于人之耳目，而不适于用。金石草木丝麻五谷六材②，有适于用，而用之则弊，取之则竭。悦于人之耳目，而适于用；用之而不弊，取之而不竭；贤不肖之所得，各因其才；仁智之所见，各随其分；③才分不同，而求无不获者，惟书乎。

　　自孔子圣人，其学必始于观书。④当是时，惟周之柱下史老聃为多书⑤。韩宣子适鲁，然后见《易象》与《鲁春秋》。⑥季札聘于上国，然后得闻《诗》之风雅颂。⑦而楚独有左史倚相，能读《三坟》《五典》《八索》《九丘》。⑧士之生于是时，得见六经者盖无几⑨，其学可谓难矣！而皆习于礼乐，深于道德，非后世君子所及。

　　自秦汉以来，作者益众，纸与字画日趋于简便⑩，而书益多，世莫不有，然学者益以苟简何哉⑪？余犹及见老儒先生，自言其少时，欲求《史记》《汉书》而不可得；幸而得之，皆手自书，日夜诵读，惟恐不及。近岁市人转相摹刻⑫，诸子百家之书，日传万纸，学者之于书，多且易致如此，其文词学术，当倍蓰于昔人⑬，而后生科举之士，皆束书不观，游谈无根，此又何也？

　　余友李公择，少时读书于庐山五老峰下白石庵之僧舍，公择既去，而山中之人思之，指其所居为李氏山房。藏书凡九千余卷。公择既已涉其流，探其源，采剥其华实⑭，而咀嚼其膏味，以为己有，发于文词，见于行事，以闻名于当世矣。而书固自如也，未尝少损。将以遗来者，供其无穷之求，而各足其才分之所当得。是以不藏于家，而藏于其故所居之僧舍。此仁者之心也！

　　余既衰且病，无所用于世，惟得数年之闲，尽读其所未见之书，而庐山固所愿游而不得者，盖将老焉⑮。尽发公择之藏，拾其余弃以自补，庶有益乎？而公择求余文以为记，乃为一言，使来者知昔之君子见书之难，而今之学者，有书而不读，为可惜也。

说　明

　　本文系熙宁九年（1076）在密州作。李君，指李常，字公择，南昌军建昌（今江西南城县）人，做过齐州（今山东济南）知州，是黄庭坚的舅父，苏轼认识黄庭坚是经李常介绍的。李常早年力学，藏书很多，苏轼《约公择饮是日大风》诗有"先生生长匡庐山，山中读书三十年"之句。李氏山房在庐山，本篇是应李常之约所写的一篇藏书记。

　　首段以珠宝、五谷等作比衬，阐明书籍的作用和优点；次段列举五位古人，叙述古代得书之难和古人学业之深；三段概述秦汉以来书籍日多，而学风日下，再举老儒勤奋好学加以反衬，进而针砭目前后生学风轻浮；四段进入本题，正面写李常藏书宏富、成就博雅，并赞扬其以藏书惠泽后代的深远用意；末段现身说法，表示自己展读李氏藏书的愿望，交代作记缘起，并提示后学珍惜有利条件，认真刻苦读书。茅坤云："题本小，而文旨特放而远之。"（《宋大家苏文忠公文抄》卷二十三）这正说明了本文立意超拔不凡。

注 释

❶象犀:象牙、犀牛角。 ❷六材:指干、角、筋、胶、丝、漆六种材料。
❸"仁智"二句:谓仁者、智者都会因天分才智之不同而各有所见。 ❹"自孔
子"二句:《史记·孔子世家》谓孔子读书刻苦,"读《易》,韦编三绝"。 ❺周
之柱下史:老子姓李名耳,字聃,曾为周王室的柱下守藏史(掌管藏书的官)。
❻"韩宣子"二句:谓晋国大夫韩宣子到鲁国见到《易象》和《鲁春秋》。《左
传·昭公二年》载:韩宣子被派往鲁国行朝聘礼,得"观书于大史氏,见《易象》
与《鲁春秋》,曰:'周礼尽在鲁矣。'" ❼"季札"二句:季札,春秋吴国公
子。《左传·襄公二十九年》载:季札朝聘于鲁,请观周乐,鲁国使乐工为之歌二
南、国风和雅、颂,季札一一作了评论。 ❽"而楚独有左史倚相"二句:《左
传·昭公十二年》载:楚灵王对子革说:左史倚相"是良史也,子善视之,是能
读《三坟》《五典》《八索》《九丘》"。左史,官名。倚相,人名。《三坟》《五
典》《八索》《九丘》,传说我国最早的古籍,见于孔安国《尚书·序》。 ❾六经:
《庄子·天运》:"丘(孔丘)治《诗》《书》《礼》《乐》《易》《春秋》六经,自
以为久矣。" ❿"纸与字画"句:古代无纸,秦汉以前文字主要刻写在甲骨、青
铜器、石块、竹木条等书写材料上。秦汉以来竹木简册和帛书成为主要书写材料,
后汉时期发明了纸,六朝隋唐演变成为手抄的帛书和纸书,五代时起开始发展为
印本。这句说明文字的笔画书法越来越方便。 ⓫益以苟简:意谓越发不认真。
⓬转相摹刻:辗转翻印。 ⓭"当倍蓰"句:谓当超过前人好几倍。蓰,五倍。
⓮华实:花果,喻指书中精华。 ⓯盖将老焉:言将终老于此。

日　喻

【原 文】

生而眇者不识日①，问之有目者。或告之曰："日之状如铜盘。"扣盘而得其声，他日闻钟，以为日也。或告之曰："日之光如烛。"扪烛而得其形，他日揣籥②，以为日也。

日之与钟、籥亦远矣，而眇者不知其异，以其未尝见而求之人也。道之难见也甚于日，而人之未达也，无以异于眇。达者告之，虽有巧譬善导，亦无以过于盘与烛也。自盘而之钟，自烛而之籥，转而相之③，岂有既乎④？故世之言道者，或即其所见而名之，或莫之见而意之，皆求道之过也。然则道卒不可求欤？苏子曰："道可致而不可求。"何谓致？孙武曰："善战者致人，不致于人。"⑤子夏曰："百工居肆，以成其事，君子学以致其道。"⑥莫之求而自至，斯以为致也欤？

南方多没人⑦，日与水居也，七岁而能涉，十岁而能浮，十五而能没。夫没者岂苟然哉？必将有得于水之道者。日与水居，则十五而得其道；生不识水，则虽壮，见舟而畏之。故北方之勇者，问于没人，而求其所以没，以其言试之河，未有不溺者也。故凡不学而务求道，皆北方之学没者也。

昔者以声律取士⑧，士杂学而不志于道；今者以经术取士⑨，士求道而不务学。渤海吴君彦律⑩，有志于学者也，方求举于礼部，作《日喻》以告之。⑪

说 明

本篇是宋神宗元丰元年（1078）苏轼任徐州知州时作。文中以"盲人识日""北人学没"为喻，从正反两方面说明求道必须认真学习、亲身履践。依靠片面之见、主观臆测必然导致误谬。不去接触实际，真正的道是学不到手的。文章以盲人识日导致误解的故事发端；接着辨析道比日更难于认识，并指出今人求道之弊，且引述孙武、子夏之语，说明道可致而不可求，提出全文主旨；再写南人日与水居，善于潜水，北人生不识水，学潜水时不靠实践力行，仅凭问询，实难如愿；末以点明此文用意，激励后学有志于学收结。此文即物明理，是善于用形象比喻的议论文。

注 释

❶生而眇者：天生失明的人。眇（miǎo），瞎一只眼，这里泛指双目失明。
❷揣籥（yuè）：摸着一支笛状的管乐器。　❸转而相之：言一个比喻连着一个比喻地辗转形容。　❹既：尽。　❺"孙武曰"三句：谓善于用兵者使敌就范，而不为敌人所诱致。孙武，春秋齐国军事家，著有兵书《孙子》。《孙子·虚实篇》："凡先处战地而待敌者佚，后处战地而趋战者劳。故善战者致人，而不致于人。"
❻"子夏曰"四句：子夏，孔子弟子，名卜商。这里所引子夏的话，见于《论语·子张》。　❼没人：潜水的人。　❽"昔者"句：指北宋前期，承唐代科举制，以诗赋取士。　❾"今者"句：指王安石变法时改为经术取士。《东都事略·本纪八》：宋神宗熙宁四年"罢贡举词赋科，以经术取士"。　❿渤海：郡名，治所在今山东阳信。吴君彦律：吴彦律，名琯，时任徐州监酒正字。　⓫"方求举于礼部"二句：据《乌台诗案》载："元丰元年，轼知徐州。十月十三日，在本州监酒正字吴琯锁厅得解，赴省试。轼作文一篇，名为《日喻》，以讥讽近日科场之士，但务求进，不务积学，故皆空言而无所得。以讥讽朝廷更改科场新法不便也。"

答黄鲁直书

【原　文】

　　轼顿首再拜鲁直教授长官足下①。轼始见足下诗文于孙莘老之坐上②，耸然异之，以为非今世之人也。莘老言："此人，人知之者尚少，子可为称扬其名。"轼笑曰："此人如精金美玉，不即人而人即之，将逃名而不可得，何以我称扬为？然观其文以求其为人，必轻外物而自重者，今之君子莫能用也。"其后过李公择于济南③，则见足下之诗文愈多，而得其为人益详，意其超逸绝尘，独立万物之表，驭风骑气，以与造物者游④，非独今世之君子所不能用，虽如轼之放浪自弃，与世阔疏者，亦莫得而友也。今者辱书词累幅⑤，执礼恭甚，如见所畏者，何哉？轼方以此求交于足下，而惧其不可得，岂意得此于足下乎？喜愧之怀，殆不可胜。然自入夏以来，家人辈更卧病，忽忽至今，裁答甚缓，想未深讶也。《古风》二首，托物引类，真得古诗人之风，而轼非其人也。聊复次韵⑥，以为一笑。秋暑，不审起居何如？未由会见，万万以时自重。

说　明

　　元丰元年（1078）初，北京（大名府）国子监教授黄庭坚，致信徐州知州苏轼，并附《古风》二首，表达了对苏轼的景仰倾慕之情。本年秋，苏轼次韵奉和，并写了这封书函。函中追述两次见黄庭坚诗文的感受，由观其文而知其人，称扬了对方超尘拔俗的品格，表示能与他结为朋友甚感欣慰，末以复函稽迟，问候对方收结。这封书函显示出苏轼虚怀若谷，谦逊自处，表现出他对初露头角的后进人才敏锐识拔，热情奖掖。

注 释

❶鲁直：黄庭坚字鲁直，号山谷道人。洪州分宁（今江西修水）人，英宗治平四年（1067）进士。时为北京（今河北大名）国子监教授。 ❷孙莘老：孙觉，字莘老，苏轼之友，黄庭坚的岳父。据苏轼《墨妙亭记》，熙宁四年（1071）十一月，孙觉移守湖州，次年十二月，时任杭州通判的苏轼因事至湖州晤孙觉，当于此时在孙觉处见到黄庭坚诗文。 ❸李公择：李常，字公择，苏轼友人，黄庭坚的舅父。熙宁十年（1077）正月，苏轼由密州赴徐州知州任途中，路经济南，会晤李常，时李常为齐州知州。 ❹"驭风"二句：形容黄庭坚品格超拔，不受世俗羁绊。《庄子·逍遥游》描写超人："吸风饮露，乘云气，御飞龙，而游乎四海之外。" ❺"今者"句：指元丰元年，黄庭坚寄赠苏轼《古风》二首，诗中托物寄意，对苏轼极表敬重。黄诗《古风》二首，见《山谷诗集》卷一。 ❻聊复次韵：苏轼次韵诗题名《次韵黄鲁直见赠古风二首》，见《苏轼诗集》卷十六。

文与可画筼筜谷偃竹记

【原 文】

竹之始生，一寸之萌耳①，而节叶具焉。自蜩腹蛇蚹以至于剑拔十寻者，生而有之也。②今画者乃节节而为之，叶叶而累之，岂复有竹乎？故画竹必先得成竹于胸中，执笔熟视，乃见其所欲画者，急起从之，振笔直遂③，以追其所见，如兔起鹘落④，少纵则逝矣。

与可之教予如此。予不能然也，而心识其所以然。夫既心识其所以然，而不能然者，内外不一，心手不相应，不学之过也。故凡有见于中而操之不熟者，平居自视了然，而临事忽焉丧之，岂独竹乎？子由为《墨竹赋》以遗与可曰⑤："庖丁，解牛者也，而养生者取之；⑥轮扁，斫轮者也，而读书者与之。⑦今夫夫子之托于斯竹也，而予以为有道者则非邪？"⑧子由未尝画也，故得其意而已。若予者，岂独得其意，并得其法。

　　与可画竹，初不自贵重，四方之人持缣素而请者⑨，足相蹑于其门⑩。与可厌之，投诸地而骂曰："吾将以为袜材。"士大夫传之，以为口实。⑪及与可自洋州还，而余为徐州。⑫与可以书遗余曰："近语士大夫，吾墨竹一派⑬，近在彭城，可往求之。袜材当萃于子矣。"⑭书尾复写一诗，其略曰："拟将一段鹅溪绢，扫取寒梢万尺长。"⑮予谓与可："竹长万尺，当用绢二百五十匹⑯，知公倦于笔砚，愿得此绢而已。"与可无以答，则曰："吾言妄矣。世岂有万尺竹哉？"余因而实之⑰，答其诗曰："世间亦有千寻竹，月落庭空影许长。"与可笑曰："苏子辩矣，然二百五十匹绢，吾将买田而归老焉。"因以所画《筼筜谷偃竹》遗予曰："此竹数尺耳，而有万尺之势。"筼筜谷在洋州，与可尝令予作洋州三十咏⑱，《筼筜谷》其一也。予诗云："汉川修竹贱如蓬⑲，斤斧何曾赦箨龙⑳。料得清贫馋太守，渭滨千亩在胸中。"㉑与可是日与其妻游谷中，烧笋晚食，发函得诗，失笑喷饭满案。

　　元丰二年正月二十日，与可没于陈州㉒。是岁七月七日，予在湖州曝书画㉓，见此竹，废卷而哭失声。昔曹孟德祭桥公文，有车过腹痛之语㉔。而予亦载与可畴昔戏笑之言者，以见与可于予亲厚无间如此也。

说 明

　　筼筜谷，在陕西洋县西北，谷中多竹。熙宁八年（1075）文同任洋州知州，曾在谷中筑亭。文与可，名同，字与可，梓潼（今四川县名）人，苏轼的表兄、好友，北宋大画家，尤长于画竹。曾画《筼筜谷偃竹》赠苏轼。元丰二年（1079）正月，与可病逝。七月苏轼在湖州曝晒书画，看到与可这幅遗作，写了这篇题记。

　　首段记述与可画竹的经验，并论述经验和理论，说明必先成竹在胸，方能振笔直书，既要领会这种经验，又要在实践中操作，方能领悟掌握，心手相应。次段紧扣画竹之事，追忆与可生前故事，以及两人亲切有趣的交往。末段初叙撰写此文的时间和原委，点明系睹物怀人而作，并引曹操祀旧友的掌故，比喻自己同与可感情亲厚无间。全文论画精辟深邃，叙事洒脱生动，行文轻灵自然，是一篇引人入胜的文艺随笔。其中"画竹必先得成竹于胸中"一语，为其门生晁补之《赠文潜甥杨克一学文与可画竹求诗》诗化用云："与可画竹时，胸中有成竹。"此后，"胸有成竹"成为人们熟悉的语典。

注 释

　　❶萌：嫩芽。　❷"自蜩腹蛇蚹"二句：形容竹开始拔节生长，笋壳逐渐脱落，犹如蜩腹蛇蚹，越长越高，这是自然生成的。蜩（tiáo）腹，蝉的肚皮。蛇蚹（fù），蛇腹下的横鳞。喻指拔节的竹笋。剑拔十寻，形容长势很快，八尺曰寻。　❸振笔直遂：挥笔落纸，一气呵成。遂，完成。　❹兔起鹘落：兔子飞跑，鹘鸟（鹰类）降落，形容捕捉形象变换迅速。　❺《墨竹赋》，见苏辙《栾城集》卷十七。　❻"庖丁"三句：《庄子·养生主》写一故事说：庖丁解牛技艺高妙，能洞悉牛的骨骼肌理，运刀自如，十九年解了数千只牛，其刀刃还同新磨的一样，毫无损伤。文惠君听了庖丁的经验介绍，说："善哉！吾闻庖丁之言，得养生焉。"庖丁，厨师。　❼"轮扁"三句：《庄子·天道》载一则故事说：桓公在堂上读书，轮扁在堂下斫轮，轮扁停下工具，说桓公所读的书都是

古人的糟粕，桓公责问其由。轮扁说：臣斫轮"不徐不疾，得之于手而应于心，口不能言，有数存焉于其间"，却无法用口传授给别人。读书者与之，谓齐桓公赞许他的见解。　❽"今夫子"二句：谓现在您借画竹来寄托这番道理，我认为您是一位深晓规律者，难道不是吗？　❾缣素：供书画用的白色细绢。　❿"足相蹑（niè）"句：言求与可画竹的人很多。足相蹑，脚互相踩踏。　⓫口实：话柄，笑话。　⓬"及与可"二句：与可熙宁八年（1075）就任洋州，熙宁十年任满还京，苏轼于这年四月到徐州任知州。　⓭墨竹一派：善画墨竹的人，指苏轼。　⓮"袜材"句：谓求画的细绢当聚集到你处。　⓯"拟将"句：言用细绢绘画长竹。鹅溪，在四川盐亭县西北，附近产名绢，称鹅溪绢，宋人多用以作书画材料。扫取，抹画。寒梢，竹竿。　⓰"竹长"二句：古时以四十尺为一匹，二百五十匹正合一万尺。　⓱实之：举例证实有万尺竹的可能。　⓲洋州三十咏：全题为《和文与可洋州园亭三十吟》，系熙宁九年（1076）作于密州任所。　⓳汉川：陕西水名，即汉水，流经洋县。　⓴箨（tuò）龙：指竹笋。　㉑"渭滨"句：言将大量竹笋吞没。《史记·货殖列传》："渭川千亩竹……此其人皆与千户侯等。"这里戏用此典。　㉒陈州：治所在今河南周口淮阳区。　㉓湖州：今浙江湖州吴兴区，时苏轼任湖州知州。　㉔"昔曹孟德"二句：建安七年（202）曹操军过浚仪，遣使以太牢祀旧友桥玄。祀文说："承从容约誓之言：'殂逝之后，路有经由，不以斗酒只鸡过相沃酹，车过三步，腹痛勿怪。'虽临时戏笑之言，非至亲之笃好，胡肯为此辞乎？"（《三国志·魏书·武帝纪》裴松之注引《褒赏令》）苏轼以此典比喻自己与与可的情谊笃厚。

与王定国书

【原　文】

某启。罪大责轻，得此甚幸，未尝戚戚。但知识数十人①，缘我得罪，而定国为某所累尤深，流落荒服②，亲爱隔阔。每念至此，觉心肺间便有汤火芒刺。今得来教，既不见弃绝，而能以道自遣，无丝发蒂芥③，然后知定国为可人，而不肖他日犹得以衰颜白发厕宾客之末也。甚幸！甚幸！恐从者不由此过，故专遣人致区区④。惟愿定国深自爱重，仍以戒我者自戒而已。临书悒悒⑤，不知此人到江，犹及见仙舟否⑥？匆匆，不宣。

说　明

　　王巩，字定国，大名莘县（今属山东）人，工于诗，与苏轼交谊甚厚。因苏轼乌台诗案文字狱，受到株连，被谪宾州（今广西宾阳县）监酒税。苏轼贬黄州后，对王巩的远放，甚感不安，但王巩赴贬所途中却致书安慰苏轼。本文是元丰三年（1080）苏轼写给王定国的回信。信中倾吐因自己获罪而连累朋友的负疚心情。"每念至此，觉心肺间便有汤火芒刺"，措辞十分真实痛切。对王氏珍重友谊，不以得势失势定弃取的人品，以及胸无芥蒂、善于自遣的宽广胸怀，极表赞许。信末提醒对方举措谨慎，深自爱重。书札虽短，言简意深，体现了作者关念挚友，深于情谊。

注　释

　　❶知识数十人：指几十位友好。乌台诗案结案时，株连了许多人。王诜、王巩等受贬斥，司马光等数十人各受到罚铜的处分。　❷荒服：指离皇城最远的地区。　❸蒂芥：草芥，比喻心中郁积。司马相如《子虚赋》："吞若云梦者八九于其胸中，曾不蒂芥。"　❹区区：一点诚恳的心意。《古诗十九首》："一心抱区区，惧君不识察。"　❺悒悒：郁闷惆怅貌。　❻仙舟：指装饰华丽的游船。

方山子传

【原 文】

方山子，光、黄间隐人也①。少时慕朱家、郭解为人②，闾里之侠皆宗之③。稍壮，折节读书④，欲以此驰骋当世⑤，然终不遇。晚乃遁于光、黄间，曰岐亭⑥。庵居蔬食，不与世相闻。弃车马，毁冠服，徒步往来山中，人莫识也。见其所著帽，方屋而高⑦，曰："此岂古方山冠之遗像乎⑧！"因谓之方山子。

余谪居于黄，过岐亭，适见焉。⑨曰："呜呼！此吾故人陈慥季常也，何为而在此？"方山子亦矍然问余所以至此者⑩。余告之故，俯而不答，仰而笑，呼余宿其家，环堵萧然⑪，而妻子奴婢皆有自得之意。余既耸然异之。

独念方山子少时，使酒好剑⑫，用财如粪土，前十有九年⑬，余在岐下⑭，见方山子从两骑，挟二矢，游西山，鹊起于前，使骑逐而射之，不获，方山子怒马独出⑮，一发得之。因与余马上论用兵及古今成败，自谓一世豪士。今几日耳，精悍之色，犹见于眉间，而岂山中之人哉？

然方山子世有勋阀，当得官，使从事于其间，今已显闻。⑯而其家在洛阳，园宅壮丽，与公侯等。河北有田，岁得帛千匹，亦足以富乐。皆弃不取，独来穷山中，此岂无得而然哉？

余闻光、黄间多异人，往往阳狂垢污⑰，不可得而见，方山子傥见之与！

说　明

　　本篇是元丰四年（1081）苏轼在黄州为陈慥写的别传。方山子，即陈慥，字季常，眉州青神（四川县名）人，苏轼好友。早年豪侠，晚年隐居岐亭。苏轼贬黄州期间，曾三次去岐亭拜望陈慥，陈慥也曾七次来黄访问苏轼，二人过从甚密。此文对陈慥毅然抛弃富贵安荣，到穷山僻岭中隐居，深表惊异和敬佩，认为他具有独诣的道德修养，并为他的才能未得施展而感到遗憾。

　　起段总述方山子平生出处大略，由少时豪侠，到壮时折节读书，晚年隐沦山中，并由居处衣冠带出他的别号，给人物涂上一层神秘色调。次段叙述两人岐亭相遇时的惊喜情景，再借环境氛围映现传主的超尘品格和家门风范。三、四段以回忆方式追叙方山子少年时的勇武英俊，以及其家世门第的显贵壮丽，并以摒弃安乐、敝屣富贵突出其卓异人格。收尾数句以"光、黄间多异人"，衬映其为人少见，回应发端。全篇紧扣隐、侠两端，选取传主平生异乎常人的小事加以描述。写来风神散朗，形象生动，性格鲜明，极尽行文之妙。

注　释

　　❶光、黄：光州、黄州，两州邻界。光州，治所在今河南潢川县。　❷朱家、郭解：都是西汉时著名的游侠，专门趋人之急，济人之危。其事迹见《史记·游侠列传》。　❸闾里之侠：乡里的侠义之士。　❹折节：改变原来的志节。《后汉书·段颎传》："颎少便习弓马……长乃折节好古学。"　❺驰骋当世：在当代施展才能和抱负。　❻岐亭：宋时镇名，在今湖北麻城西南。　❼方屋：指方形的帽顶。　❽方山冠：古代冠名。《后汉书·舆服志下》："方山冠，似进贤，以五彩縠为之。"　❾"余谪居于黄"三句：苏轼《岐亭五首叙》："元丰三年正月，余始谪黄州，至岐亭北二十五里，山上有白马青盖来迎者，则余故人陈慥季常也。为留五日，赋诗一篇而去。"　❿矍（jué）然：惊讶相看的样子。　⓫环堵萧然：形容室内空无所有。陶潜《五柳先生传》："环堵萧然，不蔽风日。"　⓬使酒：喝酒后任性而行。　⓭前十有九年：宋仁宗嘉祐八年（1063），

苏轼任凤翔签判时，陈慥之父陈希亮知凤翔府，苏轼这时开始与其子陈慥定交。距本年正十九年。　⑭岐下：指凤翔，凤翔境内有岐山。　⑮怒马：使马振怒飞驰。　⑯"然方山子"四句：谓其世代有功，出身于这种门第，当能恩荫得官。苏轼《陈公弼传》说：陈希亮，字公弼，官至太常少卿。"当荫补子弟，辄先其族人，卒不及其子慥。"　⑰阳狂：即佯狂，装疯。垢污：涂抹污垢。

前赤壁赋

【原　文】

壬戌之秋①，七月既望②，苏子与客泛舟，游于赤壁之下。清风徐来，水波不兴。举酒属客，诵《明月》之诗③，歌《窈窕》之章④。少焉，月出于东山之上，徘徊于斗、牛之间⑤。白露横江，水光接天。纵一苇之所如⑥，凌万顷之茫然⑦。浩浩乎如冯虚御风⑧，而不知其所止；飘飘乎如遗世独立，羽化而登仙⑨。

于是饮酒乐甚，扣舷而歌之⑩。歌曰："桂棹兮兰桨⑪，击空明兮溯流光⑫，渺渺兮予怀⑬，望美人兮天一方⑭。"客有吹洞箫者⑮，倚歌而和之。其声呜呜然，如怨如慕，如泣如诉，余音袅袅⑯，不绝如缕，舞幽壑之潜蛟，泣孤舟之嫠妇。⑰苏子愀然⑱，正襟危坐而问客曰⑲："何为其然也？"

客曰："'月明星稀，乌鹊南飞'⑳，此非曹孟德之诗乎？西望夏口㉑，东望武昌㉒，山川相缪㉓，郁乎苍苍㉔，此非孟德之困于周郎者乎㉕？方其破荆州㉖，下江陵㉗，顺流而东也，舳舻千里㉘，旌旗蔽空，酾酒临江㉙，横槊赋诗㉚，固一世之雄也，而今安在哉？况吾与子渔樵于江渚之上，侣鱼虾而友麋鹿，驾一叶之扁舟，举匏樽以相属[31]。寄蜉蝣于天地[32]，渺沧海之一粟[33]。哀吾生之须臾，羡长江之无穷。挟飞仙以遨游，抱明月而长终。知不可乎骤得，托遗响于悲风[34]。"

苏子曰："客亦知夫水与月乎？逝者如斯[35]，而未尝往也；盈虚者如彼，而卒莫消长也。盖将自其变者而观之，则天地曾不能以一瞬；自其不变者而观之，则物与我皆无尽也[36]，而又何羡乎！且夫天地之间，物各有主，苟非吾之所有，虽一毫而莫取。惟江上之清风，与山间之明月，耳得之而为声，目遇之而成色，取之无禁[37]，用之不竭，是造物者之无尽藏也，而吾与子之所共适。"[38]

客喜而笑，洗盏更酌，肴核既尽，杯盘狼籍。[39]相与枕藉乎舟中，不知东方之既白。

说　明

元丰五年（1082）秋，苏轼谪贬黄州期间，与友人同游赤壁，写了这篇名作。苏轼《与范子丰》书中，谈到游黄冈赤壁的情景说："黄州少西，山麓斗入江中，石室如丹。传云：'曹公败所'所谓赤壁者。或曰：'非也。'……今日李委秀才来相别，因以小舟载酒饮赤壁下。李善吹笛，酒酣作数弄，风起水涌，大鱼皆出。山上有栖鹘，亦惊起。坐念孟德、公瑾，如昨日耳。"本篇抒发了游赤壁的感慨，反映了作者贬官黄州时期因政治失意而引起的思想矛盾和精神苦闷，体现了他自我解决矛盾的通达乐观的人生态度。

文中以泛舟夜游赤壁为线索，紧紧围绕思想感情的起伏变化而逐次展开。首段写秋夜赤壁泛舟，与客饮酒观景，月明风清，环境美妙，有羽化登仙之感。次段写歌声的思慕，箫声的悲凉，稍含怅惘感喟，由此引发主客问答。三段借客之口即景怀古，由曹操的故事说到当前作者与友人渔樵于江上的生活，抒发了功业不遂、人生短促的感慨。四段以主对答的形式，阐发对人生的看法，先说自然宇宙无不流动，从不变的视角来看，物我均无穷尽；再说天地之间，物各有主，惟清风明月，是宇宙间无尽宝藏，我等可尽情领略。这就解脱了上段所涉及的苦闷。末段转悲为喜，欣然收煞。作者巧妙地运用写景、抒情、说理三种手法，寓情于景，借景明理，阐明变与不变和物我无尽的观点，含有辩证法的因素，具有积极的认识意义。全篇散骈结合，文辞生动，情韵潇洒，不啻是一篇优美的散文诗。《三苏文范》卷十六引钟惺云："《赤壁》二赋，皆赋之变也。此又变中之至理奇趣，故取此可以该彼。"

注 释

❶壬戌：宋神宗元丰五年（1082）。　❷既望：阴历每月十五为望日，十六为既望。　❸《明月》之诗：指《诗经·陈风·月出》篇。首章有"月出皎兮，佼人僚兮，舒窈纠兮"诗句。窈纠，即窈窕。　❹《窈窕》之章：指《诗经·周南·关雎》，首章有"窈窕淑女，君子好逑"之句。❺斗牛：指二十八星宿中的斗宿、牛宿。　❻"纵一苇"句：谓任凭小船漂流。一苇，代指扁窄的小船。《诗经·卫风·河广》："谁谓河广，一苇杭（航）之。"　❼凌：渡越。❽冯（píng）虚御风：凌空驾风而行。冯，通"凭"。　❾羽化：生翅飞升之意，道家称成仙为羽化。白居易《新乐府·海漫漫》："山上多生不死药，服之羽化为天仙。"　❿舷（xián）：船边。　⓫桂棹（zhào）：以桂木为棹（摇船的工具）。兰桨：用兰木做桨。　⓬"击空明"句：谓用桨划开澄清的流水，在月光浮动的江面上逆流而进。⓭渺渺：形容悠远。　⓮美人：指理想的人。　⓯吹洞箫者：据说指杨世昌，杨是道士，字子京。苏轼《次韵孔毅父久旱已而甚雨三首》其三有云："杨生自言识音律，洞箫入手清且哀。"这里杨生即指杨道士。洞箫，单管直吹的箫。　⓰袅袅（niǎo）：形容声音悠扬不断。　⓱"舞幽壑"二句：形容音乐声凄婉动人，使潜藏深壑的蛟龙起舞，使漂泊孤船上的寡妇啜泣。嫠（lí）妇，寡妇。⓲愀然：悲愁变色的样子。　⓳正襟危坐：理好服装端正地坐下。《史记·日者列传》："猎缨正襟危坐。"　⓴"月明"二句：曹操（字孟德）《短歌行》有"月明星稀，乌鹊南飞，绕树三匝，何枝可依"的诗句。　㉑夏口：城名，旧址在今武汉。　㉒武昌：今湖北鄂州。　㉓缪（liǎo）：

通缭，缭绕。　㉔郁乎苍苍：这句形容草木茂盛，一片苍翠。　㉕"此非孟德"
句：这句提及历史上的赤壁之战。汉献帝建安十三年（208），曹操于击破袁绍
占据黄河流域之后，乘胜顺江东进，东吴在危急形势下，采取联刘抗曹的方针，
吴将周瑜在赤壁一举击溃号称八十万人马的曹军。　㉖破荆州：当时荆州刺史刘
表已死，其子刘琮率众投降曹操。荆州，相当于今湖北、湖南一带。　㉗下江
陵：攻取江陵。曹操占荆州后，又击败刘备于当阳长坂，进兵江陵。江陵，今
湖北县名。　㉘舳舻千里：语出《汉书·武帝纪》，形容战船之多，船只相接，
连绵千里。　㉙酾（shī）酒：洒酒。　㉚横槊赋诗：元稹《唐故工部员外郎杜
君墓系铭并序》："曹氏父子鞍马间为文，往往横槊赋诗。"横槊，横执长矛。
㉛匏（páo）樽：酒器。　㉜"寄蜉蝣"句：喻指人生短暂，如蜉蝣寄生天地
间。蜉蝣，朝生暮死的小虫。　㉝"渺沧海"句：喻指个人渺小。　㉞"托遗
响"句：谓只能把襟怀的余音寄之于悲凉的秋风。　㉟逝者如斯：《论语·子
罕》："子在川上曰：'逝者如斯夫，不舍昼夜。'"　㊱"盖将"四句：化用
《庄子》语义。《庄子·德充符》："自其异者视之，肝胆楚越也；自其同者视
之，万物皆一也。"　㊲无禁：无人禁止。　㊳适：享受，别本作"食"。　㊴杯
盘狼籍：语出《史记·滑稽列传》，狼籍，同"狼藉"，形容饭具杂乱。

后赤壁赋

【原文】

　　是岁十月之望①，步自雪堂②，将归于临皋③。二客从予，过黄
泥之坂④。霜露既降，木叶尽脱，人影在地，仰见明月。顾而乐之，
行歌相答。

　　已而叹曰："有客无酒，有酒无肴；月白风清，如此良夜何?"
客曰："今者薄暮，举网得鱼，巨口细鳞，状似松江之鲈⑤。顾安所

得酒乎？"归而谋诸妇。妇曰："我有斗酒，藏之久矣。以待子不时之须⑥。"

于是携酒与鱼，复游于赤壁之下。江流有声，断岸千尺⑦，山高月小，水落石出⑧。曾日月之几何，而江山不可复识矣。予乃摄衣而上⑨，履巉岩⑩，披蒙茸⑪，踞虎豹⑫，登虬龙⑬，攀栖鹘之危巢⑭，俯冯夷之幽宫⑮。盖二客不能从焉。划然长啸⑯，草木震动，山鸣谷应，风起水涌。予亦悄然而悲，肃然而恐，凛乎其不可留也。返而登舟，放乎中流，听其所止而休焉。时夜将半，四顾寂寥。适有孤鹤，横江东来。翅如车轮，玄裳缟衣⑰，戛然长鸣⑱，掠予舟而西也⑲。

须臾客去，予亦就睡。梦一道士，羽衣翩仙⑳，过临皋之下，揖予而言曰："赤壁之游乐乎？"问其姓名，俯而不答。呜呼噫嘻！我知之矣。"畴昔之夜㉑，飞鸣而过我者，非子也耶？"道士顾笑，予亦惊悟。开户视之，不见其处。

说 明

苏轼在写《前赤壁赋》三个月后，又重游黄冈赤壁，写了这篇短赋。虽都写游赤壁，但各有特色。前篇写秋光，描绘了一个宁静清爽的境界，并借景喻理，表达了自己圆通达观的襟怀；本篇写冬景，渲染出一种寥落幽峭的氛围，并通过记叙见闻和梦境，体现了作者超尘拔俗的奇想。

起首描述初冬的优美月色和浓厚游兴，顺笔点出时、地和人物。"已而叹曰"，作一跌宕，提出良夜月白风清，以酒肴尚缺为憾，引出客献美鱼而妇供佳酒的情节。"于是携酒与鱼"，转入复游赤壁的描写，先写舟中所闻所见，状述流急、崖陡、月远、水低，感叹初冬景象与上次秋景不同；继写舍舟登山，目睹山石奇妙，鸟巢幽深，忽而风起水涌，气象萧瑟，不可久留；于是返而登舟，忽见孤鹤掠舟而过。末写登岸就寝，梦与道士交谈，顿时惊觉。全篇意境由清凉而蠛岭到奇幻，感情由舒畅欢乐到寥落惊恐，而转换为超轶虚幻。构思空灵，下字幽峭精警。正如李贽所云："此则灵空奇幻，笔笔欲仙。"（《苏长公合作》卷一引）

注 释

①是岁：承前篇言，指元丰五年（1082）。　②雪堂：苏轼在黄州东坡筑屋五间，因大雪天落成，四壁又画有雪景，故名雪堂。　③临皋：临皋亭，在黄冈南长江边上，苏轼曾在此寓居。　④黄泥之坂：东坡附近的山坡名黄泥坂。⑤松江之鲈：松江，即吴淞江，流经江苏、上海一带，盛产鲈鱼，味道鲜美。⑥须：同需。　⑦断岸：陡峭的江岸。　⑧水落石出：欧阳修《醉翁亭记》有"风霜高洁，水落而石出"语。　⑨摄衣而上：撩起衣服登岸。　⑩履巉岩：踏着险峻的山岩。　⑪披蒙茸：拨开丛生的野草。蒙茸（róng），形容野草茂密。⑫踞虎豹：蹲在虎豹形状的山石上。　⑬登虬龙：攀援着虬龙般的古木。虬（qiú）龙，古代传说中的一种龙。　⑭栖鹘（hú）：上宿的鹘鸟。危巢：高巢。⑮"俯冯夷"句：意谓俯视河神的深宫。冯夷，古代传说中的水神。《竹书纪年》卷上《帝芬》："十六年，洛伯用与河伯冯夷斗。"　⑯划然：形容长啸声。⑰玄裳缟衣：玄裳，黑裙。缟衣，白绸上衣。　⑱戛然：形容鹤声尖利。⑲"掠予舟而西"：《苏轼文集·苏轼佚文汇编》卷六《帖赠杨世昌》："十月十五日夜，与杨道士泛舟赤壁，饮醉，夜半，有一鹤自江南来，翅如车轮，嘎然长鸣，掠余舟而西，不知其为何祥也。"　⑳羽衣：以鸟羽为衣。翩仙：一作蹁跹，轻快的样子。　㉑畴昔之夜：昨夜。《礼记·檀弓上》："予畴昔之夜，梦坐奠于两楹之间。"

记承天寺夜游

【原 文】

　　元丰六年十月十二日，夜。解衣欲睡，月色入户，欣然起行。念无与为乐者，遂至承天寺，寻张怀民①。怀民亦未寝，相与步于中庭。庭下如积水空明，水中藻荇交横②，盖竹柏影也。何夜无月，何处无竹柏，但少闲人如吾两人者耳。黄州团练副使苏某书。

说 明

　　元丰六年（1083）在黄州作。文题一本无"寺"字。承天寺，在湖北黄冈南。本文信手点染，寥寥几笔，描绘了一个明净幽闲的境界。这里月朗庭空，竹柏弄影，两位休闲的友人缓行寺院，步月谈心。如此随处可见的生活断片，到苏轼笔下充满了诗情画意、净洁美感。

注 释

　　❶张怀民：即张梦得，清河（今属河北）人，当时也贬居黄州。苏辙《黄州快哉亭记》记述张梦得说："清河张君梦得谪居齐安，即其庐之西南为亭，以览观江流之胜，而余兄子瞻名之曰快哉。……今张君不以谪为患，窃会计之余功，而自放山水之间，此其中宜有以过人者。"　❷藻荇交横：水藻与荇菜交织。荇菜，根生水底，叶子浮在水面。

记游定惠院

【原 文】

黄州定惠院东小山上①，有海棠一株，特繁茂。每岁盛开，必携客置酒，已五醉其下矣。②今年复与参寥师及二三子访焉③，则园已易主。主虽市井人，然以予故，稍加培治。山上多老枳④，木性瘦韧，筋脉呈露，如老人项颈。花白而圆，如大珠累累，香色皆不凡。此木不为人所喜，稍稍伐去，以予故，亦得不伐。既饮，往憩于尚氏之第。尚氏亦市井人也，而居处修洁，如吴越间人，竹林花圃皆可喜。醉卧小板阁上，稍醒，闻坐客崔成老弹雷氏琴⑤，作悲风晓月，铮铮然，意非人间也。晚乃步出城东，鬻大木盆⑥，意者谓可以注清泉，瀹瓜李⑦，遂夤缘小沟⑧，入何氏、韩氏竹园⑨。时何氏方作堂竹间，既辟地矣，遂置酒竹阴下。有刘唐年主簿者⑩，馈油煎饵，其名为甚酥⑪，味极美。客尚欲饮，而予忽兴尽，乃径归。道过何氏小圃，乞其藂橘⑫，移种雪堂之西。坐客徐君得之，将适闽中⑬，以后会未可期，请予记之，为异日拊掌⑭。时参寥独不饮，以枣汤代之。

说 明

四部丛刊初编影元刊《增刊校正王状元集注分类东坡先生诗》卷二十三《上巳日，与二三子携酒出游，随所见辄作数句，明日集之为诗，故词无伦次》诗注引《志林》，谓游定惠院为元丰七年（1084）三月初三日事。本文记述与友人一天愉快的游赏。开篇写游定惠院东小山，观赏海棠和老枳，并透露出园圃主人对作者的友情。然后依次写憩于尚氏宅第的潇洒和欢欣，听崔氏弹琴的感受，走入何氏园置酒就餐的情景，以至归途乞蘡橘的雅兴。举凡野游中的细节，一一写来，率意挥洒，娓娓动听，引人入胜，可说是东坡小品文的佳作。

注 释

❶定惠院：故址在今湖北黄冈城东南。　❷"有海棠"以下数句：苏轼初到黄州，曾作《寓居定惠院之东，杂花满山，有海棠一株，土人不知贵也》诗，极力赞美海棠幽独高雅和美丽清淑的风姿，可见作者置酒花下的心情。　❸参寥师：即僧道潜，钱塘人，苏轼通判杭州时与之交游。苏轼《参寥泉铭并序》云："余谪居黄，参寥子不远千里从余于东坡，留期年，尝与同游武昌之西山，梦相与赋诗，有'寒食清明''石泉槐火'之句。"　❹枳（zhǐ）：亦称枸橘，果实可入药。　❺雷氏琴：苏轼题跋有《家藏雷琴》一首，言琴上有"雷家记"字样。谓"此最琴之妙，而雷琴独然"。　❻鬻：本义是卖，这里作买讲。　❼瀹（yuè）：浸渍。　❽夤（yín）缘：循沿。　❾何氏韩氏：指何圣可、韩毅甫。　❿刘唐年：字君佐。　⓫"馈油煎饵"二句：周紫芝《竹坡诗话》云："东坡在黄州时，尝赴何秀才会，食油果甚酥。因问主人：'此名为何？'主人对以无名。东坡又问：'为甚酥？'坐客皆曰：'是可以为名矣。'"馈，赠送。饵，糕饼。　⓬蘡橘：一丛橘树。蘡，通"丛"。　⓭徐君得之：徐大正，字得之，黄州知州徐大受之弟，作者之友。　⓮拊掌：鼓掌。这里是谈笑之意。

石钟山记

【原 文】

《水经》云①："彭蠡之口②，有石钟山焉。"郦元以为下临深潭③，微风鼓浪，水石相搏，声如洪钟。是说也，人常疑之。今以钟磬置水中④，虽大风浪不能鸣也，而况石乎？至唐李渤⑤，始访其遗踪，得双石于潭上。"扣而聆之，南声函胡⑥，北音清越⑦，枹止响腾⑧，余韵徐歇"，自以为得之矣。然是说也，余尤疑之。石之铿然有声者，所在皆是也，而此独以"钟"名，何哉？

元丰七年六月丁丑⑨，余自齐安舟行适临汝⑩。而长子迈将赴饶之德兴尉⑪，送之至湖口，因得观所谓"石钟"者。寺僧使小童持斧，于乱石间择其一二扣之，硿硿焉⑫，余固笑而不信也。至莫夜月明，独与迈乘小舟，至绝壁下。大石侧立千尺，如猛兽奇鬼，森然欲搏人；而山上栖鹘⑬，闻人声亦惊起，磔磔云霄间⑭；又有若老人咳且笑于山谷中者，或曰："此鹳鹤也⑮。"余方心动欲还，而大声发于水上，噌吰如钟鼓不绝⑯，舟人大恐。徐而察之，则山下皆石穴罅⑰，不知其浅深，微波入焉，涵澹澎湃而为此也⑱。舟回至两山间⑲，将入港口，有大石当中流，可坐百人，空中而多窍，与风水相吞吐，有窾坎镗鞳之声⑳，与向之噌吰者相应，如乐作焉。因笑谓迈曰："汝识之乎？噌吰者，周景王之无射也㉑；窾坎镗鞳者，魏庄子之歌钟也㉒。古之人不余欺也。"

事不目见耳闻而臆断其有无，可乎？郦元之所见闻，殆与余同，而言之不详；士大夫终不肯以小舟夜泊绝壁之下，故莫能知；

而渔工水师，虽知而不能言，此世所以不传也。而陋者乃以斧斤考击而求之，自以为得其实。余是以记之，盖叹郦元之简，而笑李渤之陋也。

说　明

石钟山在今江西湖口县鄱阳湖畔。元丰七年（1084）六月，苏轼由黄州前往汝州途中，经过游赏石钟山，作此记文。本文记述了石钟山的奇峭景象，考察了山名石钟的原委，全篇环绕石钟山的命名，突现山峦奇景，并从亲履其境穿地考察，推导出结论。说明对任何事物不能仅凭主观臆想来认定，必须经过深入探究作出判断。

首段点明石钟山的地理位置，提出其命名的两桩疑案，为下文夜访石钟山进行实地考察，提供了动因。次段写探访石钟山的经过和见闻。先交代行经石钟山的机缘，次写过访寺僧，目睹寺僧命小童敲击石块的细节，随后重点描绘夜间行舟所见的新奇景观，接着刚想回舟，忽有发现，深入考察，终有所得。末段写考察石钟山后的感想，先以富启示性的反问，引发一段议论，进而表明自己的见解。

石钟山以声得名或以形得名，向有歧义。苏轼主张以声得名，刘克庄《坡公石钟山记》、清周准《游石钟山记》，均赞同苏说而有所发挥。明代地理学家罗洪先则认为："上下两山，皆若钟形……东坡舣涯，未目其麓，故犹有遗论。"（《念庵罗先生文集》卷五）曾国藩《求阙斋读书录》卷九、俞樾《春在堂随笔》卷七谈到此话题，则赞同罗说。苏轼考察山名由来的论断，当然未必就是定论，然而正如刘克庄所云："坡公此记，议论，天下之名言也；笔力，天下之至文也。"就文章本身而论，作者紧扣石钟山的命名，对山间奇特夜景绘形绘声，写得生动逼真，堪称是引人入胜、富有魅力的奇峭记文。

注 释

❶《水经》：我国古代一部记述河渠源流的地理书。《新唐书·艺文志》说："桑钦《水经》三卷，一作郭璞撰。"后人多认为是三国时人作。《水经》过于简略，北魏郦道元为之作注，称《水经注》。苏轼所引《水经》及注中语，不见于今本。　❷彭蠡：即鄱阳湖，在今江西北部。　❸郦元：郦道元，字善长，北魏人，所撰《水经注》科学价值较高。　❹磬（qìng）：古代一种用玉或石制的打击乐器。　❺李渤：字浚之，唐宪宗元和年间做过江州刺史。写过《辨石钟山记》。　❻函胡：沉重模糊。　❼清越：清脆激越。　❽枹（fú）：木制的鼓槌。　❾六月丁丑：本年阴历六月初九，公历 1084 年 7 月 14 日。　❿齐安：旧郡名，即黄州，今湖北黄冈。临汝：今属河南。　⓫迈：苏轼长子，字伯达。饶：饶州，治所在鄱阳。德兴，今属江西。　⓬硿硿：形容斧石相击声。　⓭鹘：鹰一类的猛禽。　⓮磔磔（zhé）：鹘鸟的叫声。　⓯鹳（guàn）鹤：样子像鹤的一种水鸟。　⓰噌吰（chēnghóng）：洪亮的钟声。　⓱罅（xià）：洞孔。　⓲涵澹：指水波激荡。　⓳两山：指上钟和下钟山。　⓴窾（kuǎn）坎：撞击声。镗鞳（tāngtà）：钟鼓声。　㉑无射（yì）：古代十二律之一。此指钟名。《国语·周语下》载：周景王姬贵二十四年，铸成大钟无射。　㉒魏庄子：魏绛的谥号，他是春秋时晋国大夫。《国语·晋语》载，晋悼公十二年伐郑，郑人献女乐歌钟等给悼公，悼公赐给魏绛歌钟一列。

书吴道子画后

【原 文】

智者创物，能者述焉，非一人而成也。君子之于学，百工之于技，自三代历汉至唐而备矣①。故诗至于杜子美②，文至于韩退之③，书至于颜鲁公④，画至于吴道子，而古今之变，天下之能事毕矣⑤。道子画人物，如以灯取影，逆来顺往，旁见侧出，横斜平直，各相乘除⑥，得自然之数，不差毫末，出新意于法度之中，寄妙理于豪放之外，所谓游刃余地⑦，运斤成风⑧，盖古今一人而已。余于他画，或不能必其主名⑨，至于道子，望而知其真伪也。然世罕有真者，如史全叔所藏⑩，平生盖一二见而已。元丰八年十一月七日书。

说 明

　　本文是元丰八年（1085）苏轼为史全叔收藏的吴道子画写的题跋。吴道子，名道玄，阳翟（今河南禹州）人，唐代杰出画家，有画圣之称。此题跋从大处下笔，由学术技艺说到诗文书画，引入吴道子画艺，将其置于艺术发展长河中加以品评，进而对吴道子的创作特色和纯熟技法予以理论概括。行文简洁，见解精当。

注 释

　　❶三代：指夏、商、周三个朝代。　❷杜子美：杜甫，字子美，唐代伟大诗人。　❸韩退之：韩愈，字退之，唐代杰出古文家。　❹颜鲁公：颜真卿，字清臣，封鲁郡公，世称颜鲁公，唐代著名书法家。　❺能事：特别擅长的事。❻乘除：增减。　❼游刃余地：《庄子·养生主》有"游刃有余"之语，大意说庖丁解牛，技术熟练，运用刀具，轻而易举。　❽运斤成风：语出《庄子·徐无鬼》，其中云："郢人垩漫其鼻端若蝇翼，使匠石斫之。匠石运斤成风，听而斫之，尽垩而鼻不伤，郢人立不失容。"这里用以比喻吴道子手法纯熟。　❾必其主名：肯定作者姓名。　❿史全叔：其人不详。

答毛滂书

【原 文】

轼启：比日酷暑①，不审起居何如？顷承示长笺及诗文一轴，日欲裁谢，因循至今，悚息②！今时为文者至多，可喜者亦众。然求如足下闲暇自得、清美可口者实少也。敬佩厚赐，不敢独飨③，当出之知者④。世间唯名实不可欺⑤。文章如金玉，各有定价，先后进相汲引⑥，因其言以信于世⑦，则有之矣。至其品目高下，盖付之众口，决非一夫所能抑扬。轼于黄鲁直、张文潜辈数子⑧，特先识之耳。始诵其文，盖疑信者相半⑨，久乃自定，翕然称之⑩，轼岂能为之轻重哉！非独轼如此，虽向之前辈，亦不过如此也。而况外物之进退。此在造物者，非轼事。辱见贶之重⑪，不敢不尽。承不久出都⑫，尚得一见否？

说 明

毛滂，字泽民，衢州江山（今浙江江山）人，著有《东堂词》，元祐中以文章受知于苏轼。这封书札是元祐四年（1089）苏轼调离汴京出知杭州前写给毛滂的，时苏轼在京任知制诰兼侍读。这篇短札，先致问候，并说明接到对方诗文迟迟未暇答复；接着赞赏毛滂诗文具有"闲暇自得，清美可口"的特色；进而畅谈评议文章有一定客观标准，不可任情抑扬，又举黄鲁直、张文潜之文为人们称赏做证。行文简洁亲切，体现了作者对后学的热情奖掖。

注 释

①比日：近日。　②悚（sǒng）息：恐惧惭愧貌。　③飨：享用酒食，这里比喻欣赏美文。　④出之知者：推荐给通晓诗文的人。　⑤名实不可欺：名实不能假冒。　⑥汲引：推荐。　⑦信于世：展现于世。信（shēn），通伸，展现。⑧黄鲁直：黄庭坚的字。张文潜：张耒的字。两人都以文章受知于苏轼，深得苏轼奖掖。　⑨疑信者相半：半数人认为好，半数人表示怀疑。　⑩翕（xī）然：聚合貌，表示一致。　⑪见贶（kuàng）：受赐。　⑫承：承蒙告知的略语。

潮州韩文公庙碑

【原 文】

匹夫而为百世师①，一言而为天下法②，是皆有以参天地之化③，关盛衰之运。其生也有自来，其逝也有所为。故申、吕自岳降④，傅说为列星⑤，古今所传，不可诬也。孟子曰："我善养吾浩然之气。"是气也，寓于寻常之中，而塞乎天地之间。⑥卒然遇之，则王公失其贵，晋、楚失其富⑦，良、平失其智⑧，贲、育失其勇⑨，仪、秦失其辩。⑩是孰使之然哉？其必有不依形而立，不恃力而行，不待生而存，不随死而亡者矣！故在天为星辰，在地为河岳，幽则为鬼神⑪，而明则复为人。此理之常，无足怪者。

自东汉已来，道丧文弊，异端并起。⑫历唐贞观、开元之盛⑬，辅以房、杜、姚、宋而不能救。⑭独韩文公起布衣，谈笑而麾之，天下靡然从公，复归于正，盖三百年于此矣。⑮文起八代之衰⑯，而道济天下之溺，忠犯人主之怒⑰，而勇夺三军之帅⑱，此岂非参天地、关盛衰，浩然而独存者乎！

盖尝论天人之辨⑲：以谓人无所不至⑳，惟天不容伪㉑；智可以欺王公，不可以欺豚鱼㉒；力可以得天下，不可以得匹夫匹妇之心。故公之精诚，能开衡山之云㉓，而不能回宪宗之惑；能驯鳄鱼之暴㉔，而不能弭皇甫镈、李逢吉之谤㉕；能信于南海之民，庙食百世，而不能使其身一日安于朝廷之上㉖。盖公之所能者，天也；其所不能者，人也。

始潮人未知学，公命进士赵德为之师㉗，自是潮之士，皆笃于文行，延及齐民，至于今，号称易治。信乎孔子之言："君子学道则爱人，小人学道则易使也。"㉘潮人之事公也，饮食必祭，水旱疾疫，凡有求必祷焉。而庙在刺史公堂之后，民以出入为艰。前守欲请诸朝作新庙，不果。元祐五年，朝散郎王君涤来守是邦㉙，凡所以养士治民者，一以公为师，民既悦服，则出令曰："愿新公庙者，听。"民欢趋之，卜地于州城之南七里，期年而庙成。

或曰："公去国万里而谪于潮，不能一岁而归㉚，没而有知，其不眷恋于潮也审矣！"轼曰："不然。公之神在天下者，如水之在地中，无所往而不在也。而潮人独信之深、思之至，焄蒿凄怆㉛，若或见之。譬如凿井得泉，而曰水专在是，岂理也哉！"

元丰七年，诏封公昌黎伯，故榜曰："昌黎伯韩文公之庙。"潮人请书其事于石，因为作诗以遗之，使歌以祀公。其词曰：

公昔骑龙白云乡，手抉云汉分天章㉜，天孙为织云锦裳㉝。飘然乘风来帝旁，下与浊世扫秕糠㉞，西游咸池略扶桑㉟。草木衣被昭回光㊱。追逐李杜参翱翔㊲，汗流籍湜走且僵㊳，灭没倒景不可望㊴。作书诋佛讥君王，要观南海窥衡湘㊵，历舜九疑吊英皇㊶。祝融先驱海若藏㊷，约束蛟鳄如驱羊。钧天无人帝悲伤㊸，讴吟下招遣巫阳㊹，爆牲鸡卜羞我觞㊺，于粲荔丹与蕉黄㊻。公不少留我涕滂，翩然被发下大荒㊼。

说　明

元祐七年（1092），潮州（治所在今广东潮州潮安区）知州王涤于重修潮州
韩愈庙后，将潮州韩文公庙图寄给苏轼，请他撰写庙碑文。不久苏轼手书碑文
样稿寄往潮州。苏轼《与潮守王朝请涤》书札二篇、《与吴子野》一通，均谈及
此事。在本篇碑文中，作者评述了韩愈在儒学和文学上的贡献，颂扬了他在潮
州的政绩，讨论了他生平的得失和遭遇。文章写得议论风生，气势充沛，句式
整饬而活泼，既结合一些重要事件反映了韩愈的一生，又在行文中渗透了自己
的身世之感，在艺术上很有特色，与一般碑文不同。洪迈《容斋随笔》卷八说：
"刘梦得、李习之、皇甫持正、李汉，皆称诵韩公之文，各极其挚。……及东坡
之碑一出，而后众说尽废。"《三苏文范》卷十五引黄震云："《韩文公庙碑》，
非东坡不能为此，非韩公不足以当此，千古奇观也。"

首段论述一代英杰在历史上的巨大作用，从参天地、关盛衰、生死有因等
层面予以申说，并举申、吕传说作为例证，进而说明伟人的正气作用超绝。次
段由凌空高论绾合到传主自身，先从东汉以来的历史演变下笔，布设一种宏阔
的背景，且以盛世贤相尚不能救反衬一笔，然后正面写韩公，以文、道、忠、
勇四点概括其一生勋业。三段评述韩公的遭遇，先讲天不容伪、人事难期作为
张本，而后举出韩公所能者三事，所不能者三事，两两对照，以见出韩氏合于
天道而乖于人事的平生大节。四段写韩愈在潮州兴文教化齐民的政绩，由于遗
泽之远，引起潮人敬爱之深，由于敬爱之深，故民众乐于修建韩庙。五段借设
问答辩说明韩愈眷恋潮州，潮人对韩愈崇信之深、思念之至。末段点明庙额的
由来，并缀以歌词礼赞庙主，歌词既吟唱其生前事功，又想象其身后灵异，且
赞赏其文学成就。

注　释

❶ "匹夫"句：谓普通平民成为百世师法。《孟子·尽心下》："圣人，百世
之师也。"　❷ "一言"句：《礼记·中庸》：君子"言而世为天下则"。　❸ 参

天地之化：赞助宇宙化育之功。《礼记·中庸》："可以赞天地之化育，则可以与天地参矣。"　❹"故申、吕"句：这句申说"生也有自来"。申、吕，周宣王时的申侯、吕侯（亦称甫侯），传说他们降生时，有山岳降神的吉兆。《诗经·大雅·崧高》："维岳降神，生甫及申。"　❺"傅说"句：这句申说"逝也有所为"。傅说（yuè），殷高宗武丁的宰相，传说他死后升天为星宿。《庄子·大宗师》：傅说"相武丁，奄有天下，乘东维，骑箕尾，而比于列星"。　❻"孟子曰"以下数句：语出《孟子·公孙丑上》，其中云，"我善养吾浩然之气"，"其为气也，至大至刚，以直养而无害，则塞于天地之间"。　❼"晋、楚"句：《孟子·公孙丑下》："曾子曰：'晋、楚之富，不可及也。'"　❽"良、平"句：张良、陈平，是汉初辅佐刘邦定天下的功臣，以足智多谋见称。　❾"贲、育"句：孟贲、夏育，古代的大力士。《史记·袁盎传》："虽贲、育之勇，不及陛下。"　❿"仪、秦"句：张仪、苏秦，战国时纵横家，以能言善辩著称。扬雄《法言·渊骞》："说而不富贵，仪秦耻诸。"　⓫"幽则"句：幽，指幽冥之处。《礼记·乐记》有"幽则有鬼神"句。　⓬异端：指正统儒家以外的派别。⓭"历唐贞观"句：唐太宗贞观年间，唐玄宗开元年间，是唐朝的兴盛时期。⓮房、杜、姚、宋：房玄龄、杜如晦，唐太宗时的贤相。姚崇、宋璟，唐玄宗前期的名相。　⓯三百年：指韩愈至苏轼时相距约三百年。　⓰八代：指东汉、魏、晋、宋、齐、梁、陈、隋。这一时期文坛形式主义盛行，被认为是文风衰疲时期。　⓱"忠犯人主"句：唐宪宗李纯崇佛，遣使迎佛骨入宫禁，韩愈上表极谏，触怒了宪宗，宪宗要处死韩愈，经群臣营救，贬为潮州刺史。事见《新唐书·韩愈传》。　⓲"勇夺三军"句：唐穆宗李恒时，镇州（治所在今河北正定县）发生兵乱，杀田弘正，立王廷凑，韩愈奉旨前去宣抚，至镇州，王廷凑甲士陈廷严阵以待，韩愈侃侃而谈，说服了将士，平息了镇州之乱。事见《新唐书·韩愈传》。夺，犹言冲撞折服。　⓳天人之辨：天道人事之别。　⓴人无所不至：意谓某些人为了权力，什么手段都使得出来。　㉑天不容伪：按照天道不能作假。　㉒豚鱼：代指纯任天性的小动物。《周易·中孚》有"信及豚鱼"之语。　㉓能开衡山之云：韩愈遭贬路经湖南衡山，正逢天气阴晦，韩愈暗中祝祷，忽然云散天晴，得以饱览山景。韩愈《谒衡岳庙遂宿岳寺题门楼》

诗云："我来正逢秋雨节，阴气晦昧无清风。潜心默祷若有应，岂非正直能感通。"　❷❹"能驯鳄鱼"句：韩愈初到潮州，问民间疾苦，得悉恶溪有鳄鱼扰民，遂写了《祭鳄鱼文》，令鳄鱼迁走。据说当晚暴风震电，鳄鱼果然离开，从此潮州无鳄鱼患。事见《新唐书·韩愈传》。　❷❺"而不能弭"句：据《新唐书·韩愈传》载，皇甫镈（bó），唐宪宗时宰相，宪宗读到韩愈贬潮州的谢表后，想再重用他，皇甫镈疾忌韩愈耿直，说他狂疏，只改派韩愈为袁州刺史。李逢吉，唐穆宗时的宰相，曾故意制造韩愈与李绅的矛盾，从而借口两人不和，罢去韩愈的兵部侍郎职务。　❷❻"而不能使其身"句：韩愈自袁州后，仕途大体平顺，东坡此语不过借他人酒杯自浇块垒。沈德潜说："昌黎袁州后，未尝不安于朝，此苏公借以自言其遇。"（《唐宋八家文读本》卷二十四）　❷❼赵德：号天水先生。韩愈在潮州曾上《潮州请置乡校牒》说："赵德秀才，沉雅专静，颇通经，有文章，能知先王之道，论说且排异端，而宗孔氏，可以为师矣！请摄海阳县尉，为衙推官，专勾当州学，以督生徒，兴恺悌之风。"　❷❽孔子之言二句：出自《论语·阳货》。　❷❾朝散郎：从七品无定职的散官。　❸❿不能一岁：不满一年。韩愈于宪宗元和十四年（819）正月贬潮州刺史，同年十月移袁州刺史。　❸❶焄（xūn）蒿凄怆：语出《礼记·祭义》，意谓祭品香气蒸发，思念悲伤。　❸❷"手抉云汉"句：谓手拔天河彩云。《诗经·大雅·棫朴》："倬彼云汉，为章于天。"　❸❸天孙：织女星。《史记·天官书》："织女，天女孙也。"　❸❹秕糠：代指邪说异端。　❸❺"西游"句：喻指韩愈到处奔走宣扬儒道。屈原《离骚》："饮余马于咸池兮，总余辔乎扶桑。"咸池，神话中太阳沐浴的水池。略，经过。扶桑，太阳初升处的神木。　❸❻"草木"句：形容草木蒙受辉光。昭回，犹言广照。《诗经·大雅·云汉》："倬彼云汉，昭回于天。"　❸❼"追逐"句：意谓韩愈追上李白、杜甫与他们并驾齐驱。韩愈《调张籍》诗："李杜文章在，光焰万丈长。……我愿生两翅，捕逐出八荒。"参翱翔，并翼齐飞。　❸❽"汗流"句：这句说使张籍、皇甫湜汗水流尽、两腿走僵也望尘莫及。《新唐书·韩愈传》："至其徒李翱、李汉、皇甫湜从而效之，遽不及远甚。"　❸❾"灭没"句：这句说韩愈成就光辉夺目，不可逼视，使追随者难以企及。　❹❿"要观南海"句：指前往南海郡时，一路游观衡山湘水。　❹❶"历舜九疑"句：言经历舜所葬之九嶷山，凭吊娥皇、女英。传说舜之妃娥皇、女英从舜南巡，死于江湘之间。韩愈有《祭湘君夫人文》。　㊷"祝融"句：谓祝融先驱开道，海若不兴波浪。形容韩愈德高足以感神降物。祝融、海若，古代传说中的火神与海神。　㊸钧天：天宫。《吕氏春秋·有始》："中央曰钧天。"　㊹"讴吟"句：言上帝派遣巫阳（神巫名）到下界唱吟神曲来招韩愈的魂。　㊺"犦牲"句：写祭奠韩愈。犦（hào暴）牲，牦牛，庙中供品。鸡卜，用鸡骨占卜。羞我觞，献酒。　㊻"于粲"句：描写供奉的水果。於（wū）粲，形容色彩鲜明。荔丹，荔枝殷红。蕉黄，香蕉金黄。韩愈《柳州罗池庙碑铭》："荔子丹兮蕉黄，杂肴蔬兮进侯堂。"　㊼"公不少留"二句：意谓你刚刚降临，旋又离去，我不禁涕泪滂沱地送你翩然返回仙界。大荒，神话中山名，代指仙境。韩愈《杂诗》有"翩然下大荒，被发骑骐駼"句。

记游松风亭

【原文】

　　余尝寓居惠州嘉祐寺①，纵步松风亭下②，足力疲乏，思欲就床止息。仰望亭宇，尚在木末③。意谓如何得到。良久忽曰："此间有甚么歇不得处？"由是心若挂钩之鱼，忽得解脱。若人悟此，虽两阵相接，鼓声如雷霆，进则死敌，退则死法，当恁么时，也不妨熟歇④。

说　明

　　绍圣元年（1094）哲宗亲政，章惇为相，报复元祐旧臣，苏轼被贬为宁远军节度副使惠州安置，十月苏轼到达惠州（今广东惠阳）。本文是苏轼初到惠州居嘉祐寺时游松风亭所作。

本文与一般记游作品不同，它没有记述游松风亭所见景观，而是由仰望亭宇高远难及，诱发出一种人生哲思，就事明理，因理抒怀，体现出作者静观人生磨难的开朗襟怀，反映了他傲视忧患、随遇而安的生活态度。

❶嘉祐寺：故址在白鹤峰东，明代改建城隍庙。曾为广东惠州东坡小学所在地。　❷松风亭：原在嘉祐寺侧，故址在原惠州桥东区东坡小学的后山上。❸木末：树梢，指在高处。　❹熟歇：很好地歇息一番。

与参寥子

【原文】

某启。专人远来，辱手书，并示近诗，如获一笑之乐，数日慰喜忘味也。某到贬所半年，凡百粗遣①，更不能细说，大略只似灵隐、天竺和尚退院后②，却住一个小村院子，折足铛中③，罨糙米饭便吃④，便过一生也得。其余，瘴疠病人⑤。北方何尝不病，是病皆死得人，何必瘴气。但苦无医药，京师国医手里死汉尤多。参寥闻此一笑，当不复忧我也。故人相知者，即以此语之，余人不足与道也。未会合间，千万为道自爱。

说　明

参寥，即僧道潜，钱塘（今杭州）人。苏轼通判杭州时纳交的朋友。苏轼南贬途中，参寥多次致函问候。至惠州后，参寥又派专人送函慰问。本文是绍圣二年（1095）苏轼的复信。这封信描述了到贬所半年来清寒凄苦的生活和涉险如夷、安之若素的心境，并体贴入微地宽慰对方，以缓解友人的担心。全文以通俗的口语，叙述自身的流放生活，仿佛把眼泪吞入肚肠，而与老友笑谈家常，在旷语谐语的背后，蕴含着深沉的隐痛和悲凉。

注　释

❶粗遣：大体过得去。　❷灵隐、天竺：均为杭州著名的寺院，灵隐在西湖西北灵隐山麓，天竺在城西二十里。　❸折足铛（chēng）：断腿的锅。　❹罨（yǎn）糙米：捞粗米。　❺瘴疠：旧指南方山林水边容易致人疾病的湿热之气。

在儋耳书

【原　文】

　　吾始至南海①，环视天水无际，凄然伤之，曰："何时得出此岛耶？"已而思之，天地在积水中，九州在大瀛海中，中国在少海中②，有生孰不在岛者？覆盆水于地，芥浮于水③，蚁附于芥，茫然不知所济。少焉水涸，蚁即径去，见其类，出涕曰："几不复与子相见，岂知俯仰之间，有方轨八达之路乎？"④念此可以一笑。戊寅九月十二日⑤，与客饮薄酒小醉，信笔书此纸。

说　明

儋耳，古郡名，治所在今海南儋州西北。本文为元符元年（1098）在儋耳所写，一题作《试笔自书》。本文追忆初到海南时的一段思想经历。苏轼垂老投荒，料无生还之望，曾面对茫茫大海，凄然发出"何时得出此岛"的感叹。但他并未因此而颓废绝望，他想到邹衍谈天的一段话，悟出整个人寰无不为海洋环绕，何必独自为处境悲伤。由此构思出蚂蚁为覆盆之水所困旋又脱险离去的故事，借以说明处境安危可以互相转化，小而虫蚁草芥，大而宇宙人生，无不如此。苏轼用齐物观、相对论来观照人生，借以解脱苦闷，求得心理平衡，进而以倔强的希望，支持其战胜磨难。文章虽短，却构思奇绝，情节妙绝，识度卓绝。可说其调凄婉，结论旷达，把眼泪吞入愁肠，把笑容朝向人间，寓悲凉于诙谐之中，是本文的特点。

注 释

❶始至南海：苏轼于绍圣四年（1097）六月十一日登舟渡海，七月二日到达贬所儋州。　❷"天地在积水中"三句：《史记·孟子荀卿列传》载邹衍谓："中国名曰赤县神州。赤县神州内自有九州……中国外如赤县神州者九，乃所谓九州也。于是有裨海环之，人民禽兽，莫能相通者，如一区中者，乃为一州。如此者九，乃有大瀛海环其外。"此为苏轼所本。大瀛海，即大海，相当于大洋。少海，即小海。　❸芥：小草。　❹方轨八达：指道路宽阔。　❺戊寅：哲宗元符元年。

书上元夜游

【原文】

己卯上元①，予在儋州②，有老书生数人来过，曰："良月嘉夜，先生能一出乎？"予欣然从之。步城西，入僧舍，历小巷，民夷杂揉③，屠沽纷然。④归舍已三鼓矣。舍中掩关熟睡，已再鼾矣。

放杖而笑，孰为得失？过问先生何笑⑤，盖自笑也。然亦笑韩退之钓鱼无得，更欲远去⑥，不知走海者未必得大鱼也。

说　明

　　本文《东坡志林》题作《儋耳夜书》。系元符二年（1099）作。文中记述了与海南文士月夜出游的一个生活片段，反映了自己与海南人民的亲切交往，以及儋州小城上元之夜的热闹景象、淳朴风俗。作者深夜始归，掩关熟睡，说明他远谪海南，已适应生活环境，心境也较为安闲恬静。由此悟得一切得失都是相对的，只要不心怀奢望、贪得强求，便可做到因缘自适、随遇而安。这是苏轼身处逆境所萌生的超拔显贵、自解自慰的旷达心态。小文信笔挥洒，颇含理致，堪称小品文的佳篇。

注　释

　　❶己卯：元符二年。上元：农历正月十五。　❷儋州：古郡名，治所在今海南儋州西北。　❸“民夷”句：指汉族与少数民族混杂在一起。　❹屠沽：屠，卖肉的。沽，卖酒的。　❺过：苏轼的幼子，字叔党。　❻“然亦笑韩退之”二句：韩愈《赠侯喜》诗有句云：“半世遑遑就举选，一名始得红颜衰。”“君欲钓鱼须远去，大鱼岂肯居沮洳（浅水处）。”这里借韩愈诗句，表示不赞同其强求多得。

与元老侄孙

【原　文】

　　侄孙元老秀才：久不闻问①，不识即日体中佳否？蜀中骨肉，想不住得安讯。老人住海外如昨，但近来多病瘦瘁，不复如往日，不知余年复得相见否？循、惠不得书久矣②。旅况牢落③，不言可知。又海南连岁不熟，饮食百物艰难，及泉、广海舶绝不至④，药物鲊酱等皆无⑤，厄穷至此，委命而已⑥。老人与过子相对，如两苦行僧尔。然胸中亦超然自得，不改其度，知之，免忧。所要志文⑦，但数年不死便作，不食言也。侄孙既是东坡骨肉，人所觑看⑧。住京，凡百加关防⑨，切祝切祝！今有一书与许下诸子⑩，又恐陈浩秀才不过许，只令送与侄孙，切速为求便寄达。余惟万万自重。不一一。

说　明

　　苏元老，字在廷，是苏轼的侄孙。这是苏轼在儋州写给他的一封书札，一题《与侄孙元老》。在这封信中，作者叙述了贬谪海南牢落、厄穷的情状，生活艰难贫困的境遇。尽管如此，苏轼依然"超然自得，不改其度"。书尾叮嘱侄孙，加强防范，自我保重。这是一封娓娓动听的家书。王明清《挥麈后录余话》卷二云："苏在廷元老，东坡先生之从孙，自幼即卓然，东坡许之。元符末入太学，东坡已渡海。每与其书，委曲详尽。"

注　释

①闻问：通音讯。　②循、惠：循州（治所在今惠阳东）、惠州。当时苏辙贬居循州，苏轼家属留在惠州。　③牢落：孤寂零落。　④泉、广：泉州（治所在今福建泉州）、广州，均为海上贸易中心。　⑤鲊（zhǎ）酱：指咸菜、鱼酱等食品。　⑥委命：听任命运的支配。　⑦志文：指墓表。据苏轼《与元老侄孙》第三则："十九郎墓表，本是老人欲作，今岂推辞！"十九郎，即苏千运，苏轼的侄辈。　⑧觑（qù）看：细看、关注。　⑨关防：严密防范。　⑩许下诸子：当时苏轼兄弟两家分住惠州、筠州、许州和常州四处。许下，指许州（治所在今河南许昌）。苏轼《与徐得之》书（十四）云："一家今作四处，住惠、筠、许、常也，然皆无恙。"

又答王庠书

【原　文】

别纸累幅过当①，老病废忘，岂堪英俊如此责望耶②。少年应科目时，记录名数沿革及题目等③，大略与近岁应举者同尔。亦有少节目文字④，才尘忝后⑤，便被举主取去⑥，今日皆无有，然亦无用也。实无捷径必得之术。但如君高才强力，积学数年，自有可得之道，而其实皆命也。但卑意欲少年为学者，每一书皆作数过尽之⑦。书富如入海，百货皆有之，人之精力，不能兼收尽取，但得其所欲求者耳。故愿学者每次作一意求之。如欲求古人兴亡治乱圣贤作用，但作此意求之，勿生余念。又别作一次求事迹故实典章文物之类，亦如之。他皆仿此。此虽迂钝⑧，而他日学成，八面受敌⑨，与涉猎者不可同日而语也⑩。甚非速化之术，可笑可笑！

说　明

　　王庠，荣州（今四川荣县）人，苏辙的女婿，苏轼称他"笔力有余，出语不凡"（《答黄鲁直》其五）。本篇是苏轼晚年回答王庠问学的一封书札，一题《与王庠》其五。文中作者以循循善诱的态度，告诉这位青年，求学无捷径可走，必须勤奋学习，讲求方法，抓住重点，深入把握。李慈铭《越缦堂读书记》载东坡语："吾尝读《汉书》矣，盖数过而始尽之。如治道、人物、地里、官制、兵法、财货之类，每一过专求一事。不待数过，而事事精窍矣。"此说与本文所言相同，苏轼这种读书经验，颇受前人称许。

注　释

　　❶"别纸"句：谓王庠来信中另几页信笺上称颂我太过了。　❷责望：期望。　❸"记录名数"句：指应举所要死记的东西。　❹节目文字：指应试时难度较大的题目。《礼记·学记》："善问者如攻坚木，先其易者，后其节目。"❺才尘忝后：才能低下，名列榜后。自谦之辞。　❻"便被举主"句：指文章被考官取去。大约王庠曾向苏轼索看应举的文字，苏轼告诉他早已不存。　❼数过尽之：几遍读完。　❽迂钝：迟钝，笨拙。　❾八面受敌：指可应付各种质难。❿涉猎：指泛览群书，不作深入研究。

答谢民师书

【原　文】

　　近奉违①，亟辱问讯②，具审起居佳胜，感慰深矣！某受性刚简③，学迂材下，坐废累年，不敢复齿搢绅④。自还海北，见平生亲旧，惘然如隔世人，况与左右无一日之雅⑤，而敢求交乎？数赐见临，倾盖如故⑥，幸甚过望，不可言也。

所示书教及诗赋杂文，观之熟矣。大略如行云流水，初无定质，但常行于所当行，常止于所不可不止，文理自然，姿态横生。孔子曰："言之不文，行而不远。"⑦又曰："辞，达而已矣。"⑧夫言止于达意，即疑若不文，是大不然。求物之妙，如系风捕影⑨；能使是物了然于心者，盖千万人而不一遇也，而况能使了然于口与手者乎？是之谓辞达。辞至于能达，则文不可胜用矣。扬雄好为艰深之辞，以文浅易之说⑩；若正言之，则人人知之矣。此正所谓"雕虫篆刻"者⑪，其《太玄》《法言》皆是类也，而独悔于赋，何哉？终身雕篆而独变其音节，便谓之"经"，可乎⑫？屈原作《离骚经》，盖风、雅之再变者，虽与日月争光可也⑬，可以其似赋而谓之"雕虫"乎？使贾谊见孔子，升堂有余矣；而乃以赋鄙之，至与司马相如同科⑭。雄之陋如此比者甚众。可与知者道，难与俗人言也，因论文偶及之耳。欧阳文忠公言："文章如精金美玉，市有定价，非人所能以口舌定贵贱也。"⑮纷纷多言，岂能有益于左右，愧悚不已。

所须惠力法雨堂两字⑯，轼本不善作大字，强作终不佳，又舟中局迫难写，未能如教。然轼方过临江⑰，当往游焉。或僧欲有所记录，当为作数句留院中，慰左右念亲之意。今日至峡山寺⑱，少留即去，愈远。惟万万以时自爱。不宣。

说　明

此文一题《与谢民师推官书》。谢举廉，字民师，新淦（今江西新干县）人。元符三年（1100），苏轼自琼州遇赦北还，十月过海至广州。当时谢民师任广州推官，曾携带诗文谒见苏轼，深得苏轼赞赏。苏轼离开广州后，谢民师多次函候。宋曾敏行《独醒杂志》卷一谈到两人的交往说：谢民师"博学工词章，远近从之者尝数百人。……东坡自岭南归，民师袖书及旧作遮谒。东坡览之，大见称赏，谓民师曰：'子之文正如上等紫磨黄金，须还子十七贯五百。'遂留语终日。民师著述极多，今其族摘坡语名曰《上金集》者，盖其一也"。

　　本文是苏轼行至广东清远写给谢民师的复函。这封书信以简洁朴实的文笔倾谈个人的心绪行迹，抒发贬职多年的感慨，并以主要篇幅重点阐述了对诗文创作的见解。作者强调行文平易自然，赞赏谢氏的诗文风采，通过阐释孔子的"辞达"说，注入新的意蕴，说明要善于捕捉物象，并能形象地予以表达。但讲究文采并不要刻意雕琢，且以屈原与扬雄作比，举贾谊与司马相如为例，反驳了扬雄只重形式的议论。这封书信，也是一篇精当的文论。

注　释

　　❶奉违：离别。奉，敬辞。　❷亟：屡次。辱：承蒙。　❸受性刚简：秉性刚直简慢。　❹"不敢"句：不敢与士大夫并列交往。搢绅，官僚士大夫。❺一日之雅：语出《汉书·谷永传》，意谓一天的交往。　❻倾盖如故：邹阳《狱中上书自明》有"白头如新，倾盖如故"语。意谓一见如故。倾盖，途中相遇，两人车盖倾斜。　❼"言之不文"二句：《左传·襄公二十五年》引孔子语："《志》有之：'言以足志，文以足言。'不言，谁知其志。言之无文，行而不远。"　❽辞，达而已矣：引自《论语·卫灵公》。　❾系风捕影：比喻捕捉物象很不容易。《汉书·郊祀志》："如系风捕影，终不可得。"　❿"扬雄"二句：扬雄，字子云，西汉文学家。作有《太玄》《法言》和辞赋等作品。文浅易，掩饰浅易。　⓫雕虫篆刻：比喻微小的技艺。扬雄《法言·吾子》："或曰：'吾子少而好赋？'曰：'然。童子雕虫篆刻。'俄而曰：'壮夫不为也。'"⓬"终身雕篆"三句：扬雄仿《易经》作《太玄》，仿《论语》作《法言》，自称为著述经传，苏轼认为这只是不用讲求音节的赋体而改用散文罢了，哪能算作经传。　⓭"屈原作《离骚经》"三句：意谓屈原《离骚》承传发展的风雅

精神，是光辉的。《史记·屈原列传》："《国风》好色而不淫，《小雅》怨诽而不乱，若《离骚》者，可谓兼之矣。……推此志也，虽与日月争光可也。"　⑭"使贾谊见孔子"四句：苏轼认为应给贾谊以较高的评价，贾谊如生当其时，可以成为孔门弟子，不能因为他写过赋，就同司马相如相提并论，这也是针对扬雄而言。贾谊，汉代人，少年即精通诸家书，后被召为博士。扬雄《法言·吾子》曾说："如孔氏之门用赋也，则贾谊升堂，相如入室矣，如其不用何！""升堂""入室"，喻指治学由浅入深。　⑮"欧阳文忠公言"四句：欧阳修《苏氏文集序》中有"斯文，金玉也"语。此处引文不见于欧阳修集。苏轼《答毛滂书》有"文章如金玉，各有定价"语。　⑯惠力：寺名，一作慧力寺，在樟树南二里。其邻近谢氏家乡新干。两字：谢民师请苏轼为惠力寺写"法雨"两字。　⑰临江：临江军，治所在今江西樟树。　⑱峡山寺：在今广东清远峡山上。苏轼绍圣元年来惠州时曾游其地，写有《题广州清远峡山寺》文。

黠鼠赋

【原　文】

苏子夜坐，有鼠方啮①，拊床而止之②，既止复作。使童子烛之③，有橐中空④。嘤嘤聱聱⑤，声在橐中。曰："嘻！此鼠之见闭而不得去者也。"发而视之，寂无所有，举烛而索，中有死鼠。童子惊曰："是方啮也，而遽死耶？向为何声，岂其鬼耶？"覆而出之，堕地乃走，虽有敏者，莫措其手。⑥

苏子叹曰："异哉！是鼠之黠也。⑦闭于橐中，橐坚而不可穴也。故不啮而啮，以声致人；⑧不死而死，以形求脱也。吾闻有生，莫智于人，扰龙伐蛟⑨，登龟狩麟⑩，役万物而君之⑪，卒见使于一鼠；堕此虫之计中，惊脱兔于处女⑫，乌在其为智也。"

坐而假寐⑬，私念其故。若有告余者曰："汝惟多学而识之⑭，望道而未见也。不一于汝，而二于物⑮，故一鼠之啮而为之变也。人能碎千金之璧，不能无失声于破釜；能搏猛虎，不能无变色于蜂虿。⑯此不一之患也。言出于汝，而忘之耶？"余俯而笑，仰而觉。使童子执笔，记余之作。⑰

说　明

本文是苏轼少年时代写的一篇咏物赋。首段描写黠鼠装死逃脱的故事，次段写作者悟出鼠的狡猾，感叹为其所骗，末段由此引出一番议论，从而说明一个道理：最有智慧的人类，倘能集中精神，发挥智力，便能搏猛虎，役万物，如果精力分散，懈怠疏忽，就难免"见使于一鼠""变色于蜂虿"。文章写得生动活泼，幽默风趣，富有故事性。一件日常小事诱发出一个发人深省的道理，它使人们想到成功来自专心，漏洞出于麻痹，因而从事任何工作都应该认真严谨，用心专一。

注　释

❶啮（niè）：咬。　❷拊（fǔ）：拍。　❸烛：用作动词，照的意思。　❹橐（tuó）：这里指箱状的盛衣食家具。　❺嘐嘐（jiāo）聱聱（áo）：象声词，形容鼠啮咬的声音。　❻莫措其手：谓措手不及。　❼黠（xiá）：狡猾。　❽致人：招引人。　❾扰龙伐蛟：指制服蛟龙。《旧唐书·音乐志》："轶扰龙之肇汉。"《吕氏春秋·季夏》："令渔师伐蛟取鼍。"　❿登龟：取龟。狩麟：猎取麒麟。　⓫君之：做它们的主宰。　⓬"惊脱兔"句：意谓黠鼠在处女般老实人面前突然逃离，让人惊讶。《孙子兵法·九地篇》形容用兵敏捷说："始如处女，敌人开户，后如脱兔，敌不及拒。"　⓭假寐：闭目打盹。　⓮识（zhì）：通志，记。　⓯"不一于汝"二句：意谓自己不专心，而受到外物的干扰、左右。　⓰"人能碎千金之璧"四句：意谓人能专心致志，则可应对大的变故，战胜强力侵扰，

否则难免变声失色。破釜，破锅。蜂虿（chài）：蝎类毒虫。《左传·僖公二十二年》："蜂虿有毒。"按，这四句传为苏轼少时所作《夏侯太初论》中句。宋吴曾《能改斋漫录》卷八云："《王立之诗话》记东坡十岁时，老苏令作《夏侯太初论》，其间有'人能碎千金之璧……'之语，老苏爱之。以少时所作，故不传。然东坡作《颜乐亭记》（应为《颜乐亭诗序》）与《黠鼠赋》，凡两次用之。"　❿作：一本作"怍"。怍，惭愧。